Jessica Durlacher

Die Stimme

Aus dem Niederländischen
von Annelie Bogener

Diogenes

Die Originalausgabe erschien
2021 bei de Arbeiderspers, Amsterdam,
unter dem Titel ›De stem‹

Covermotiv: Foto von Ulas & Merve

Der Diogenes Verlag wird vom Bundesamt für Kultur
für die Jahre 2021–2024 unterstützt

www.diogenes.ch
100/22/44/1
ISBN 978 3 257 07185 6

Für meine Liebsten

Es heißt, auf der Welt gebe es zu jeder Zeit
sechsunddreißig besondere Menschen, und ohne sie,
ohne jeden Einzelnen von ihnen, werde die Welt
untergehen, und kein Einziger dürfe fehlen.

Nach dem Talmud

Jetzt, wo wir schon mal in New York waren, hatte Bor gesagt, könnten wir doch heiraten. Als würde er mich zu einem Ausflug einladen, in den Zoo oder so. Das schlug er am Freitag vor. Am Wochenende und am Montag war der Rabbi ausgebucht, und am Mittwoch sollten wir zurückfliegen. Es sei eine Art Gottesgeschenk, fand Bor, dass er am Dienstag noch Zeit hatte, und dann fand ich es eben auch, und sei es mit einer gewissen Zurückhaltung.

Sooft wir später versuchten, den großen Tag in Liebe zu ertränken, mit Restaurantbesuchen und Rosen und Reisen und Alkohol, jedes Mal, wenn meine Gedanken unwillkürlich zu diesem Tag zurückschweiften, schämte ich mich irgendwie.

Als wäre die Welt für unsere Leichtfertigkeit bestraft worden.

In den vorangegangenen zehn Jahren, seitdem wir zusammen waren, hatte Bor (mit vollem Namen Balthazar) nie einen Grund gesehen oder einen Anlass gefunden zu heiraten. Dabei hatte ich es öfter vorgeschlagen: am Anfang ausgelassen und atemlos, weil wir gerade erst wieder zusammen waren und ich fand, unsere neue Liebe schreie nach einem Ritual, dann in gekränktem, etwas entrüstetem

Ton, und schließlich mit leicht verärgerter Resignation. Mit der Zeit wurde mein resigniertes Seufzen zur Gewohnheit, beinah hätte mich das Thema gelangweilt, und ich legte Bors Heiratsphobie als eine seiner vielen Marotten ad acta.

Jedes Mal, wenn es ums Heiraten ging, machte Bor sich darüber lustig, selbst nach zehn Jahren. Als wäre er immer noch sechzehn und meilenweit von den dämlichen, deprimierenden Lebenszielen der Erwachsenen entfernt – so sagte ich es einmal zu Martha, meiner Kollegin und gelegentlichen Psychotherapeutin.

Im Lauf der Jahre nahm Bor das Wort »Heiraten« kaum mehr in den Mund, und wenn, dann in so spöttischem und peinlich berührtem Ton, dass ich, die ich auf Hochzeiten von Freunden immer verdächtig emotional wurde, es nicht nur leid war, sondern zu einer Frage der Ehre erkor, es ebenfalls zu meiden.

Wenn ich das Thema doch einmal zur Sprache brachte, vor allem im Beisein anderer, dann mit ironischer Bitterkeit – es wäre »eben anscheinend nichts für uns«, außerdem wären wir längst »zu spät dran«. Bor überging meine Bitterkeit immer mit munterer Miene.

Für ihn war Heiraten etwas, was andere machten. Am Anfang dachte ich, er würde konventionelle Rituale prinzipiell ablehnen. Später, schon etwas verärgerter, warf ich ihm vor, er würde sich aus reiner Überheblichkeit weigern zu heiraten, weil dieser Brauch ihn daran erinnere, dass er genauso sterblich sei wie alle anderen. Oder besser gesagt: genauso ein Trottel wie alle anderen.

Doch nach und nach fand ich mich mit einer etwas

milderen Variante der Wahrheit ab; ich erkannte, dass es Selbstschutz war, der Bor schon in seiner Kindheit dazu getrieben hatte, seinen Platz in der Welt in jeder Hinsicht mit Außenseitertum zu verbinden.

Er hatte gelernt, sich von Gefühlen zu distanzieren, die seine von den Launen der Geschichte geplagte Familie immer wieder in gewaltigem, herzzerreißendem Maß erschütterten, selbst wenn alles relativ glatt lief. Und als begabter, lernwilliger kleiner Junge hatte er sich seinen zwei Schwestern und dem brutalen älteren Bruder nie zugehörig gefühlt.

Bor saß seine Zeit dort gewissermaßen aus, seine ganze Jugend lang; kontinuierlich polsterte er Herz und Hirn, um nicht allzu sehr unter der Erschütterung, der Hysterie und Panik seiner Eltern zu leiden, die nie über die Verwüstung hinweggekommen waren, die die Nazis in ihrem Leben angerichtet hatten. Schon als Kind hatte er sich eine Art mentaler Öljacke zugelegt, die ihn vor Regen und Kälte, Hitze und Lärm schützte, sodass niemand ihn, seinen Schmerz oder seine Sehnsüchte sah. Und das war gut so, denn seine ganze Jugend über wünschte er sich nichts anderes, als sie alle zu verlassen, weit wegzugehen, so weit wie möglich, weg von seinen Schwestern, seinem Quälgeist von Bruder, seiner nicht sehr gebildeten, überbehütenden, rührseligen Mutter. Es kostete ihn so viel Kraft, dass es ihn innerlich zerriss, doch niemand ahnte etwas davon, vielleicht nicht einmal er selbst. Das war kein geringes Opfer; und um dieser dringend notwendigen Abschottung und seinem Weggang treu zu bleiben, hatte er das Schutzpolster unbewusst auf alles erweitert, was irdisch und alltäglich war und ihn mit anderen verband – so meine Analyse in den liebevollen Momenten.

In den weniger liebevollen stellte ich fest, dass er sein Außenseitertum manchmal zu einer Art Religion erhob, die er obendrein höher achtete als alles andere.

Zum Glück war ich da, um ihn mit der Menschheit zu versöhnen.

Schon in den ersten Wochen unserer neu erwachten Beziehung war uns klar, dass wir zusammenbleiben würden. Mit derselben Gewissheit, mit der man beim Zufallen einer Tresortür weiß: »Die ist zu«. So stand es in meinem Tagebuch, und so schilderte ich es Martha.

Martha fand diese Beschreibung besorgniserregend, aber das liegt meiner Meinung nach an ihrem Therapiestil: Sie problematisiert Dinge, die andere für normal halten. Ich dagegen neige eher dazu, die Finger von dem zu lassen, was bei meinen Klienten gut läuft. Das, was schlecht läuft, macht mir schon genug zu schaffen.

Trotz Bors scheinbarem Mangel an Selbstreflexion wusste er so gut wie ich, dass die Vergangenheit uns verband, dass unsere gegenseitige Gefangenschaft uns gelegen kam und wir mit derselben Einsamkeit vertraut waren.

Für mich war Bor vor allem jemand, dessen Schüchternheit und Misstrauen ich erkannte. Unsere Väter hatten beide die kulturell-ethnische Mordlust der Nazis überlebt und waren in eine nicht sehr gastfreundliche niederländische Gesellschaft zurückgekehrt. Bei Bors schillerndem Auftreten, der Selbstsicherheit, mit der er als bekannter, ja sogar berühmter Anwalt seine Mandanten verteidigte, kritische Meinungsartikel verfasste und alle Welt für sich einnahm, hätte es ihn sicher verblüfft, wenn man ihn auf sein Misstrauen oder seine Schüchternheit angesprochen hätte. Trotzdem gab es sie, immer. Ich sah sie. Es dauerte lange, bis Bor neuen Situationen und neuen Menschen vertraute, es kam nicht von ungefähr, dass wir uns gegenseitig fürs Leben gefangen nahmen. Aber hatte ein Fremder ihn erst für sich eingenommen, sagte er einmal, tue er sein Möglichstes, um dessen Herz zu gewinnen und ihn als Freund zu behalten – eine beruhigende Eigenschaft für jemanden wie mich.

Meine Beziehung mit Herman Meyer, meiner ersten großen Liebe, war einzigartig und alles versengend gewesen, schlichtweg lebensgefährlich. Deshalb überlegte ich mir ganz genau, ob ich mich noch einmal auf eine Beziehung mit Bor einlassen sollte. Auch Emotionen sind opportunistisch.

Nach Hermans Tod war Bor sofort zur Stelle gewesen, um nach mir und Philip zu schauen, und nachdem er uns ein Jahr lang scheinbar beiläufig umsorgt hatte, wurden seine Besuche wie von selbst zur täglichen Routine. Ich hatte mich in meiner Trauer zu Hause verkrochen, aber das schreckte ihn nicht, er organisierte so oft wie möglich einen Babysitter und führte mich aus. Weitere sechs Monate später zogen wir bei ihm ein. Darauf hatte er strategisch und zielsicher hingearbeitet, aber seine rührende Ausdauer wird mir erst heute so richtig bewusst.

Weil er eine solche Ruhe ausstrahlte, verliebte ich mich intellektuell wieder genauso in ihn wie zu der Zeit vor Herman, vielleicht sogar noch mehr. Wir kannten uns auf Anhieb, ohne uns miteinander identifizieren zu können oder zu wollen, und waren beide ein bisschen stolz auf das angenehm Logische unserer Verbindung, als wäre unsere Liebe nicht nur ein Mix aus Projektion, Trost und Lust, sondern auch eine schöpferische Leistung.

Durch Bor kam ich zu der Überzeugung, dass Liebe, neben der Sehnsucht nach der erregenden Nähe des anderen, auch das Verlangen nach Geborgenheit und Entspannung sein darf. Es gibt keine Sicherheit. Kann man denn je wissen, wie groß die eigene Liebe oder die des anderen ist? Liebe läuft im Wesentlichen auf Interpretation hinaus. Zeichen der Zuneigung können viele Formen annehmen, Zeichen fehlender Zuneigung auch. Nicht jeder ist in der Lage, das auseinanderzuhalten und die richtigen Schlüsse daraus zu ziehen. Bei Bor und mir jedenfalls gaben alle Anzeichen während der langen Zeit vor unserer unerwarteten Trauung Grund zur Hoffnung.

Trotzdem war ein wenig materielle Sicherheit in meinen Augen kein übertriebener Luxus. Ich wohnte schon jahrelang ohne jeden formellen Status oder Rechte mit Philip bei Bor, bevor ich ihn schließlich mit viel Gezeter dazu brachte, diesen Aspekt unserer Beziehung zu regeln. Bis dahin staubte alles, was mir gehörte, in der Amsterdamer Mietwohnung ein, wo ich mit Herman gelebt hatte.

Bor fand mein Bedürfnis nach einer Formalie damals genauso merkwürdig wie meinen Wunsch zu heiraten, doch ich war mittlerweile derart zermürbt von den Unkenrufen und dringenden Empfehlungen meiner Familie und Freundinnen, dass ich wider meine Natur mit Maßnahmen drohte (oder vielmehr *einer* Maßnahme: ihn zu verlassen), wenn wir keinen Partnerschaftsvertrag schlossen.

Die Vereinbarung wurde von einem Notar beglaubigt,

und damit war für Bor, der die Prozedur schmunzelnd über sich ergehen ließ, alles geregelt, was es zu regeln gab. Sein Schmunzeln war umso unverständlicher, als er selbst seinen Mandanten immer zu solchen Verträgen riet. Heiraten würden wir »irgendwann bestimmt auch noch«, fügte er mit einem Blick auf mich hinzu, die ich während der ganzen Verlesung kein Wort gesagt hatte.

Auch am nächsten Tag war ich stiller als sonst. Ich fand, eine Heirat hätte unsere Verantwortung füreinander viel eleganter und liebevoller garantiert. Aber jetzt war das Thema wohl für die nächsten Jahre abgehakt. Also schwieg ich, wohlweislich, wie es heißt, dabei hätte ich nach Herman wissen sollen, dass man sich besser nicht gedankenlos über vage Kränkungen und Ängste hinwegsetzt.

Als ich Bor eines Tages erzählte, ich sei schwanger – eine Erkenntnis, von der ich selbst wie vom Schlag getroffen war –, konnte ich zwar verstehen, dass er erschrak, war aber trotzdem empört. Von einer Schwangerschaft kann man sich doch nicht einfach so distanzieren. Konventionell, ja, etwas für gewöhnliche Sterbliche, natürlich ... Ich hatte fast das Gefühl, mein offenkundiges Menschsein verstörte ihn, obwohl Philip doch schon eine ganze Weile der lebende Beweis dafür war.

Meine Euphorie war Bor wohl etwas unheimlich, als würde ich plötzlich einer anderen Spezies angehören, die sich bedenkenlos den widerwärtigen Machenschaften der Natur fügt. Sein eigenes Zutun ließ er der Einfachheit halber unter den Tisch fallen. Es war fast, wie ich im Gespräch mit Martha erschüttert feststellte, als hätte ich ihn und uns verraten.

Natürlich entpuppte er sich, wie alle weltfremden frischgebackenen Väter, nach der Geburt von Samuel (Sam) als manischer, hilfloser Bewunderer des menschlichen Kunstwerks, zu dem er zu seiner Fassungslosigkeit beigetragen hatte. Ein Glück, denn als junge Mutter war ich Bors Marotten gegenüber deutlich weniger mild gestimmt. Das nahm er sich zu Herzen, und als Pol sich ein Jahr später ankündigte, erklärte er dem Ungeborenen schon beim ersten Ultraschallbild seine Liebe.

Wir verbrachten eine Woche in New York, im Spätsommer, in einem Hotel beim Columbus Circle. Philip war fast fünfzehn, Sam inzwischen fünf, Pol vier. Bor hatte alles vorbereitet.

Na ja, *alles* trifft es nur, wenn man ein Anhänger des Minimalismus ist. Wie dekonstruiert man eine Trauung von A bis Z? Als Erstes mussten wir an besagtem Freitag eine Heiratserlaubnis bei der Stadtverwaltung einholen, vier Tage später sollten wir uns dann bei einem Rabbi zu Hause unter der Chuppa das Jawort geben und das Glas zertreten, im Beisein unserer Kinder.

»Piece of cake«, rief Bor strahlend, sein sonst so blasses feingeschnittenes Gesicht von der New Yorker Sonne braungebrannt und schweißglänzend, sein Haar zerzaust und im Nacken kräftig gelockt, die Augen fast schwarz, mit den langen Mädchenwimpern, die mir nur noch sporadisch auffielen.

Fuchsteufelswild war ich und ärgerlicherweise auch überglücklich. Gleichgültigkeit, Desinteresse – jetzt stellte sich heraus, wie viel Kraft sie mich gekostet hatten. Mein

Vorrat an liebevollen Momenten war eindeutig erschöpft. War ich wütend, weil dieser Plan zu einem von Bors vielen Projekten verkommen war, mit denen ich aus Selbstschutz (und Gewohnheit) möglichst wenig zu tun haben wollte? Oder weil ich mir nach all den Jahren keine Illusionen über seine Spontaneität und seinen Sinn für Romantik mehr machte? Der Verdacht, eine Steuerersparnis stecke dahinter, hatte sich jedenfalls in mein Bewusstsein gefressen und nagte an meiner ansonsten dämlich-diffusen Freude.

»So ist es doch richtig schön«, jubelte Bor, der es wohl für das Beste hielt, meine gefährliche Stimmung zu ignorieren. »Wir fünf zusammen? Das wünschst du dir doch schon so lange?«

Aber nicht zwischen Tür und Angel, nicht so, nicht jetzt, dachte ich, außer mir vor Wut und Verzweiflung. Weil ich aber wusste, dass es mein großer Wunsch war, ich es also sowieso geschehen lassen würde, wollte ich uns die Laune nicht durch Schimpfen verderben.

Mit Sicherheit und Rückhalt war ich nicht gerade verwöhnt worden. Schon in der Beziehung mit Herman hatte ich mich wie eine alleinerziehende Mutter gefühlt, lange Zeit war mir nur die Verantwortung für Philip wichtig gewesen. Jetzt war er fast fünfzehn, aufbrausend und brillant, und noch immer dachte ich auf Schritt und Tritt an ihn und seine Zukunft, an das, was meiner Meinung nach in seinem Interesse lag.

»Die Zeit war einfach noch nicht reif. Aber jetzt schon. Und für die Kinder ist es doch auch toll. Stell dir vor, du bist als Kind bei der Hochzeit deiner Eltern in New York dabei!«

»Was für ein Blödsinn … Die Kinder wollen auf den Spielplatz und Eis essen. Aufs Empire State Building. Und Philip …«

»Nein, zu den großen Zwinkertürmen!«, rief Pol.

»Und was ist mit meiner armen Mutter«, jammerte ich noch ein bisschen.

»Die ist bestimmt total glücklich, wenn wir es ihr zu Hause erzählen.«

Die Kleinen waren sofort begeistert von der Idee.

»Bist du da ganz in Weiß?«, fragte Pol. »Oder wieder ein Hippie?«

»Ein Hippie?«, sagte ich beleidigt. »Und wieso ›wieder‹? Nein, ich habe keine Zeit, ein Kleid zu kaufen. Und Weiß trägt man nur, wenn man jung und unschuldig ist!«

Sam fragte, wie lange es dauern würde.

Philip reagierte zurückhaltend. »Super, Mama, aber ich wusste gar nicht, dass du das willst«, sagte er etwas zögerlich. »Warum solltest du heiraten?«

»Ach, das ist eine reine Formsache«, sagte ich heuchlerisch.

»Darf ich das Rüschenkleid anziehen?«, schrie Pol.

»Natürlich. Das musst du sogar!«

»Es dauert nicht lange!«, beruhigte Bor Sam. »In einer halben Stunde ist alles über die Bühne, dann gehen wir was Leckeres essen.«

Philip war inzwischen wieder in seinem Zimmer verschwunden.

»Na toll!«, sagte ich bitter.

Die Kränkung nagte an mir, zwischen Magen und Herz, wo mein Tränenspeicher liegt, und der fühlte sich gerade explosiv an. Im Film dauern Hochzeiten manchmal drei Tage, dachte ich, und bei mir ist in einer halben Stunde alles über die Bühne.

Und alle Kleidung, die wir dabeihatten, war schmutzig. Würde ich es noch schaffen, in den Waschsalon zu gehen? Ein weißes Kleid. Hätte ich das gewollt? Ich war mir nicht sicher. Ein weißes Kleid mit Schleier gar? War ich verrückt geworden? Eine wilde Hochzeit, mit vielen Gästen und Gefühlen, barfuß am Strand einer tropischen Insel, mit Blumen im Haar, während unsere Freunde für uns sangen? War es das, was ich wollte? Nein, auch nicht. Ich merkte, dass mir Gekränktheit vielleicht noch am ehesten entsprach, wie an meinem Geburtstag. Eine Art vorsorgliche, einsame Enttäuschung darüber, dass sicher niemand mein Geburtstags-Ich gebührend überraschen und beglücken würde.

»Dann will ich Pancakes«, kreischte Sam.

Die wollte Pol auch.

»Du darfst meine Brautjungfer sein, Polly-Maus. Und du mein Brautführer, Sam.«

»Nein danke.«

»Ich auch nicht«, sagte Pol sofort.

Von meinem Vater dem Bräutigam übergeben werden. (Dabei war ich schon sehr lange sehr weit weg von ihm … Außerdem lebte er nicht mehr.) Traditionen. *Something old, something new, something borrowed, something blue*, Brautjungfern, Blumen, Trauzeugen, zu wirbelnder Klezmermusik auf einem Stuhl in die Luft gehoben werden, weinen vor Glück. Der schönste Tag des Lebens.

»Warum weinst du, Mama?«

»Nichts, Süße, es ist nichts.«

»Zel?«

»Schon gut …«

»Meine Güte, Zel, was hast du denn?«

»Nichts! Geht einfach ohne mich heiraten.«

Vor dem Gesetz war ich nicht jüdisch genug, um jüdisch zu heiraten. Aber Bor (oder vielmehr seine Sekretärin) hatte einen fortschrittlichen Rabbi gesucht und gefunden, der bereit war, uns seinen Segen zu geben – im Tausch gegen eine nicht unerhebliche Geldsumme und zu einer unsäglichen Uhrzeit, morgens um zehn vor acht.

Wir verschliefen. Nein, ich verschlief, zwar nur eine Viertelstunde, aber wenn ich nicht wach war, lief alles anders als sonst, nämlich schief. Niemand konnte etwas finden, Bor zog Pol ihr Kleid mit geschlossenem Reißverschluss über den Kopf, es bekam einen kleinen Riss, den ich sofort (»Sofort, Mama!«) nähen musste, und fürs Frühstück blieb keine Zeit mehr. Die Kinder aßen Kekse und Müsliriegel aus meiner Handtasche, während wir viel zu lange durch New York irrten, denn zum ersten Mal in seinem Leben hatte Bor sich bei einer Adresse vertan, sodass das Taxi uns fünf Straßen zu früh absetzte. An jeder Ecke blieb Bor stehen und sagte munter: »Hier muss es jetzt aber wirklich sein.«

Ich trug meine hohen roten Pumps, und unsere zwanzigminütige verzweifelte Suche bescherte mir zwei riesige Blasen, die aufplatzten und scheußlich brannten. Die Kinder hatten immer noch Hunger und machten daraus kein Geheimnis. Beim Versuch, sie zu beschwichtigen, versetzte

Bor sich schon einmal in eine Zukunft, in der wir über all das lachen würden, doch insgeheim verunsicherte es ihn, dass er sich derart vertan hatte, das ging ihm gegen den Strich.

Am Ende rief er den Rabbi an und ließ sich die richtige Adresse geben, von der wir inzwischen nicht mehr weit entfernt waren.

Jeder Schritt scheuerte ein bisschen mehr Haut von meinen offenen Blasen. Keuchend standen wir schließlich um zwanzig nach acht bei Zvi Fullermann vor der Tür, die zwei aufgebrachten, quengelnden Elfen Sam und Pol direkt hinter uns und Philip kühl dreinblickend und seufzend als Schlusslicht.

Mein fuchsiafarbenes Flatterkleid (Hippie) passte gut zu meinen blutigen Fersen. Sam trug sein (sehr schmutziges) Lieblings-T-Shirt, und an Pols Rüschenkleid baumelten noch lose Fäden. Bor hatte Schweißflecken auf seinem frischgebügelten kurzärmligen weißen Hemd. Auch ich war verschwitzt und wollte lieber nicht daran denken, wie mein hoffnungsvoll üppig aufgetragenes Make-up inzwischen aussah, doch ich traute mich nicht, bei einem so gläubigen Mann gleich als Erstes nach einem Spiegel zu suchen oder auf die Toilette zu gehen, um mich frisch zu machen. Philip, der ein sauberes Polohemd mit Krokodil-Aufnäher trug, das er hasste, sah als Einziger aus wie aus dem Ei gepellt. Wir haben uns ganz schön ins Zeug gelegt, um beim Rabbi dazwischengeschoben zu werden, dachte ich. Wobei, um diese Uhrzeit wurden wir vermutlich eher davorgeschoben.

Der Aufzug brachte uns in die dreißigste Etage, zum Penthouse. Der Rabbi war ein nervöser Mann von auffällig sportlichem, arischem Aussehen, sofern das blond und blauäugig ist. Er begrüßte uns freundlich und legte es vor allem darauf an, Tempo zu machen. Bor hatte recht gehabt, sofort wurde deutlich, dass die Trauung nicht viel länger als eine halbe Stunde dauern würde, vielleicht sogar weniger, da wir uns ja verspätet hatten. Ohne weitere Umschweife – er bot uns nicht einmal ein Glas Wasser an – erklärte er, was der Text in der Ketuba bedeute, dem Ehevertrag.

Danach fragte er nüchtern nach unseren hebräischen Namen. In der Ketuba stehe alles auf Hebräisch, und jeder Jude habe einen hebräischen Namen. Ich nicht, also musste ich mir spontan einen einfallen lassen.

Batseba? Das war der einzige jüdische Name, der mir in den Sinn kam, von David und Batseba. Er klang romantisch, hatte aber einen Haken. War sie nicht verheiratet gewesen, als David sie begehrte? Schnell suchte ich nach einem anderen Namen.

»Esther?«, murmelte der Rabbi und notierte ihn, dann wandte er sich an Bor. »Und Sie?«

Bor war bei der jüdischen Gemeinde als Moshe registriert, der Schreibprozess konnte also ohne weitere Verzögerung fortgesetzt werden, und danach begleitete die Frau des Rabbis, die weder Esther noch Moshe begrüßt hatte, uns eilig auf die großzügige Dachterrasse ein Stockwerk darüber.

Die Sonne brannte vom Himmel, und ich fühlte mich nackt und unvollkommen im Angesicht G'ttes – was vermutlich der Sinn der Sache war. Die Chuppa sei eine Replik des Himmels, hatte Bor mir erklärt, ein heiligender Ort. Da eine Dachterrasse rundherum von Himmel umgeben ist, braucht man eigentlich nicht viel Aufwand zu betreiben, trotzdem hatte der Rabbi einen selbstgebauten kleinen Baldachin aufgestellt, an dem eine sanfte Brise ein paar neckische weiße Stoffbahnen aufwehte.

Die ganze Stadt, dieses bizarre brummende Tier, lag uns übersichtlich und malerisch zu Füßen. In der Ferne hörte ich Flugzeuge. Ich konnte sogar die Jogger am Hudson entlangtraben sehen, und beim Anblick ihrer sorglosen Routine beneidete ich sie für einen Moment, so groß war mein Drang, mich zu bewegen, meilenweit von hier entfernt.

Sam und Pol rannten fröhlich johlend zum Rand der Dachterrasse.

»Philip, pass bitte ein bisschen auf sie auf«, flehte ich und bemerkte dabei etwas in den Augen meines ältesten Sohnes, das mir neu war. Einsamkeit? Distanz? Jetzt, da ich mich offiziell mit dem Mann verbinden würde, der nicht sein Vater war, spürte ich einen Stich von Kummer. Doch als er mich anlächelte, war es schon wieder vergessen. Lange war er der wichtigste Mensch in meinem Leben gewesen, und mir lag immer noch sehr viel an seinem Verständnis und der Nähe zu ihm.

Sam suchte die Dachterrasse nach einer Möglichkeit ab herumzuturnen. Gott sei Dank waren überall hohe Metallgeländer. »Vorsicht!«, schrie ich schrill, bevor ich dem Rabbi gestattete, uns einen weißen Schleier auf den Kopf zu legen, der mich zum Schweigen brachte. Als wollte er uns einfangen, dachte ich, wie einen zweiköpfigen Thunfisch.

Im Kontakt mit dem Allerhöchsten müsse unser Haupt bedeckt sein, erklärte er, dabei trug Bor schon seine Kippa. Fasziniert hörten Sam und Pol schlagartig auf zu lärmen, sie kicherten nur noch ein bisschen geniert. Philip sah teilnahmslos zu.

Ich schämte mich. Nicht für sie. Für mich, weil ich hier stand und mich nicht über die Zeremonie freuen konnte. Ich hätte so gern etwas Besonderes gespürt, aber meine vielen Nebengedanken schienen meine Rührung zu beschmutzen und auszuschalten. Außerdem war mein Glaube an den eigenen Glauben nicht stark genug, um mich hier wohlzufühlen.

Diese Probleme schien Bor nicht zu haben, stattdessen sah er mich mit einer Innigkeit an, die ich so nicht von ihm kannte. Er ist viel jüdischer als ich, dachte ich. Viel authentischer. So sah seine Liebe also aus. Warum sollte das nicht genügen – wenn es das war, was er zu bieten hatte? Was hatte ich ihm eigentlich zu bieten? Genügte das?

Mir fiel kaum auf, dass die Feierlichkeit, über deren Tempo der Rabbi zu seiner Erleichterung nun selbst bestimmte, schon begonnen hatte. Im Anschluss mussten wir den kurzen hebräischen Text bekräftigen, den Bor verstanden hatte, ich aber nicht.

»Omein«, murmelten wir, wie brave Kinder.

Nach dem Hochzeitskuss (die Kinder klatschten) wickelte der Rabbi mit ernster Miene schnell und geschickt ein kleines Glas in ein Papiertaschentuch, damit die Scherben, wenn wir es dem Brauch gemäß zertraten, sich nicht überall verteilten – sonst könnte der Rabbi ja womöglich seine Zeitung beim Morgenkaffee auf der Dachterrasse nicht mehr barfuß lesen. Zu meiner Enttäuschung war das Knirschen des berstenden Glases kaum zu hören. Das lag am Papiertaschentuch und an dem Verkehrslärm, der von unten heraufdrang, aber auch an einem derart gewaltigen Donner, dass er uns durch Mark und Bein ging. (»Da ist überall Rauch, Mama!«, rief Pol.) Wie aus der Ferne drangen die Worte über die Zerstörung des Tempels zu mir durch, die nicht vergessen werden durfte (und durch das unterdrückte Bersten des Glases symbolisiert wurde). Bor sah mich mit Tränen in den Augen an. Plötzlich musste ich lachen.

»Du Spinner«, sagte ich, »wieso liegt dir eigentlich so viel daran?«

Wir umarmten uns.

Pol rannte über die Dachterrasse. »Mama!«, rief sie. »Da steckt ein Flugzeug in den Zwinkertürmen!«

»In den Zwillingstürmen, Dummkopf«, maulte Sam.

Bor zog sie zu sich heran, doch sie riss sich los.

»Verrücktes Huhn.«

Einen Tag davor hatten wir auf der obersten Etage der Twin Towers gestanden und im Windows on the World, dem Restaurant dort, sündhaft teuren Kaffee getrunken. Das hatte großen Eindruck auf Pol gemacht.

»Sam! Komm zu mir! Wir sind verheiratet«, rief Bor. »Du hast jetzt verheiratete Eltern.«

Er war ganz ausgelassen. Ich umarmte Philip, der es stoisch über sich ergehen ließ. Als ich seinen lieben, ernsten, besorgten Blick sah, brach auch ich in Tränen aus.

»Alles ist gut, Süßer«, flüsterte ich. »Alles ist gut.«

Bor nahm mich in den Arm.

»Seid ihr jetzt verliebt?«, fragte Pol.

Ich lachte. »Wahnsinnig verliebt«, sagte ich ein bisschen spöttisch. »Nein, verheiratet!«

»Was soll das denn schon wieder?«, sagte Bor. »›Nein, verheiratet‹.«

»Pol hat recht«, sagte Philip mit seiner neuen tiefen Stimme und rannte zum Geländer.

»Papa?«

»Meine Güte, stinkt es hier nach Rauch.«

»Es ist wirklich ein Flugzeug!«

Bei uns war es Vormittag. Bei den anderen Menschen, die dasselbe sahen wie wir, war es Nachmittag, Abend, Nacht. Wir begriffen es nicht, obwohl es sich direkt vor unseren Augen abspielte, und dass die ganze Welt Zeuge dieses Ereignisses war, drang erst viel später zu uns durch. Pol hatte wirklich recht. Ein riesiges Flugzeug hatte sich ins höchste Gebäude der Stadt gebohrt, es war absurd, beinah obszön, und die Rauchwolken, die von dort aufstiegen, wo wir noch gestern die oberste Etage erkundet und uns vor der unfassbaren Höhe gegruselt hatten, sahen unheilvoll aus.

Im ersten Moment überraschte es mich nicht, dass ein Flugzeug aus Versehen ins höchste Gebäude der Stadt geflogen sein sollte. Schon am Vortag war es mir viel zu hoch vorgekommen – das konnte doch gar nicht gutgehen, bei den vielen Flugzeugen, die wir zwischen den Wolken treiben sahen wie riesige Fische. Das Feuer, das in rasendem Tempo auf die gesamte Breite des Gebäudes übergriff, die Risse, der ungeheure Zusammenprall – ich begriff es einfach nicht, so fassungslos war ich. Ich wollte nicht wahrhaben, dass das Flugzeug unsere Trauung kaputtgemacht hatte und nicht einfach Teil des Komplettpakets war, eine fiese verschlüsselte Klausel, über die niemand uns vorab informiert hatte.

Philips Blick ist ernst, vor allem aber hoch konzentriert. Er ist fasziniert und aufgeregt, nicht panisch, genauso wenig wie Sam.

»Wie kann das sein, Papa?«, fragt er immerzu, ohne sich vom Wolkenkratzer abzuwenden.

»Ich weiß es nicht, Sam, ein Unfall, schätze ich, aber bestimmt ist das Feuer bald gelöscht.«

»Glaub ich nicht«, sagt Philip.

Der Blick, den Bor mir zuwirft, lässt mich erstarren.

Ruhig und brüderlich stehen Sam und Philip nebeneinander, während ich mich bemühe, gegen Pols zunehmende Panik anzukämpfen. Nur: Woher kommt die, wenn nicht ich, ihre Mutter, sie damit angesteckt habe? Ich zittere, schreie vielleicht sogar. Und wenn das so ist, warum verberge ich meine Angst dann nicht besser, warum reiße ich mich nicht zusammen, um mein Kind zu beschützen?

Pol klebt an mir wie Metall an einem Magneten. Während sie sich an mich klammert, wende ich mich ab, vom Chaos, von der makabren Szene, dem Qualm. Pol sieht immer andere Dinge als ich, sie zeichnet immer andere Dinge als die anderen Kinder. Niemals kleine Dinge, Pol macht alles groß. Sie zeichnet sogar sich selbst groß. Sie zeichnet mein Zimmer mit allen Details, auch denen, die ich noch nie bemerkt habe. Sie sieht jede Schnecke im Garten, jede Raupe, und rettet mit Hingabe jedes noch so kleine Tier, selbst Grillen. Doch jetzt sehe ich dasselbe wie sie, und ich will nicht, dass sie das sieht. Ich will es selbst nicht sehen.

Sie klammert sich so fest an mich, dass wir zu *einem* Körper verschmelzen, und es ist, als käme das Kreischen von ihr, aber da bin ich mir nicht sicher. Mit vier Jahren haben die Dinge nicht dieselbe Bedeutung wie später. Wie soll man in diesem Alter verstehen, was man sieht? Ich kann nichts daran ändern: dass sie sieht, was ich sehe, durch meine Augen, mit meinem Körper. Ich sollte sie eigentlich von mir lösen, um ihr das zu ersparen, stattdessen drücke ich sie noch fester an mich. Ich fürchte, die Panik, die ich ausstrahle, hebt den Trost und Schutz auf, den ich ihr biete. Sie weint.

Geistererscheinungen sind sie, diese Gestalten, die nur so kurz zu sehen sind, dass sie eigentlich gar nicht real sein können. Oder ist das ein Traum? Vorbeiflitzende kleine Figuren, Puppen. Die Vergeblichkeit all dessen, was Menschen sind und tun. Anzüge, Röcke und Kleider, verzweifelt aufflatternde Krawatten, fallende Schuhe und von den Gesichtern gleitende Brillen. So schnell segeln sie vorbei, dass es nicht echt sein kann, das können keine Menschen sein. Ich will die Zeit anhalten, um sie in die Welt von vorher zurückzuschicken. Sie fallen vom Himmel. Für einen kurzen Moment ist es sensationell, aufregend – wenn bloß Pol nicht so untröstlich weinen würde, oder bin ich das?

»Hör auf, Mama, hör auf damit!«, sagt Philip. »Mama, bitte!«

Erst durch mein Heulen wird es zu dem grässlichen, unleugbaren Horror, über den man später lesen wird. Und dann diese Täuschung. Du glaubst, es besser zu wissen – wo so freimütig gesprungen wird, müssen Fangnetze sein, in der Welt, wie du sie kennst, gibt es Fangnetze, Hilfstruppen, Beruhigung, Lösungen für verängstigte Menschen. Die Welt, wie du sie kennst, steht im Unglücksfall sofort parat, genauso wie die Welt, wie du sie kennst, immer gesagt hat: »Nie wieder Auschwitz!« Bis zum Erbrechen hat sie das gesagt. Du lenkst den Blick nach unten.

Da sind keine Fangnetze.

Und während dir das bewusst wird (woher kommt es eigentlich, dieses Gefühl der Verlangsamung in solchen Momenten, es kann doch nicht länger gedauert haben als ein paar Millisekunden?), versucht jetzt auch Sam, die Arme um dich zu legen, um euch beide, Pol und dich, als wärst du bärenstark und dein Körper lebensrettend. Oder will er dich beschützen? Auch ihm wird bewusst, was er da sieht, nachdem er kurz auf das Chaos aus Metallstücken und Papierfetzen (und anderen, größeren und vageren dunklen Formen) dort unten gestarrt hat.

Du bekommst so wenig Luft, dass du glaubst, jeden Moment ohnmächtig zu werden.

»Um Himmels willen«, sagt Bor.

Und zu allem anderen, was ich spüre, kommt das noch hinzu: furchtbares Mitleid mit Bor. Bor, der seine Ängste beiseitegeschoben hat und heiraten wollte, Bor, der mich immer beruhigt und lachend sagt: »Steiger dich da nicht so rein, Zel«. Bor sieht fahl aus.

»Ganz ruhig bleiben, Kinder«, sagt er dann, wie zu sich selbst, fast belustigt, irgendwie autistisch, während der Luftraum sich mit Geräuschen füllt, die wir nicht deuten können.

»Bor?«, sage ich.

Aber meine Stimme trägt nicht, ich kann mich selbst

nicht hören. Aus der Stadt dringt immer noch Verkehrslärm herauf, Sirenen, genau wie sonst. Trotzdem scheint alles innezuhalten, wie ist das möglich? Auch der Rabbi hat vergessen, dass er es eilig hatte. Ernst, schweigend und verständnislos starrt er auf das, was sich vor unseren Augen abspielt. In welcher Entfernung? Dutzende Stockwerke weiter oben jedenfalls. Ein grässliches Feuer, rasend schnell erfasst es den ganzen Nordturm und tropft hinunter wie Blut aus einem Beutetier in den Fängen eines Hundes. Aus dem Turm leckt das schrecklichste, heißeste Feuer, dieser Hund ist der bösartigste aller Hunde, es hört nicht auf, im Gegenteil, das Feuer wird immer schlimmer und größer, die Risse, aus denen es leckt, werden breiter, und der Geruch wird intensiver. Wir sehen Menschen auf der Straße stehen, sie starren nach oben, wie wir, alle starren, alle warten. Nur worauf? Faszination der Zerstörung – die keine Hoffnung spendet, uns aber trotzdem aufsaugt, fesselt –, obwohl dieses Feuer bald schon zu einem morbiden Fakt wird, zu einer Konstante, so wie ein Feuer von Weitem manchmal etwas beinah Freundliches, Lebendiges hat, eine unvermeidliche Präsenz, mit einem Charakter und einer Identität … Sie haben etwas Resigniertes, diese gewaltigen züngelnden Flammen, als bliebe ihnen nichts anderes übrig, als aus der furchtbaren Wunde da oben zu lodern. Wir halten es nicht länger aus, gehen nach unten, in die Wohnung.

Die Frau des Rabbis fuchtelt panisch mit ihrem Telefon herum. »Ich komme nicht durch«, ruft sie ins Leere. Sie merkt gar nicht, dass auch wir im Zimmer stehen. Ich spüre, dass wir hier wegmüssen, wir gehören nicht hierher. Die Unsicherheit unserer Lage trifft mich mit derselben

Heftigkeit wie der Brandgeruch, der sich überall ausbreitet, auch drinnen.

»Es ist ein Passagierflugzeug, Zvi«, sagt die Frau keuchend. »Das World Trade Center … Das World Trade Center, es brennt wie Zunder! Dieses ganze Kerosin. Und die vielen Menschen!«

»Wir müssen die Ruhe bewahren«, sagt der Rabbi. »Vielleicht werden wir evakuiert, vielleicht auch nicht. Wir müssen überlegen, was zu tun ist. Es muss ein fürchterlicher Unfall sein.«

Inzwischen sind überall Sirenen zu hören, eine Kakofonie von Sirenen. Wieso gibt sich dieser Mann so merkwürdig ruhig? Von seiner Eile ist nichts mehr übrig. Er ist ein Mensch unter den Menschen geworden, die Statur eines Rabbis passt nicht länger zu ihm. Nichts scheint noch zu ihm zu passen. Er wirkt viel weniger sportlich und arisch. Jetzt erst sehe ich, dass er mager ist und seine Haut wächsern.

»Die Menschen!«, ruft seine Frau. »Zvi! Die Menschen sitzen fest! Und Rachel und Darren arbeiten im obersten Stockwerk!«

»Pst«, macht der Rabbi. »Denk an die Kinder.«

»Das ist kein Unfall«, sage ich.

Philips Blick.

Ab dem Moment, in dem wir uns umgedreht hatten, Bor und ich, gehörte unsere Hochzeit einer Welt an, zu der wir nie mehr Zugang haben würden, doch das wussten wir damals noch nicht. Ich wusste nur, dass die Stadtgeräusche sich verändert hatten – es brummte weiter, wie es für Manhattan typisch ist, und doch war etwas anders geworden. Hier und da waren Schreie zu hören und lauter Lärm und überall heulende Sirenen. Doch die Geräusche waren noch nicht durchdringend genug, um uns völlig zu verunsichern. Der Rauch wehte nicht in unsere Richtung, war aber trotzdem beißend – wir glaubten, die Hitze zu spüren, die von dort kam.

»Können wir hin?«, fragt Sam, und genau in dem Moment, als ich ihn anfauchen will: »Bist du total verrückt geworden?«, und mich frage, wie dieser schaurige Katastrophentourismus wohl entwicklungsgeschichtlich einzuordnen ist – habe ich ihn unserem Kind etwa versehentlich selbst mitgegeben? –, spüren wir ein so starkes Beben, dass es uns durch und durch geht, und hören erneut einen ungeheuren Donnerschlag, der alles andere übertönt. Wie im Krieg, denke ich unwillkürlich. Ein Gedanke, der mir auf eine seltsame, kraftlose Weise vertraut ist. Als hätte ein Krieg in meinem Herzen auf der Lauer gelegen und auf seine Chance gewartet.

Zuerst sehen wir nicht, woher diese neue Explosion kommt und was sie bewirkt hat, bis Sam auf den Südturm zeigt: Eine Flugzeugnase hat sich in den Wolkenkratzer gebohrt.

»Holy shit«, sagt Philip. Er wirft mir einen scheuen Blick zu, in dem ich mich selbst, vor langer Zeit, erkenne. Ich spüre, dass ihn unsere Verletzlichkeit abstößt, schäme mich. Wir alle starren ungläubig schaudernd auf die Flammen, die aus dem zweiten Turm des World Trade Center züngeln, diesem Sinnbild unseres Wohlstands.

Die Erkenntnis, dass hier von Zufall keine Rede sein kann, entzieht unseren Knochen die Wärme und unseren Adern das Blut; nein, das ist kein tragischer, unvorhersehbarer Unfall. Es ist ein Angriff, und die Wucht des Angriffs ist größer, grausamer und erbarmungsloser als alles, was wir je erlebt haben. Es ist die schaurige Einsicht, dass unsere Feinde sich verbündet haben, um zu zerstören, was uns lieb und teuer ist, um Menschen zu töten. Sie überbringen uns eine Botschaft: In dieser Welt der Gewalt spielt es keine Rolle, was du tust oder wer du bist, du stehst nur zur Verfügung, als anonymes Menschenmaterial, das man töten kann, mir nichts, dir nichts, ein Gestus höchster Macht.

Das ändert alles, nichts ist mehr sicher.

Wie glücklich wir doch waren. Jetzt ist alles möglich geworden, was bisher undenkbar war. Erneut wird mir bewusst, dass ich nur einen einzigen Bezugspunkt habe, um dieses Gefühl der Unsicherheit in Worte zu fassen.

Danach sehen wir uns alles im Fernsehen an. Ein weiteres Flugzeug schlägt in ein Gebäude. Ins Pentagon. Der Himmel ist grau vom Rauch. Wir sind höchstens zwei Blocks vom brennenden ersten Turm entfernt.

Ich habe Sehnsucht, aber nach wem oder was? Meine Lieben sind doch fast alle bei mir. Mir ist, als hätte ich einen Teil meiner selbst verloren.

Ich versuche, meine Mutter zu erreichen. Es würde mich entspannen, wenn ich sie beruhigen könnte. Sie nimmt nicht ab. Vielleicht weiß sie es noch nicht.

»Ob es klug ist hierzubleiben?«, flüstere ich Bor ins Ohr.

»Was bleibt uns anderes übrig?«, flüstert er zurück. »Rausgehen, mit den Kindern? Da ist die Hölle los, das ist lebensgefährlich, alles Mögliche fällt aus der Luft. Hast du gesehen, wie es da unten aussieht?«

Unruhig kommt Sam zu uns.

»Was habt ihr gesagt, Mama?«

Der Rabbi sitzt mit uns vorm Fernseher, wir sehen CNN, die wissen auch nicht mehr. Unterdessen brennen diese irrsinnigen Symbole von Kühnheit und Vorstellungskraft weiter, die wir gestern noch besucht haben, still, energisch und doch extrem leblos.

Da ist sie, die Katastrophe, auf die ich schon mein ganzes Leben gewartet habe, wie konnte ich mir nur einbilden, wir würden drum herumkommen? Es ist so weit. Wir sind in Gefahr.

»Wir müssen hier weg, sofort«, zische ich Bor zu. »Wir sind viel zu weit oben, hier sind wir nicht sicher! Komm!«

Bor wendet sich an den Rabbi.

»Sollten wir das Gebäude nicht besser verlassen?«

Der Rabbi schüttelt entschieden den Kopf. »Wenn es besser wäre zu gehen, würde man uns das sagen.«

Ich hasse dieses naive Vertrauen auf Hilfe von außen. Man?

»Wir sind hier nicht sicher. Das ist Krieg. Wir müssen weg.«

»Krieg, ist jetzt Krieg, Mama?«, fragt Sam mit offenem Mund. »Papa, ist jetzt Krieg?«

Selbst Philip sieht Bor angespannt an.

»Ich habe solchen Hunger«, jammert Pol.

»Es ist Krieg, du Nerd!«, faucht Sam sie an.

Pol fängt an zu weinen. Philip will sie auf den Arm nehmen, aber sie windet sich los.

»Krieg? Wie kommst du denn auf die Idee!«, sagt Bor, will mir mit wilden Gesten etwas zu verstehen geben, verdreht die Augen. »Natürlich ist kein Krieg. Das ist einfach nur ein großes Feuer, und wir müssen jetzt entscheiden, ob wir ins Hotel zurückgehen oder noch eine Weile hierbleiben.«

»Du tust so, als ob ich vier bin«, mault Sam. »Ich bin fünf! Warum löschen sie es nicht? Es stinkt.«

»Schau raus, Sam. Hörst du die Feuerwehrautos?«

Ich stehe auf und nehme die Kleinen bei der Hand. Gehe wortlos zur Tür und bedeute Bor ungeduldig mitzukommen.

Er sieht mich wütend an, aber das ist mir egal.

»Kommt, ihr Süßen, wir gehen. Kommst du, Polly-Maus?«

Pol sagt keinen Ton, Sam auch nicht, sie rühren sich nicht, bis ihr Vater etwas gesagt hat.

»Wir gehen mit den Kindern jetzt nicht auf die Straße, Zel.« Bors Wut und Panik sind unüberhörbar. Ich lasse die Kleinen los. Wer hätte gedacht, dass unsere Ehe so schnell auf die Probe gestellt wird?

Der Rabbi hat sich in der Stunde, die wir ihn kennen, nicht anmerken lassen, dass er Niederländisch kann, jetzt aber drückt er Bor ohne Umschweife den Ehevertrag in die Hand. Er flüstert ihm etwas zu, was ich nicht höre.

»Ich habe solchen Hunger«, jammert Pol erneut.

»Was hat er gesagt?«, frage ich Bor. Er schüttelt nur den Kopf.

»Meine Tochter hat Hunger. Haben Sie vielleicht eine

Kleinigkeit zu essen für sie?«, frage ich. »Was hat er gesagt, Bor?«

Der Rabbi sieht mich zum ersten Mal wirklich an.

»Natürlich, für Ihre Söhne auch?«

Seine Frau verschwindet in der Küche und kommt mit drei einzeln in Plastik verpackten Scheiben Trockenkuchen zurück – wie man sie in einer Tankstelle zum Kaffee bekommt, denke ich wütend.

»Was ist, Papa? Was hat der Rabbi gesagt?«, fragt Sam.

»Hier, iss ein Stück Kuchen, Sam«, sage ich und suche Bors Blick. Er weicht mir aus. Pol krümelt auf den weißen Teppich, aber das ist mir egal.

»Wir gehen hier noch nicht weg, Zel«, sagt Bor. »Um keinen Preis der Welt gehe ich jetzt mit den Kindern da raus.« Tonlos fügt er hinzu: »Jetzt, wo auch das Pentagon angegriffen wurde …«

»Ich will weg, Papa«, jammert Sam.

Bor hört ihn nicht, er ist ins andere Zimmer gegangen, wo der Fernseher steht. Ich schaue Sam an, schüttle heftig den Kopf und stelle mich zu ihm ans Fenster.

Meine Knie zittern, als wir zusehen, wie das Feuer in den Rissen auflodert, die die Flugzeuge in Stein und Stahl gefressen haben; der Lärm klingt immer bedrohlicher. Krankenwagen kommen an und fahren wieder ab, bleiben unterwegs stecken oder manövrieren sich mühsam durch das Chaos aus kleineren und größeren Trümmern, zwischen den verschütteten Autos hindurch, von denen einige vergeblich versuchen, dem unkenntlichen Zeug zu entkommen, mit dem alles übersät ist.

Etwas Unausweichliches und Furchterregendes geschieht hier. Amerikas Macht wird angegriffen, die Macht des Landes, in das mein Vater so großes Vertrauen hatte, in das wir alle so großes Vertrauen hatten, und Amerika, verwöhnt und arglos, wie es ist, wirkt hilflos.

Ich muss so intensiv an meinen Vater denken, dass ich seine Stimme höre, als wäre er bei uns, hier oben in dem belagerten Wolkenkratzer, und würde meiner Schwester und mir zum x-ten Mal den Mythos von Masada erzählen, dem Berg in Israel, wo neunhundertsechzig Juden (Zeloten) sich freiwillig von einem tapferen Rabbi erdolchen ließen, der sich ebenfalls tötete, als Letzter, um nicht unter die Vorherrschaft der Römer zu fallen. Eine heldenhafte und tragische Geschichte über Unbeugsamkeit, voller Symbolik.

Später erfuhr ich zu meiner Enttäuschung, dass es eine apokryphe Geschichte ist, gefärbt durch die Darstellung von Flavius Josephus, doch als Kind war uns der Wahrheitsgehalt egal. Wir fanden es vor allem beängstigend, dass mein Vater so leidenschaftlich von Dolchen und Freitod erzählte, und jedes Mal, wenn er wieder davon anfing, hielten wir uns die Ohren zu und schrien, er solle aufhören.

Zur Wiedergutmachung erzählte er dann in beschwörendem Ton die talmudische Legende der sechsunddreißig Gerechten, der *lamed-waw zadikim*. Das Schicksal der Welt, sagte mein Vater, liege in den Händen dieser sechsunddreißig besonderen Menschen, die sich äußerlich nicht von den anderen unterschieden, über die jedoch »all unsere Nöte« ausgegossen wären; sie seien untröstlich über das Leiden der Menschheit und sich dabei ihres Ausnahmestatus nicht einmal bewusst. Und wenn in einer Generation auch nur einer der sechsunddreißig Gerechten fehle – hier senkte mein Vater meistens die Stimme –, würde das Leiden »selbst die letzte Kinderseele vergiften und die Menschheit in einem Schrei ersticken«. Ich hatte den Verdacht, mein Vater hoffte, einer dieser sechsunddreißig zu sein.

Als ich Bor gerade kennengelernt hatte, erzählte ich ihm davon. Ich schenkte ihm sogar André Schwarz-Barts unendlich trauriges Buch *Der Letzte der Gerechten*, obwohl ich selbst nie über das erste Kapitel hinausgekommen war.

Nicht daran denken. Gott gebe, dass am heutigen Tag genügend Gerechte zur Stelle sind, wer sie auch sein mögen. Wir wissen nicht, ob sich anderswo auf der Welt noch weitere Flugzeuge in Gebäude bohren.

Bis jetzt bin ich die ganze Zeit davon ausgegangen, dass es sich richten lässt, merke ich, dass die Feuerwehr es in den Griff bekommt, dass die meisten Menschen gerettet werden. Zugegebenermaßen fühle auch ich mich hier in diesem Wolkenkratzer, bei unserem Hochzeitsrabbi, sicherer als draußen, aber ich habe Angst, dass es eine trügerische Sicherheit ist.

Pol muss pinkeln und traut sich nicht. Bor geht mit ihr aufs Klo.

Philip, Sam und ich nehmen uns bei der Hand, als wir sehen, wie der Südturm von einem Moment zum nächsten in sich zusammenbricht. Es geht so schnell, dass ich aufschreie, so groß ist der Schock, so heftig die Implosion. Das Haus bebt.

Sam drückt sich die Nase am Fenster platt. Bor kommt zurückgerannt.

»Mein Gott, was war das?«, schreit er. Wir sehen nichts mehr. Gewaltige Staubwolken steigen auf. Alles ist grau, alles ist verdunkelt, an der Stelle, wo der Turm stand, erhebt sich eine Nebelwand, als würde der Geist des Gebäudes sich weigern aufzugeben. Der Turm ist verschwunden. Es ist herzzerreißend. Tiefe Trauer überfällt mich.

Sam ist gegen seinen Willen ganz aus dem Häuschen. »Wow, Mama, hast du das gesehen?« Er wiederholt es fünfmal. Pol weint und klammert sich an mich.

»Das kann nicht sein«, sagt der Rabbi, zerbrechlicher denn je, und vergräbt das Gesicht in den Händen. Er tut mir leid, und gleichzeitig ärgere ich mich über ihn. Die hilflose Ungläubigkeit des Rabbis und seiner Frau zeigt, dass sie nie begriffen haben, wie hart die Welt ist.

Auch ich hätte es besser wissen müssen, aber ich habe mich einlullen lassen. Die Welt hat die Wahrheit, vor der ich mich immer gefürchtet habe, in eine neue Form gegossen. Mir laufen Tränen übers Gesicht. Sam nimmt meine Hand. Bor die andere. Die Erde bebt, oder sind wir das? Selbst durch die geschlossenen Fenster riechen wir den Rauch und atmen den Staub ein. Philip hustet. Nüchtern und pragmatisch fragt Sam, ob auch unser Haus einstürzen kann. Verzweifelt schaue ich zu Bor.

»Ach, Zel«, sagt er, »ach, Liebste.« Unsere Blicke verhaken sich ineinander. Seine streichelnde Hand ist tröstlich und zwingend zugleich. Weil ich mich vor den Kindern zusammenreißen muss, schweige ich.

Zehn Minuten später werden wir durch die Feuermelder, die Megafone der Feuerwehr und im Fernsehen aufgefordert, das Haus zu verlassen.

Feuerwehrleute kommen die Treppe hochgestürmt. Ihre lauten Stimmen und das Schrillen einer Sirene machen Sam und Pol Angst, weinend klammern sich beide an mir fest. Philip steht steif und kerzengerade da, in Alarmbereitschaft, mit großen Augen. Unsere Blicke treffen sich.

Zuerst wollen Bor und der Rabbi nicht akzeptieren, dass wir wegmüssen. Auf meine dringende Bitte hin verabschiedet sich Bor dann von unseren Gastgebern, die etwas Zeit brauchen, um ihre Sachen zu packen. Die Frau des Rabbis gibt uns, wiederum auf meine Bitte hin, tropfnasse Geschirrtücher und Kissenbezüge, die wir uns vors Gesicht binden. Später werde ich mir selbst dankbar sein für diese Eingebung.

Sie gibt mir auch Blasenpflaster und ein Paar alte Turnschuhe, die mir etwas zu groß sind. Wir bedanken uns bei ihnen wie Flüchtlinge, die nicht wissen, ob man sich je wiedersehen wird. Vielleicht dürfen sie bald nicht mehr in ihre Wohnung – oder sie können es nicht, weil das Haus gar nicht mehr steht. Mittlerweile ist es zwanzig nach zehn.

Und dann, als wir fast unten angekommen sind, bricht der Nordturm mit einem solchen Donnern zusammen, dass unser Gebäude erneut von einem heftigen, tiefen Beben erschüttert wird. Der Einsturz des zweiten Turms jagt eine ungeheure Menge Steine und Schutt durchs südliche Manhattan. Pompeji, denke ich, so war es in Pompeji. Das muss ich laut gedacht haben, denn Philip lacht ein freudloses Lachen. Ein Feuerwehrmann begleitet uns zu einem Seitenausgang, erklärt uns hektisch, in welche Richtung wir müssen, und dann treten wir ins Freie, auf die Straße, die nicht wiederzuerkennen ist, und bahnen uns einen Weg durch die ungeheure Staubmenge, die noch viel schlimmer ist, als von oben zu erahnen war. Eine Wand aus schwebenden Staubteilchen, mit denen die Luft gesättigt ist und die allen Sauerstoff verdrängen. Trotz der nassen Tücher dringen sie uns in Augen und Nase, als wollten sie uns annektieren, uns begraben und für immer unsichtbar machen.

Dann beginnt die große Flucht, die mich noch Jahre später in meinen Träumen verfolgen wird, mitten durch die Sturzflut aus Stein und Stahl, die sich durch die Straßen presst und alles verdunkelt. Wir entdecken eine Kraft und einen Überlebenswillen in uns, von denen wir zuvor nichts gewusst haben. Philip nimmt Pol auf den Rücken und Bor Sam, meine Beine bluten, aber ich spüre es nicht, mein Hippiekleid reißt, aber ich merke es nicht, überall Staub, überall Blockaden in bizarren Formen, und ich fürchte, Bor könnte stürzen oder einen Herzinfarkt bekommen, Philip könnte Pol fallen lassen, die Kinder könnten sterben. Um mich fürchte ich nicht, ich bin eine Läuferin und außerdem wütend, manchmal rennen wir, aber die meiste Zeit stolpern wir nur voran, nach Norden, obwohl ich keine Ahnung habe, wo Norden ist, doch Bor zeigt in eine Richtung und ich vertraue ihm, ich vertraue Bors Instinkt, trotz des Fiaskos von heute Morgen, das Jahre her zu sein scheint. Sind wir auf dem West Broadway? Auf der Sixth Avenue? Geradeaus, bedeutet er mir, und ich gehe geradeaus. Ich vertraue ihm, ich vertraue ihm, ich will ihm vertrauen, ich muss ihm vertrauen. Weg hier, nur weg hier. Bisher konnte Bor sich immer orientieren, egal, wo wir waren, aber jetzt ist alles anders, es gibt keine Sonne, die uns die Richtung weisen könnte, keinen Himmel, nur Staub.

Da und dort liegen oder sitzen Menschen auf der Straße, unter Schutt begraben, blutend. Weinende Menschen, schreiende Menschen. Still vor sich hin starrende Menschen. Reglose Menschen, ich traue mich nicht, genauer hinzusehen. Allem Möglichen müssen wir ausweichen, Papier, Taschen, Tischen, Glas und Stein und Stahl. Einem einzelnen Schuh. Auf gut Glück gehen wir weiter geradeaus, saugen mühsam etwas Sauerstoff aus dem undurchdringlich dichten Nebel. Mal gehen die Kinder selbst, mal hängen sie totenstill an unseren Händen oder auf unseren Armen, anscheinend im Schock. Philip ist so tapfer, sein Gesicht wie aus Granit, seine Züge starr. Es liegt nicht nur am Staub, dass ich Probleme habe zu atmen, es liegt auch daran, dass meine Wut immer mehr von Angst verdrängt wird; meine sonst so kräftigen Beine werden mit jedem Schritt schwerer. Unsere Kinder sind der verletzlichste Teil von uns, sie müssen wir beschützen, sie allein sind wichtig, unsere Kleinen, sie müssen gerettet werden, sie müssen leben, alles andere ist nebensächlich. Wir kämpfen uns weiter voran, vorbei an Häuserblocks, die wir nicht erkennen, mit verstopfter Nase, schmerzender, rauer Lunge. Jeder Schritt ist ein Sieg und birgt zugleich eine Gefahr, weil eine kaputte Welt vor uns liegt und wir unsere Route ständig anpassen müssen, um uns keine üble Verletzung zuzuziehen. Es ist, als würden wir in einem Labyrinth feststecken, für immer, ich erinnere mich vor allem an meine ungeheure Klaustrophobie, aber irgendwann werden wir nicht mehr vom Schutt verfolgt, versperrt er uns nicht mehr den Weg, und wir erlauben uns, langsamer zu gehen, drei, vier Blocks noch. Dort steht ein Polizist, zwei Wasserflaschen in den Händen, und fragt, ob alles in Ordnung sei. Wasser! Wasser!

»Wo sind wir?«, frage ich.

»Immer weiter geradeaus, da wird es heller.«

»Meine Augen tun so weh. Ich kann nichts sehen!«, schreit Pol, und jetzt, wo die größte Anspannung vorbei ist, fängt Sam an zu weinen, während Pol ständig wiederholt, sie könne nichts sehen. Philip stolpert vor Anstrengung, ich sehe, dass er nicht mehr kann, und nehme ihm Pol ab, auch er fängt an zu weinen, und ich sage ihm, er solle damit aufhören, um seine Augen zu schonen, befehle beiden, die Augen zu schließen, und tupfe ihre geschwollenen Lider mit meinem Tuch ab. Grauweiß sind sie, sie sehen aus wie Statuen, auch Bor. Mir wird klar, dass auch ich so aussehen muss. Wir sind nicht wiederzuerkennen. Blut färbt meine Beine, rote Rinnsale, beginnend bei den Schenkeln, heben sich gegen das Staubgrau ab. Bor hat Blut am Ohr.

»Wo sind wir?«, wiederhole ich.

»An der Kreuzung von West Broadway und Worth«, sagt der Polizist. »Sie sind in Sicherheit. Ihre ganze Familie. Aber Sie brauchen einen Arzt.«

Philip kippt Pol Wasser in den Mund, sie spuckt es aus, weint.

»Gehen Sie bitte weiter«, drängt uns der Polizist, der doch so beruhigend sein möchte, »immer Richtung Norden halten.«

»Pol«, sagt Bor, »wir gehen Richtung Sonne, okay, Pol? Und wenn wir in Sicherheit sind, kannst du alles haben, was du willst. Aber jetzt musst du noch kurz tapfer sein, wie die Kinder im Märchen.«

Mit brennenden Augen suche ich unter den Menschen

unwillkürlich nach dem Rabbi und seiner Frau. Wo sie wohl sind, inmitten all dieser grauen Gestalten?

Nachdem wir uns die Augen, so gut es geht, ausgespült haben, ziehen wir wieder los, weiter nach Norden, weiter weg von der Zerstörung. Wir sehen uns nach Autos um, nach einem Taxi, doch hier fährt nichts. Pol hängt uns mal schwer am Hals, dann wieder auf dem Rücken. Sie hat aufgehört zu weinen, Sam geht inzwischen immer wieder ein paar Meter auf eigenen Beinen, und wenn er nicht mehr kann, trägt Bor ihn, stehen zu bleiben fühlt sich zu unsicher an. Der Brandgeruch ist auch hier noch beißend.

Vor uns hält ein Polizeiauto. Ein Polizist steigt aus und fragt, wo wir hinmüssen. Die Kinder weinen, sie können nicht mehr.

Der Polizist wird uns zum Hotel bringen. Dort werden Ärzte sein, wir werden Hilfe bekommen, Wasser, eine Badewanne und Essen.

Es wird über eine Woche dauern, bis unsere Augenlider und Nasenschleimhäute allmählich wieder abschwellen.

Und es wird einige Tage dauern, bis das Flugverbot wieder aufgehoben ist. Die längsten Tage, die wir je in New York verbracht haben.

Teil 1

Kapitel 1

Wie ein Finger in ein heißes Bad taucht die Sonne am Horizont ins silberne Mittelmeer. In zehn Minuten wird es dunkel sein, aber der Verkehr ist noch unvermindert laut und fordernd.

Das letzte, fahle Tageslicht gibt zwischen tiefroten Wolken allmählich den Kampf auf, eine Kulisse wie die eines surrealen Dramas. Am Vormittag hat eine der hier typischen Regenattacken, die die Rinnsteine zum Überlaufen bringen und die Straßen in Wadis verwandeln, den Staub und Schmutz weggespült und woanders angeschwemmt. Im Lauf des Tages brach die Sonne dann mühsam durch, und bald machten sich im Dunst der trocknenden Pfützen die Gleichgültigkeit und die Hektik des Alltags bemerkbar, mit dem nervösen Hupen der Autos, dem Getöse von Passanten, Händlern und Straßenmusikern und dem fernen Ruf des Muezzins im Süden, der die frommen Muslime zum Gebet rief.

Orthodoxe Juden mit Schläfenlocken, die Bänder ihrer Gebetshemden lose und wild, unbeabsichtigt modisch an den Seiten flatternd, gehen schnellen Schrittes zu ihren Gebetshäusern, ohne einen Blick nach rechts oder links zu werfen. Musikfetzen, die hier und da über den Balkon zu den Nachbarn herüberwehen, aufheulende Motorsägen, das warnende Piepen von Lastern, die beladen werden, Hämmern, singende Kinder und das Schnurren vieler E-Bikes erzählen von einem arbeitsamen Leben, von Ambitionen und Sehnsüchten. Was auf der anderen Seite des Meeres passiert, spielt hier keine große Rolle. Wer hohe Erwartungen hat, muss zusehen, dass sie zwischen all den Resten von Kichererbsen und Obst, Smoothiebechern und Pita-Krusten frisch bleiben. Ganz zu schweigen von den Kakerlaken, die überall herumwuseln, und den vielen alten Matratzen und kaputten Möbeln, die, kaum wurden sie ausrangiert, von der Straße gepflückt werden wie eine kostbare Beute. Tel Aviv.

Aber für uns spielen sie heute eine Rolle, die Ereignisse in der Ferne.

Bereits vor einem Monat bin ich für die Geburt von Philips drittem Kind nach Israel gekommen. Die große Familie von Herman, Philips Vater, lebt hier. Ich habe in der Wüste Negev gewohnt, mitten in Be'er Scheva, in der Nähe des Hauses, wo Philip seit ein paar Jahren mit Chaya und den Kindern lebt, unweit seiner Militärbasis. Die Geburt (ein Junge, fünfzig Zentimeter, vier Kilo, volles schwarzes Haar) lief glatt, meine Unterstützung wurde ein paar Wochen lang geschätzt, aber als ich nicht mehr so dringend gebraucht wurde, nahm ich mir eine Wohnung in Tel Aviv, an der Rehov Pinsker, dicht beim Meer.

Bors Tag fällt dieses Jahr mit dem der Amtseinführung der neuen Präsidentin der Vereinigten Staaten zusammen, ein Fernsehspektakel, das wir uns nicht entgehen lassen wollen. Pol übernachtet bei mir. Sam tourt wie üblich durch die Welt und hat sich zu meinem Bedauern nicht einmal den heutigen Tag freinehmen können. Er tritt abends in Salzburg auf und ruft uns danach an, hat er versprochen. Philip hat zum Glück Sonderurlaub und kann bei uns sein.

Er ist am späten Vormittag in Tel Aviv angekommen, mit Chaya und den Kleinen. Wir haben nichts Besonderes vor, aber für mich ist es an sich schon besonders, wenn wir diesen Tag zusammen verbringen, jetzt, da wir überall in der Welt verstreut sind.

Obwohl wir nur aus diesem Anlass zusammen sind, herrscht eine Atmosphäre des Leugnens, ich kann es nicht besser beschreiben. Ich möchte den Tag – wie immer – in Ehren halten, weiß aber – wie immer – nicht genau wie, und das setzt mich derart unter Druck, dass ich trotzig werde vor lauter Hass auf meine Trauer und Wut, wie auch auf dieses willkürliche Datum, das mich zwingt, noch mehr zu spüren als sonst. Am liebsten würde ich den Tag einfach übergehen, samt den Presseartikeln in den Niederlanden, wo man mich nach so vielen Jahren noch immer um Interviews bittet, obwohl ich jedes Mal ablehne. Im Fernsehen werden dort am Jahrestag des Vorfalls Sendungen ausgestrahlt – zum Glück werden es allmählich weniger.

Zum x-ten Mal begebe ich mich in meine giftige Vergangenheit und unterziehe mich der rituellen Folter, mich an alle Einzelheiten zu erinnern, von Anfang bis Ende, obwohl es letztlich nur darauf hinausläuft, dass wir den ganzen Tag mit schmerzendem Kopf und schmerzlichen Erinnerungen zusammen vor dem Fernseher hocken, als würden wir wirklich auf die verdammte Antrittsrede warten.

Dass ich schon am frühen Nachmittag den Fernseher anschalte, ist ungewöhnlich, nur selten hole ich die Welt ins

Haus. Zeitungen lese ich nur flüchtig, im Fernsehen zappe ich bei den Nachrichten weiter. Ich habe die Hoffnung auf Meldungen, die mich aufmuntern könnten, längst aufgegeben. Oder ist es nur Furcht vor der nächsten Enthüllung, dem nächsten Schock, der nächsten Enttäuschung?

Heute steht von vornherein fest, dass der Tag Geschichte schreiben wird, noch bevor er zu Ende geht. Alles ist nur Protokoll, wie bei einem Hochamt. Wir erwarten ein Spektakel, ein gewaltiges Theaterstück, wie es solch einem historischen Ereignis gebührt.

Philip sieht nur unaufmerksam zu und füttert zwischendurch Yaeli (zwei Jahre), während Pol und ich schon wie gebannt auf den Bildschirm starren. Moran (vier Jahre) kleckert mit ihrem Brei herum, und Chaya stillt den kleinen Bor.

In Washington ist der große Tag gerade erst angebrochen, bis zur offiziellen Feierlichkeit sind es noch ein paar Stunden. An der Sonne, die alles in ein zartes silbernes Licht taucht, ist selbst im Fernsehen zu erkennen, wie jung der Tag ist. Man riecht förmlich die Zahnpasta, das Aftershave, den unschuldigen Duft frischgewaschener Kleidung. »Der Schein der täglichen Wiedergeburt der Welt«, hatte Bor die Jungfräulichkeit des Morgens einmal genannt. Warum der Schein?

Was sei denn in Gottes Namen echter, hatte ich protestiert, als Erneuerung und die Hoffnung auf einen neuen Tag? Und was gebe es Schöneres als Morgenrot und taufeuchtes Gras?

Was für bescheuerte Klischees, hatte Bor widersprochen.

Tau sei doch nur Kondenswasser. Und die Erde erneuere sich nicht, sie drehe sich nur im Kreis.

Dass sie sich aber drehe, dazu noch um die Sonne, und sich immer wieder der Erwärmung und Abkühlung aussetze – das sei doch in seiner majestätischen Pracht zumindest herrlich und hoffnungsvoll. Warum sollte alles, was sich physikalisch erklären lasse, im selben Atemzug entzaubert sein?

Bor hatte schließlich eingeräumt, dass es herrlich sei. Aber er sei einfach noch nie gern früh aufgestanden. Er hatte gelacht.

Die Maschinerie kommt langsam in Gang, die Parade wichtiger Menschen, von den Asteroiden bis zu den Monden, von den Planeten bis zu den Sonnen: Sämtliche Fernrohre zeigen heute zielgenau auf die Milchstraße der Macht. Alle defilieren sie vorbei, mit feierlichem Schritt.

Einer nach dem anderen wird von dem amerikanischen Kommentator angekündigt, mit der schweren Stimme, die man von Baseballspielen kennt, einer Stimme, so tief und schwungvoll wie die Geschichte des Fernsehens selbst.

Auch Pol gibt zu allem einen Kommentar ab, besonders zu der feinen, langweiligen Kleidung und der großen Arroganz, die sie den vielen Gästen zuschreibt – bestimmt seien das alles bedeutende Persönlichkeiten, ihr aber weitgehend unbekannt.

Ich bin still.

Feierliche Anlässe finde ich immer ergreifend, große wie kleine. Beerdigungen, Hochzeiten, Taufen, Zeugnisvergaben: Tränen. Die Ordnung, die Symmetrie, die Symbolik.

Die Kultur, all dem Form zu geben, was dem menschlichen Leben Bedeutung verleiht. Das hatten Bor und ich gemeinsam, obwohl wir nur an hohen Feiertagen in die Synagoge gingen und uns nicht an die jüdischen Speisegesetze hielten. Dennoch legte er nach unserer Hochzeit Wert darauf, sich an bestimmte Traditionen zu halten. Äpfel mit Honig an Rosch ha-Schana, fasten zu Jom Kippur, Seder am Abend vor dem Passahfest und Kerzen zu Chanukka.

Diese Amtseinführung hätte ihm auch gefallen.

Ich rufe Philip, als ich die Hauptperson näherkommen sehe, die designierte Präsidentin, eine eindrucksvolle Frau halb indischer Abstammung mit attraktivem, intelligentem Gesicht, die die ganze Welt mit ihren Ideen, ihrer Redegewandtheit und Ausstrahlung in Erstaunen versetzt.

Laut frage ich mich, wie sie sich in diesem Moment fühlen mag. Wir würden uns mit dem wichtigen Amt wohl erst auseinandersetzen, sagt Pol etwas verächtlich, wenn eine Frau es bekleiden soll. Pol hat ein Händchen dafür, jede Situation darauf zu reduzieren, wie unausgewogen die Wertschätzung Männern und Frauen gegenüber verteilt ist.

Der aus dem Amt scheidende Präsident reckt den roten Kopf fast possierlich in die Höhe, seine zur Schau getragene verbissene Ungläubigkeit soll über die Schmach seiner Niederlage hinwegtäuschen. Er trotzt den Gegnern, die er geringschätzt, mit leicht tragisch anmutender Verachtung – tragisch, weil man ihn kaum beachtet. Sein Auftritt geht unter in der zeremoniellen Ankunft der Gäste und dem damit einhergehenden heiteren und gewichtigen Stimmengewirr.

Plötzlich schreie ich vor Schreck auf und schlage mir die

Hand vor den Mund, aber nicht wegen seines peinlichen Auftritts oder der Ankunft der designierten Präsidentin.

Der Verkehr, die Wolken, der Wind, die Schmetterlinge und die Vögel, selbst die Uhren scheinen beim Anblick einer anderen Frau abrupt stehenzubleiben. Wie die designierte Präsidentin bewegt sie sich in den vorderen Reihen der Gesellschaft. Gierig saugt sich die Kamera an ihr fest.

Sie begrüßt die scheidende First Lady so herzlich, als wäre sie ihre Freundin, und ich lese ihnen den einschüchternden Pussy-Talk von den Lippen ab, den nur sehr mächtige oder sehr schöne Frauen miteinander sprechen, wenn sie höflich Distanz wahren wollen. Sanfte, schmeichelnde, so beruhigende wie gefährliche Töne, Phrasen, Formeln. Samtig geschminkte Wangen, die rituell aneinander vorbeigleiten, Lippen, die Jochbeine nur sehr leicht streifen, Theater der Höflichkeit. Eine Hand warm und kräftig auf den Oberarm des Gegenübers gelegt, berühren sie sich mit der andern oberflächlich am Rücken: Herzlichkeit und Solidarität.

Ich ertappe mich dabei, dass ich jede Form von Körperkontakt nach den langen Monaten der Pandemie, die sich uns allen scharf ins Gedächtnis gebrannt hat, noch immer als gewagt empfinde. Doch ich bin nicht nur von den Berührungen und der Präsidentengattin fasziniert, deren nahezu alabasterne Erscheinung wir so selten zu Gesicht bekamen, dass manche sich fragten, ob sie überhaupt noch lebe. Es hat etwas Tragisches, wie sie dasteht, in ihren letzten Momenten als First Lady, die, wie so viele letzte Momente, für sie sicher eine ungeheure Erlösung darstellen. Aber nein, nicht sie hält meinen Blick gefangen.

Die Frau, die ich so obsessiv anstarre – als wollte ich sie aus dem Fernseher holen, ihr Bildnis trinken –, ist schöner als die frühere First Lady und begrüßt die neue Präsidentin herzlicher, entgegenkommender und charmanter als alle anderen Würdenträger.

Diesen Charme, dieses Entgegenkommen kenne ich. Den Eindruck, den ihre Schönheit hinterlässt. Ich kenne ihn nur zu gut.

Mein Herz klopft mir bis zum Hals.

Philip ist die Kinnlade runtergeklappt, sehe ich von der Seite.

»Puh«, höre ich ihn murmeln.

»Nein, oder? Ist sie das wirklich?«, ruft Pol.

Chaya geht zum Fernseher. »Ja, ja.« Chaya nickt, als spräche sie mit jemand Unsichtbarem. »Ja, ja.«

Da ist sie, mit ihrer schimmernden dunklen Haut, den fast schwarzen, glühenden Augen, den strahlend weißen Zähnen, und alles an ihr, selbst ihr voller, rubinrot leuchtender Mund, wirkt athletisch, voller Kraft und Leben.

Wir hören zwar weder, wie sie spricht, noch, was sie sagt, aber in meinen Träumen höre ich keine andere Stimme so oft wie ihre. Sie ist größer und schlanker als die neue Präsidentin und die scheidende First Lady, ihre üppigen pechschwarzen Locken sind zu einem wilden Knoten zusammengefasst, aus dem sie sich hier und da gelöst haben, und mit einer auffälligen, glänzenden Brosche in Blütenform verziert.

Ihre ungewöhnlich langen, schlanken Hände bauen jetzt schon etwas auf, scheint es, als sie liebevoll und sanft mit Daumen und Zeigefinger nach dem Handgelenk des

Mannes an ihrer Seite, offensichtlich ihr Partner, fasst. Als wollte sie ihn anstacheln. Ihn dazu ermutigen, sie an diesem großen Tag zu unterstützen.

Ja. Sie ist es wirklich.

So herzlich, so bezaubernd, wie diese Frau der neuen Präsidentin entgegentritt, hat sie auch uns vor fünfzehn Jahren begrüßt. Ihr Lachen …

Hätten wir ahnen können, dass sie da sein würde?

Vielleicht. Aber mich erschüttert, dass sie einen derart prominenten Platz einnimmt, in der zweiten Reihe. Sie müssen gut befreundet sein, die Sängerin und die zukünftige Präsidentin, was nur bedeuten kann, dass sie in der neuen Regierung eine wichtige Rolle spielen wird. Und sie hier zu sehen, an diesem Ort, löst bei mir Gefühle aus, auf die ich nicht gefasst war.

Bei der neuen Präsidentin habe ich noch versucht, mir ein Bild davon zu machen, wie sie sich heute fühlen mag, auf dem Olymp der Macht. Bei dieser Frau wissen wir zwar mehr über ihren Weg, aber ich kann nicht behaupten, zu wissen, was sie gerade denkt.

Groll juckt wie Schorf in meiner Brust, wo die Wunde noch immer nicht ganz verheilt ist, bei jedem Atemzug droht sie, wieder aufzureißen. Ich habe Herzrasen und ringe nach Luft, so benommen bin ich.

»Und damit wäre das Showbiz zurück im Weißen Haus«, sagt Philip heiser.

Ich kann seinen Gesichtsausdruck nicht deuten.

Pol starrt so intensiv auf den Bildschirm, dass sie nicht einmal mehr blinzelt.

Ihre Kommentare klingen fester und lauter als nötig, ihr Lachen ist gezwungen. Ob ich meine Bitterkeit je loswerde?

Unsere Blicke treffen sich, und nach diesem kurzen, unbehaglichen Moment schauen wir wieder zum Fernseher, obwohl wir genau wissen, dass wir uns sehr wehtun werden mit unserer Neugier.

Wie oft denkt sie wohl an uns? Denkt sie überhaupt noch an uns? Ihr Geist war mir immer ein Rätsel, die Effizienz, mit der sie dachte und arbeitete und die jeden Blick zurück ausschloss. Reue kennt sie nicht, soweit ich weiß. Sie schaut immer nur nach vorn, niemals zurück, so gut ihr Gedächtnis auch sein mag. Wir hatten über ihren Ruhm Bescheid gewusst, doch bis zum heutigen Tag war es uns mehr oder weniger gelungen, ihn zu ignorieren.

So effizient wie sie könnte ich niemals sein – mein Leben, mein Beruf sind davon geprägt, dass ich mir Dinge merke. Ich kann die Vergangenheit nicht hinter mir lassen.

In den Niederlanden hatten wir sie nie mehr gesehen.

Ist eine Situation vorstellbar, in der ich nicht mehr daran denke? In der ich nicht mehr an die Zeit denke, als diese Frau den Lauf meines Lebens, unser aller Leben unwiderruflich verändert hat?

Kapitel 2

Irgendwann Anfang März, an einem späten Nachmittag, habe ich sie zum ersten Mal gesehen.

Selbst jetzt, nach all den Jahren, kann ich das Bild mühelos heraufbeschwören, die Stimmung an jenem Tag spüren, auch wenn die Sonne hier unermüdlich daran arbeitet, Erinnerungen auszubleichen und einem den Verstand zu vernebeln.

Es herrschte klirrende Kälte. Eine Eisstimmung, in der sanft und ohne jede Vorwarnung, als hätte der Himmel es nicht mehr ausgehalten, Schneeflocken herabrieselten. Fast entschuldigend taumelten sie, tanzten in der Luft, um noch einen Moment länger schweben zu können. Der Himmel war stahlgrau, beinah lichtlos, und schon bald war klar, dass noch mehr kommen würden, viel mehr.

Den ganzen Nachmittag rieselte es, bis die Straßen und Gärten mit einer dicken Schicht Weiß überzogen waren. Danach wurde die Stimmung trotz der ungewöhnlichen Kälte milder (vielleicht wirkte es auch nur so, weil es unheimlich still geworden war). Über allem lag der trügerische Frieden von Schnee. Es wurde ohnehin schon nicht mehr so früh dunkel, aber im Widerschein der Straßenlaternen war es, als bliebe es draußen noch länger hell. Im Lauf des Abends versuchte der Mond noch, durchs Himmelszelt zu brechen und das viele Weiß zum Leuchten zu bringen.

Mitten in all dem malerischen Rieseln, das dieses Jahr so spät kam und überhaupt nicht zu dem Frühling passte, der uns in den letzten Tagen mit austreibenden Blumenzwiebeln und ersten Knospen an den Bäumen in seinen Bann gezogen hatte, erschrak ich über die auffällige einsame Gestalt mit dem gemeißelten, vor Kälte erstarrten Gesicht und den pechschwarzen Augen, die da durch den Schnee ging. Nein, sie ging nicht, sie schritt. Aber es wirkte nicht aufgesetzt oder überheblich, ihr Gang war eben majestätisch.

Haut so schwarz wie Ebenholz, Lippen so rot wie Blut – dabei konnte ich ihren Mund gar nicht sehen. Genauso wenig wie ihr Haar, das unter einem Kopftuch verborgen war. Sie wirkte so unverfälscht und anders als alle, die hier normalerweise unterwegs waren, dass ich fast glaubte, meine Wahrnehmung würde mir einen Streich spielen. Wo kam sie her? Was machte sie hier?

Wie eine schwarze Prinzessin schritt sie voran, von Kopf bis Fuß in Stoffe aus einer anderen Welt gehüllt, die bei dieser Kälte so hoffnungslos wie königlich wirkten. Ich hätte es damals nicht zugegeben, aber die Frömmigkeit, die ihr Aufzug ausstrahlte, ließ mich noch mehr frösteln, als ich es ohnehin schon tat.

In New York hatte ich sie verloren: meine Unbefangenheit gegenüber der Frömmigkeit von Fremden, und damit gegenüber allem, was anders war als wir, egal, wie viel Zeit seither verstrichen war. Vor New York war das Neue und Fremde einfach nur aufregend und interessant gewesen, jetzt schien es erst einmal angsteinflößend zu sein, eine

Gefährdung meiner Sehnsucht nach Kontinuität, die ich schon als Kind bei jeder Abweichung vom Gewohnten empfunden hatte. Als mein Vater sich den Bart abrasierte, schrien meine Schwester und ich, als stünde Jack the Ripper vor uns; als meine Mutter eine neue Brille bekam, wollten wir nicht mehr auf ihren Schoß; als unser kuscheliges altes braunes Cordsofa durch ein modernes weißes ersetzt wurde, fühlten wir uns nicht mehr zu Hause; als wir in eine andere Stadt zogen, weigerte ich mich einen Monat lang, in meine neue Schule zu gehen, bis mein Vater mich kurzerhand hintrug. Um den blamablen Auftritt zu kaschieren, tat ich für den Rest dieses schrecklichen Tages so, als hätte ich mir den Knöchel verstaucht.

Neu und anders war gleichbedeutend mit feindselig, so lässt sich meine damalige Beziehung zu dem gnadenlosen Universum, mit dem man als Kind irgendwie fertigwerden muss, zusammenfassen. Wenn man klein ist, wird man jeden Tag mit so viel Unbekanntem konfrontiert, dass man sich an die paar armseligen Sicherheiten klammert, die man hat: einen Bart, eine Brille, ein braunes Sofa. Doch inzwischen war ich erwachsen, wenn man der Zahl Glauben schenken durfte, die meine gelebten Jahre wiedergab.

Nach New York hatte ich neu lernen müssen, dem zu vertrauen, was ich nicht kannte oder erkannte. Doch als ich nach dem Zubettgehen noch einmal an die kalte Straße dachte, während ich unter der Decke die behagliche Wärme genoss, verfolgten mich wie nebenbei die bestrumpften Füße dieser jungen Frau in ihren Flip-Flops, mit denen sie offenbar nur kleine Schritte machen konnte, so sehr engten die fest um ihre Beine gewickelten Tücher sie ein. Zum Schutz vor der Kälte? Aber sie hatte auch ihren Mund bedeckt. Also war es wohl eher ein Zeichen ihrer Frömmigkeit. Wie fremd mir das war. Ich hatte sie nicht gegrüßt, ich glaube sogar, wir hatten nicht einmal Blickkontakt, als ich am Nachmittag mit dem Rad an ihr vorbeigefahren war. Trotzdem prägte sich mir ihre Erscheinung ein, wie ein Nachbild auf der Netzhaut: ihre nicht gerade warme, schlafanzugartige Kleidung, ihre dunkle Haut, auf der die Sonne einer anderen Zeit und eines anderen Kontinents nachglühte.

Diese Erinnerung – inzwischen hat sie die Beschaffenheit eines Traums. Als wäre es gar nicht wirklich geschehen, sondern ein Mosaik aus bekannten Elementen, Überbleibseln des Tages, Bildern von früher; so wie man manchmal versucht, seine Träume zu lenken, man schläft noch, aber das Bewusstsein kämpft sich schon Richtung Wachzustand. Eigentlich ein Wunder, dass ich mich überhaupt daran erinnere – damals war es bloß ein unbedeutendes Detail.

Ihren Namen kannte ich da natürlich noch nicht. Ein Kind … das war sie für mich. Wäre ich jetzt an diesem Ort, in dieser Zeitzone (und diesem Klima), würden die Erinnerungen sicher nicht so unversehrt aus den Tiefen der Vergangenheit aufsteigen.

Die Kleinen waren an diesem Spätnachmittag mindestens so aufgekratzt wie Philip und wir. Es war der erste echte Schnee in diesem Winter, und Sam und Pol flitzten mit ihrem Plastikschlitten den kleinen Hügel am Rand der Straße hinunter. Philip zog sie abwechselnd hoch, und sie kreischten vor Vergnügen und zankten sich eifrig darum, wer als Nächster auf den Schlitten durfte. Philip, so fröhlich und gutmütig, wie man als Achtzehnjähriger, der sich erlaubt, wieder zehn zu sein, nur sein kann, baute sogar einen großen Schneemann aus drei dicken Kugeln, mit einer Möhre als Nase und einem Knopf als Nabel, unter dem er, zu Sams und Pols Belustigung, eine Gurke und zwei Tomaten in den Schnee steckte.

Es war wirklich kalt, trotzdem blieb ich eine Weile stehen und sah zu.

Nur auf unserem kleinen Hügel war der Schnee plattgetreten, der Rest der Straße war glatt und weiß wie ein frisch gemachtes Bett. Niemand außer uns hatte seine Fußabdrücke hinterlassen. Mit kindlicher Sehnsucht hoffte ich, es würde so bleiben, und als ich jemanden von Weitem näherkommen sah, fühlte ich leichtes Bedauern. Allerdings war das schnell vergessen, als ich erkannte, wer da kam; ihr afrikanisches Outfit hob sich gegen das Weiß des Schnees ab. In ihren dunklen Stoffen kam sie nur langsam voran und zog dabei eine Schneise durch das perfekt gemachte Bett, als wäre sie ein menschlicher Schneepflug. Sie zerstörte die Jungfräulichkeit, auch das ist mir im Gedächtnis geblieben.

Sie starrte so gebannt auf den glitzernden Schnee, dass sie wie in Trance wirkte. Mir war das nicht ganz geheuer. Hatte sie sich verirrt, tat ihr etwas weh, war sie verrückt, brauchte sie Hilfe? Sie tat mir leid. Diese fürchterlichen Flip-Flops … Aber als ich ihre intelligenten, großen Augen glänzen sah, mit den dichten Wimpern, war mein Mitleid vergessen, sie blickten klarer und viel fröhlicher drein als bei unserer ersten Begegnung. Eingehend betrachtete sie die kreischenden Kinder und den Schneemann, bevor ihr

Blick mit derselben unverhohlenen Neugier an mir haften blieb. Ich schämte mich für die Genitalien des weißen Mannes in meinem Garten, dann schämte ich mich für meine Scham.

Sie blieb stehen, sagte aber nichts. Anscheinend wartete sie auf etwas.

»Schön, oder?«, fragte ich aufs Geratewohl.

Sie hörte mich offenbar nicht, doch als sie meinen Blick bemerkte, zog sie schnell und fast unmerklich einen Ohrstöpsel unter dem Kopftuch hervor.

Sie musste sich also irgendetwas angehört haben. Musik? Einen Sprachkurs?

»Das ist wundervoll!«, jubelte sie da zu meiner Überraschung, als würde etwas in ihr aufbrechen.

Sofort fiel mir ihre Stimme auf, laut, tief und melodiös, mit einem interessanten, leicht rollenden und markanten Akzent, den ich nicht einordnen konnte.

In überdeutlich artikuliertem, fast metallisch klingendem Niederländisch fuhr sie fort, atemlos, aber genauso laut wie eben.

»Warum sind nicht alle draußen und tanzen?« Sie schien es wirklich ernst zu meinen. »Feiern? Singen?«

Das war so unerwartet und witzig, dass ich lachen musste. Vielleicht wegen des Kontrasts zu ihrem theatralischen Aufzug, diesen enormen Mengen Stoff, die sie um sich drapiert hatte.

»Sind das deine Kinder?«, fragte sie.

Ich nickte.

»Sehr schöne Menschen«, sagte sie.

Ihr Alter konnte ich nicht genau einschätzen, tippte aber

auf Mitte oder Ende zwanzig, und sie war um einiges größer, als ich auf den ersten Blick vermutet hatte. Neben ihr fühlte ich mich klein, fast durchsichtig, als würde ich im Weiß des Schnees aufgehen.

Sie fröstelte, nickte mir zu, wieder mit diesem neugierigen Blick, und ging dann schnell weiter, während sie etwas unter ihrem Kopftuch zurechtrückte, gedankenverloren, eine intime Geste.

Auch ich fröstelte, während ich ihr nachsah, mindestens genauso neugierig, und mir Vorwürfe machte, dass ich ihr keine weiteren Fragen gestellt hatte. Sah sie zum ersten Mal Schnee? Wer war sie, wo wohnte sie, was machte sie, diese junge, wunderschöne muslimische Frau mit Flip-Flops, in diesem weißen, widerlich wohlhabenden Viertel?

Ehe ich michs versah, war sie verschwunden. Das Schreien der Kinder drang wieder zu mir durch, laut wie zuvor. Vom frischgemachten Schneebett war nicht mehr viel übrig. Zwei Autos waren vorbeigefahren. Die Unversehrtheit der reinweißen Oberfläche war Chaos und Zerfall gewichen – die Magie verflogen. Zum Glück fing es gerade wieder an zu schneien, wilder und stärker noch als zuvor, erst jetzt nahm einem der Schnee so richtig die Sicht darauf, wie alles sonst war.

Der Schneemann wurde zu einer tragischen, unförmigen Gestalt, und aufs Neue veränderte sich die Welt wie nebenbei. Die Kinder seiften sich ein. Philip jagte Sam hinterher, und Sam bewarf Pol mit Schneebällen – ein großer Spaß, jedenfalls bis einer sie ins Gesicht traf. Ich beruhigte sie, streichelte ihr über den nassen, kalten Kopf und bugsierte sie ins Haus.

Alle wollten Kakao. Das gehöre dazu, sagten Sam und Pol. Ich musste lachen. Sie mochten doch gar keinen Kakao, warum Kakao? Wenn es schneit, sei das Tradition, meinte Pol. Sam nickte. Das hatten sie in der Schule gehört. Der Klang des Worts gefiel ihnen, der sei warm und schön, sagten sie ernst. Erst gab es Schnee, dann gab es Kakao.

Ich war stolz und glücklich, dass ein Wort, eine Tradition, eine Geschichte meinen Kindern Lust auf Kakao gemacht hatte, als Sinnbild für Winterfreuden. Ein altes Gemälde, dachte ich. Wir saßen zusammen am Küchentisch, draußen war es kalt und weiß, und wir waren unsere Geschichte.

Selig pusteten wir in unsere Tassen und tranken den Kakao schlückchenweise.

Kapitel 3

Mit wem hast du geredet, Mama?«

»Keine Ahnung, mit einer jungen Frau.«

»Bestimmt vom Flüchtlingsheim«, sagte Philip. »Die laufen alle in so langen Lumpen rum. Moslems, Mama, verdammte Moslems.«

»Himmel, Philip, das darfst du doch so nicht ...«

Er hatte einen dunklen Kakaobart auf der Oberlippe, den er achtlos mit dem Handrücken wegwischte. Seine grobe Art schockierte mich.

Wie immer fand ich, dass er mit seinem zurückgekämmten schwarzen Haar aussah wie ein Filmstar, so ein altmodischer aus den Dreißigerjahren des vorigen Jahrhunderts. Düster und umwerfend. Ich allein kannte seine Wut, seine Anhänglichkeit und seine Angst, obwohl er mit vielem hinterm Berg hielt. Die Mädchen umschwärmten ihn, standen manchmal am Zaun, aber das kümmerte ihn nicht, er war schon ewig mit Karina zusammen. Flirts gestand er sich nicht zu, genauso wenig wie ihr. Die Aufmerksamkeit genoss er zwar, aber nach ihr zu suchen ging ihm zu weit.

Vor Philip war mir nicht klar gewesen, dass Jungs eine solche Stärke haben konnten, Jungs waren für mich immer anders gewesen – lässig, brutal, spöttisch, in den seltensten Fällen nett. Wenn ich ihn ansah, fühlte ich Schmerz, Angst und Verliebtheit, alles auf einmal. Bei Sam fühlte ich diese Angst weniger, vielleicht wegen seiner musikalischen Begabung, die ihn schützte wie eine zweite Haut und ihm eine Selbständigkeit verlieh, durch die er mit seinen neun Jahren schon erwachsener wirkte als Philip, obwohl der knapp zehn Jahre älter war.

Pol setzte sich auf Philips Schoß und schmiegte den Kopf an seine Brust. Sie liebte ihn heiß und innig, wollte Philip am liebsten für sich allein haben, ständig in seiner Nähe sein. Meistens schob er sie weg, wenn auch behutsam, wofür ich ihm dankbar war, doch heute ließ er sie gewähren. Wie immer waren seine Gedanken unergründlich für mich, auch wenn er an diesem Abend ungewöhnlich sanftmütig und freundlich war. Ich fragte mich, woran er wohl dachte, abends blieb er normalerweise nur selten bei uns.

Ich wollte diesen Moment festhalten. Die ganze Familie in der Küche, Sam, der wie immer Musik hörte, wir alle im Bann der Winterstimmung, eine Art Ferien von der Welt. Bor musste noch mal aus dem Haus, glaube ich. Später brachte ich Sam und Pol nach oben ins Bett, und als ich wieder hinunterkam, war Philip weg, zu Karina, nahm ich an.

Wie schön und wie traurig, kurz in meiner alten Welt zu sein, meiner alten und aus heutiger Sicht noch so perfekten Welt.

Der Abend hatte etwas Unwirkliches, alles war von Schnee bedeckt, doch selbst die Erinnerung an Kälte schien weit hergeholt. Der Schnee suggerierte eher Behaglichkeit, als wäre es draußen warm, der Schnee ein weicher Wollteppich. Einen Moment glaubte ich, ich sähe die junge Frau vorbeigehen, und bei diesem Gedanken erschrak ich ein wenig. Doch es war nur ein Vogel, der aufflog und etwas Schnee aufwehte.

Ania fehlte mir. Nicht nur, weil ich ohne sie nicht einfach wegkonnte, sondern weil es im Haus so still war, wenn die Kleinen schliefen. Erst vor einem Monat war sie nach Polen zurückgekehrt. Warum bloß hatte ich alles darangesetzt, dass sie uns verließ? Ania, unsere große Stütze, hatte sich, nachdem sie sich vier Jahre bei uns verkrochen und auf ihre polnische Art, trübsinnig, aber liebevoll, um Pol und Sam gekümmert hatte, endlich ihrer größten Angst gestellt und uns von sich aus den Rücken gekehrt, in einer Symphonie aus Leid und Heimweh, und trotzdem würdevoll. Für Philip war Ania die nüchterne, kameradschaftliche Stimme der Vernunft gewesen.

Bei aller Erleichterung litten wir darunter, dass sie weg war. Als hätten wir uns nicht nur von Ania, sondern auch von etwas anderem endgültig verabschieden müssen, der frühen Kindheit der Kleinen oder unserem eigenen freien Lebensstil. Ania hatte uns den öden Haushalt abgenommen und die Zeit geschenkt, zu arbeiten und auszugehen. Geschickt hatte sie unsere Jüngsten durch alle logistischen Herausforderungen gelotst. Allmählich war ihre Anwesenheit zwar zu einem Gefängnis geworden, doch nach der Rückkehr aus New York hatte sie dank ihres ungewöhnlich bodenständigen, pragmatischen Charakters entscheidend dazu beigetragen, unsere Familie zu beruhigen und wieder Normalität einkehren zu lassen.

Erst nach Jahren war mir aufgegangen, was für eine Angst Ania davor haben musste, nach Polen zurückzukehren, und der Gedanke, dass es ihr nicht so sehr um das Wohlergehen unserer Kinder, als vielmehr um eine Galgenfrist für sie selbst ging, ließ sich immer schwerer unterdrücken. Unsere Abhängigkeit von ihrer Fürsorge und ihrem Pflichtbewusstsein war ihr Freibrief, möglichst lange bei uns unterzukriechen, in unserem kuscheligen Heim mit den niedlichen Kindern, dem unmöglichen Teenie-Sohn – und dem großen, vollen Kühlschrank, wie Bor manchmal stichelte. Das bestritt ich. Außerdem gönnte ich ihr das Unterkriechen von Herzen. Es war eine wechselseitige Abhängigkeit.

Trotzdem musste ich mir eingestehen, dass ich immer häufiger meine Schuldgefühle und meinen Ärger über die groteske Unzulänglichkeit unseres guten Rats, unserer Unterstützung und schönen Worte angesichts all ihres unvorstellbaren, dumpfen osteuropäischen Leids hinunterschlucken musste; ein alkoholkranker, handgreiflicher Vergewaltiger-Vater, eine ewig wütende, erschöpfte Mutter mit einer namenlosen schleichenden Krankheit und damit verbundenen Geheimnissen, die Ania uns demonstrativ vorenthielt. Wir wurden immer deprimierter von ihrem fast schon verknöcherten Trübsinn und ihrer Einsamkeit. Die tischte sie uns tagtäglich auf ihre zurückhaltende Art auf, sanfte, doch schmerzhafte Peitschenhiebe, deren passive Aggressivität ich erst im Lauf der Zeit erkannte. Doch nach dem, was sie auf unser hartnäckiges Andringen hin unter herzzerreißenden Weinkrämpfen erzählt hatte, konnten wir ihr schlecht vorwerfen, dass sie sich niedergeschlagen in vielsagendes Schweigen hüllte. Und schließlich wurde mir klar, dass wir sie nicht beschützten, sondern einengten, dass wir uns gegenseitig einengten.

Unzählige Gespräche und ermutigende Worte, Telefonate mit Bekannten, die vielleicht einen Job für sie hatten – sie verfehlten ihre Wirkung nicht. Obwohl wir uns mühten, Ania deutlich zu machen, dass wir sie nicht zu unserem, sondern zu ihrem eigenen Besten in die Welt hinausschickten, nahm ihre permanente Schwermut nach den vielen guten Ratschlägen beinah unmerklich eine noch depressivere Färbung an. Danach bewarb sie sich in einem Moment der Tatkraft, auf die der Begriff »passiv-aggressiv« nicht mehr zutraf (weil »aggressiv« genügte), bei einer Firma in Warschau, die eine niederländischsprachige Telefonistin suchte. Von jetzt auf gleich würde sie uns verlassen.

Sie hätte sich keinen besseren Zeitpunkt aussuchen können, um uns zu schockieren und das Leben schwerzumachen. Offenbar war sie zu dem Schluss gekommen, dass man sich am besten verabschiedete, wenn man am meisten gebraucht wurde – und gehörig vermisst werden würde, wie ich feststellte. Sie verkündete es in den Weihnachtsferien, nach denen mich eine stressige Zeit erwartete, weil Bor beruflich viel unterwegs sein würde und sich in meiner Praxis eine Menge neuer Patienten angemeldet hatten. Ania gewährte uns einen zusätzlichen Monat, doch auch nach dieser Frist war unser vorherrschendes Gefühl, aus heiterem Himmel verlassen zu werden, und noch bevor uns aufgehen konnte, dass wir genau das herbeigesehnt hatten, standen wir auf einem abgelegenen, zugigen Bussteig in der Nähe des Hauptbahnhofs, mit weinenden Kindern an der Hand, die sich von ihrer zweiten Mutter verabschieden mussten.

Philip hatte nicht mitkommen wollen. Wahrscheinlich

traf es ihn härter, als er zugeben konnte. Es war ein Abschied von uns selbst, das spürte ich deutlich, und er war mindestens ebenso tränenreich, denn trotz allen Ärgers und ihrer viel zu ansteckenden Depression hatten Anias Glücksmomente mit den Kindern im Lauf der Zeit zugenommen, und allein schon wegen ihrer Liebe zu ihnen konnte ich sie nicht *nicht* liebhaben, so gern ich sie auch loswerden wollte. Ein Jahr war die maximale erlaubte Aufenthaltsdauer für ein Au-pair, und das nicht ohne Grund, wie ich jetzt feststellen musste. Bor und ich hatten die Vorschriften und Empfehlungen der zuständigen Agentur von Anfang an ignoriert und Ania behandelt wie ein Adoptivkind.

Kaum hatten wir den schäbigen Busbahnhof betreten, beschlich mich das Gefühl, in Polen zu sein, so sehr schien er Teil eines mir bis dahin verborgen gebliebenen Transportimperiums, das noch am ehesten an eine marode Variante des mythischen Unternehmens Greyhound erinnerte und Fremde jeder Couleur zu europäischen (und außereuropäischen) Zielen beförderte oder von dort hierherbrachte. War das etwa unser Hauptbahnhof, fragte ich mich unwillkürlich beschämt.

Dass hier andere Gesetze galten als im Rest der sonst so ordentlichen Niederlande zeigte sich schon daran, dass der Bus nicht zur angekündigten Zeit kam, und als er nach einer Dreiviertelstunde noch immer auf sich warten ließ und Ania noch immer herzzerreißend schluchzte, schien der einzige Ausweg aus dieser trostlosen Sackgasse, zurück nach Hause zu fahren und den ganzen unseligen Abschied endgültig abzublasen.

Zu unserem Erstaunen wollte Ania nichts davon wissen, und mit der Geduld und Gelassenheit, die sie wohl in ihrem Heimatland gelernt hatte, setzte sie sich auf ihren Seesack und seufzte, wie ihre Vorfahren vermutlich schon geseufzt hatten, freudlos, ohne das Bedürfnis oder die Lust, ihr Schicksal selbst in die Hand zu nehmen. Weil es eben so war, bei solchen Bussen, solchen Fahrten, solchen Menschen wie ihr. Sie wollte, dass wir sie hier und jetzt zurückließen.

Es gab ein bisschen Hickhack, zuerst kam es uns undenkbar vor, was für eine schwachsinnige Idee, doch Ania war unerbittlich, und bald sahen wir ein, dass wir ihr nichts entgegenhalten konnten, im Abseits standen, diesmal endgültig, also gaben wir ihr, inzwischen alle weinend, einen Abschiedskuss, die Kinder drückten ihr die nassen Gesichter an den Hals, vermischten ihre Tränen mit Anias und winkten ihr dann von der Rückbank des Autos aus zu, wie sie da auf dem zugigen Busbahnhof zwischen all den armen Leuten mit ihren Plastiktaschen und Billigkoffern saß, während alles von ihr wegflog, was wir ihr mitgegeben hatten – die Sprache, die sie von uns gelernt hatte, die Freude, die wir ihr zu schenken versucht hatten, das Selbstbewusstsein, mit dem wir sie hatten wappnen wollen. Nach wenigen Augenblicken war sie wie alle anderen dort, unsere Ania, kurz davor, so günstig wie möglich zu verreisen, an einen weniger schönen, weniger angenehmen Ort, wo es weniger gut roch und das Leben weniger gut geregelt war. Aber, dachte ich, sie ist hier, weil sie es selbst will.

Als wir wegfuhren, alle vier vor Kummer und Reue völlig ausgelaugt, sahen wir den Bus von Europtours um die

Ecke biegen, Anias Bus. Dort würde sie einsteigen und nie mehr zurückkehren.

Wir würden zu fünft zurechtkommen müssen.

Zum Glück ging mir gerade noch rechtzeitig auf, wie unglaublich verwöhnt es war, in Panik zu geraten beim Gedanken an die wunderbare Einfachheit des Lebens, das vor mir lag, umgeben von den vier Menschen, die ich liebte, den Menschen, bei denen jede Geste, jede Berührung, jeder Kuss eine natürliche, ungezwungene und unbefangene Notwendigkeit hatte und es keine Maskerade gab, weil wir eine Familie waren, ein Leben teilten.

Kapitel 4

Ich hatte mich bemüht, für die Pflichten und Aufgaben dankbar zu sein, die Ania mir die ganze Zeit so geschickt abspenstig gemacht hatte. Es war noch ein paar Wochen hin, bis ich den ganzen Tag für meine Klienten da sein müsste, und ich setzte alles daran, die wiedergefundene Vertrautheit mit den Kleinen zu pflegen. Ich organisierte Verabredungen mit ihren Freunden, fuhr die zwei Motzköpfe pünktlich zur Turn- und Klavierstunde, bezwang meine primitiven Ängste vor den anderen Müttern auf dem Schulhof, spielte Spiele und wagte mich sogar mit großem Tamtam an die Königsdisziplin der Mütterlichkeit: Plätzchen backen.

Natürlich hatte ich das auch unter Anias Regime versucht, aber unsere heimliche Rivalität hatte jeden Spaß im Keim erstickt. Es war so mühsam, Kindern ihre Ineffizienz zu gönnen; um ihnen die Freude nicht zu verderben, musste man beim Anblick von Mehl- und Puderzuckerwolken, von Butter und Glasur auf den geflochtenen Küchenstühlen seine Neigung zur Panik unterdrücken und sich von der Idee verabschieden, den Kampf gegen die totale Verlotterung gewinnen zu können. Ania hatte das Phlegmatische in die Wiege gelegt bekommen, ich nicht. Außerdem war das immer noch meine Küche – auch wenn Ania meistens gekocht hatte. Und es waren meine Kinder.

Vielleicht fiel es mir darum so schwer, lächelnd und entspannt zuzusehen, wie meine beiden ungeschickten, schlampigen Lieblinge sich nach dem Butter-Zucker-Mehl-Gemansche händeweise Teig in den Mund stopften, den Rest unkontrolliert in die Förmchen pressten, ihn quälend langsam und doch voreilig auf dem Backblech plattdrückten und lange bevor die Arbeit erledigt, die Küche aber noch das reinste Schlachtfeld war, mit ihren klebrigen Patschhändchen schon wieder kreischend in ihre Zimmer rannten und unterwegs alles begrapschten und vollschmierten.

Plätzchen backen, dämmerte mir, war nur theoretisch ein Vergnügen. Ein Vergnügen, dem ich vier Jahre lang eifersüchtig und rührselig lächelnd (vor allem aber faul, feige und falsch, wie ich im Nachhinein feststellte) aus sicherer Entfernung zugesehen hatte. Man könnte auch sagen, ich gestand mir das Vergnügliche nicht zu, weil eben Ania da war und mich allein durch ihre Anwesenheit nötigte, mich um vermeintlich größere und wichtigere Dinge zu kümmern. Meine Dissertation, die Sitzungen mit meinen Klienten, mein heimliches Gekritzel (ein Roman?), meine eigene Therapie. Manchmal wusste ich nicht mal, wofür genau.

Es hatte meiner Karriere auf die Sprünge geholfen – oder zumindest: sie nicht zum Erliegen gebracht und meinen Namen in der Fachwelt gefestigt, aber, Hand aufs Herz, mir auch viele leere, triste Stunden beschert, in denen ich Pol gedämpft kreischen und singen und Sam seine Etüden spielen hörte, ohne einen einzigen klaren Gedanken fassen zu können, weil ich die Zeit ohne die Kinder verstreichen fühlte, unter einem Schleier drückender Schuldgefühle. Was hieß denn eigentlich größer und wichtiger?

Dennoch war die wiedergefundene Vertrautheit wunderbar. In diesen Wochen backte ich mit Sam und Pol dreimal Plätzchen (beim letzten Mal praktisch allein), schlug fünfmal vor, Ball zu spielen (wozu niemand Lust hatte), und schmierte jeden Morgen gesunde Butterbrote wie aus dem Bilderbuch, mit Feldsalat und Tomate und Käse und Mayonnaise. Und wäre ich nicht ganz sicher gewesen, dass Philip seine Brote konsequent vergaß oder wegwarf, hätte ich auch ihm welche geschmiert. Nach der Schule erwartete ich die Kinder mit Tee und Kuchen, stellte Fragen und bemühte mich, ihnen bei den Hausaufgaben zu helfen, während mein Herz vor nervöser Liebe überquoll – doch je mehr ich mich bemühte, desto deutlicher wurde mir, dass sie längst ihr eigenes Leben hatten, Beschäftigungen und Gewohnheiten, die sie lieber für sich behielten. Immer öfter dachte ich an all das, was ich unterdessen vernachlässigte.

Das Lesen hob ich mir für abends auf, und meine Klienten sah ich in dieser Zeit nach Möglichkeit vormittags, auch wenn manche so früh am Morgen ganz und gar nicht in der Stimmung waren, ihr Innerstes vor mir bloßzulegen.

Zwar empfand ich es als unprofessionell, die Arbeit familiären Pflichten unterzuordnen, aber wenn ich Sam und Pol abends ins Bett brachte, kam mir mein Ehrgeiz vollkommen sinnlos vor, ein regelrechter Verrat angesichts dieser Liebe und der Vorteile, die meine Fürsorge den Kindern brächte (wie ich mir einbildete), und nachts träumte ich, ich wäre eine Schauspielerin, deren Publikum knuspernd und schmatzend Chips aß, wenn sie die Bühne betrat, und sie auslachte.

Salat und Tomaten fand ich schon bald im Mülleimer, und wenig später auch die durchweichten Brotscheiben.

»Musst du nicht in dein Zimmer, arbeiten?«, fragte Sam hoffnungsvoll, als ich anklagend das ekelerregende feuchte Brot direkt aus dem Müll auf seinen Teller beförderte.

»Igitt!«, schrie Pol.

»Anias Brote habt ihr nie weggeworfen.«

Keine Antwort. Sam konzentrierte sich auf seinen Spielzeugsoldaten, den er über die Tischplatte rasen und gegen die Ketchupflasche krachen ließ. Dazu machte er Explosionsgeräusche.

Pol zeichnete und summte *We are the champions …*

»Warum dann meine?«

»Ist doch wurscht …« Wurscht?

»Vermisst ihr Ania?«

»Och, geht so. Weiß nicht. Weg mit dem ekligen Ding, Mama!«

»Tut mir leid.«

Ich seufzte, warf das Brot zurück in den Mülleimer und strich Nutella auf zwei frische Weißbrotscheiben. Die aßen sie zufrieden schmatzend auf.

»So ein Brot mit Gemüse, das ist einfach nicht lecker, Mama.«

»Du bist immer im Stress, Mama«, sagte Sam. Sein Spielzeugsoldat verschwand, mit Sam im Schlepptau, in einem dramatischen Sinkflug unterm Tisch und stieg surrend wieder auf.

»Ja, Mama, du schreist die ganze Zeit rum!«, rief Pol, ganz begeistert von Sams Analyse.

Ich schwieg und sah geknickt zu, wie Pol mit der linken

Hand einen Hund herbeizeichnete. Ungelenk, doch herzergreifend kam er unter ihrer kleinen Faust zum Vorschein, die den Buntstift senkrecht umklammert hielt. Pol machte nicht den Eindruck, als würde sie unter meinem Schreien leiden.

»Du schreist auch ganz schön rum«, brummte ich.

»Ja, Mama, seit Ania weg ist, schreist du wieder so.« Das war Sam.

»Wieder? Von wegen. Ich schreie überhaupt nicht!«

»Tust du wohl!« Sam ließ nicht locker. »Die ganze Zeit. Immer, wenn wir was machen sollen, schreist du.«

»Das … tut mir leid.«

»Nicht so schlimm, Mama.«

»Es tut mir wirklich leid, ihr zwei.«

Sam imitierte jetzt ein Maschinengewehr. Sein Soldat schwirrte rattattattatta über Pols Zeichnung.

»Hau ab!«, kreischte Pol. »Du machst mein Bild kaputt.«

»Du schreist auch. Siehst du, wie schnell das geht?«

»Ich bin ein Kind«, rief Pol empört.

»Schon gut, schon gut …« Ich auch, dachte ich, sagte aber: »Hört zu, ich bin manchmal einfach ein bisschen nervös, ich muss Sachen erledigen … und ihr hört nie auf mich …!«

»Dann such doch ein neues Au-pair«, sagte Pol.

»Okay …«, sagte ich.

»Ich brauche kein Au-pair«, sagte Sam.

»Ich schon!«, rief Pol.

»Wirklich?« Angewidert registrierte ich die Ratlosigkeit in meiner Stimme und beeilte mich, einen überlegeneren

Ton anzuschlagen. »Also gut, vielleicht hast du recht. Sie muss ja nicht gleich bei uns einziehen.«

Sams Soldat erschoss einen Feind.

»Pol?«, fragte ich.

Sie zuckte die Schultern. »Darf ich fernsehen?«

»Soll ich ein neues Au-pair-Mädchen suchen?«

»Warum fragst du uns? Das Au-pair brauchst doch du.« Sam ließ seinen Soldaten in den Kühlschrank linsen. »Kann ich die halbe Knackwurst? Bei Ania durfte ich immer was mit Fleisch.«

»Wenn ich mich recht erinnere, hast du morgen ein Referat?«

»Eben, drum!«

»Na gut, wenn du es gleich mal für mich hältst.«

»Das Würstchen?«

»Sehr witzig. Das Referat! Und erst danach ans Klavier, verstanden?«

»Ja, Mutter.«

Mutter. Fabelhaft fand ich dieses Wort. Und auch, dass Philip, Sam und Pol zu mir gehörten. Manchmal kamen sie mir völlig unwirklich vor, diese Menschen, die einfach so Teil meines Lebens geworden waren: Philip, fast schon ein Mann, Pol, mollig und weich mit ihren weißblonden Locken und den braunen Augen, Sam, dunkelhaarig und mit neun Jahren bereits ein echter Pianist. Mit welcher Selbstverständlichkeit sie um mich kreisten, als hätten sie ein Recht auf alles, ein Recht auf mich und das, was zu mir gehörte, wie sie mich auslachten, kritisierten oder, noch schlimmer, einfach ignorierten.

Wer waren diese Menschen, hier in meinem Leben, in dem ich mich früher oft so einsam gefühlt hatte, so unzureichend und fremd unter allen anderen? Vor solchen Fragen stand ich manchmal wie vor einer unscharfen Luftaufnahme meines Lebens, auf der ich nichts wiedererkannte. Es dauerte immer nur Sekundenbruchteile, aber es fühlte sich an, als stürzte ich in einen Abgrund, wie manchmal in der allerersten Schlafphase, man fängt an zu träumen und schreckt dann schaudernd hoch: das Erstaunen darüber, wie groß das Eigene geworden war, meine Welt, meine Familie. Was war das für ein Abgrund, fragte ich mich dann. Warum hatte ich nicht besser aufgepasst? Ich hatte doch jeden Moment ihres Lebens, na ja, fast jeden Moment, miterlebt – auf alle Fälle waren sie immer in meiner Nähe gewesen, unter meiner Obhut.

Wie seltsam, dass dir ausgerechnet im intensivsten, körperlichsten aller Leben – der Phase, in der deine Kinder aufwachsen – Dinge entgehen und zu Geheimnissen werden, die dich grundlegend verändern, von innen heraus, obwohl (oder vielleicht gerade weil) sie so undurchsichtig sind.

Und Bor.

Der tatkräftige Bor mit seinem Verantwortungsgefühl und dem ausgeprägten Sinn für Anstand und Gerechtigkeit. Bor in der Hauptrolle – immer und überall. Der disziplinierte Bor mit seinen hochfliegenden Ambitionen. Mein Mann, der Mann, der immer da gewesen war, schon vor Herman eigentlich, der damals aber, na ja, eben nicht Herman war. Herman hatte ich mit einer Ausschließlichkeit geliebt, die alles und jeden fernhielt, das hatte ich erst hinterher erkannt.

Bor hatte mich beschützt, getröstet, mein Ballast hatte ihm keine Angst eingejagt. Ich kannte ihn, er kannte mich. Und, nicht unwichtig, er hatte Philip sofort unter seine Fittiche genommen. Damit hatte er mich entwaffnet. Gläubig war Bor nicht, eher im Gegenteil, aber er hatte mich dazu überredet, Philip, so jung er damals auch war, in den jüdischen Religionsunterricht zu schicken und ihn Hebräisch lernen zu lassen, als könnte er seinen Stiefsohn durch diese gemeinsame Sprache, die man ihm von klein auf eingetrichtert hatte, näher an sich heranholen, an seine eigene Kindheit, seine eigene Erziehung.

Mit Bor war das Leben viel leichter als mit Herman. Bor war nicht so ein übertriebener Gefühlsmensch, kein Narziss, er sprach nicht gern über seine Emotionen oder darüber, wer er war. Ich mochte seine tastenden, letztendlich aber immer sehr akkuraten Aussagen. Er hatte so oft recht.

Allerdings lebte er auch in seiner eigenen Welt, hin und wieder vergaß er mich, Philip und die Kleinen, zum Beispiel, wenn er schwierige oder interessante Fälle hatte – das fand ich jedenfalls, brüllte es ihm entgegen, ich, die Psychologin, wenn ich mich im Stich gelassen fühlte, einem Familienleben zum Opfer gefallen, dem ich nicht gewachsen war; manchmal fand ich das unverzeihlich, es machte mich fuchsteufelswild, als wäre ich hereingelegt worden, hinters Licht geführt wie der Bootsflüchtling vom Schlepper.

Aber dann erinnerte ich mich daran, dass ich diese Familie selbst gewollt und die Einsamkeit, als ich noch mit Philip allein gewesen war, gehasst hatte, dass ich, in meiner ganzen Verzweiflung, Wut und Trauer, in meiner Abhängigkeit von Kitas, liederlichen Babysittern und meinen

Eltern, unbeschreibliche Sehnsucht nach einer Familie gehabt hatte und nach den Einschränkungen eines Lebens, das mehr umfasste als Philip und mich.

Und dann ging es für eine Weile wieder.

Kapitel 5

Im Nachhinein glaube ich, Bor hat den kolossalen Gewaltausbruch in New York als persönlichen Anschlag empfunden. Auf sich selbst, vor allem aber auf uns, seine Frau, seine Kinder, sein ganzes verwundbares Leben, das er zum ersten Mal offen jüdisch hatte besiegeln wollen und in dem er sich mit seiner geballten Beschützer- und Herrschsucht ungeschützt gefühlt haben muss und bestimmt nicht annähernd so heldenhaft, wie er sich gern gesehen hätte.

Er kniete sich immer mehr hinein, als ginge es um einen Fall, ein Verbrechen gegen sich und seine Familie, das er entschlüsseln und verstehen musste, um es mit Argumenten zu entkräften, sich mit Begründungen, mit Worten davon zu befreien. Penibel und mit quälender Konsequenz sammelte er Material über die Legitimität des Glaubens, die Wahrscheinlichkeit, dass es einen Gott gab, dessen Existenz eine derartige Wut- und Gewaltbezeugung rechtfertigen würde. Er wollte herausfinden, ob sich hinter der monströsen Tat, die wir aus nächster Nähe erlebt hatten, Liebe und echte Hingabe verbergen konnten.

Den Winter nach dem schlimmsten Terrorakt seit dem Zweiten Weltkrieg verbrachte Bor Abend für Abend mit theologischen und juristischen Schriften, um zu beweisen, dass hier über Gott selbst gerichtet werden musste, so lange, bis er nach vielen vergeblichen Versuchen fast triumphierend zu dem Schluss kam, dass es tatsächlich keine rationale Grundlage gab, zu glauben. Von diesem Moment an war das sein erklärtes Ziel: aufzuzeigen, dass es keinen Gott gab und er folglich auch niemandem das Recht geben konnte, in seinem Namen zu töten.

Mit großem Ernst sprach er über einen Prozess gegen den Propheten, in dem er formell beweisen wollte, dass die Anschläge auf die Twin Towers juristisch und ethisch als illegal und verbrecherisch einzustufen waren – am Ende ließ er es aber bei einem kleinen Traktat bewenden, in dem er die Existenz Gottes, und damit den Kern jedes Glaubens, verwarf und den Atheismus zur einzig wahren Geisteshaltung erklärte.

Es hatte etwas Tragisches, dass Bor so kurz nach unserer jüdischen Hochzeitszeremonie die Religion ad absurdum führen wollte, und ich fragte mich, ob das Traktat für ihn eine Art war, den Schatten zu vertreiben, der seither auf unserem Leben lastete. Aber darauf ansprechen wollte ich ihn nicht.

Wenn ich seine Beweggründe benannte, würde für Bor das Traktat vielleicht an Kraft verlieren, dabei war ich doch froh, dass er sich damit offenbar von etwas hatte befreien können. Es erschien in kleiner Auflage. Der Titel lautete: *Im Namen der Vernunft. Warum Jahwe, Mohammed, Christus und Buddha keine Lösung sind.*

Das *NRC Handelsblad* berichtete darüber, Bor gab mit großem Engagement ein Interview, und neben wütenden Kommentaren aus der religiösen Ecke kam von Philosophen Lob, auch wenn sie seine Ausarbeitung etwas unbesonnen fanden. Um von der breiten Öffentlichkeit wahrgenommen zu werden, war das Traktat zu klein und zu akademisch, doch nachdem es ins Englische übersetzt worden war und Denker aus Amerika und Großbritannien sich damit befasst hatten, wuchs seine Leserschaft langsam, aber stetig.

Es hatte Bor geholfen, seine Gedanken zu ordnen und seinen Kummer zu vergessen, stellte ich fest. Ein paarmal wurde er zu Fernsehsendungen eingeladen, um über das Traktat zu sprechen. Danach avancierte *Im Namen der Vernunft* wie von selbst und beinah unmerklich (Bor nannte es einen *Spätstarter*) zu einem Standardwerk, und zwei Jahre später wurde es sogar in den Lehrplan aufgenommen.

Drohungen hatte er, unseres Wissens jedenfalls, damals nicht erhalten. Vielleicht, weil seine Abneigung gegen eine unbegründete Verehrung so demokratisch auf die verschiedenen Religionen verteilt war. Die Nivellierung machte ihn weniger verdächtig, als wenn er nur Mohammed oder Allah angegriffen hätte.

Ein paar Wochen nach Anias Abreise war von meiner Erleichterung nicht mehr viel übrig. Oder von dem rührseligen Glücksgefühl, »unter uns« zu sein. Der Garten war kahl, kahler denn je, und obwohl ein paar Bäume ein klitzekleines bisschen aus ihrer winterlichen Stummheit erwachten und ich hier und da ein Schneeglöckchen entdeckte, herrschte noch immer der nasskalte Wintergeruch vor.

Noch nie war ich so auf eine Jahreszeit fixiert gewesen, und mir wurde bewusst, dass ich auf eine Art Erlösung wartete. Atemlos fuhr ich mit dem Rad zu Pols und Sams diversen Vereinen, zu ihren Freundinnen und Freunden, ich kochte, kaufte ein und sammelte derweil fleißig Material für einen Artikel über weibliches Schuldgefühl.

Bor nahm seine Rolle als moderner Jäger und Sammler offenkundig sehr ernst, er arbeitete pausenlos. Wenn meine Praxiskollegin in zwei Wochen in Urlaub ging, würde ich wirklich Hilfe bei der Betreuung von Sam und Pol brauchen. Die Hoffnung, sie Bor oder Philip anvertrauen zu können, war illusorisch, so viel stand fest.

Meine Annonce in der Lokalzeitung bescherte mir Gespräche mit fünf Mädchen, aber ich sah auf den ersten Blick, dass nicht eins von ihnen eine anständige Mahlzeit zubereiten konnte, ich hielt sie nicht einmal für geschickt und resolut genug, um etwas aufzutauen und in die Mikrowelle zu stellen. Wie sollten sie da Sams und Pols Launen und die ganze wahnwitzige Logistik ihres sozialen (und musikalischen) Alltags in den Griff bekommen? Meine Sorgen interessierten sie überhaupt nicht, und so attraktiv sie den Job fanden – bei einem Anwalt, der manchmal im Fernsehen zu sehen war, und einer netten Psychologin –, von der eigentlichen Arbeit hatten sie keine Vorstellung. Aus ihren anbiedernden Antworten – »Ich fänd es toll, für Sie zu arbeiten« und »Kinder liebe ich sehr« – hörte ich Widerwillen, ja Habgier, heraus.

Ich reagierte schnippisch und bekam einen Hass auf Bors ständige Abwesenheit, für die er natürlich nichts konnte (Verhandlungen, Sitzungen). Philip machte sich rar, wie üblich, verwickelt in Machenschaften, von denen ich, wenn überhaupt, immer erst viel später erfuhr.

Kapitel 6

Meine Erinnerungen sind nicht sonderlich chronologisch. Lauter Fetzen. Gerade sind wir im Haus zugange, die Kinder acht und neun. Nicht lange, nachdem Ania weg war.

»Mamaaaaa!« Pol sprang in meine Arme und drückte mir den Kopf an die Brust, ihr Gesichtchen einen Augenblick ruhig, hochmütig und beinah gelangweilt, so sicher war sie sich meiner Liebe. Bei ihrer Umarmung wurde ich von Glück überschwemmt, wie immer begleitet von einem Hauch Beklommenheit. Bestimmt lag das am Beschwörenden und Bezwingenden ihrer Anhänglichkeit – als wäre ich ein Sicherheitsschalter, der überprüft werden muss: Funktioniert er noch? Dieses Gefühl, gefangen zu sein, kannte ich nur allzu gut, vor allem aus Philips Kindheit, als ich wirklich alles allein hatte machen müssen. Bor entpuppte sich zwar sofort als der sorgende Vater, den ich früher in Herman hatte sehen wollen (der sich jedoch nie die Zeit dafür genommen hatte), trotzdem spürte ich Beklommenheit in der Kehle, im Hals; ein unerwartetes Nebenprodukt des Glücksgefühls, das sich am deutlichsten und körperlichsten beim Stillen geäußert hatte.

Vermutlich hatte der Ewige das vollkommene Mutterglück im Sinn, als er den Frauen die Fähigkeit schenkte, ihre Kinder selbst zu nähren, ohne fremde Hilfe, dachte ich damals. Allerdings wünschte und verabscheute ich gleichzeitig nichts so sehr wie die Ergebenheit, zu der mich diese Fähigkeit zwang, ein neugeborenes Kind war die wertvollste und gefürchtetste Gesellschaft – weil es eben mehr war als bloße Gesellschaft, die Mutter war auch die Gefangene des Kindes. Beide waren auf beglückende und verwirrende Weise miteinander verflochten; dein Kind, obwohl so abhängig von dir, war ein ebenbürtiger Gegner – denn du warst mindestens genauso abhängig von ihm. Es sehnte sich nach Fürsorge und Aufmerksamkeit, hatte aber auch unbestreitbare Rechte an deinem Körper, wie du an dem seinen, und im günstigsten Fall brachte dieses perfekte Gleichgewicht die uralten Zweifel daran, wer du warst und wo es mit dir hingehen sollte, großenteils und auf glückselige Weise zum Schweigen.

Dass dann die schöne Beklommenheit schwand und sich allmählich in einen Ringkampf verwandelte ... eine Revolution, und schließlich eine Revision aller Sicherheiten, die man als Erwachsener gewonnen hatte – eine Erkenntnis, zu der ich durch Philips höllische Pubertät fand –, das wusste ich damals noch nicht.

Pol ließ mich nach kurzer Zeit wieder los. Es war jedes Mal ernüchternd, wie schnell sie genug von mir hatte – war ich denn nicht der Garant ihrer Sicherheit und diejenige, die diese Unbekümmertheit überhaupt möglich machte? Doch sie rannte gleichgültig und ungeduldig zu ihrer PlayStation zurück, um weiter zu morden oder was immer ihr niedlicher rosagekleideter Avatar da trieb. Unbekümmertheit und Sicherheit gehörten zusammen. Im Hintergrund spielte Sam etwas von Chopin.

Wo hatten andere Mütter die Fähigkeit zur Sanftmut gelernt, oder war die Sanftmut bei ihnen etwa angeboren? Ich selbst redete regelmäßig in einem geliehenen Tonfall mit meinen Kindern, der sie beruhigte und belustigte, mich aber oft erschöpfte.

»Sam, Polly-Maus, ich muss kurz was Leckeres kaufen gehen, kommt ihr mit?«

»Wo musst du hin?«, quengelte Pol.

»Zu Albert Heijn, zum Bäcker …« Chopin verstummte.

»Ich komm mit«, rief Sam, die Schüssel mit Gratiskeksen vor Augen.

»Ich auch!«, schrie Pol.

»Zieht eure Jacken an … Draußen regnet es und der Schnee ist nass. Und nehmt einen Regenschirm mit.«

»Regen? Nee, dann nicht«, sagte Sam.

»Ich auch nicht.«

»Sam?« Chopin.

Pol saß schon wieder vor dem Fernseher.

»Pol? Nicht fernsehen! Komm schon!«

Pol blieb reglos sitzen. Das war der Moment.

Der Moment, in dem ich merkte, dass etwas los war und sie danach lauschte.

»Dreckshure!«

Philips Stimme, draußen. Gefolgt von Brüllen und jaulendem Weinen. Das war Karina, ich erkannte ihre Stimme.

Ich trat ans Küchenfenster, gestikulierte beschwichtigend, aber Philip war völlig außer sich, es musste etwas Ernstes sein. Karina stand zusammengesunken da, und er fuchtelte wild herum und brüllte so verzweifelt und heiser, dass dass es klang, als wäre er wieder im Stimmbruch.

Langsam ließ ich mich auf einen Stuhl sinken und klammerte mich daran fest, als hätte ich Angst, sonst zu Boden zu gehen oder in die Luft aufzusteigen.

»Hure! Verräterin!«, hallte es durch unsere ruhige Straße.

Und dann waren sie im Haus, in der Küche, und ich hörte Philip noch mindestens zehnmal dasselbe Schimpfwort wiederholen. Ich stürmte zu den Kleinen, plötzlich tat es einen Schlag und Karina stieß einen solchen Schrei aus, dass er durch die Wände drang. Oder war ich das?

Sam und Pol pressten sich im Flur steif an die Wand, als hielte eine Windhose sie dort gewaltsam fest. Jetzt konnte ich Philip und Karina sehen.

Er stand weinend vor ihr, ein umgefallener Stuhl zwischen ihnen, sein Gesicht blass und so verzerrt, wie ich es nur von ganz früher kannte. Auch Karina weinte.

»Hau ab, Mama«, brüllte Philip, ohne mich anzusehen, mit dieser rauen, vergessenen, wunden Stimme, »hau ab und nimm die Zwerge mit.«

Dann fiel ein weiterer Stuhl um.

»Selber Zwerg!«, schrie Sam wütend.

Er schlug nach Philip und rannte laut polternd die Treppe hoch. Pol schluchzte hysterisch.

Beim Anblick von Philips schmerzerfülltem Gesicht nahm ich Pol rasch an die Hand und ging mit ihr nach oben. Sie trottete mir brav hinterher, grundlos ängstlich, wie ich, aber auch genauso neugierig.

Karina schluchzte, und Philip brüllte: »Dieses Dreckschwein!« Ein weiterer Schlag.

Ich brauchte eine Weile, um Pol oben vor den Fernseher zu bekommen und Sam zu beruhigen. Dann knallte die Haustür zu, und bis ich wieder hinuntergerannt war, waren Philip und Karina verschwunden.

Drei Stühle lagen neben dem Esstisch. Einem fehlten zwei Beine. Mein Herz raste vor Wut, aber auch vor Besorgnis, ein Stechen unter den Rippen, das ich nur zu gut kannte. Es war eine aggressive Form von Hilflosigkeit, bei der ich immer Herman verfluchte, denn irgendjemanden musste ich schließlich verfluchen.

Immer wenn es Schwierigkeiten mit Philip gab, fühlte ich dieses Abgründige, dieses Leugnen der Tatsachen, als würde ich in Treibsand versinken, als könnte ich unmöglich etwas mit den Problemen zu tun haben, in denen ich ertrank, weil ich es nicht aushielt, allein verantwortlich zu sein. Dass es inakzeptables, armseliges und feiges Fluchtverhalten war, dessen war ich mir bewusst, doch ich konnte nichts dagegen tun. Andere sollten schuld sein, andere sollten das Problem lösen, es war so gewaltig, dass es meine Kräfte überstieg.

Schwer zu sagen, was ich schlimmer fand: meine merkwürdige, unerwartete Sorge um Karinas Sicherheit oder den Schmerz, den mein Sohn fühlen musste, wenn er so ausrastete. Aber ich wollte ihnen nur hinterher, um ihn zu retten, weniger ihretwegen, denn ohne zu wissen, was passiert war, hatte ich sie schon für schuldig befunden. »Hure!« konnte schließlich nur eines bedeuten.

Am Ende rief ich doch Bor an.

»Er wird sie schon nicht umbringen«, sagte er. »Mach dir nicht so einen Kopf. Da ist offensichtlich was vorgefallen … Das wundert mich nicht, ehrlich gesagt, nach zwei Jahren, sie sind doch noch so jung …«

»Du spielst das ganz schön runter. Wenn du dabei gewesen wärst …«

»Fremdgehen ist der schlimmste Verrat. Dann darfst du heulen wie ein verletzter Wolf, dann *bist* du ein verletzter Wolf … Einen Stuhl umwerfen und ›Hure!‹ schreien ist doch gar nichts …«

»Nein, Bor, nein. Wirklich nicht! Wir sprechen hier von Philip. Philip! Würdest du bei Sam dasselbe sagen? Ich fürchte …«

»Natürlich würde ich dasselbe sagen.«

Ein wunder Punkt. Er schwieg kurz. »Ich muss auflegen, Zel«, sagte er dann. »Ruf ihn an! Sprich mit ihm!«

»Er geht nicht ran.«

»Ich kann hier nicht weg. Mach dir keine Sorgen. Sam und Pol haben bestimmt einen Riesenschreck bekommen?«

»Denen geht's gut.«

Den ganzen Abend blieb es ruhig. Von Philip kein Wort. Bor kam nach Hause, wir machten den Kleinen etwas zu essen und brachten sie ins Bett.

»Hat Philip Karina wehgetan?«, fragte Pol.

»Aber nein«, sagte ich. »Natürlich nicht.«

Philip kam erst am nächsten Morgen zurück. Er war blass und sagte nur: »Ich brauche dein Auto.«

»Alles okay mit dir?«, fragte ich vorsichtig. »Und mit Karina?«

Er wich meinem Blick aus.

»Bär?« (So nenne ich ihn seit seiner Geburt.) »Süßer. Es

war so schlimm. Du hast einen Stuhl kaputt gemacht, weißt du? So was darfst du wirklich nicht tun. Seid ihr noch zusammen?«

»Ich brauche dein Auto.«

»Wofür?«

»Wir sind noch zusammen, ja!«

»Mir gegenüber kannst du dich ruhig normal verhalten … Ich habe nichts damit zu tun. Was ist denn passiert?«

»Ganz genau: Du hast nichts damit zu tun! Also lass mich.«

»Es ist mein Auto, Bär. Wo musst du denn schon wieder hin?«

»Ach …«

»Du hast den Kleinen gestern eine Heidenangst eingejagt. Und mir auch.«

»Ja, ’tschuldigung, Mama, tut mir leid. Wir haben uns gestritten. Ich dachte, sie hätte mich betrogen.«

»Hat sie aber nicht …«

»Nein.«

Das sagte er gelassen. Mit gleichgültigem Blick. Später sollte ich mich daran erinnern, weil es mir wehgetan hatte. Weil es so offensichtlich war, dass er mir etwas verschwieg. Doch das Gefühl verflog.

»Wie bist du denn auf die Idee gekommen?«, fragte ich.

»Keine Ahnung. Lass mich, Mama, ich war einfach nur mies drauf. Jemand hat Scheiß gelabert, aber das war nur eine fucking Lüge. Brauchst du jetzt dein Auto oder nicht?«

»Reißt du dich in Zukunft ein bisschen zusammen?«

Ich bekam eine Umarmung. »Mamalein.«

Mein Auto brauchte ich nicht, und es war so wunderbar, wenn er mich Mamalein nannte. Ich gab ihm die Schlüssel meines roten Passats.

Kapitel 7

Im Rückblick tauchen noch mehr Erinnerungsfetzen auf, wichtige Fetzen, verknüpft mit Empfindungen, Bildern und Geräuschen. Wie ich durch nasse graue Straßen hetze, um Sam und Pol von der Schule abzuholen. Der Schnee war schon weg. Und weil mir nichts anderes übrigblieb, nahm ich die Kinder mit in den Supermarkt. Pol wollte Ostereier, verpackt in einem goldenen Mini-Eierkarton, und ich schnauzte sie an, es sei noch lange nicht Ostern. Sie weinte über ihr schweres Los, und ich nahm Sachen aus den Regalen und versuchte, ihr zielstrebiges Heulen zu überhören, aus Angst, ich könnte sie sonst noch einmal anschreien.

»Geh«, sagte ich. »Geh Sam suchen. Du machst mich wahnsinnig.«

Pol rannte davon, dramatisch mit den Armen fuchtelnd. Wüst stopfte ich Lauch und Käse und Mehl in meine Tasche, und der Lauch bohrte sich in den Deckel eines Joghurtbechers, der daraufhin aufplatzte. Die weiße Pampe ergoss sich in meine Tasche und über meinen Mantel. Mir rauschte das Blut in den Ohren. Die Kassiererin gab mir eine Küchenrolle und ein Stück Pappe.

Als ich den Joghurt innen aus der Tasche und außen vom Mantel geschabt und alles trockengetupft hatte, waren Sam und Pol nicht mehr zu sehen. Ich rief sie, schrill, ohne jede Selbstbeherrschung, wie ich widerwillig registrierte, und obwohl ich mich zu sehr ärgerte, um Angst zu haben, wurde ich doch unruhig, als sie nicht auftauchten.

Entführungen kommen vor, auch hier, auch heute. Auch, wenn man wütend ist und Joghurt auf dem Mantel hat. Gebückt von der Last meiner schweren Tasche stolperte ich durch die Gänge. Aber bei den Süßigkeiten waren sie nicht.

Ich machte kehrt und drängte mich ächzend an der Kassenschlange vorbei zum Ausgang, wo ich natürlich sofort hätte hingehen sollen. Doch auch dort sah ich sie nicht, vielleicht wegen dieser Düsterkeit in mir.

»Madam«, erklang es hinter mir. Ich drehte mich um.

Da stand die junge Frau, diesmal direkt vor mir, mit Sam und Pol an der Hand. Die schon wieder, dachte ich in einem Anflug von Animosität, der sich sofort in Erleichterung verwandelte.

Die Frau strahlte. »We're here«, sagte sie mit ihrer tiefen, vollen Stimme, die mir schon beim letzten Mal aufgefallen war. Von jemand derart Eingepacktem hätte ich eigentlich einen zaghafteren Ton erwartet.

»Hi Mama«, sagte Sam kühl.

»Hey, doofe Mami«, sagte Pol. »Guck mal, wir sind bei der Schneefrau.«

Die Schneefrau lachte schallend.

»Das sehe ich«, schnauzte ich sie froh an. »Warum seid ihr nicht zu mir gekommen, ich habe euch tausend Mal gerufen!«

»Wir haben uns unterhalten«, sagte Pol unbeirrbar.

»Sie hat mir einen Keks gegeben, und ich habe ihr niederländische Wörter beigebracht«, ergänzte Sam.

Er war ein bisschen rot im Gesicht und sprach schneller und gewählter als sonst, wodurch mir klar wurde, dass die Erfahrung, die sie gemacht hatten, wichtiger war als mein Ärger, jedenfalls für die beiden.

»Die Frau sucht Arbeit und wollte die Anzeigen lesen, aber das ging nicht so gut, weil sie noch nicht so lange Niederländisch kann. Also habe ich für sie übersetzt! Gut, oder?«

»Das hast du toll gemacht, Süßer«, sagte ich, »aber was hatten wir zum Thema Kekse gesagt?«

Gar nichts Spezielles hatten wir zum Thema Kekse gesagt, ich hatte ihnen nur einmal so brutal wie möglich erklärt, man dürfe niemals etwas von Fremden annehmen, weil man vor lauter Heißhunger auf Süßes nicht sofort durchschaut, dass sie einen entführen und ermorden wollen. Was zu einem schrecklichen Streit mit Bor geführt hatte.

Ich hielt den Blick gesenkt, als wütende Mutter wollte, nein, konnte ich dieser Frau nicht in die Augen sehen.

»Das hast du gut gemacht, Süßer. Und? War was für sie dabei? Ich habe euch wirklich aus den Augen verloren. Das war gar nicht schön für mich. Kommt ihr jetzt mit?«

Verlegen ließen sie die Hand der jungen Frau los, sahen sie entschuldigend an und kamen zu mir, beschämt und ein wenig steif. Als würden sie über eine Brücke in eine andere Welt gehen.

»Deine Kinder sind sehr gut, sie haben gut geholfen«, sagte die Frau in ihrem etwas unbeholfenen Niederländisch und reichte mir die Hand, worüber ich erst einmal erschrak. Doch sie hatte Zeit. Dilettantisch schüttelte ich ihre irrwitzig schmale Hand. *Ich* hatte keine Zeit.

»Sie sucht einen Job?«, fragte ich Sam.

»Yes.« Die Frau nickte. »Ich suche Arbeit!«

»Was für eine denn?«, fragte ich.

Mit dem Gehabe eines Mannes, der das Heft in der Hand hält und immer und überall Lösungen findet, sagte Sam: »Du wolltest doch ein neues Au-pair, Mama. Tadaaaa!«

»Sam!«

»Stimmt doch, Mama!«

»Das besprechen wir ein andermal«, sagte ich schnell.

Beinah ruppig fragte ich, während die Frau uns glücklich lächelnd beobachtete: »Wie ist denn Ihre Telefonnummer?«

»Oh«, sagte sie. »No telephone. Aber das Heim.«

»Das Heim?«

»Sie wohnt in einem Asyl, oder so«, sagte Sam. »So was wie eine Auffangstation.« Dann fügte er flüsternd hinzu: »Sie hat Kopfhörer unterm Kopftuch.«

»Eine Auffangstation?«, lachte Pol. »Das ist doch was für Tiere. Wohnt sie bei Hunden und Katzen, Mama? Die weggelaufen sind?«

»Ach ja«, sagte ich. »Natürlich. Auf dem ehemaligen Krankenhausgelände. Das nennt man Flüchtlingsheim, Sam. Kopfhörer? Wohnen Sie auf dem alten Krankenhausgelände?«

Die junge Frau nickte. Erneut bemerkte ich, widerstrebend, wie atemberaubend schön sie war. Eine Königin.

Nun begriff ich auch, warum die Begegnung im Schnee sich mir so eingeprägt hatte. Weibliche Schönheit verwirrt mich, eine seltsame Mischung aus Misstrauen und Rührung. Von Schönheit will man immer mehr, um sie zu durchdringen, zu analysieren. »Anziehend«, das Wort begreift man erst, wenn man jemandem gegenübersteht, dessen Gesicht dieses gewisse Etwas hat, die Perfektion, die einen nach dem Wunder des Unregelmäßigen suchen lässt, nach der Ästhetik des Irrtums.

Sie hatte mandelförmige schwarze Augen, leuchtend wie Edelsteine oder seltene Schmetterlinge, hohe Jochbeine, volle Lippen. Ihr makelloses Gesicht zog die Aufmerksamkeit auf sich, vollkommen symmetrisch war es aber nicht. Sie war groß und schlank, was unter ihrer Abaya allerdings nicht gut zu erkennen war, und bewegte sich mit eleganter Verzögerung. Aber was Sam und Pol so anzog, war sicher ihr neugieriger, intelligenter Blick.

Dass sie Muslima war, stand außer Frage. Und nach New York brachte ein solcher Umstand mich aus der Fassung, aber seltsamerweise beruhigten mich ihre Augen und ihre Schönheit. Und die Kopfhörer.

»Mögen Sie Musik?«, fragte ich.

Die Welt war unsicher, und seit New York war auch unser Leben weniger sicher geworden, wie das meiner Eltern früher. Überall lauerten Krieg und Gefahr.

»O ja! Aber Musik ist ein bisschen schwierig in meinem Land.«

Ich nickte höflich. Musik, schwierig – ernsthaft?

»Sam spielt Klavier«, sagte ich. »Ich rufe im Flüchtlingsheim an, wenn ich was höre, ja? Danke noch mal. Sam, Pol, auf geht's, wir müssen wirklich los.« Ich schleifte Pol hinter mir her. »Kommt ihr jetzt? Bye!«

Sam trödelte und drehte sich noch einmal nach seiner neuen Freundin um. Sie winkte uns überschwänglich nach. Ich zog ihn weiter.

Zu Hause war Bor in die Zeitung vertieft, auf dem Küchentisch lag seine Tasche, sein Mantel hing über dem Stuhl, der Fernseher lief in voller Lautstärke, ebenso das Radio. Er hatte einen Käsehobel in der Hand, mit dem er scheinbar gedankenlos und mit wechselndem Erfolg über ein riesiges Stück Käse fuhr. Ein Mal gelang ihm eine perfekte, dicke Scheibe, das andere Mal nur eine hauchdünne, weil er nicht fest genug gedrückt hatte. Ohne von seiner Lektüre aufzusehen, schnappte er sich gierig seinen Fang.

Die Zeitung lesen und diesen Käse hobeln, der schon ganz schön zugerichtet war – Bor befand sich definitiv in einem seligen Rausch, aus dem ich ihn beim Betreten der Küche jäh herausriss, indem ich ihm den Käse wegnahm.

»Hey!«, rief er. »Was soll das?«

»Der Käse muss noch eine Weile reichen«, sagte ich. »Verhungerst du jetzt?«

Ich strich ihm über den Kopf, während er vorwurfsvoll seinem Käse hinterhersah. »Garantiert«, sagte er. »Aber wen seh ich denn da? Meine Rasselbande! Kommt her!«

Pol und Sam stürzten sich auf ihn. »Papaa!«

Ich seufzte, drehte das Radio und den plärrenden Fernseher leiser. »Wieder so viel Welt hier drinnen!«

Seit dem 11. September wollte Bor nicht die kleinste Nachricht verpassen, mir ging es genau umgekehrt, und dieser Unterschied machte uns jeden Tag zu schaffen.

Pol erzählte ihm von der jungen Frau.

»Mit Kopftuch?«, fragte Bor. »Ich bitte dich, Zel … Nicht dein Ernst, oder?«

»Hey«, sagte ich, »immerhin hört sie unter dem Kopftuch Musik …«

»Was für Musik?«

»Woher soll ich das wissen?«

»Eben, du weißt gar nichts über sie.«

»Und über die anderen schon?«

»Die wohnen zumindest nicht in einem Flüchtlingsheim, mit weiß der Henker was für dubiosen Freunden und scheußlichen Traumata.«

»Rechter Angsthase«, sagte ich.

Kapitel 8

Dringend stand auf dem Brief. Ich hatte seit Tagen nicht mehr in den Briefkasten geschaut und versuchte krampfhaft, den Poststempel zu entziffern. Der Brief war vor vier Tagen abgeschickt worden. Schon im Jahr 2005 war Briefpost nicht mehr das wichtigste Kommunikationsmittel, aber den Briefkasten leerte man besser trotzdem regelmäßig, auch wenn einem das meistens nur unangenehme Steuerbescheide, Strafzettel wegen Geschwindigkeitsüberschreitung, Kontoauszüge, den Gall & Gall-Prospekt oder das Magazin des Automobilklubs bescherte.

Ich durfte den Brief nicht öffnen, weil er an Philip adressiert war, aber *Dringend* und *Polizei* waren doch Wörter, die unweigerlich Ehrfurcht (und Besorgnis) auslösten. Um keine Zeit zu verlieren, so redete ich mir ein, riss ich den Umschlag auf. Es wäre nicht das erste Mal, dass ein tobsüchtiger Philip irgendeine obskure Grenze überschritt. Meistens war es nicht so schlimm, außerdem hatte alles, was bisher die Polizei auf den Plan gerufen hatte, vor seinem achtzehnten Geburtstag stattgefunden. Doch nun war er volljährig, und ich hatte gedacht, er hätte seine Wut inzwischen einigermaßen unter Kontrolle. Mir graute vor dem Tag, an dem er bei einem seiner gewaltigen Wutanfälle vergaß, dass er sich damit die Zukunft ruinieren konnte.

Allerdings ist genau das mein größtes Problem, diese ständige Angst vor allem – obwohl das auch nicht viel absurder ist, als ganz ohne Angst zu leben. Meine ständige Unsicherheit im Umgang mit Philip. Die Verzweiflung, weil ich ihm, solange ich denken kann, nicht gerecht werde. Ich ließ mich auf einen Stuhl fallen. Er musste also zur Polizei.

Sehr geehrter Herr P. Meyer,
am 8. März d. J. wurde durch Herrn S. Alaia Anzeige gegen Sie erstattet. Sie werden einer Straftat gegen seinen Sohn K. Alaia verdächtigt. In der Ermittlungssache Freiheitsberaubung und / oder Körperverletzung am 25. Februar 2005 ist Ihre Vernehmung als Beschuldigter erforderlich. Sie werden gebeten, am kommenden Freitag, den 25. März, um 13:30 Uhr in der Polizeidienststelle in Haarlem vorzusprechen.

Philip ging nicht ans Telefon. Ich rief Karina an. Nein, sie wisse auch nicht, wo er sei. Und sein Telefon sei kaputt. Karina auszuhorchen, ohne vorher mit Philip gesprochen zu haben, kam mir unmoralisch vor.

»Weißt du wirklich nicht, wo er stecken könnte?«

»Ist was passiert?«, fragte Karina.

Ich zögerte. »Na ja …«

Karina sagte, er sei bei Freunden, sie wisse aber nicht, bei welchen.

So erschöpft ich mich fühlte, in dieser Nacht kam es mir vor, als wäre jemand neben meinem Bett mit einem Presslufthammer zugange. Jedes Mal, wenn der Presslufthammer schwieg und ich in der Schläfrigkeit versinken und kurz vergessen wollte, wie mein Kind, mein verletzliches, aggressives Kind, sich die Welt zum Feind gemacht hatte, kamen die Gedanken wieder auf Touren, und mit ihnen das Hämmern.

Wann war er mir entglitten? Der zugewandte, empathische, umgängliche Junge, der er auch sein konnte – war das nur Fassade? War er ein Krimineller?

Wenn Philip wirklich der im Brief genannten Freiheitsberaubung und Körperverletzung schuldig war, hatte ich mich vielleicht jahrelang in ihm getäuscht … Welche Strafe hätte er dann zu erwarten? Was sollte ich tun? Ihm nicht zu helfen wäre schon Strafe genug. Aber auch eine Strafe für mich, und für was? Ich hatte niemanden, bei dem ich mich über ihn hätte beklagen können, nicht einmal seinem Vater konnte ich etwas vorjammern.

So anständig und hilfsbereit Bor war, so viel Mühe er sich mit Philip gab, ihm gegenüber versuchte ich doch, mich mit meinen Sorgen um Philip zurückzuhalten. Was das anging, war ich auf mich allein gestellt, und in diesem Fall bedeutete das mehr Verantwortung, als mir lieb war. Er wäre vorbestraft, käme für viele Arbeitsstellen nicht mehr infrage, könnte nicht in den USA studieren, wäre geprägt fürs Leben.

Aber der Gedanke an einen Philip, der jemandem Angst einjagte, ihm wehtat, ihn bedrohte … Was genau hieß das denn überhaupt, *Körperverletzung und/oder Freiheitsberaubung*? Wie konnte das eigene Kind, das man auf die Welt gebracht hatte, das man liebte, anderen so etwas antun? Was für ein Verrat an mir, an unserer Familie, an ihm und mir, meinen Eltern. All unsere gemeinsamen Momente, unsere Geheimnisse, unser Schmerz, meine Trauer um Herman. Die Wut. Vielleicht hatte ich ihn zu sehr behütet, ihm zu wenig Selbstdisziplin beigebracht, das grelle Licht, dem wir nach Hermans Tod ausgesetzt waren, zu sehr gedämpft. Ihn verwöhnt und in die Irre geführt und ihn so um sein Gewissen gebracht.

Oder war er als Krimineller geboren, und ich hatte es bloß nie wahrhaben wollen? Was für ein Mensch war Herman eigentlich gewesen? Ein Künstler, eine wilde Seele. Vieles an ihm verstand ich nicht, damals nicht, heute nicht … Was hatte Philip von seinem Vater? Er verließ sich auf seine Instinkte, seine Leidenschaft – vielleicht glaubte er ja, sie würden ihn einzigartig machen, ihn mit seinem Vater verbinden, der genauso ein Hitzkopf gewesen war. Übte er nicht schon sein Leben lang Rache an Hermans Verrat?

Wie Philip mich manchmal ansah, so treuherzig; wenn das nicht echt war, war nichts echt. In seiner Kindheit hatten wir uns unser eigenes kleines Universum geschaffen, das mir immer heilig gewesen war. Doch plötzlich kamen mir unsere Späße und Gewohnheiten nur noch naiv vor.

Lange denkst du, du kennst dein Kind wie dich selbst, du willst es immer um dich haben, um es kennenzulernen, wie du noch nie jemanden gekannt hast, nicht mal dich selbst, denn du weißt, es gibt blinde Flecke, wenn es um dich selbst geht. Du bist dir oft ein Rätsel, ein Rätsel, für das du hinterher, nach dem x-ten Fehler, eine Erklärung suchst, eine Deutung, um dich besser zu fühlen und nicht durchzudrehen. Aber das eigene Kind ist dein neuer Mensch, dein Avatar, und mit Philip, diesem schmerzensreichen Geschenk, erstaunt und arglos und ohne Ballast zur Welt gekommen, so jedenfalls hatte ich es mir gewünscht und erhofft – ein neuer Mensch, der noch mal von vorn anfängt, alles besser macht –, mit ihm würde ich diese klaffende Wunde, diese schreckliche Sehnsucht vergessen, heilen, ihn heilen, Herman heilen, Herman vergeben … Hermans Tod wiedergutmachen.

Du folgst deinem Kind in einiger Entfernung und versuchst gleichzeitig, es zu lenken, wie ein Rennfahrer einen zu schnellen Wagen, nachgiebig, aber doch kontrollierend, nie abdriftend, keine Sekunde abgelenkt, locker die Kurven nehmend, jede Steigung meisternd … Das Kind als Ereignis, als Geschichte, die du liest und die beim Lesen immer neue Fragen aufwirft, ein immer größer werdendes Meer von Fragen, denn egal, wie tief deine Liebe ist, jeder Gedanke, jedes Gefühl des Kindes gehört ihm und ihm allein, und jede Tat, jede Entscheidung ist das Ergebnis komplexer Überlegungen. Du versuchst zwar, von außen Muster zu entdecken, doch diese zwei Wörter – von außen – sagen schon alles, über deine Stellung, deine Hilflosigkeit, das Drama, nichts weiter tun zu können, als diesem rätselhaften, geliebten, hochinteressanten anderen zuzuschauen, der zwar aus dir hervorgegangen ist, aber eben doch ein anderer ist. Wenn du das akzeptieren kannst, ist das dann der Moment, in dem du als Mutter oder Vater erwachsen wirst?

Und als Kind? Der Moment, in dem es sich nicht länger über das Versagen deiner Allmacht aufregen muss, nicht mehr enttäuscht ist über dein mangelndes Verständnis?

So weit war ich noch lange nicht.

Nicht zum ersten Mal machten andere mich darauf aufmerksam, was sich im Leben meines Sohnes abspielte. Ich wusste, dass es viel Zeit kosten würde, die Wahrheit herauszufinden. Philips Welt zu entschlüsseln war wie ein Sudoku zu lösen.

Was hatte er getan, mit wem und warum? Wo war das Opfer jetzt? Die Formulierung der Polizei deutete auf etwas Ernstes hin, viel ernster als alles, was Philip bisher angestellt hatte. Jemand hatte Anzeige erstattet. Ein Vater!

Philip hatte schon immer Geheimnisse vor mir, manche kenne ich bis heute nicht. Ich wusste, er tat das nicht absichtlich oder um mich zu verletzen, er folgte schlicht seiner eigenen inneren Logik, die ihn vor meinem Einfluss schützte, als würde er sich zielstrebig und entschlossen einen Weg zu einem Ort bahnen, wo niemand ihn finden könnte. Wo war Hermans Luftpistole hin, die ich irgendwann unter dem Parkett versteckt hatte – und die verschwunden war, als ich Jahre später danach suchte? Was war mit den zwei Jungs passiert, die Philip und seinen Freund Kees beschimpft hatten? Ob mein Sohn Kontakte hatte, von denen wir nichts wussten?

Immer, wenn ich ihn auf Ungereimtheiten in seinen Geschichten ansprach, verfiel er in einen höchst empörten Tonfall. Was ich denn bloß von ihm dächte? Was mit mir los sei?

Diese Sache schleppte Philip also schon seit Wochen mit sich herum. Und Karina, wie viel wusste sie?

Den ganzen restlichen Vormittag konnte ich mich nicht konzentrieren. Die Kleinen waren in der Schule, und ich wusste, dass es dumm war, reines Fluchtverhalten, aber ich räumte auf, telefonierte und saugte. Irgendwann fiel mir ein, dass gleich ein Klient kommen würde, der in einem bedenklichen Zustand war und bei dem ich mit bloßer Intuition nicht weiterkommen würde. Ich musste einen Behandlungsplan aufstellen, der auch den Klienten überzeugte. In manchen Fällen gab es so etwas wie ein Momentum, die Chance, jemandem wirklich zu helfen, und dieser Klient litt unter einer derart schweren Depression, dass ich mir keine Passivität erlauben konnte.

Philip rief nicht zurück und war schon nicht mehr bei Karina, als ich sie erneut anrief. Als ich den Brief erwähnte, brach sie sofort in lautes Schluchzen aus. Sie wisse alles, sagte sie, und sie wolle vorbeikommen. Ich antwortete, es sei vielleicht besser, wenn Philip mir selbst von seinem Fehlverhalten erzähle.

Nein, rief sie. Bitte, Zelda. Sie sei an allem schuld. Und ich müsse Philip helfen.

Kapitel 9

Im Großen und Ganzen kam ich gut mit Karina aus, und ich hatte sie gern, sofern man die Diebin seines ältesten Sohnes überhaupt gernhaben kann. Sie war sportlich, hübsch, aber auch unsicher, was mich für sie einnahm und gleichzeitig irritierte. Mein Staunen, als Philip, der vorher noch nie über Mädchen gesprochen hatte oder auch nur mit ihnen gesehen werden wollte, ein Mädchen nach Hause brachte, war nie vergangen, es hielt mittlerweile zwei Jahre an. Karina war in unserem Beisein nett, und ich verstand und schätzte ihre Verliebtheit in Philip, misstraute ihr aber instinktiv, weil sie das Herz meines Sohnes in der Hand hatte. Solange sie gut damit umging, blieb mir nichts anderes übrig, als sie zu dulden.

Im vergangenen Jahr hatte Philip zu meinem Leidwesen fast täglich bei ihr übernachtet, weil ihr Vater nie zu Hause war und ich immer; dort fühle er sich freier. Er wolle ausziehen, sagte er oft großspurig. Darüber lachte ich, aber es tat weh.

Eine Weile hatte er gemodelt, um Geld zu verdienen, doch er war im letzten Schuljahr und konnte nicht so viele Aufträge annehmen, wie die Agentur wollte. Er brauche nicht darauf zu verzichten, um sein Abi zu schaffen, fand er, weil er – trotz seiner drei zusätzlichen Fächer, darunter Hebräisch und wohlgemerkt Arabisch – noch nie eine schlechtere Note als eine Zwei bekommen hatte. Trotzdem waren wir dagegen. Zum Glück machte ihm das Modeln keinen großen Spaß. Model zu sein war nichts für ihn. Gut auszusehen war nichts für ihn, das wusste ich, obwohl er nicht darüber sprach.

Einmal hatte ich einen Werbeprospekt von Wehkamp aus dem Müll gefischt und Fotos von ihm gesehen, Philip im Anorak, in Skiunterwäsche, in schwarzen Anzügen, auf manchen Bildern zusammen mit anderen gut aussehenden Männern. Andere Augen hatte er auf diesen Fotos, einen anderen Blick, als ob die Leute von Wehkamp mehr über ihn wüssten als wir. Er strahlte etwas Mysteriöses und Beunruhigendes aus. Als hätte man ihm gedroht, damit er so schaute, so dastand, gerade und steif, mit diesem merkwürdigen, unpersönlichen Lächeln.

Von dem Geld hatte er Games gekauft, einen irrwitzig teuren Computer und Geschenke für Karina.

Alles sei ihre Schuld, sagte Karina. Ich bestritt es, noch bevor ich mehr erfahren hatte, und das schien ihr Mut zu machen.

Ob er schwer verletzt sei?, fragte sie. Im ersten Moment wusste ich nicht, von wem sie sprach.

»Na, der Junge!«

Ich erschrak, sagte, ich wisse weniger, viel weniger als sie.

Sie sah mich nicht an. Ihre Schultern bebten.

»Warum weinst du so?«

Vor mir saß ein Kind, doch ich wurde zu einer gnadenlosen Erwachsenen, als ich begriff, dass sie in dieser Geschichte eine hässliche Rolle gespielt hatte. Ich musste an den Streit vor ein paar Wochen denken und an das scheußliche Wort, das Philip damals gebrüllt hatte. Während sie mir ihre Geschichte erzählte – die Geschichte, die ich Hexe, ich Verführerin ihr entlockte – und sie sich bei mir aufgehoben fühlte, musste ich meine Wut bezwingen. Ich täuschte Mitgefühl vor, das ich nicht empfand, um jede Einzelheit zu erfahren.

Doch am Ende tat sie mir leid – sie hatte ihre verdiente Strafe schon bekommen. Genug Angst, Panik und Reue für eine sehr lange Zeit.

Er war neu an der Tanzschule. Erst später merkte sie, dass er auch auf dasselbe Gymnasium ging. Kichernd hatte Marcia sie auf ihn aufmerksam gemacht. Er war in einem anderen Kurs – und sie hatten ihn beobachtet. Durch die Tür des Unterrichtslokals. Es war erlaubt, den anderen beim Tanzen zuzusehen, also setzten sie sich mucksmäuschenstill auf den Boden.

Was für eine Kraft – seine Moves waren sagenhaft, schnell und stark. Sie starrte ihn an, die Vollkommenheit, mit der sich seine glatten, straffen Muskeln bei den Sprüngen und Drehungen anspannten. Sofort war da etwas Unbestimmtes gewesen, etwas Aufreizendes, wie wenn man frische Luft einatmet.

Sie war schon lange dabei und eine der Besten, manche betrachteten ihre Anwesenheit sogar als Ehre. Er suchte ihren Blick. Seine Bewegungen waren anmutig, und es löste etwas bei ihr aus, auch wenn sie nicht genau verstand, was.

Dasselbe empfand sie manchmal auch bei bestimmten Musikstücken. Es musste wohl Inspiration sein.

Sie nickte freundlich und beifällig und wusste, dass es bei ihm ankam. Er lächelte zurück. Marcia sagte, es sei sofort klar gewesen. Sie hatte über diese Bemerkung lachen müssen (obwohl sie sich das heute überhaupt nicht mehr vorstellen konnte). Kribbeln im Herzen, es klang bescheuert, aber das war es gewesen, ein Flirt.

Er hieß Kevin. Kevin Alaia, sein Vater, ein Regisseur oder Polizist, das wusste sie nicht so genau, kam aus dem Libanon, seine Mutter aus Frankreich. Sie waren schon fünf Jahre in den Niederlanden, aber zuerst war Kevin auf einer anderen Schule. Ab und zu spielte er in einer Band. Zusammen mit Marcia und noch ein paar anderen vom Tanzen ging sie zu einem Auftritt, an einem Abend, als Philip mit Freunden unterwegs war. Ihren Eltern hatte sie gesagt, sie gehe zu einer Party ihrer Tanzschule. Ganz falsch war das nicht. Außer, dass es keine offizielle Party war. Kevins Band spielte in einem Club, in den sie sonst nie gingen. Zur Party wurde es durch die Aufregung, die sie spürte und die ihrem kribbelnden Herzen noch mehr zusetzte. Getrommelt und gesungen habe es in ihrem Innern. Unsichtbar und sehr leise.

Aus diesem seltsamen Drang heraus hatte sie den Abend möglichst unauffällig organisiert. Sie brachte alle dazu, sie zu begleiten, und übertönte die Stimme der Vernunft in ihrem Kopf. Sie liebe nur Philip! Was sie da fühlte, lief neben dem her, was sie für Philip empfand, oder es lag darunter, jedenfalls hatte es nichts damit zu tun, es war fließender. Es hatte nichts zu bedeuten.

»Wisst ihr was? Wir müssen öfter zusammen ausgehen!«

Nur Marcia wusste Bescheid, und die freute sich, denn sie fand schon lange, dass Karina und Philip, na ja, wie ein altes Ehepaar waren. Sie, Marcia, fand Philip doof, denn sie war Luft für ihn, er hatte keinerlei Interesse an ihr, bloß an Karina.

Karina und Philip, das war zu spießig, zu dröge, dauerte schon zu lange. Er war so verdammt klug, so verdammt gut aussehend, sich seiner Sache so verdammt sicher. Marcia holte die anderen Mädchen ins Boot. Alle spürten die Spannung und fanden, dass etwas passieren müsse, schnell und heimtückisch, alle ließen sich anstecken, wurden ganz aufgeregt.

Ein Projekt war es, die Verschwörung eines Hexenzirkels, der eine kleine, heimliche Hochzeit plante. Und sie hatte das Gefühl, alle könnten das unablässige Trommeln in ihrem Innern hören, ihre Finger zittern sehen, ihr nervöses Lachen deuten.

Das war, im Nachhinein betrachtet, das Beklemmende daran, die Öffentlichkeit und das Unabwendbare, das sich daraus ergab. Was sie allerdings nicht sofort merkte. Zu beschäftigt war sie mit ihrem sündhaften, viel zu viel fühlenden Herzen. Sie hatte keinen anderen Wunsch, als dass es vorbeiging, dieses viele Fühlen. Philip war echt, das hier nicht.

Nach dem Auftritt kam Kevin zu ihnen, lächelnd, und zwei Wodka-Cola später schrillten Alarmglocken in Karinas Kopf.

Eines der Mädchen bezahlte ihre Wodka-Cola, worüber Karina sich wunderte, aber nicht lange, und das, was dann an die Stelle ihrer Angst trat, glich noch am ehesten dem, was sie sich immer unter Freiheit vorgestellt hatte. Und mit jedem Schluck, der ihre Kehle betäubte und ihren Verstand eigenartig träge machte, wurde alles andere weniger wichtig als diese Freiheit, als stünde sie barfuß auf einem warmen Sandstrand und die Sonne würde im Bruchteil einer Sekunde ihren ganzen Körper durchströmen. Ihr wurde klar, dass es vielleicht keine andere Freiheit gab als diese: eine andere zu sein.

Yvette wohnte im Südviertel, in einem großen Haus mit stattlichen Zimmern, das weder Karina noch ihre Freundinnen kannten. Das schaffte Abstand, sie konnte es nicht richtig erklären. Auch nicht, wieso sie sich dessen bewusst wurde. Während ihre Freundinnen sich einträchtig auf die exklusive rotlila Designer-Sofalandschaft warfen, schlenderte sie durchs Wohnzimmer, betrachtete die moderne Kunst an den weißverputzten Wänden, betastete in einer Nische die erstaunliche, unheimliche Statue eines Kriegers mit Harpune und hoffte, die hemmungslose andere von vorhin wiederzufinden.

Da hatte sie sich vielleicht schon etwas weniger leicht, etwas weniger glücklich gefühlt. Sie spielten *Truth or Dare*, und Marcia erzählte, wie sie als Kind, unter einem Bett versteckt, den Penis eines alten Onkels in der Sonne hatte baumeln sehen, wobei der Onkel nicht wusste, dass sie sich im Zimmer befand. Karina war nicht ganz klar, weshalb sie das erzählte, mit Wahrheit hatte die Geschichte ihrer Meinung nach nichts zu tun. Es war eine Lüge, und sie hätte sie als Warnung verstehen sollen. Es war, als würde an diesem Abend ein Opfer vorbereitet, doch Karina fühlte sich noch immer seltsam geborgen in der gemeinsamen bangen Aufregung vor dem, was sie erwartete, und dieses Gefühl hatte eine trügerische Ähnlichkeit mit Lust.

»Dare«, sagte sie. Mit heiserer, schleppender Stimme. Bedeutete das, erwachsen zu sein: zu tun, als wäre man frei?

Alle wussten, was Marcia ihr auftragen würde. Sie auch. Auf eine solche Aufforderung hatte sie gestern noch gehofft. Die Freundinnen kreischten schrill.

Brav wie ein Lämmchen folgte sie Kevin, dem Fremden, dessen Slang sie weiterhin sexy finden wollte, jetzt, da sie allein mit ihm sein würde – in einem anderen Zimmer. Ein Menschenopfer, dachte sie schaudernd, und schon war ihr das Bett, dieser Altar, unsympathisch.

Schon hasste sie die Mädchen, die sich da betrunken und gespielt fröhlich fläzten und versuchten, ihnen nicht hinterherzusehen. Karina tat es für sie, wurde ihr klar, sie war ihre Abgesandte, ihr Fantasieprodukt, keine hier war so schön wie sie, und sie hatte sich geschmeichelt gefühlt von der Aufmerksamkeit und Fürsorge der anderen, doch jetzt fiel es ihr wie Schuppen von den Augen: Sie hassten sie. Wegen allem. Aber vor allem wegen Philip. Sie war in die Falle getappt.

»Das ist es, was du wolltest, oder?«, fragte er, und sie nickte, mit zugeschnürter Kehle, sie war gefangen, konnte nirgends hin, das Zimmer drehte sich und Decke und Fußboden tauschten dauernd die Plätze.

Der Junge packte sie selbstbewusst und gierig bei der Taille, als nähme er einen wohlverdienten Preis in Empfang, saugte sich an ihrem Mund fest, ein menschlicher Saugfisch, dachte sie, sein Körpergeruch war kräftig, nicht besonders unangenehm, aber fürchterlich fremd, fast scharf und ihr kurz darauf schon unerträglich, er fuhr ihr in die Hose, fasste ihr an den Hintern, unter dem Slip, und im nächsten Moment war ihr Shirt weg.

»Zieh alles aus«, sagte er, als wäre sie immer noch das Lämmchen, und schubste sie schonungslos aufs Bett, legte sich auf sie. »Das wolltest du doch, oder?« Und obwohl sie es nicht so meinte, nickte sie steif, unfähig, sich zu bewegen.

Sie war längst nicht mehr frei, längst keine andere mehr, einfach nur noch Karina, doch das sah er nicht, denn er kannte sie nicht und sie ihn nicht. Sie wollte weinen, aber nicht einmal das konnte sie. Sein durchtrainierter, dunkler Körper war glatt und geschmeidig, gleichzeitig kantig, fremd und abstoßend, und sie dachte an das Wahre – das hier war das Gegenteil davon.

Ehe sie sichs versah, presste er seinen Unterleib an ihren, mit einer animalischen Krümmung des Rückens, die sie anwiderte. Sie versuchte, ihn von sich zu stoßen, sagte »Nein, nein«, aber ihre Stimme hatte keinen Klang. Sie stemmte die Arme gegen seine Schultern, doch er gab nicht nach. Ob er es überhaupt merkte? Er lachte sogar ein bisschen, als fände er Gefallen an seiner Wildheit, als hätte sein Körper einen eigenen Willen. Sie erschrak, als er schnell und schmerzhaft in sie eindrang, ein Überfall, obwohl das jetzt ein seltsames Wort war. Sie schob ihn weg, sagte wieder »Nein, nein«, hörte sich aber nicht einmal selbst. Warum lag seine Hand auf ihrem Mund? Lautlos ließ sie es über sich ergehen, schlaff, wie tot, in Gedanken bei den Mädchen drüben im anderen Zimmer. Er war blind für ihre Passivität, es schien ihn erregt zu haben, als sie vor Schmerz und Schrecken aufgestöhnt hatte, und er war stärker als sie, seine Arme, sein Becken, seine Beine.

»Das wolltest du doch!« Er stieß zu. »Das! Und das! Und das!« Diese Verachtung in seiner Stimme. Ohne Zweifel war seine Härte ein Geschenk, als würde er ein Versprechen einlösen, aus Wut. Anscheinend empfand er selbst ihre Lautlosigkeit als angenehm. Es dauerte nicht lange, bis er kam.

Schweigend zogen sie sich an, mechanisch, sie kehrte ihm den Rücken zu, schlüpfte in Slip und Jeans, grabschte sich ihr Shirt – wie in der Umkleide nach einem verlorenen Wettkampf.

Sie sah ihn: den Triumph in seinen Augen, als würde sein Selbstvertrauen nach einem Moment des Zögerns wachsen. Gleichzeitig hatte seine Art, ihren Blick zu suchen, etwas Fragendes, als hoffte er auf Verbundenheit, ein Lächeln, Zustimmung. Sie schaute durch ihn hindurch und haute ab.

Später hörte sie von den anderen, wie er ins Wohnzimmer zurückgekommen war. Sie rauchten gerade einen Joint. Setzten sich auf, als sie ihn sahen, dieses seltsame Lächeln in seinem Gesicht. Er ließ sich neben sie fallen. Ihre fragenden Blicke.

»Wo ist Karina?«, sagte er. Sie hielten es für einen Scherz. Stürmten in den Flur. Sahen, dass ihr Mantel weg war. Dass die Tür offen stand. Von einer Haustürnische auf der anderen Straßenseite aus beobachtete Karina sie, ohne zu wissen, wo sie hinsollte. Außer einer trägen Taube war die Straße verlassen. Da ging auch er, plötzlich merkwürdig einsam in seiner Fellkragen-Jacke, wie er sich unbeholfen gegen den Wind stemmte. Wind, der ihm kalt über die Leisten streicht, dachte sie, und ihr Magen zog sich zusammen.

Marcia, außer ihr die Einzige mit einem Handy, sah ihre kryptische Nachricht sofort. »Aus dare wurde rape … Ich hau ab.«

Später kam sie bei ihr vorbei, aber Karina wollte nicht reden, sie weinte nur.

Drei Monate lang herrschte eine erstickende Schweigepflicht. Ihre Freundinnen, die inzwischen alle Bescheid wussten, versuchten, Kevin klarzumachen, was er getan hatte, rieben ihm in der Schule ihre Wut unter die Nase, bestraften ihn mit kühlen Blicken, wandten sich von ihm ab. Das Verhalten der Mädchen schürte auch eine Feindseligkeit der Jungen Kevin gegenüber, eine intuitive Ablehnung. Es wurde still um ihn. Mit dem Tanzen hörte er auf.

Dass Philip es eines Tages erfuhr, lag nicht an ihr. Es wäre ihr nie in den Sinn gekommen, ihm davon zu erzählen, auch gingen ihre Reue und Scham mit einer geradezu körperlichen Angst davor einher, wozu ein gekränkter und wütender Philip in der Lage wäre.

Lange waren die anderen Mädchen solidarisch, aber Geheimnisse sind wie Kartenhäuser, Schweigen, gestützt von anderen Geheimnissen, von Ängsten, Interessen und Versprechen.

Karina mied Marcia irgendwann, und da stellte sich heraus, dass Schweigen nicht in Marcias Interesse lag.

Nach einem Auftritt der Tanzgruppe lachte sie über die Bemerkung eines Jungen, als der meinte, an Karina käme man nicht ran – mit ihrem ewigen Philip. »Na ja«, sagte sie, »wie man's nimmt …«

Ihre Worte verbreiteten sich wie von selbst, und es dauerte nicht lange, bis sie Philip erreichten.

»Hast du ihm alles erzählt?«

Karina sah auf ihre Zehennägel hinunter, die jugendlich grün lackiert aus ihren Sandalen lugten. »Fast«, stammelte sie.

»Wissen deine Eltern Bescheid?«

»Nein! Die durften nichts davon erfahren.«

»Was hast du Philip denn erzählt?«

»Nur, dass wir geknutscht haben. Dass ich dachte, er gefällt mir. Und dass Kevin mich seither permanent anmacht … Die ganze Schule hat sich das Maul zerrissen, ich musste was sagen.«

Ich dachte an den Stuhl und seine zwei fehlenden Beine.

»Warum hast du ihm nicht einfach erzählt, was du mir erzählt hast? Stell dir vor, Philip erfährt es von jemand anders!«

»Ich kann nicht! Ich trau mich nicht!«, jammerte sie.

»Warum nicht?«

»Dann schlägt er Kevin tot!«, rief sie. »Schau doch, was jetzt schon für ein Scheiß passiert ist.«

»So etwas tut er nicht«, sagte ich lahm und fragte: »Warum erstattest du nicht Anzeige? Wenn du ihn anzeigst, lässt sein Vater vielleicht die Anzeige gegen Philip fallen.«

Wir saßen in meinem Sprechzimmer. Ich fand, es wäre das Beste, sie wie eine Klientin zu behandeln, obwohl ich zwischen Wut und Mitleid hin- und hergerissen war.

»Nein«, sagte Karina und brach in Tränen aus. »Ich trau mich nicht. Ich will nicht! Außerdem ist es doch schon ewig her!«

»Das spielt keine Rolle«, sagte ich. »Du musst Anzeige erstatten. Ich begleite dich.«

»Nein! Wenn Philip das mitkriegt …«

»Das braucht doch keiner zu wissen. Kevin wird es sicher nicht herumposaunen, glaub mir.«

Karina schluchzte. »Ich liebe Philip! Es ist alles meine Schuld, alles ist meine Schuld …«

Ich versuchte, ihr zu erklären, dass es einen Unterschied zwischen kausalen Zusammenhängen und Schuld gebe, verlor aber selbst den Faden. Auch seelsorgerische Tätigkeit kennt Grenzen.

Kapitel 10

Mein großer Sohn. Mein starker Sohn. Seine kräftigen, schweren Arme um meine schmalen Schultern, sein großer Kopf an meinem Hals, wieder Kind, wimmernd forderte er mütterliche Wärme, mütterliches Verständnis ein, ein alter Reflex aus der Zeit unserer Symbiose. Meine Verlorenheit in dieser feuchten Wärme der Angst, mit diesem ach so vertrauten Ertrinkenden an meinem Hals, der mich in düstere Regionen ohne Gesetze hinabzog. Ich ließ ihn gewähren, bis mir Nacken und Schultern von der ungewohnten Haltung wehtaten. Dann richtete ich ihn auf.

»Erzähl es mir doch«, sagte ich. »Den Grund kenne ich inzwischen. Aber verstehen tue ich es trotzdem nicht. Du bist so wahnsinnig klug. Wieso tust du etwas so unglaublich Dummes?«

»Ich weiß es nicht, Mama. Ich weiß es nicht. Ich war einfach so wütend …«

Philip hatte vor der Schule auf Kevin gewartet. Im Auto. Meinem Auto. Timo saß auf der Rückbank. »Alter, lassn Stück fahren«, sagte er. »Ich will dir was zeigen. Ganz gechillt. Steig ein.«

Kevin war sichtlich skeptisch. »Ich muss zum Training«, nuschelte er.

»Egal, Mann, dauert nicht lang, steig ein.«

»Ich hab echt keine Zeit«, sagte Kevin und setzte sich in Bewegung.

Philip fuhr neben ihm her, redete durchs offene Fenster weiter, als wäre das ein Plausch unter Freunden, die sich nicht voneinander losreißen konnten, wie in einer Komödie, nur dass der Text nicht dazu passen wollte.

»Wir haben was zu bereden«, fing er an. »Oder etwa nicht?«

Timo: »Steig ein, Mann.«

»Ich hab keine Ahnung, wovon du …«, sagte Kevin.

»Ist echt besser, du steigst jetzt ein.«

Philips Stimme musste bedrohlich geklungen haben, denn Kevin stieg ein. Kaum saß er, reagierte der Motor euphorisch, heulte auf, während Philip in den zweiten Gang hochschaltete, dann in den dritten. Sie rasten Richtung Autobahn und ließen die Stadt hinter sich. Seltsamerweise waren alle Ampeln grün – keine Zeit nachzudenken.

Kevin fragte, wohin sie wollten. »Sorry«, sagte er, »ich hab echt nicht viel Zeit. Ich hab ’nen Termin. Mein Vater macht mir die Hölle heiß.«

Keine Reaktion.

Alle drei schwiegen. Erst auf einer ländlichen Deichstraße fuhr Philip langsamer, um nicht in der Böschung zu landen. Frostig raunzte er Kevin an, was für ein widerliches Arschloch er sei.

»Wir wollten ihm bloß Angst machen, Mama.« Er habe gesagt: »Du bist ein Dreckschwein, Kevin, und du weißt es.«

»Ach ja?«, sagte Kevin, ängstlich, aber auch ein bisschen spöttisch, einen Tick zu lässig für Philips Geschmack. »Und darf man auch erfahren, warum?«

Bei einer Weide schoss Philip in einen Feldweg; Kevin wäre fast von der Rückbank geflogen.

»Steig aus«, sagte Philip tonlos.

Seine Wut hatte sich abgeschwächt, war bloß noch eine schemenhafte Erinnerung. Stattdessen hatte ein Gefühl von Boshaftigkeit und Macht die Führung übernommen; die kalte, schmutzige, geronnene Version seiner Wut, die er nach Belieben reaktivieren und zum Brodeln bringen konnte, indem er Dinge sagte, die er – unter anderem – aus Filmen kannte.

Timo stieg als Erster aus, baute sich vor dem Auto auf und verschränkte die Arme. Philip sah Kevin schlucken, musste an *Die Sopranos* denken.

Timo war ein trübsinniger, dummer Junge, schwer, groß und plump. Breitbeinig wie ein Bodyguard stand er vor dem Auto. »Steig verflucht noch mal aus!«

Philip wartete, kerzengerade, hinter dem Steuer. Ruhig. »Steig aus, du dreckiger Hurensohn«, zischte er. Das saß.

Kevin sprang aus dem Auto, ängstlich, wütend, und wohl auch erleichtert, denn nun konnte er rennen. Bloß blieb er, der sonst so gelenkig war, geschickt und stark, aus irgendeinem Grund mit dem Fuß hängen, während der Rest seines Körpers schon mit der relativen Freiheit außerhalb des Autos beschäftigt war, auf sie zustrebte.

Der unrühmliche, harte Aufprall im Dreck, Schulter voran, habe für die beiden anderen etwas unwiderstehlich Komisches gehabt. Erzählte Philip. Der Länge nach habe Kevin dagelegen, winselnd wie ein Hund.

»Wir haben uns gar nicht mehr eingekriegt, Mama, wir konnten nicht anders, sorry. Er war einfach so ein ungeschickter Horst!«

»Was treibst du da, du Vollpfosten?«, habe er gefragt.

Keine Antwort. Kevin blieb am Boden liegen, leise stöhnend. Wartet der etwa auf Mitleid, oder was, dachte Philip. Weit und breit weder Fußgänger noch Autos, und Kevin kroch vom Wagen weg.

»Auf den Knien, Mama.«

Dann sei Timo wieder eingestiegen, diesmal neben Philip, der sofort Gas gab und so seiner Wut noch einmal theatralisch Ausdruck verlieh, obwohl er mit aller Macht versuchte, cool zu sein, in Wirklichkeit aber hin- und hergerissen war zwischen Angst, Gewissensbissen und dem Hochgefühl von Enthemmung und Leichtsinn.

Da klingelte ein Handy. Timo sah sich um. »Ey, warte mal, der hat seinen Scheiß noch hier drin.«

Kevins Handy und ein Lederbeutel mit Schlüssel und Portemonnaie lagen hinten im Fußraum, waren ihm offenbar aus der Tasche gerutscht. Timo, der sichtlich keine Lust mehr auf seine Statistenrolle hatte, kam in Fahrt, als er die Sachen dieses miesen Perverslings sah. Angriffslustig schleuderte er das Zeug blind aus dem Auto. Beide gaben Urschreie von sich. Irgendwie spürte Philip, dass er den Sinn für die Realität verloren hatte, dass das nicht gut war, fand aber, er könne nicht mehr zurück.

»Mama?«

Ich stöhnte. Umklammerte die Stuhllehne.

Eine halbe Stunde sei er mit Timo wie ein Besessener kreuz und quer durch die Gegend gefahren, bis er sich wieder einigermaßen beruhigt hatte und sein Adrenalinspiegel gesunken war.

»Und dann ein Joint, nehme ich an«, sagte ich. »Denn natürlich hattest du Angst …«

Philip überhörte das. »Viel gelacht haben wir, Timo hat so einen furztrockenen Humor.«

»Na, ein Glück«, sagte ich ironisch.

Sie brauchten ungefähr eine Viertelstunde, um die Stelle wiederzufinden, wo sie Kevin rausgeschmissen hatten.

»Um ihn einzusammeln, verstehst du? Weil es ja bloß ein Scherz war, verstehst du? Ein Scherz! Um ihm Angst zu machen!« Und da erst sei ihm der schlammige Graben aufgefallen.

»Was für ein schlammiger Graben?«

Wie auch immer, er sei nicht mehr da gewesen. Die ganze Umgebung hätten sie abgesucht, aber Kevin sei spurlos verschwunden gewesen. Und dann seien sie halt nach Hause gefahren …

»Mehr war da nicht, Mama. Echt nicht.«

Kapitel 11

Der einzige Alaia in Amsterdam-Zuid.

Jemand meldete sich mit schleppender Stimme.

»Hallo, Zelda Wagschal hier. Philips Mutter.«

»Oh … Papa?«

»Gib mir das Telefon!«, hörte ich im Hintergrund einen Mann rufen.

»Alaia.«

Eine tiefe, kräftige Stimme – ein Universum in einer Stimme. Die Stimme der Vernunft, die er jetzt noch auf seiner Seite hatte. Unbestreitbar. Leichter Akzent. Eine autoritäre Stimme. Innerlich schrumpfte ich zusammen. Holte tief Luft. Durchforstete meine Schauspielpalette nach dem warmen, erwachsenen Tonfall vernünftiger, höflicher Eltern untereinander.

»Herr Alaia, schön, Sie zu sprechen, ich bin die Mutter von Philip.«

»Philip?«

»Philip Meyer.«

»Aha … die Mutter.«

»Also, Herr Alaia … Ich habe den Brief der Polizei heute erst zu Gesicht bekommen. Wie geht es Ihrem Sohn?«

»Frau Wagschal …«

»Wollen wir nicht du sagen? Ich heiße Zelda.«

»Ich … Die Polizei kümmert sich darum, Frau Wagschal, klare Verhältnisse. Immer schwierig, wenn die Eltern sich zanken, wer eigentlich recht hat. Wir sollten das der Polizei überlassen, denke ich. Ihr Sohn hat meinen Sohn entführt und ausgeraubt, was hätte ich da Ihrer Meinung nach tun sollen?«

Das war wohl rhetorisch gemeint.

»Aber es geht Ihrem Sohn besser, hoffe ich? Eben am Telefon klang es so.«

»Er wird sich schon berappeln. Er ist jung. Aber er hat einen gehörigen Schrecken bekommen. Und ich auch.«

»Ja, wir auch.«

»Es ist ja nun auch schon wieder ein paar Wochen her.«

»Ja, ich weiß.«

»Bisher kam keine Reaktion von Ihnen.«

»Wir wussten nichts davon! Ich finde es furchtbar, was da passiert ist.«

Es blieb kurz still, als wollte er mir die Gelegenheit geben, über ihre Seite der Angelegenheit nachzudenken.

Dann kam es: »Und ob das furchtbar ist! Seine Sachen sind gestohlen worden und sein Arm war ausgekugelt, um ein Haar gebrochen. Das war kein dummer Jungenstreich. Würde mich nicht wundern, wenn er dafür ins Gefängnis müsste … Ich nehme an, Sie wissen nicht, dass auch sein Schlüssel weg ist? Wir schlafen schlecht. Woher sollen wir wissen, dass Ihr Sohn nicht bei uns einbricht?«

Er klang nicht nur salopp und aufgekratzt, sondern beinah belustigt. Weniger schockiert jedenfalls, als seine Worte nahelegten. Trotzdem kränkte und irritierte mich sein bedrohlicher Unterton.

»Viel Vertrauen in die Menschheit scheinen Sie ja nicht zu haben.«

»Dazu hat es in meinem Leben tatsächlich wenig Anlass gegeben.«

»Was hat Ihr Sohn Ihnen eigentlich genau erzählt?«, fragte ich.

Er wurde todernst und sachlich. Ihm zufolge hatte es im Auto ein Handgemenge gegeben, worauf Philip Kevin »rausgeschmissen«, bewusstlos geschlagen und ihm dabei den Arm »ausgekugelt« hatte. Kevins Sachen habe Philip »gestohlen und zerpflückt und anschließend in einem verantwortungslosen Akt« aus dem fahrenden Auto geworfen. Kevin habe sie jedenfalls nicht mehr und könne sich an nichts erinnern.

»Wenn Ihr Sohn sich an nichts erinnert, könnte es doch möglicherweise ein bisschen anders gelaufen sein, oder? Woher wollen Sie wissen, dass mein Sohn die Sachen gestohlen hat? Oder an der Verletzung Ihres Sohnes schuld ist? Ich habe nämlich eine völlig andere Geschichte gehört.«

»Warum sollte ich meinem Sohn nicht glauben?«

Ich hatte es mit einem kultivierten Mann aus dem Nahen Osten zu tun, der nicht allzu tribalistisch denken wollte. Und ich versuchte, eine kultivierte europäische Frau zu sein, die das Gleiche beabsichtigte. Aber das Hemd ist einem näher als der Rock. Und ihm ging es da offenbar genauso.

Ich sagte: »Die Version, die ich gehört habe, beantwortet diese Frage vielleicht.«

»Das glaube ich gern.«

Es folgte eine unangenehme Stille.

»Welche Version haben Sie denn gehört?«, fragte er schließlich.

Er reißt sich zusammen, dachte ich, erstickt das auflodernde tribalistische Feuer – kultiviert. Ich machte mich bereit; niemand hätte sich in diesem Moment tribalistischer fühlen können als ich. Ich bebte förmlich. Von wegen Hemd – das sah nur so aus. Hier ging es um weit mehr! Und deine Atemzüge sind dein Lügendetektor, ein oder aus, kurz oder lang, sie verraten, ob dir wohl in deiner Haut ist oder nicht. Saugst du die Luft auf die richtige Art ein, ruhig, dann vibriert deine Stimme, genau so, wie du es willst: so wie jetzt, für einen treffsicheren, vernichtenden Satz, mit dem du vielleicht das Leben deines Sohnes, deines Kindes, wieder in die richtige Bahn lenken kannst. Leicht, ohne Umschweife, und dabei nüchtern, sachlich, aufrichtig. Denk dran, eine Anzeige hält lebenslang.

»Ihr scharfer Ton überrascht mich etwas, muss ich sagen. In Anbetracht dessen, dass Sie natürlich wissen …« (Atemstütze) »… dass Ihr Sohn vor Kurzem ein Mädchen …« (Atemstütze) »… sagen wir, belästigt hat.«

Vielleicht, weil ich so mit meiner eigenen Atmung beschäftigt war, fiel mir seine auf, so deutlich, als stünde er direkt vor mir, leicht schnaufend. Und nach meiner Mitteilung stockte sie.

Seltsam, wie man plötzlich im Leben eines anderen sein kann, sogar in seinem Körper, dem Maschinenraum seiner Seele. Würde der nicht mehr funktionieren, wäre ich alle Sorgen los, das Gerichtsverfahren, die Empörung. Es war ein verlockender, intimer Gedanke. Fängt es so an? Mord?

Ich ertappte mich bei einem Anflug von unerklärlichem Mitleid für den Feind.

Mitleid, gefährliches Terrain. Zielsicher lenkte ich meine Gedanken zu Philips Verzweiflung zurück, und zu der Einsamkeit, die dieser Vorfall ihm bescheren könnte. Kaltherzig (wobei ich das leichte Zittern in meiner Stimme nicht unterdrücken konnte) fuhr ich mit meinem Bericht fort, in Andeutungen nur, aber doch alarmierend, wie ich hoffte: »Gewisse Signale sind vielleicht falsch gedeutet worden …«

»Ein Mädchen? Davon weiß ich nichts. Warum gibt es keine Anzeige?«

Er sprach laut und schneidend, wenn er so kurz angebunden war.

»Die kommt noch …«

»Wenn Sie das sagen … Na schön. Wer ist dieses Mädchen und was hat sie mit der ganzen Sache zu tun?«

»Alles.«

»Aha.« Ausatmen seinerseits.

»Die Freundin meines Sohnes.«

Es blieb still. Sein Atem stockte kurz, dann sprang der Motor wieder an (ob dieser Mann vielleicht sehr dick war, fragte ich mich), und ich hörte: »Meine Güte, das geht hier ja zu wie in einer griechischen Tragödie …«

»Ja, wie gesagt: Belästigung. Vielleicht auch Schlimmeres. *Das* ist die Version, die ich gehört habe.«

»Oh.« Es schien nicht ganz zu ihm durchzudringen.

»Wie viel deutlicher muss ich noch werden?«

»Finden Sie es nicht interessant, wie wir hier um unsere Kinder kämpfen?« Wieder ein anderer Ton, amüsiert, auf Distanz.

»Das ist ein bisschen zu bitter, um interessant zu sein. Sie müssen mir glauben. Philip hat Ihren Sohn nicht ausgeraubt, und auch nicht verletzt. Es war ein Unfall, er ist gestürzt … und die Sachen, die liegen da vermutlich noch rum, sind vielleicht in irgendeinem Graben gelandet. Wollen wir nicht darüber reden? Die Umstände sind … Es sind doch noch Jungs, Herr Alaia!«

»Wo ich herkomme, schießen Jungs sich in dem Alter gegenseitig tot.«

»Wo …« Ich verstummte. »Wie wäre es, wenn wir uns auf einen Kaffee treffen?«

Zu meinem Erstaunen sagte er zu. Wir verabredeten uns bei ihm zu Hause und machten eine Uhrzeit aus, zu der Kaffee eigentlich nicht mehr schmeckt.

Ich bekam weiche Knie. Spürte, wie mein Herz, mein innerer Komplize, mir laut applaudierte. Die Wirklichkeit zu verändern, darum ging es. Weichen zu stellen.

Kapitel 12

Das Flüchtlingsheim lag auf dem Gelände einer ehemaligen Nervenheilanstalt. Ein Mal war ich bereits dort gewesen, auf Anraten einer Wahrsagerin, an die ich mich in meiner Not gewandt hatte, als ich auf der Suche nach unserer heißgeliebten, entlaufenen Katze war.

Der Komplex bestand aus merkwürdigen Gebäuden, größeren und kleineren, die Ende des neunzehnten Jahrhunderts kreuz und quer auf einem alten Landgut am Rand der Dünen errichtet worden waren. Besonders das Krankenhaus aus dunkelrotem Backstein, das in einigen Etagen vergitterte Fenster hatte und neben einem unheimlichen Verbrennungsturm stand, beschwor Bilder von Einzelhaft und kreischenden Gestalten in weißen Nachthemden und Zwangsjacken herauf. Man konnte sich ohne Weiteres grausame Pflegerinnen vorstellen, die nach Jahren in der Gesellschaft von Geistesgestörten jede Menschlichkeit verloren und ein sadistisches Universum erschaffen hatten, in dem Willkür und *divide et impera* herrschten.

Von außen sah die alte Pflegeanstalt noch einigermaßen intakt aus, innen aber war sie verkommen, die Wände waren schimmelig, die Böden voller seltsamer rostfarbener Stellen in den Ecken der langen, gefliesten Flure, von denen die kleinen Zimmer der Bewohner abgingen. Von dem einen Mal, als ich laut »Archibald« rufend durch das Gebäude gerannt war, erinnerte ich mich, dass es dort einen zentralen Waschraum gab, mit offenen Duschkabinen und großen, altmodischen Emaillewannen. Inzwischen lebten hier andere Ausgegrenzte: Nicht mehr Geisteskranke wurden hier weggeschlossen und versorgt, um die Gesellschaft vor ihnen zu schützen, sondern Menschen, die in unserem für sie fremden Land Zuflucht suchten – vorläufig verwehrte man ihnen den Zutritt und parkte sie in diesem Vorhof dessen, was sie jetzt noch für das Paradies hielten, in einem Niemandsland mit alten, klammen Zimmern und hohen Decken. Leise und entmutigt wurde in den langen, dunklen Fluren die Zeit totgeschlagen.

Die meisten Türen waren geschlossen, aber wenn eine offen stand, einen Spaltbreit oder ganz, schlug einem der schale Geruch mühsam bezwungener Ungeduld entgegen. Neugierig versuchte ich, hier und da einen Blick zu erhaschen, doch meine Erwartungen – die farbenfrohen Zeichen einer anderen Kultur, die Vielfalt anderer Welten – wurden enttäuscht.

Die Zimmer waren leer und kahl, kahler noch als kahle Krankenhauszimmer – die Leere der Unfreiheit, dachte ich damals. Etwas zu besitzen ist eine Form der Aneignung, sich mit vertrauten Dingen ein Zuhause zu schaffen ein Weg, sich selbst zu definieren; all das war den Fremden in diesem Zwischenland streng verboten, weil man sich in der Asylpolitik weder für Menschlichkeit noch für Ausgrenzung entscheiden konnte. Hier sollten sich die Menschen versorgt wissen, aber ihre Unruhe bewahren, sich geduldet fühlen, aber gewiss nicht heimisch. Durch die aufgezwungene Anonymität der Zimmer wurde die reinste Armut sichtbar, materiell wie emotional: Diese Menschen hatten ihre Heimat verlassen, lebten mit den Wurzeln ihrer Seele im Gepäck und mussten mitansehen, wie diese an einem Ort, wo sie zur handlichen Leere der Einheitlichkeit verdammt waren, verschrumpelten und verschwanden.

Mein Gerufe lockte die Katze nicht an. Ich zeigte allen, denen ich begegnete, ein Foto, was zu großem Lachen und Lärmen führte, nicht aber zur Rückkehr der sanften Pelzpersönlichkeit, die die Kinder und ich so gernhatten. Jedenfalls nicht, bis vor einer der Küchen ein etwa zwanzigjähriger Mann, eigentlich fast noch ein Junge, mit einer Packung Billig-Katzenfutter an mir vorbeiging. Unauffällig folgte ich ihm zu einem Tisch, unter dem ein mit alten Schlafanzügen und Handtüchern gepolsterter Karton stand, in dem Archibald sich schnurrend von vier Kinderhänden den dicken Katzenbauch streicheln ließ.

Ich mied die nach innen gekehrten Blicke der Kinder, hörte den Jungen einen trockenen, bösen Laut ausstoßen, den ich für einen Schluchzer hielt, und spürte, wie sein Herz leise in tausend Stücke zerbrach, als ich Archibald in seine Katzenbox bugsierte. Ich gab dem Jungen zwanzig Euro, doch das änderte nichts an seinem abgrundtief stumpfen Blick.

Ich dachte an das lilafarbene Bild von Archibald, das Pol kürzlich gemalt hatte, und an den schrecklichen Moment, als er noch ganz klein war und Sam schrie, weil er dachte, er hätte ihn versehentlich getötet. An ihre aufrichtige, unschuldige Besorgnis über Archibalds einsames Abenteuer. Sie kannten ihn von klein auf und liebten ihn mit der

Selbstverständlichkeit, mit der Kinder eben ein Familienmitglied lieben, wie faul und kratzbürstig es auch sein mag. Meine Kinder. Nur so hatte ich meine Aufgabe zu Ende bringen können. Meine Kinder. Unsere Katze.

Aber eine junge Frau ist keine Katze. Und ihren Namen kannte ich auch nicht. Am Empfang schoben sie mir nach einigem Zögern und Suchen ein laminiertes Blatt Papier mit den Fotos aller Bewohner zu. Ich erkannte die Schneefrau sofort – sie war ungeschminkt und mit Kopftuch abgebildet, das Gesicht viel unauffälliger als in Wirklichkeit.

Ob ich eine Verabredung hätte, fragte die Empfangsdame.

»Nein«, sagte ich. »Aber sie kennt mich.«

Als sie auf mich zukam, war sie in Gedanken, weit weg, summte vor sich hin und sah noch fremder aus als zuvor. Noch dunkler, noch geheimnisvoller.

»Erinnern Sie sich an mich?«, fragte ich.

Sie tauchte aus der anderen Welt auf, in die sie eben noch versunken war, nickte begeistert, bevor sie verschreckt zur Empfangsdame sah. Doch deren Blick war freundlich und interessiert, nicht abweisend. Ein gewinnendes Lächeln legte sich auf das aristokratische Gesicht der jungen Frau, fasziniert musterte ich ihre strahlenden Zähne.

»Klar erinnere ich mich an dich! Wo sind deine Kinder?«

Es gelang mir, mit einem ebenbürtigen, genauso unschuldigen Lächeln zu antworten. Unser unmittelbarer, unkomplizierter Kontakt rührte mich – ein Fluss von Menschlichkeit, der uns, dieses seltsame Geschöpf und mich, miteinander verband.

»Zu Hause!«, sagte ich und deutete Richtung Osten. Erneut nickte die junge Frau.

Ein Mann in traditioneller afrikanischer Tracht warf uns im Vorbeigehen einen neugierigen Blick zu. Eine stämmige Frau mit Hidschab und schwarzer Abaya sah abfällig und misstrauisch zwischen uns beiden hin und her. Die junge Frau zog das Kopftuch straffer, etwas an ihrem Blick änderte sich.

»Komm … in mein Zimmer?«

Sie ging durch die langen Flure voraus, mit denselben kleinen Schritten wie beim ersten Mal, schnell und dennoch wiegend, sinnlich, ein Gang aus einer fernen Welt. Befangen folgte ich ihr.

Der misstrauische Blick der Verschleierten hatte mich an die Kopfhörer erinnert, die kleine Sünde, die sich diese junge Frau offenbar genehmigte. Wie schlimm war Musik für wahrhaft fromme Muslime? Der Grund für meine Anwesenheit kam mir plötzlich töricht vor. Würde ich es wirklich wagen, meine jüdischen Kinder von einer Muslima betreuen zu lassen? Was war das überhaupt für eine Frage? Hatte ich in meinem Leben jemals in solchen Kategorien gedacht? Meine Haltung war in jeder Hinsicht gespalten.

Wie bei unserer ersten Begegnung im Schnee befremdete mich die Exotik der anderen nicht nur, sie zog mich auch an. Und ich merkte, dass ich zwar auf der Suche nach einer zuverlässigen Hilfe war, vor allem für Sam und Pol, mich aber auch nach Versöhnung mit dem anderen, dem Unbekannten sehnte. Nach einer Verbindung mit jemandem, den ich seit New York eigentlich als Gesandten des Feindes betrachtete, allein aufgrund der Absolutheit und Unduldsamkeit seiner religiösen Überzeugung.

Was waren das nur für merkwürdige Regungen? In meiner Jugend hatte ich mir öfter ausgemalt, wie ich Nazis verführe, um sie anschließend umbringen und meine Lieben retten zu können. Scham über diese Allmachtsfantasien.

Doch neben meiner ehrlichen Neugier auf die Herkunft dieser jungen Frau musste ich mir gleichzeitig eingestehen, dass es Widerstreben, Ungeduld, ja sogar Überdruss bei mir auslöste, mich in eine neue Lebenswelt hineinversetzen zu müssen. Denn dann wäre ich gezwungen, die Entwicklungen der letzten Jahrzehnte in meiner eigenen Welt zu dekonstruieren, zu ent-wissen, zu ent-fühlen und neu zu erfahren – zumindest, wenn ich Verständnis aufbringen wollte. Verärgert und ermattet musste ich mir eingestehen, niemals auch nur ansatzweise nachempfinden zu können, was sie und alle anderen, die hierherkamen, an Gedanken und Gefühlen mitbrachten, was sie versuchten zu vergessen, und was festzuhalten. Der geschichtsträchtige Terrazzoboden im Flur bildete einen Kontrast zu den gedämpften Stimmen hinter den Türen, die Geschichten, die die verschlissene, gleichgültige Krankenhausstille zu erzählen hatte, zu den von Kriegsleid und religiösem Wahn durchtränkten Dramen und dem Heimweh der neuen Bewohner aus Afghanistan, Somalia, Pakistan, dem Irak und Äthiopien.

Die Verzweiflung der Flüchtlinge, die ihre Erfahrungen, ihren Kummer und ihre Traumata notgedrungen zurechtstutzen und in einen Wortschatz zwängen mussten, der in den meisten Fällen dürftig, ungeeignet und unvollkommen war und es auch bleiben sollte. Die Beschränkungen, mit denen ihre Persönlichkeit auf das Niveau von Kindern, Bittstellern, auf Schlichtheit reduziert wurde; dabei haftete ihrer Flucht, ihrer Verzweiflung, ihren Tragödien zweifellos nichts Kindliches oder gar Schlichtes an. Obwohl einige von ihnen vielleicht tatsächlich kindlich und planlos in eine ungewisse Zukunft aufgebrochen waren, gutgläubig und gedankenlos hoffend auf die Barmherzigkeit und das Verantwortungsgefühl anderer Menschen, die wohlhabender und gebildeter waren als sie.

Trotzdem: Wie konnte man nur auf die Idee kommen, die Zerrissenheit, der sie sich dadurch aussetzten, ihr Leid, ihr Heimweh seien nicht so groß, umfassend und tragisch wie die Geschichte der Menschheit selbst?

Ich schämte mich maßlos für die herablassende, dürftige Befangenheit, mit der wir auf der sicheren Seite der Welt die Augen davor verschlossen, dass wir, im Gegensatz zu ihnen, vom Schicksal Auserwählte waren, schlicht, weil wir an diesem Ort geboren worden waren.

Die junge Frau, stolz und froh, mir etwas zeigen zu können, was ihr gehörte, ging zu einem Zimmer am Ende des Flurs, das sie sich mit einer Frau aus Pakistan und einem Mädchen aus Äthiopien teilte. Die beiden waren bei einem Malkurs irgendwo im Haus – um die Langeweile zu bekämpfen, nahm ich an.

Sie selbst kam aus Somalia. Auf ihrer Matratze, der unteren eines Stockbettes, lagen lose Blätter mit Grammatiklisten, ein iPod und zwei Bücher, ein Wörterbuch und *Kriegswinter* von Jan Terlouw. Ausgerechnet *Kriegswinter*! In einem Karton unterm Bett waren weitere Bücher. Meine geruchsempfindliche Nase schnupperte unwillkürlich nach fremden Gerüchen, doch es roch eher nach einem Büro als nach dem Zimmer von drei Frauen, die mit Müh und Not Krieg und Verfolgung überlebt hatten und hier zusammengetroffen waren, um Niederländerinnen zu werden.

»Jeden Morgen ich habe Unterricht.«

Ich verbesserte sie, Lachen als behelfsmäßiges emotionales Wörterbuch.

»Wie heißt du?«

Später schlug ich ihren Namen nach. Amal bedeutet »Hoffnung«.

Kapitel 13

Als ich Samir, Kevins Vater, sah, war mein erster Gedanke, dass ich ihn kannte. Ich wusste bloß nicht, wo oder unter welchen Umständen ich ihm schon einmal begegnet war. Doch als wir uns begrüßten und die knappen, in unangenehmen Situationen üblichen Höflichkeiten austauschten und Samir nicht den Eindruck machte, mich wiederzuerkennen, sondern mich nur lange und aufmerksam aus seinen faszinierenden grünen, von dichten schwarzen Wimpern umrahmten Augen ansah, kamen mir Zweifel. Nicht nur an meinem Gedächtnis, sondern überhaupt an mir, als wäre seine interessierte, freundliche Begrüßung auf groteske Weise in Wirklichkeit eine Ablehnung.

Warum kam dieser Mann, der ausgezeichnet Niederländisch sprach, aber einen für mich nicht zuzuordnenden Akzent hatte, mir bekannt, fast vertraut vor? Das nahm ich ihm beinah übel, denn es machte alles noch komplizierter und störte meine Konzentration auf Philips Rettung. Die Situation war ohnehin schon verkrampft, doch nun fühlte ich mich auch noch eigenartig betrogen, als wäre ich ihm in die Falle gegangen und mit einem Überraschungsmoment konfrontiert worden, auf das ich nicht erpicht war.

Samir war kompakt gebaut, hatte schöne, mokkafarbene Haut und dunkles Haar, das sicher nicht mehr so voll war wie früher, dafür an den Schläfen vornehm ergraut. Unter seinen Augen lagen Schatten, die ihm etwas Verletzliches, Müdes verliehen, aber unbestreitbar sexy waren. Eine Aura von Ernst umgab ihn. Dick, wie ich vermutet hatte, war er nicht, eher breit. Er erinnerte mich an Herman.

Bor war ein ganz anderer Typ Mann. Überhaupt nicht eins mit seinem Körper. Bor war feinfühlig und hatte ein rundes Gesicht, unschuldige Augen, schöne, immer saubere Hände und eine wenig athletische Statur. Er hasste Sport, liebte Essen und hatte ein absolut untrügliches moralisches Urteilsvermögen. Nicht einmal die Gräuel von New York hatten ihn seines Anstands und seiner Fähigkeit zu staunen berauben können. Dieser Mann hingegen – der staunte nicht. Den konnte nichts überrumpeln. Ein ungeduldiger, temperamentvoller Mann.

Ich war schon im Hintertreffen, bevor überhaupt etwas passiert war. Seine Ungeduld, seine unverhohlene Sinnlichkeit.

Seine Wohnung war modern eingerichtet, geschmackvoll, mattweiße Steinfliesen, ein großes, dunkelbraunes Ledersofa, ein Fernseher, etwas Nippes, Fotos in Silberrahmen, ein kunstvoll geknüpfter Teppich in Grün, Orange und Siena. Alles auf ein Klima abgestimmt, das er vermutlich von früher kannte. Orientalisch. Auf Samirs Händedruck folgte eine förmliche Geste, er wies auf ein Zimmer mit einem großen Tisch. Nachdem wir uns gesetzt hatten, stand er sofort wieder auf und holte mir ein Glas Wasser.

Mit aufgestützten Ellenbogen lehnte er sich zu mir vor.

»Ja, du bist es«, verstand ich. Oder hatte er gesagt: »Ich wusste es«?

Ich erschrak. Also doch …

»Oh«, sagte ich. »Ich bin mir nicht sicher …«

»Was meinen Sie?«, fragte er amüsiert. »Ich habe gesagt, dass wir reden müssen. Das sehen Sie doch genauso?«

Ich erschrak schon wieder. »Ja, natürlich. Über Kevin. Wollen wir nicht du sagen? Wie geht es ihm?«

»Einigermaßen.«

»Ach, ein Glück. Geht er schon wieder tanzen? Er soll sehr gut sein, habe ich gehört.«

»Wer sagt das?«

»Wer sagt was?«

»Dass er tanzen kann.«

»Seine Mitschülerinnen.«

»Meine Söhne kommen beide nach ihrer Mutter.« Es klang defensiv. »Aber soviel ich weiß, tanzt Kevin nicht mehr.« Er sah, wie ich das kahle Zimmer in Augenschein nahm. »Wir sind geschieden.«

Kurz blieb es still. Ich tat so, als merkte ich nicht, dass sein Blick auf mir ruhte. Das war ungewohnt für mich. Machte mich nervös. Normalerweise war ich diejenige, die beobachtete.

»Lassen Sie uns über die Anzeige sprechen«, sagte ich entschlossen.

Was tat ich hier bloß? Was konnte ich tun? Der Schweiß brach mir aus. Du weißt, was eine Anzeige bedeutet, dachte ich. Wie ernst so etwas ist. Hier geht es um die Zukunft deines Sohnes, um sein Leben.

Ich hörte Herman zetern. Seine Hysterie. »Sei nicht so direkt!«, rief er mir zu. Verhandeln sei eine Kunst, die Kunst der Abstraktion, der Umwege. Frauen würden immer viel zu geradlinig aufs Ziel zu marschieren, alles Zerbrechliche mit ihren expliziten Fragen, ihrer nervösen Wortwahl niedertrampeln. Ich beschloss, sein Gezeter zu ignorieren. Er war nicht da, ließ mich ganz allein für die Zukunft unseres Sohnes kämpfen. Ich würde ihm zeigen, mit welcher Methode *ich* gewann: geradeheraus, emotional.

»Wie kommen wir aus dieser Sache wieder heraus, Herr Alaia?«

»Gar nicht, würde ich sagen.«

»Nein?« Was konnte ich dafür, dass meine Stimme in die Höhe schoss?

»Klar, den Arm kann er wieder benutzen. Aber die Schulterkapsel ist noch nicht verheilt. Das ist schmerzhaft. Mein Sohn ist derzeit sehr eingeschränkt. Er leidet.«

Damit hatte er mich. Mein Herz schlug wie wild. Mir wurde bewusst, wie schrecklich es war, dass mein Sohn vielleicht Schuld hatte an der körperlichen Versehrtheit eines anderen.

Ich holte tief Luft, justierte mein Schuldgefühl und änderte den Kurs. Für Philip musste ich, wenn nötig, morden können. Philip tat niemandem etwas an.

»Ja, das ist wirklich schlimm«, sagte ich.

»Ja.«

»Herr Alaia …«

»Nenn mich doch Samir, Zelda.«

Ich lächelte, vorsichtig – denn das würde ich in jeder Hinsicht sein müssen, so viel war mir klar. Aber dass er mir nun seinerseits das Du anbot, war ein guter Anfang.

»Philip ist nicht gefährlich«, sagte ich. »Es war ein Unfall.«

Samirs Blick wurde ernst, beinah mitfühlend. Noch einmal sagte er meinen Namen, feierlich, als würde er ein Geheimnis lüften. »Zelda. Wir wissen nicht alles über unsere Kinder. Hast du überhaupt eine Ahnung, was …? Dein Sohn hat meinen Sohn entführt. Er hat ihn an einen menschenleeren, unwirtlichen Ort gebracht. Er hat ihm seine Sachen weggenommen und ihn am Ende der Welt ausgesetzt.«

»Samir«, sagte ich. »Ich weiß, das ist alles abscheulich, aber wenn ich menschenleer, unwirtlich und am Ende der Welt höre, dann denke ich: Wirklich? In Hoofddorp?«

»Wenn man nicht weiß, wo man ist, gibt es auch in den Niederlanden ein menschenleeres, unwirtliches Ende der Welt.«

»Herr Alaia, Samir … das ist Irrsinn.«

Wieder wurde es kurz still, es war kaum zu ertragen. Samir sah weg. Zu meinem Ärger brannten mir die Augen. Ich unterdrückte den Impuls, mich gehenzulassen. Doch gleich darauf bedauerte ich, dass ich die Tränen zu früh hatte vertrocknen lassen. Gefühle zu zeigen war kein Zeichen von Schwäche. Im Gegenteil.

»Ich kenne Philip«, sagte ich. »Er versucht immer, Lösungen zu finden. Er will das Gute.«

»Wofür musste denn hier bitte eine Lösung gefunden werden?«

»Das habe ich dir bereits erzählt.« Meine Stimme zitterte, fast unhörbar. »Mir ist das sonnenklar. Rache, Ehre … Sex.«

Das letzte Wort schien sich zu materialisieren, stand plötzlich wie ein gefährliches Teufelchen zwischen uns. Als wollte es die Gelegenheit beim Schopf packen, sich in Samirs dicht bewimperten hellen Augen verlieren und meine frisch gewaschenen Haare anstarren. Mit einem dreckigen, schelmischen Grinsen drängte es sich in unser höfliches, vorsichtiges Gespräch. Weil die Welt da draußen nun einmal so war, wie sie war, voll Vandalismus, Grobheit und Lust, die dieser vertraute Fremde mindestens genauso gut kannte wie ich. Ein Feuerball, unermesslich intim und beklemmend, mit dem ich jonglieren musste, ohne mir allzu große Verletzungen zuzuziehen.

»Du hast doch von Nachrichten gesprochen, oder?«

»Nachrichten?«

»Du meintest, zwischen Kevin und der Freundin deines Sohnes wäre etwas vorgefallen?«

»Was?«

»Es geht also um Rache?«

»Nein, um Lösungen. Und um Belästigung, vielleicht Schlimmeres.« Ich sprach es mit größtmöglicher Bestimmtheit aus.

»Schlimmeres?«

»Ja.«

»Und die Lösung für diese schlimme Belästigung war eine kaputte Schulter? Und Diebstahl?«

»Ein Gespräch, das aus dem Ruder gelaufen ist, ein unglücklicher Sturz …«

»Dieses Mädchen spricht wirklich von Belästigung?«

»Sie ist total durch den Wind.«

»Und sie hat noch keine Anzeige erstattet, will das aber jetzt nachholen.« Es war eher eine Feststellung als eine Frage. Er konstruierte einen Fall, und ich hinkte immer einen Schritt hinterher.

Ich nickte so neutral wie möglich.

»Dazu hast du ihr geraten.«

Ich sagte nichts, fühlte mich angegriffen.

»Kevin hat mir etwas anderes erzählt, über dieses Mädchen. Er hat mir ihre Nachrichten gezeigt. Und die klangen nicht gerade nach Belästigung.«

Ich klammerte mich am Stuhl fest. »Anfangs war es ein Flirt. Aber dann hat sie es sich anders überlegt, und davon wollte er nichts wissen. Sie hatten gegen ihren Willen Sex«, sagte ich.

Sein Blick wurde härter.

»Das wäre wirklich sehr schlimm.«

»Ich glaube ihr. Sie vertraut mir und hat ihren Anteil an der Sache nicht beschönigt. Sie dachte wirklich, dass sie sich zu deinem Sohn hingezogen fühlte. Bis es schiefgegangen ist. Und ja, ich habe ihr zu einer Anzeige geraten.«

Dann sagte er, irgendwie beiläufig, schien mir: »Dein Mann ist Anwalt.«

»Ja«, sagte ich. »Kennst du ihn?«

»Jeder kennt ihn.«

»Und weiter?«

»Wird er seinen Sohn verteidigen?«

»Philip ist nicht Bors Sohn.«

»Aha?«

Verlegenheit machte uns zerbrechlich, einen Moment lang war alles wie aus Glas. Wir schwiegen.

Bor hatte Philip immer wie seinen eigenen Sohn behandelt. Und Philip hatte in Bor immer einen Vater gesehen. Obwohl sie sich nicht sehr nahestanden, hatte ich noch nie auf das Stiefverhältnis zwischen den beiden verwiesen. Noch nie.

»Ist er nicht?«

»Nein.«

»Entschuldige die Frage.«

»Philips Vater ist tot«, sagte ich.

»Entschuldige«, wiederholte Samir.

»Es war ihm zu viel geworden«, sagte ich. »Das Leben, meine ich.«

»Das tut mir sehr leid.«

Ich sah Samir in die Augen. Wir hatten beide Kinder, er und ich. Das Hemd, der Rock.

»Wenn mein Sohn ein Mädchen vergewaltigt hat, muss er dafür bestraft werden. Und dein Sohn dafür, dass er meinen entführt hat«, sagte Samir.

Kapitel 14

Wenn ich mir die Zukunft vorstellte, damals, sah ich: Monotonie. Trott. Das neue Schuljahr, das Ende der Sommerferien – es konnte einem davor grauen. Mir graute immer davor. Vor dem Abstrakten, dem Zuviel an Möglichkeiten, das auf mich zukam; aber wenn sie dann näher rückte, sorgte die inzwischen schon etwas weniger leere Zukunft dafür, dass ich mich auf das Kommende freute, und meine Unruhe und Nervosität nahmen ab. Dann fand ich es aufregend, mich mitten in das Rennen gegen eine abstrakte Stoppuhr zu stürzen.

Mit Kindern hatte man immer etwas zu tun, zu organisieren, die Logistik des Haushalts sorgte permanent für Panik, dauernd drohte man etwas zu vergessen. Die Erziehung konnte man nicht der Schule überlassen, man musste immer ein Auge auf die Kinder haben, die Briefe der Lehrer aus den Taschen fischen, bei den Hausaufgaben helfen, aktiv die musikalischen oder zeichnerischen Talente fördern, möglichst viele neue Hobbys vorschlagen, vorlesen, den Urlaub planen. Streng sein, wenn sie ungezogen waren. Schmusen, wenn sie sich gut benahmen. Konsequent bleiben, auch wenn einem das nicht in den Kram passte und für zusätzlichen Ärger sorgte, zum Beispiel, wenn sie nichts Süßes essen, eine Woche lang nicht nach draußen, nicht mit dem Gameboy spielen oder ihre Freunde besuchen durften. Ihr Zimmer aufräumen mussten.

Hatte es jemals Trott gegeben? Monotonie? Dauerte sie wirklich so unendlich lange, die Kindheit unserer Kinder? Inzwischen habe ich den Eindruck, sie war im Nu vorbei, aber ich hatte so viel zu tun, dass ich nicht darauf geachtet habe. Wie konnte ich bloß auf die Idee kommen, irgendwann würde ich den Überblick haben und erst dann Freude und Liebe empfinden; wenn alles in trockenen Tüchern wäre? Was man sich nicht alles vormacht.

Wir waren permanent überfordert, die Kinder veränderten sich in rasendem Tempo, kein Tag war wie der andere, und dennoch war jeden Tag Schule, hatte ich jeden Tag Klienten, fuhr Bor jeden Tag in die Kanzlei.

Wir hatten ein Pony, dann eine Schildkröte und ein Meerschweinchen, die Katze verschwand erneut, und ein Jahr lang aß eine ausgehungerte Schulfreundin jeden Tag bei uns zu Abend, weil ihre Mutter die Familie verlassen hatte. Nie war irgendetwas selbstverständlich, jedes Mal aufs Neue erschraken wir über die jüngsten Abenteuer der Kinder; gewöhnten wir uns je an unser Leben? Jedenfalls dachten wir lange Zeit, alles würde immer so bleiben, wie es war.

Natürlich hatten wir uns Sorgen gemacht, seit New York verging kein Tag, an dem wir uns keine Sorgen machten.

Ich habe solche Sehnsucht nach dem Trott, vor dem mir am Ende der Ferien immer graute, Sehnsucht nach dem Leben, das ich gelebt, aber nicht *er*lebt habe, jedenfalls nicht bewusst genug, um mich wirklich daran zu erinnern, mir sind nur die Hektik, das Chaos, das Tempo, in dem die Kinder groß wurden, im Gedächtnis geblieben.

Ich bereue besonders, dass mir vor den kleinen Ritualen graute, deren Wiederholung ich mit Zwang verwechselte, dabei waren sie so anrührend und unschuldig: die Weihnachtsfeier der Schule, die Sportveranstaltungen, die verzwickten – und dämlichen – Kindergeburtstage. Rückblickend finde ich sie noch immer nervtötend, aber sie erfüllen mich auch, und das zu Recht, mit tiefer Melancholie.

Stimmt, wir mochten nicht, wozu uns die ungeschriebenen Gesetze unseres sozialen Umfelds nötigten, die ehrenamtliche Tätigkeit im Fußball- oder Tennisverein, die zahllosen Elternabende. Aber im Nachhinein war alles, einfach alles, was wir mit den Kindern unternahmen, schön und viel schneller vorbei, als ich es je für möglich gehalten hätte.

Wäre mir das damals klar gewesen – hätte ich mir dann trotzdem Unterstützung gesucht? Jemanden, der Sam zur Klavierstunde brachte? Die Katze fütterte? Mit Pol zeichnete? Was suchte ich? Die Illusion, frei zu sein?

Ich muss es aus Angst getan haben, aus Angst vor der verfluchten Beklemmung und der unerträglichen vorweggenommenen Melancholie beim Gedanken daran, dass das alles bald vorbei sein würde.

Sie hatte sich verspätet. Jedenfalls denkt man das in den ersten Minuten, wenn jemand, der hätte kommen sollen, nicht auftaucht. Nach einer Viertelstunde ändert sich das, dann ist derjenige so hartnäckig und spürbar abwesend, dass man anfängt zu zweifeln, ob seine Anwesenheit je vorgesehen war. Also fragte ich mich: Habe ich sie wirklich herbestellt oder nicht? Schnell gab ich auf, versuchte aber noch, sie herbeizudenken, doch ihr Bild verpuffte, bevor ich es vor meinem inneren Auge sah. Noch kannte ich sie nicht gut genug.

Sie hätte um drei Uhr kommen, Sam zur Klavierstunde bringen und sich anschließend um Pol kümmern sollen. Sam hatte sich auf sie gefreut, aber jetzt, wo es ernst wurde, bangte er um seinen Status bei den Freunden.

»Nur bis zur Ecke, Mama! Nicht weiter, sie kommt auf keinen Fall mit rein!«, flüsterte er, schon im Voraus wütend über die Blamage.

Aber sie war ja eh nicht da. Sein Unterricht fing um halb vier an, erst Klavier, dann Musikgeschichte, dann Theorie. Um Viertel nach drei warteten wir immer noch. Ich schickte eine Nachricht nach der anderen auf das Handy, das sie vom Flüchtlingsheim bekommen hatte. Und fuhr schließlich selbst mit Sam zur Musikschule. Tatsächlich war ich sogar ein wenig erleichtert, nun doch nicht in die Rolle der Arbeitgeberin schlüpfen zu müssen.

Zurück zu Hause gab ich Pol eine Zeichenaufgabe und vergaß, dass die junge Frau hätte kommen sollen, um zu »helfen«. Meine diffuse Erleichterung blieb.

Um fünf Uhr stand sie vor der Tür, in einem farbenfrohen Gewand, ihr Kopftuch brachte die hohe Stirn und die markanten Jochbeine dramatisch zur Geltung, ihre Augen leuchteten.

Überrascht fragte ich, was sie hier wolle, zeigte auf meine Uhr. Dann auf mein Handy. Sie lächelte. Ebenfalls überrascht, schien mir. Nicht so, als täte es ihr leid, sondern als hätte sie wegen meiner offensichtlichen Empörung Mitleid mit mir. Ich war verwirrt. Zum ersten Mal kam ich mit einer Kultur in Kontakt, in der Schuldgefühle nicht immer die Funktion eines moralischen Appells zu haben schienen. Anscheinend verstand Amal mich nicht. War eine Entschuldigung für sie gleichbedeutend mit Schwäche? Plötzlich war ich diejenige, die sich schämte.

Sie fragte, ob sie mit den Kindern spielen dürfe.

Erst zögerte ich, sagte dann aber doch: »Natürlich.« Ich musste zu ihr aufblicken und hörte mich schlucken, als ihr Schleier mich streifte, ein Hauch Fremdheit, der das Haus auf eine gewisse, gänzlich ungewohnte Weise zu weihen schien. Das lange Gewand, das Kopftuch, sie wirkten beklemmend, undurchschaubar, und ich wusste, ich würde mich dem nun nicht mehr entziehen können.

»Pol! Sam!«, rief ich.

Sam reagierte nicht, der saß oben am Klavier. Wir hatten inzwischen zwei, ein E-Piano in seinem Zimmer und ein klassisches im Erdgeschoss. Ich hörte seine perlenden Tonleitern und dann ein virtuos gespieltes Stück von Mozart, was mir verriet, dass Sam sich seines Publikums bewusst war. Pol freute sich, Amal zu sehen, versteckte sich aber hinter dem Vorhang, von einer plötzlichen Verlegenheit gepackt, die ich sehr gut nachempfinden konnte.

»Sam!«

Mein lauter Ruf war einnehmend gemeint, klang aber eher so, als wäre ich in Not. Amal wiederum lächelte die ganze Zeit. Doch durch Mozart hatte sich ihr Blick verändert. Scheu und ernst sah sie mich an. Im ersten Moment dachte ich, sie habe Schmerzen.

»Sam da?«, fragte sie und zeigte nach oben. Dann drehte sie sich zu Pol um, ganz langsam: »Willst du auch das Klavier spielen?«

»Nein, ich will zeichnen!«, rief Pol mit freudig aufgerissenen Augen. »Zeichnest du mit mir?«, bettelte sie.

»Zeichnen?« Amal sah mich fragend an, ihr Blick war starr, ich erkannte eine Sehnsucht darin, die ich damals noch nicht einordnen konnte. Ich nickte. Warum nur? Das alles war so sinnlos, dass ich wie gelähmt war. Warum sollte ich Pol mit dieser jungen Frau zeichnen lassen? Es war fünf Uhr, ich hatte Feierabend, wollte selbst mit Pol zeichnen, oder einen Artikel lesen. Doch wenn Amal dablieb, würde ich mich auf nichts konzentrieren können, plötzlich war da jemand im Haus, was mich übellaunig machte, ob ich wollte oder nicht.

Aber ich suchte ja nach einer neuen Kinderbetreuung, oder nicht? Also dann.

Schweigend legte ich Amal einen Zeichenblock hin, strich Pol über den Kopf und verschwand in die Küche, um den beiden die Gelegenheit zu geben, sich zu beschnuppern.

Lange Zeit starrte ich unzufrieden das Chaos im Kühlschrank an. Dann trabte ich zurück zur Tür und lauschte.

Ich hatte mich nicht verhört. Amal summte das Konzert von Mozart, das Sam gerade spielte – er oben, sie unten –, und so melodiös und synchron, dass ich mich fragte, ob sie unbemerkt Musik eingeschaltet hatte. Aber sie war es wirklich selbst. Wie ungewöhnlich es war, dass eine junge Somalierin Mozart kannte, war mir schon in dem Moment bewusst.

Ich traute mich nicht zurück ins Zimmer, aus Angst, die Harmonie zu zerstören. Stattdessen schlich ich auf Zehenspitzen ins Büro, seltsam ergriffen, und arbeitete eine Stunde ohne Pause an einem längst überfälligen Artikel.

Kapitel 15

Natürlich war es ungewohnt, eine Fremde im Haus zu haben, eine neue Kinderbetreuung ist immer ungewohnt. Grinsend wie ängstliche Schimpansen suchten wir nach einer Balance zwischen Intimität und Distanz, Gastfreundschaft und Hierarchie.

Das nächste Mal, als ich Amal bat, Sam in die Musikschule zu bringen, klingelte sie zwei Stunden zu früh. Ich machte ihr auf, und Pol erzählte mir, sie habe sogar schon zwei Stunden im Garten gesessen, auf einem Schemel am Zaun. »Warum hast du mir das nicht gleich gesagt?«, fragte ich, doch das wusste Pol selbst nicht. »Himmel, Pol«, sagte ich geniert.

War mir aufgefallen, wie musikalisch sie war, abgesehen davon, dass sie Mozart summte? Darauf hatte ich sie zwar angesprochen, aber Amal hatte nur auf ihre komische, atemlose Art geantwortet: »Ach, ist er so berühmt? Wie heißt er? Mozart? Ich kannte ihn nicht!«

Doch dann sagte mir eine von Sams Musikschullehrerinnen eines Tages unter vier Augen, Sam sei ein Kandidat fürs Konservatorium – außergewöhnlich talentiert –, und fügte hinzu, wie schön es sei, dass wir ihn mit seinem Kindermädchen, dieser dunkelhäutigen jungen Frau, üben ließen. Das habe Sam ihr erzählt. Dass sie manchmal zusammen in einem der freien Räume musizieren würden. Sie habe die beiden noch nie gehört, und ich?

Ich starrte sie bloß an. Ob ich etwa nicht wisse, dass Amal singt? Nein, sagte ich. Nein, davon hätte ich keine Ahnung gehabt.

Im Nachhinein verstehe ich nicht, wie es mir entgehen konnte. Sam hatte uns doch erst ein paar Jahre zuvor mit seiner Musikalität überrumpelt, eigentlich hätten wir ihr auditives Gedächtnis, ihr absolutes Gehör, ihre reine Stimme erkennen müssen. Ihre Besessenheit mit dem iPod, der sie überallhin begleitete, die versteckten Kopfhörer, das Summen von Mozart, ihr glücklicher, vertiefter Ausdruck, wenn Sam etwas spielte, was ihr gefiel, und wie sie dann die Augen schloss.

Was wusste ich schon über sie? Welche Musik kannte sie aus ihrer Heimat? Hatte sie als Kind schon gesungen, getanzt? In Somalia, wo sie geboren war und gelebt hatte, bevor sie mit ihrer Mutter und ihren Brüdern nach Äthiopien floh, war Musik verboten, hatte ich gelesen; Musik als bedrohte Sprache, die den Experten zufolge ausschließlich im Verborgenen überlebte.

Amal lachte schallend, als ich sie danach fragte. »Musik? Bei uns war immer Musik!« Sie sei zwar strenggläubig erzogen worden, der Koran ihr einziges Lehrbuch gewesen, aber Musik? Musik habe es immer gegeben, vom frühen Morgen bis zum späten Abend habe sie durchs Haus geschallt, laut, herrlich – wie bei allen anderen in der Straße. Somalische Musik, romantische Liebeslieder, eine poetische, pulsierende Mischung von Stilen. »Später wurde der Islam stärker, und sie haben mir gesagt, dass Musik der Teufel ist. Das habe ich natürlich geglaubt. Trotzdem habe ich weiter Musik gehört. Wie meine Tanten! Die ganze Straße! Obwohl ich wirklich versucht habe, gut zu sein! Gehorsam. Sehr streng zu mir, sehr streng zu anderen Religionen, zu denen, die vom Glauben abgefallen sind. Ich habe die Ungläubigen gehasst. Sie sollten alle sterben!«, sagte sie und lachte. Dann sah sie meinen Gesichtsausdruck. »Aber heute ist das nicht mehr so!«

Wenn ich mit ihr redete, hatte ich manchmal das Gefühl, bisher nur Fotos im *National Geographic* gesehen zu haben und jetzt zum ersten Mal einen View-Master in Händen zu halten, in dem ich bei jedem Klicken ein neues Bild in 3D sah. Keinen Film. So lebendig wurden die Bilder nicht. Dafür blieben ihre Geschichten etwas zu fremd und abstrakt.

Erst viel später sollte Amal ausgiebig von ihrer Vergangenheit erzählen, als ich versuchte, herauszufinden, wie und wo sich ihre Musikalität entwickelt hatte. Und woher sie so viel über Musik wusste, obwohl sie keine bestimmten Vorlieben hatte.

Sie finde fast alles schön, sagte sie, außer Hardrock, vielleicht. Sie liebte die somalische Musik genauso wie lateinamerikanische Balladen, Funk, Reggae, und Britney Spears genauso wie Händel, Mozart und U2. Vielleicht sagte sie das aber auch bloß. Ich selbst war nur mit Klassik vertraut, die restliche kolossale Bandbreite an Klangfarben und Stilen in Pop, Punk, Blues, Reggae, Funk blieb das reinste Labyrinth für mich, eine Art unübersichtliche Schatzkammer, in der ich hin und wieder zufällig eine Perle fand, von der ich dann wochen-, manchmal monatelang begeistert war, bis der Zauber erlosch, mein Glück verblasste und die anregende Wirkung zur Erinnerung wurde.

Die Leichtigkeit, Sinnlichkeit und Freude zeitgenössischer Musik wurde mir als Kind vorenthalten, offenbar im Gegensatz zu Amal. Außerdem lernte sie rasend schnell.

Kannten wir ihre Gesangsstimme so lange nur vom Hörensagen, weil sie sich genierte oder bescheiden war? Hielt unsere Steifheit sie davon ab, uns etwas vorzusingen?

An jenem Tag ließ sich der Himmel schamlos gehen. Wasserfolter, dachte ich, wie so oft. Es schüttete erbarmungslos, am Boden blieb buchstäblich nichts trocken. Das Wasser strömte nur so durch die Straßen, und obwohl ich Amal noch nicht lange kannte, stellte ich mir vor, dass das beängstigend für sie sein musste.

Am Nachmittag hatte sie Sam in einer Regenpause zur Musikschule gebracht, und ich beschloss, ihn nach dem Unterricht mit dem Auto abzuholen. Seit Kurzem übernahm Amal das eigentlich, mit dem Fahrrad, aber das ging nun wirklich nicht. Bei solchem Wetter Fahrrad zu fahren, wollte ich ihr nicht zumuten.

Die Musikschule war in einem großen alten Gebäude untergebracht, einer ehemaligen Bank im Zentrum der Nachbarstadt. Drinnen sah ich niemanden – das war seltsam. Meistens war es laut und wimmelte vor Menschen, hier und da drangen ein paar Noten aus einer offenen Tür, oder man hörte, wie fließende Tonfolgen mit strenger Stimme unterbrochen und korrigiert wurden.

Oh, wie ich sie als Kind gehasst hatte, diese korrigierenden Peitschenhiebe beim Querflötespielen, sie taten mir in den Ohren weh und erinnerten mich, Peitschenhieb für Peitschenhieb, daran, dass sogar die Kunst, andere zu verzaubern, Anstrengung kostete und dass mir jegliches Talent dafür fehlte, meine Anstrengung in etwas wahrhaft Schönes, Echtes, Erhabenes zu verwandeln. Dass die schönste Musik aus Perfektionismus geboren wird und die Emotionen dem Zuhörer vorbehalten bleiben. Als Musiker muss man die eigene Verzauberung unterdrücken, sie trimmen und bezwingen, alles zügeln, was man an der Musik liebt. Perfektion duldet nun mal keine Konkurrenz.

Schließlich hatte ich mir eingestehen müssen, dass mir Zuhören mehr lag als Spielen, und mit der Musik aufgehört. Und dann kam Sam. Sam, der mit sieben Jahren *Für Elise* spielte, nachdem er es ein einziges Mal gehört hatte. Für ihn war Lernen ein Spiel, er stellte sich keine Fragen. Er *war* seine Musik, von Anfang an.

In dem großen Gebäude war es merkwürdig still. Ich war spät dran, weil ich keinen Parkplatz gefunden hatte. Sam stand nicht beim Ausgang, doch weil es schon öfter vorgekommen war, dass er länger bei seiner Lehrerin blieb, rannte ich nach oben zu seinem Unterrichtsraum. Vorbei an den Wänden mit Ankündigungen von Rezitals und Anzeigen für Privatunterricht, Gitarren, Saiten, Plektren, Harfen, Geigen, ein altes Klavier, das kostenlos abgeholt werden konnte. An einer Pinnwand hingen reihenweise schlechte, unterbelichtete Fotos von verzückt lächelnden jungen Musikern, die verloren, aber glücklich vor dem Vorhang auf der Bühne im Untergeschoss standen, in dieser hohen schwarzen Höhle, Tulpen in der einen Hand, ihr Instrument in der anderen.

Als ich vorbeihastete, flatterten die mit Reißzwecken befestigten Zettel erschrocken auf. Zu sehen war immer noch niemand. Dafür hörte ich etwas, einen verborgenen Tumult, und aus dem Souterrain drang eine Art warme Glut und lockte mich nach unten; dort lag eine feierliche Stimmung in der Luft, geballte Energie.

Sobald ich die Tür der Aula geöffnet hatte, brach eine Klangwelle über mich herein, stark wie eine Explosion, die sofort intensive Emotionen in mir hervorrief ... Sam, das musste Sam sein. Damals schon spielte keiner wie er. Seinen frischen, virtuosen Anschlag hätte ich unter Tausenden erkannt. Er allein spielte mit einer solch fantastischen Zerbrechlichkeit und diesem Zögern, bei dem man immer kurz die Luft anhielt, unsicher, ob es wohl gut ausgehen würde ... und dann ging es gut aus und man musste sich eingestehen, dass man sich von Anfang an hinters Licht hatte führen lassen, weil das Zögern vor allem verriet, mit welcher Sicherheit er auf sein Ziel zusteuerte, dass er sozusagen in seinem Herzen, seinen Ohren und Händen nach dem Wesen des Klangs suchte, den er interpretieren wollte. Was er spielte, sagte mir erst mal nichts, aber es war melodisch, ergreifend, kraftvoll.

Im schwachen Licht erkannte ich ein großes Publikum, alle waren totenstill, Eltern, Kinder und Musiklehrer, bestimmt hundert Leute, ein offensichtlich zufällig zusammengewürfelter Haufen, die meisten noch im Regenmantel, doch keiner rührte sich vom Fleck, das Ölzeug sollte auf keinen Fall knistern. Nicht mal ein Räuspern war zu hören.

Die Bühne war kaum beleuchtet, sodass die heimliche Quelle der Musik sich mitten in der Menge zu befinden schien. Erst auf den zweiten Blick sah ich, dass alle wie gebannt nach vorn starrten, dorthin, wo die Klänge des Klaviers und einer Stimme herkamen – es fehlte bloß das Scheinwerferlicht, das solche Musik verdient hatte. Wer war die Sängerin? Es war schwer zu erkennen. Doch ich wusste es schon, bevor ich sie ausmachen konnte.

Ihre kräftige, perlende Stimme erfüllte den Raum, in Einklang mit dem Klavier. Was sie sang, kam mir vage bekannt vor, allerdings war das Stück anders arrangiert, voller herrlicher, vibrierender Übergänge zwischen Hoch und Tief, Lieblich und Streng. So viel Wehmut, so viel Sehnsucht steckten darin, dass mir die Tränen kamen.

Kapitel 16

Inzwischen nannten wir sie nur noch »unsere Amal«. Was nicht heißt, dass ich sie damals besonders gut kannte. Sie half uns zweimal die Woche (gegen Bezahlung) ein wenig aus, brachte die Kinder zu ihren Aktivitäten oder zeichnete mit Pol, aber bisher war das ehrlich gesagt eher eine Arbeitsbeschaffungsmaßnahme, die es mir erlaubte, mich großmütig zu fühlen, weniger eine echte Erleichterung. Für Amal bedeuteten diese Nachmittage Ablenkung und Niederländischunterricht. Bor sprach von meinem Wohltätigkeitsprojekt, meiner Meinung nach eine gemeine und abfällige Wortwahl.

Niemand hatte mir etwas von einem Auftritt an diesem Nachmittag erzählt. Oder dass Amal dabei sein würde, oder dass sie so gut singen konnte.

Als sich meine Augen an die spärliche Beleuchtung gewöhnt hatten, sah ich sie deutlicher. Ihr Kopf bedeckt, vom Hals abwärts in strenges Dunkelblau gehüllt, eine formlose Gestalt. Und dennoch war ihre Erscheinung unbestreitbar umwerfend.

Ich musste an meinen ersten Eindruck von ihr denken, damals im Schnee, aber auch an Licht, an eine elektrische Ladung, wo hier doch gerade Licht Mangelware war. Kiri Te Kanawa ist überwältigend, aber ich kann ohne Übertreibung sagen, dass Amal an diesem Tag mit derselben Grandeur, demselben Stimmvolumen sang, sich im Lauf des Auftritts sogar noch steigerte. Nur dass sie frischer war, wilder, jünger, sie verzauberte die Zuhörer mit ihrer jubelnden, glockenklaren Stimme, und die vergaßen darüber völlig das prüde Gewand.

Was hat es mit Gesang nur auf sich? Er scheint eine eigene Sprache zu sprechen, durch die man aufgeladen wird. Der Gesang selbst schien *durch* Amal zu sprechen, von Freude, Lust, Glück, er weckte Weltschmerz über die eigene Vergänglichkeit. Das geschieht also, wenn jemand singen kann, dachte ich. Dann wird man in ein unbekanntes Universum hineingesungen, in Regionen, wo man zu sich selbst findet, vergessene oder verlorengeglaubte Erinnerungen und Gefühle neu durchlebt.

In der Familie hatten wir die stets lächelnde Amal so gesehen, geschätzt und respektiert, wie sie war, trotz der Kommunikationsschwierigkeiten und unserer unterschiedlichen finanziellen und gesellschaftlichen Stellung, aber jetzt und hier sahen die Versammelten die echte Amal, so wie sie sein sollte. Wenn sie sang, drückten sich darin Schicksalsschläge aus, ihre zerrüttete Vergangenheit, die Geschichten eines Landes, eines Volkes, das ich nicht kannte; wenn sie sang, war sie selbst eine weite, faszinierende Welt. Eine Persönlichkeit. Singend offenbarte sich, wie viel Liebe, Sehnsucht, Wehmut und Weisheit sich unter ihrer scheuen Schale verbargen. Mit welchem Ernst und welcher Konzentration sie sang, obwohl es ihr offenbar leichtfiel.

Rückblickend kann ich sagen, dass wir uns durch ihren Auftritt sehr viel nähergekommen sind – auch wenn ich damals nicht geahnt habe, wie weit sie sich gerade von uns weg sang. Mit diesem Paradox muss alles angefangen haben – der Wunsch, uns um sie zu kümmern, ihr nahe zu sein, sie an uns zu binden. Nicht nur, um *sie* zu verstehen, sondern auch das Unbekannte, das zu ihr gehörte, wir wollten das Geheimnis einer Welt ergründen, die immer außerhalb unseres Blickfeldes gelegen hatte.

Erst als ich mich vollständig an die Dunkelheit gewöhnt hatte, sah ich die beiden großen Jungs neben ihr, die Bass und Gitarre spielten. Und dann den Pianisten, meinen kleinen Sam, der, mitgerissen von der musikalischen Explosion, noch viel besser spielte als sonst.

Die meisten Eltern und Lehrer der Musikschule kannte ich nicht, doch die Menge, die sich nach dem Lied und dem tosenden Applaus aufgeregt plappernd auflöste, war von dem, was gerade geschehen war, sichtlich genauso erfüllt wie ich.

Der Vater eines Schulfreunds von Sam, ein kräftiger, selbstverliebter Fernsehproduzent, mit dem ich mich manchmal unterhielt, gratulierte mir zu Sams Klavierspiel – er hatte keine Ahnung, dass wir Amal kannten. Alle anderen auch nicht, denn aus ihren Gesprächen schloss ich, dass die meisten sie für eine berühmte Sängerin hielten, die bei der Musikschule zu Gast war.

Sam befand sich in einer Art Trance. Er sieht plötzlich viel erwachsener aus, dachte ich fast beunruhigt; in seinen Augen loderte ein mir unbekanntes Feuer. Schon jetzt war er dabei, sich von mir zu lösen, sein eigenes Leben zu führen, mit seinen eigenen Träumen, von denen ich mir keine Vorstellung machen konnte.

Ich hatte das Bedürfnis, ihn bei mir zu haben, hatte Angst, ihn zu verlieren, darum umarmte ich ihn – zurückhaltend, um ihn vor den zwanzigjährigen Jungs, neben denen er so klein und jung wirkte, nicht zu blamieren. Danach umarmte ich auch Amal, mit Tränen in den Augen. Sie lachte unbehaglich.

»Ach«, sagte sie erstaunt, fast ein wenig mitleidig, während ich mit meinem nassen Gesicht aus Versehen ihre Wange streifte. »Ach, komm …« Sie fühlte sich stark und weich an, und ich fand es seltsam, intim und beinah anstößig, ihren verhüllten Körper zu spüren. Eine so große Bewunderung war mir fremd, ich war nicht gut darin. Bisher hatte ich Bewunderung als etwas betrachtet, was meine eigene Kraft schwächte. Und auch jetzt fand ich mein schwärmerisches Gestammel unerträglich. Aber ich konnte nicht anders.

Obwohl Amal während des minutenlangen tosenden Applauses eine nüchterne Einsamkeit ausgestrahlt hatte, sah ich sie innerlich genauso stolz glühen wie Sam. Sie wirkte noch größer und aristokratischer, ihre Haltung noch statuenhafter, auch wenn sie das Aristokratische mit albernen kleinen Verbeugungen zunichtemachte. Sam schien das ganze profane Gejubel eher abzustoßen – er und Amal lächelten sich mit einer Verbundenheit an, die den Rest der Welt ausschloss.

Kinder, Eltern und Lehrer sprachen Sam an, musterten Amal ehrfürchtig, fast scheu, wie ich aus einiger Entfernung sah.

»Das ist doch deiner, oder?«, fragte der Filmproduzent. »Unglaublich. Der wird mal ein ganz Großer. Wie alt ist er jetzt? Der hat's drauf. Das hört man sofort. Der hat's drauf.«

»Er wird bald zehn«, sagte ich. »Dein Mund soll Kuchen essen.«

»Was?«

»Weil du gesagt hast: ›Der wird mal ein ganz Großer.‹ Ist eine jüdische Redewendung. Ich hoffe, dass du recht hast, bedeutet das. Und Kuchen isst, quasi als Belohnung.«

Aber er redete schon weiter: »Und wer ist bitte schön die Frau in der Burka? Großartig! Sollte das ein Witz sein? Die hat doch in einer Burka nichts verloren? Die ist viel zu alt für die Musikschule. Wo kommt die her? Kennst du sie?«

»Das ist unsere ... nein ... keine Ahnung«, antwortete ich. »Es ist übrigens keine Burka, man sieht ja ihr Gesicht.«

»Whatever ... Mit dem Zeug kenn ich mich nicht aus. Aber das war wirklich unglaublich«, sagte er und sah mich dabei aufmerksam, fast hungrig an. »Purzelt hier doch glatt ein ausländischer Star rein. Oder? Hat Sam vorher schon mal mit der gespielt?«

Ich schüttelte den Kopf. »Nein, glaube nicht.«

»Der Teufel soll mich holen, wenn ich in diesem Saal voll muffiger Regenjacken der Einzige bin, der sie nicht kennt. Was meinst du?«

Er starrte mich mit offenem Mund an, auch seine Augen waren weit aufgerissen, aber er sah mich nicht, war mit den Gedanken ganz woanders. Als würde ich einer auf Hochtouren ratternden Rechenmaschine ins Gesicht sehen – ich musste an *The Beanery* von Kienholz denken.

»Sam kennt sie also nicht?«, wiederholte er.

Ich gab es auf. Diesen Mann konnte ich definitiv nicht leiden. »Ich hab sie vorher noch nie gehört«, sagte ich wahrheitsgemäß. »Aber ich muss jetzt mal zu Sam, entschuldigst du mich?«

Er nickte, und wenig später sah ich, wie er mit demselben gierigen Gesichtsausdruck einen Musikschullehrer ansprach. Sam und Amal waren wie vom Erdboden verschluckt. Ich wollte mich gerade auf die Suche machen, als Frau Kloekjes, die Leiterin der Musikschule, neben mir auftauchte, aufgeregt und herzlich.

Frau Kloekjes war dick, nicht mehr die Jüngste, mit Brille und kurzen, kupferroten Locken. Wenn sie nicht davon überzeugt wäre, dass die beiden gewinnen könnten, würde sie es nicht vorschlagen, behauptete sie, aber sollte man Sam und Amal nicht zu dieser einen Talentshow schicken? Die würden einschlagen wie eine Bombe!

Sie fand, solche Größe dürfe nicht auf das Hier und Jetzt und unseren kleinen Kreis beschränkt bleiben, sie verdiene Verbreitung in ganz großem Stil!

Der Fernsehproduzent war inzwischen weitergetrottet, sprach alle auf das Wunder an, das er gerade erlebt hatte, als wäre es seine eigene Entdeckung. Es war offensichtlich, dass er sich in Amals Nähe manövrieren wollte, um lukrative Bande mit diesem Phänomen zu knüpfen, aber die war, wie sich später herausstellte, mit Sam bereits ins Foyer gegangen, zum Gebäck.

Die Idee wurde hier geboren. Ohne Zutun des Produzenten.

Ich hatte *Die Stimme* nur ein einziges Mal gesehen. Das Konzept war denkbar einfach. Ein Wettbewerb. Hohes Identifikationspotenzial. Singen an sich ist wunderbar für jeden, der singt, doch real wird es erst, wenn ein anderer zuhört, so wie Bücher erst existieren, wenn sie gelesen werden, Theater und Film zum Leben erwachen, wenn jemand sie anschaut. Lieder brauchen Publikum – darauf basierte die Show.

Die meisten Menschen lieben es, sich von Talent und Ruhm benebeln zu lassen. Danach sehnen sie sich, davon träumen sie, und wenn sie nicht selbst berühmt werden können, dann wollen sie zumindest andere anhimmeln. Gesang lässt niemanden kalt, jeder identifiziert sich mit dem Sänger, hat eine Meinung zu ihm, selbst der verstockteste Misanthrop kann sich dem Mysterium von Ausnahmetalenten nicht entziehen. Die Show war innerhalb weniger Wochen zum Publikumsrenner geworden. Trotz oder vielleicht gerade wegen ihrer Beliebtheit galt sie als leicht proletenhaft, auch wegen des spielerischen Elements und des Verdachts der Volksverdummung, der ihr anhaftete.

Ich weiß noch, wie mir nach der anfänglichen Euphorie Zweifel kamen. Ob es moralisch vertretbar und wünschenswert war, Amals Können anderen zugänglich machen zu wollen. Ob es Sam schaden würde, wenn die große weite Welt sein Talent sah.

Andererseits: Durften wir es der Welt vorenthalten? War das Talent der beiden nicht so einzigartig, Trost spendend und überwältigend, dass jeder es hören und sehen musste, auch die armen Teufel, die diesen Auftritt verpasst hatten?

Der Boulevard in Tel Aviv fiel mir ein, wo sich Abend für Abend Menschen versammeln, um das Wunder des Sonnenuntergangs festzuhalten. Keiner kann den Finger vom Auslöser lassen, wenn die Sonne im Meer verschwindet wie eine Diva hinter den Vorhang.

Man wollte die grausame Vergänglichkeit nicht länger hinnehmen, der Zeit nicht erlauben, einem schöne Bilder einfach von der Netzhaut zu wischen. Alles Besondere schrie förmlich danach, mit der Welt geteilt zu werden. Wir waren alle Verkünder froher Botschaften geworden, Priester, Troubadoure, Handelsreisende. Seltsam, dass ich früher alles Schöne für mich behalten, in mein Tagebuch geschrieben und alles Tastbare, sogar meine Lieblingskassetten, in einer alten Zigarrenkiste meines Vaters versteckt hatte.

Im Nachhinein wundert es mich nicht, dass ich mich so resolut gegen Sams Teilnahme gesträubt habe. Aber bei Amal? Amal, die hier keine Familie hatte, die alles, was sie ausmachte, in ihrer Heimat hatte zurücklassen müssen. Amal, die Niederländisch lernen und alles dafür tun wollte, sich hier eine neue Existenz aufzubauen. Was für eine tolle Idee, was für eine Chance, was für ein Geschenk! Vielleicht war mein Überschwang, dieser Wunsch, ihr Talent in die Welt hinauszuschreien, eine Form von Großzügigkeit. Die Aufregung und die Freude über meine Entdeckung. Wäre es nicht großartig, ihr etwas schenken zu können? Unsere Bewunderung, unsere Unterstützung. Und dabei gleichzeitig etwas von ihrer Welt kennenzulernen? Amal berühmt machen, das wollte ich, sofort und unbedingt.

Oder ging es eher darum, sie für uns zu gewinnen und in unserer Familie aufzunehmen?

Ohne es zu ahnen, hatte Frau Kloekjes mit ihrem begeisterten Einfall Amals Schicksal besiegelt. Und unseres gleich mit.

Kapitel 17

Schließlich sah Karina ein, dass sie Philip eher verlieren würde, wenn er vor Gericht erscheinen musste, als wenn er mehr über jenen Abend erfuhr, und erstattete Anzeige wegen Vergewaltigung. Ich hatte ihr erklärt, nur so würden wir von der »Gegenpartei« ernst genommen werden, sie beschworen, den Vorfall so exakt und ausführlich wie möglich zu schildern, und sie an ihre SMS an Marcia erinnert. »Aus dare wurde rape …«

Bevor sie zur Polizei ging, nahm sie Marcia ins Vertrauen, und die war am Ende loyaler als erwartet. Die Anzeige verlieh der schmutzigen Sache Gewicht, und »Vergewaltigung« war ein erwachsenes Wort, das Marcia beeindruckte. Wie jung sie auch war (und wie gemein sie auch sein konnte) – für sie fügten sich die Puzzleteile zusammen, und sie begriff schließlich die ganze Tragweite von Karinas verändertem Verhalten.

Karina wiederum war erleichtert, über all das gesprochen zu haben.

Ich wagte nicht, mir die Konsequenzen für Kevin aus zumalen, aber hatte der etwa an die Folgen für Philip gedacht, als er seinen Vater zur Polizei schickte?

Ich hatte das Gefühl, ein gefährliches Spiel zu spielen, doch für Bor war die Anzeige ein vernünftiger Schachzug, um Kevins Vater unter Druck zu setzen. Und Bor musste es schließlich wissen.

Wenige Tage, bevor Philip auf der Polizeiwache vernommen werden sollte, rief ich Samir noch einmal an.

»Wir sollten unsere Söhne beschützen, findest du nicht?«, fragte ich.

Er reagierte ablehnend.

»Können wir bitte miteinander reden?« Mir fiel auf, wie flehentlich meine Stimme klang. Im Gegensatz zu seiner, die tonlos war und seltsam niedergeschlagen.

Mit klopfendem Herzen folgte ich seiner Einladung zu ihm nach Hause. Ich zog neue Stiefel an, eine enge schwarze Hose, eine silbergraue Bluse. Meine Haare waren frisch gewaschen und glattgeföhnt. Ich wusste, dass ich gut aussehen konnte, und fand, dass ich das auch musste, wenn ich den Sieg davontragen wollte.

Doch als er mich hereinbat, sah er mich kaum an.

»Kannst du die Anzeige zurückziehen?«, platzte ich heraus. »Bitte?«

»Das ist eine Sache der Erziehung, Zelda«, sagte er kühl. »Ich kann nicht mal meinem eigenen Sohn vergeben. Er entgleitet mir, immer mehr. Es ist meine Schuld.«

»Deine Schuld? Warum?«

»Weil ich ihn erzogen habe. Ich habe meine Söhne erzogen.«

»Und ihre Mutter?«

»Ihre Mutter hat sie verlassen, als sie noch klein waren, sechs und acht.«

»Das ist doch wohl nicht deine Schuld.«

ar aggressiv. Bipolar. Unausgeglichen, manch-
unt und voller Tatendrang, dann wieder wü-
kommt nach ihr.« Sein Blick verfinsterte sich.
t sich so an, als brauchte er besonders viel Un-
.«
kann man nicht unterstützen. Er muss lernen,
nehmen, sich anzupassen. Unsere Söhne müssen
benehmen.«
du mit ihm gesprochen? Ich habe mit Philip ge-
Es tut ihm furchtbar leid.«
Kevins Schlüssel nicht weg gewesen wären und
herausgefunden hätte, dass auch seine Kreditkarte
nden ist, wüsste ich bis heute nichts von der gan-
e, glaube ich.«
ckte.
gen müssen diszipliniert werden«, sagte er.
ist ihre Mutter jetzt?«, fragte ich.

»Sie hat wieder geheiratet. Lebt in Paris, in einem Riesenhaus. Mit einem Antiquitätenhändler, der sie zur Ruhe bringt.«

»Wie schön für sie.«

»Findest du?«

Ein seltsamer Moment verstrich. Was passierte da gerade? Für Rührung gab es keinen Anlass. Seine Geschichte klang eher kalt. Aber das war sie nicht. Es fühlte sich an, als hätte er den Finger auf etwas Großes, Verborgenes gelegt, viel Leid und Kummer, mühsam zusammengehalten von einem fast zu zarten Netz. Näher als jetzt würde ich wohl nicht an ihn herankommen. Aber ich war ja auch wegen Philip hier.

Keine Ahnung, weshalb, aber auf einmal strömten mir die Worte aus dem Mund, als würde meine Stimme mich ins Schlepptau nehmen. Als hätte sie eine eigene Persönlichkeit und wüsste auf ihre einmalige, charakteristische Weise, dass es darum ging, mir einen Platz in dieser komplexen emotionalen Ökonomie zu erkämpfen.

Und so erzählte ich diesem Fremden von Hermans Schicksal. Seinem selbstgewählten Schicksal. Nein, seinem selbstgewählten Tod. Sein Schicksal war nicht selbst gewählt. Wichtiger Unterschied. Der Kern. Hermans Schicksal: dass er sich selbst nicht genug sein konnte. Dass er sich selbst zu viel war. Ein Moment reiner Selbstverachtung hatte ihn überwältigt, bezwungen, ausgelöscht.

»Zel, Zel, ich fühle nichts mehr, alles, was ich geschaffen habe, besteht aus Lügen, Lügen, nichts ist wahr, keines meiner Werke ist echt oder gut, ich bin niemand, ich will niemand sein, lass mich los!«

Herman, der auf und ab ging, der knurrte, weinte. Manchmal tagelang nichts aß, sich selbst, seinem Körper, seiner Geschichte entfremdet. Der an dem, was ich ihm kochte, schnupperte wie ein Tier oder ein kleines Kind. Der würgte. Der es angewidert von sich schob. Ein Fremder, ein Besessener.

In seinem Atelier starrte er wutentbrannt auf seine Gemälde, wollte sie zerstören. Ich kämpfte, um ihn davon abzuhalten, ließ die Bilder abholen und wegschließen. Dafür verfluchte er mich. Dankte mir später. Schlug mich. Und klammerte sich danach an mich wie ein sterbendes Tier. Schrie, war gemein zu mir, brach mir das Herz.

Zwölf Jahre waren wir zusammen. Viermal habe ich ihn

verlassen. Er war fast zwanzig Jahre älter. Wenn er seine Medikamente nahm, wurde er ruhiger, bat weinend um Verzeihung. Ich kehrte immer zu ihm zurück und half ihm, seine Medikamente zu nehmen, wenn er den Mut dazu nicht aufbrachte. Manchmal dauerte es Wochen, bis er sich gefangen hatte, aber dann folgten wieder viele Monate der Glückseligkeit, grenzenloser Lebenslust und Arbeitskraft.

Nach einer Weile wirkten die Pillen zu gut, und er wurde ganz benommen, träge und gleichgültig, und irgendwann: zu kraftlos, um zu malen. Dann scherte er sich nicht mehr um die Verschreibung und senkte eigenmächtig die Dosis. Schließlich warf er die Pillen weg, feierte aufgekratzt, glücklich, dass alles wieder da war, sein Talent, sein Antrieb, seine Feierlaune, sein Optimismus. Er wurde immer aktiver, getriebener, enthusiastischer – bis auch das wieder vorbei war. Und die Verzweiflung zuschlug, die Angst, die Panikattacken. Und alles von vorn anfing. Über Jahre.

Meine jungen Jahre.

»Gemälde und Grafiken, vielleicht hast du von ihm gehört. Er liebte das Leben sehr, unser Leben«, sagte ich.

Die Schuld (»Nicht Schuld, Süße, Selbstvorwürfe«, wie Martha mir immer wieder predigte), die ich nach Hermans Tod empfand, legte sich wie Stacheldraht um mein Herz, und bei bestimmten Gedanken und Regungen fühlte ich die scharfen Spitzen. Meistens hatte ich Hermans in Honig oder Gewalt verpackte Hilferufe sofort erkannt. Bis auf dieses eine Mal.

Als ich dem Mann ins Gesicht sah, der das Schicksal meines Sohnes in Händen hielt, schämte ich mich. Mein einziger Trost war der Gedanke, dass Herman Verständnis dafür hätte, wenn sein Tod als Passierschein für die Zukunft seines Sohnes herhalten musste.

Samir legte seine Hand auf meine.

Unfähig, mich zu bewegen, blieb ich einfach sitzen, wahrscheinlich, um das Gefühl, das diese Hand auslöste, nicht noch zu befeuern. Ich dachte an Kevin, Karina, Philip – und dann an Philips Vater. Und kaum dachte ich an Herman, fehlte er mir, immer noch – sein Andenken, mein Phantomschmerz, ein Ziehen im Bauch, im Schoß. Sämtliche Nerven elektrisiert von der posthumen Berührung. Vorsichtig entzog ich Samir meine Hand.

Danach redeten wir. Über unsere Arbeit. Er besaß mehrere Fitnessstudios, produzierte aber auch Dokumentarfilme. Davor war er Polizist in New York gewesen. Noch früher Schauspieler. Und davor hatte er gekämpft. Im Libanon. 1982. Beim Angriff auf die PLO.

Das war ziemlich überwältigend.

»Du warst bei der New Yorker Polizei?«

»Ja, als Ermittler.«

New York ist ein anderes Kaliber als Hoofddorp, dachte ich. Hielt aber den Mund. Auch wagte ich nicht, ihm Fragen über den Libanon zu stellen. Oder auf welcher Seite er gekämpft hatte.

Er beobachtete mich schweigend, spielte mit seinem Schlüsselbund auf dem Tisch. Bis zu diesem Moment hatte ich versucht, seinen Blick zu meiden. Um meinen Kampfgeist nicht einzubüßen.

Ich sah mich dort sitzen und merkte, wie sehr Philip, Philips Glück, meine Gedanken beherrschte. Alles, buchstäblich alles hatte etwas mit mir zu tun. Gleichzeitig ließ ich mich ablenken, von diesem Mann. Wir sahen einander an.

Wenn ich ein Monster war, war er auch eines. Zwei Monster, die für ihre Jungen kämpften. Ein solcher Kampf ließ sich nur mit Geduld gewinnen, mit Ausdauer und Präzision. Ich trug die Verantwortung. Das Äußerste, was war das Äußerste? War alles erlaubt?

Inzwischen war es spät geworden und das Winterlicht fast aus dem Zimmer verschwunden – die modernen Ledermöbel wirkten kühler. Im Gegensatz dazu schien der Mann mit der gebräunten Haut aufzuleuchten, wie um der Leere und Kälte etwas entgegenzusetzen.

»Sollen wir was trinken gehen?«, fragte er. »Ich habe leider nichts im Haus. Wir könnten in der Kneipe hier in der Straße weiterreden. Fünf Minuten zu Fuß.«

Das sagte er mit großem Ernst, und genauso ernst nickte ich. Langsam und grundlos vergnügt sagte ich: »Ja, im Gehen kann ich immer besser nachdenken, und du?«

Keiner von uns traute dem Frieden so richtig. Schweigend griffen wir nach unseren Mänteln. Er half mir in die Ärmel. Berührte meine Schulter.

Kapitel 18

Herman war ein Student meines Vaters gewesen. Bevor er sich für ein Dasein als Künstler entschied, hatte er ein paar Jahre mit großem Eifer bei ihm Geschichte studiert, und erstaunlicherweise verstanden die beiden sich gut. Hermans laute Art verschreckte meinen Vater zwar ein wenig, aber er mochte seinen unerschöpflichen Wissensdurst und seinen Humor. Der professionelle Holocaust-Überlebende hatte kurzzeitig Pause, wenn Herman da war. Dann scherzte mein Vater und erzählte Geschichten, er wirkte jünger und freier, ließ sich mehr gehen, was zur Folge hatte, dass meine Schwester und ich verrückt nach Herman waren.

Er konnte auf eine erfrischende Art derb und unangepasst sein, und mein strenger Vater, der uns tagein, tagaus seine Moralvorstellungen eintrichterte, schien das Exzentrische und Anarchische an ihm zu mögen. Genau wie ich. Durch Herman entdeckten wir (oder ich) ein verbotenes Reich – das Reich der anderen, die so etwas wie Unbekümmertheit kannten, eine Welt, in der man Spaß hatte, einzig und allein, um Spaß zu haben, eine Welt, in der wir uns intuitiv fehl am Platz fühlten. Nicht dass Herman ein Bewohner dieser Welt gewesen wäre, das nicht, aber er kannte geheime Durchgänge in den dicken Mauern und schlüpfte ab und zu hinein, um einen Blick zu erhaschen. So konnte er uns, die Außenstehenden, mit seinen Beobachtungen überraschen und amüsieren.

Wir aßen spät, wenn Herman da war, mein Vater vergaß, dass wir Hausaufgaben zu erledigen hatten oder wer dran war, meiner Mutter zu helfen, wir wurden nach unserer Meinung gefragt, und mein Vater lachte über unsere Witze, ohne die verhohlene Panik, die sonst sein ständiger Begleiter war.

Erst nach seinem Tod habe ich erkannt, dass er mit der Vaterschaft überfordert war – hin- und hergerissen zwischen der Wut, keine Kontrolle über unser Handeln, Denken und Fühlen zu haben, und der Todesangst, uns zu verlieren wie alle anderen, die er geliebt hatte.

Wahrscheinlich war es vor allem unsere verfluchte Sterblichkeit, die für derart großen Schmerz und Ärger sorgte, dass er uns durch den Schleier aus Angst und Wut kaum noch wahrnahm. Herman riss ihn aus der (für ihn wie für uns) so schmerzlichen Vaterrolle und wurde nach und nach zu einem Freund der Familie, der bei meiner Schwester und mir, damals beide Teenager, gewisse Fantasien weckte.

Ich war vier Jahre älter als meine Schwester, darum rechnete ich mir bessere Chancen bei ihm aus. Er flirtete natürlich mit uns, überschwänglich und doch behutsam, sofern ich das richtig einschätze; es war intensiv wie alles, was Herman tat, aber weil er ein Freund meines Vaters war, dachte sich niemand etwas dabei. Für uns war unser Vater der Inbegriff des Anstands, und das übertrug sich auch auf seine Freunde. Und trotzdem: Wenn man als Mädchen nicht mehr träumen durfte, was blieb einem dann noch?

Auf jeden Fall gehörte Herman in unseren Augen zur älteren Generation, obwohl er fünfzehn Jahre jünger war als mein Vater, und außerhalb des Hauses dachte ich höchstens unterschwellig an ihn, vielleicht müsste man sogar sagen: gar nicht. Jedenfalls kaum.

Dass Hermans Interesse für Geschichte, wie bei meinem Vater, persönliche Gründe hatte, wurde mir erst nach meinem Auszug aus dem Elternhaus bewusst. Damals bekam ich zufällig mit, dass Herman ohne Vater aufgewachsen war. Als seine jüdische Mutter entdeckt hatte, dass ihr geistesgestörter, exzentrischer Ehemann mit der NSB sympathisierte, hatte sie sich kurzerhand von ihm getrennt. Danach hatten sie und Herman an den verschiedensten Orten gelebt.

Sie konnte wunderschön malen und zeichnen, und so beschäftigte sich Herman von klein auf mit Kunst. Daneben las er aber auch viel und entwickelte eine geradezu obsessive Faszination für die Geschichte des Nationalsozialismus. Nicht nur, um seinen verhassten Vater besser zu verstehen, wie er später einmal sagte, sondern auch, um ihm Paroli bieten zu können. Dafür stellte er sich eine alles entscheidende, dramatische Aussprache vor, doch bevor er sein Geschichtsstudium abschließen konnte, starb sein Vater, ohne dass sie noch einmal miteinander sprechen konnten. Vielleicht suchte Herman deswegen später die Nähe meines Vaters.

Dass Herman manische Züge hatte, etwas Pathologisches, erkannte mein Vater an den vielen Höhen, aber vor allem den Tiefen, die Hermans Leben und Launen diktierten – doch ihre Freundschaft hielt dem stand. Nachdem

Herman nach Deutschland gezogen war, wurden seine Besuche immer seltener, sie blieben aber weiter über Telefon und Briefe in Kontakt, wobei ich vermute, dass mein Vater die treibende Kraft dahinter war.

Ich war inzwischen zwanzig und auf Studienfahrt in Heidelberg. Zu der Zeit kannten Bor und ich uns schon; wir trafen uns gelegentlich, hatten aber bloß eine Art Flirt, weil ich damals so schüchtern war, dass ich mich mit niemandem wohlfühlte, erst recht nicht, wenn ich jemanden bewunderte oder er mir gefiel. Er dachte und sprach so logisch, dass ich mich neben ihm wie ein Wirrkopf fühlte, zu unsicher, um seine Aufmerksamkeit zu genießen – oder irgendetwas anderes. Gleichzeitig erkannte ich so viel von mir in ihm wieder, doch anstatt mich zu beruhigen, machte es mich nervös; ich konnte unser unverbindliches Umeinander-Herumscharwenzeln schlecht einordnen. Eine echte »Beziehung« war es jedenfalls nicht, auch wenn wir manchmal miteinander schliefen.

In seinem Bett fühlte ich mich einsam und leer, weich wie ungebackener Ton. Doch ich suchte jemanden, der mir Form gab, und Bor, der gleich alt war wie ich, musste sich selbst erst noch finden. Ich schätze, dem war ich damals nicht gewachsen, unfertig wie ich war. Dennoch war er mein engster Freund, und ich hatte Angst, ihn als Bewunderer zu verlieren.

Tagsüber besuchte ich interessante Vorlesungen, aber abends hatte ich nichts zu tun. Ich wusste, dass Herman in Heidelberg wohnte, doch es dauerte, bis ich seine Nummer herausgefunden hatte. Mit der saß ich dann neben dem Telefon im Flur meines schäbigen Hotels und sammelte Mut.

Ein Freund der Familie – was konnte da schon schiefgehen? Ich redete mir ein, dass er eine Art Onkel war.

Er nahm sofort ab und schien erfreut über meinen Anruf. Den beruhigenden, vertrauten Klang seiner Stimme hatte ich vermisst. Dennoch beschlich mich das kindliche Gefühl, etwas streng Verbotenes zu tun, und das ängstigte mich, erregte mich aber auch. Die Dinge, die ich als Kind, und vor allem als Teenager, toll fand, hatten sich meistens als verboten herausgestellt.

Alles, was Spaß machte, schien in unserer Familie gleichbedeutend mit einer Missachtung meines Vaters und seiner schmerzlichen Vergangenheit. Sorglosigkeit war eine Schändung. Ich durfte nicht bei Freundinnen übernachten, mich nicht schminken oder schön anziehen, nicht ausgehen. Der Plan, meinen Freund zu seinem Auftritt in Enschede zu begleiten, löste die unbarmherzigste Szene aus, die ich je erlebt hatte – ich sei doch kein Groupie (sprich: keine Hure).

Der moralische Kompass meiner Eltern gab eine klare Richtung vor, besonders wenn es um mich ging, ihre älteste Tochter, und in ihren Augen wich ich oft vom Kurs ab. Mir war das sehr bewusst, aber jetzt hatte ich genug davon, genug von Gehorsam und Schuldgefühlen.

Wir vereinbarten, dass er mich im Hotel abholen sollte, und das Gefühl, als ich ihn dann in der Lobby stehen sah, während ich die Treppe hinunterging, werde ich nie vergessen. Spontane Freude. Wir hatten uns seit drei Jahren nicht gesehen.

»O mein Gott, la Gioconda«, sagte er.

Ich hatte mir große Mühe gegeben, ihm zu zeigen, dass ich mittlerweile eine Frau war. Ich hatte mir die Haare hochgesteckt und meine Augen schwarz geschminkt wie Debbie Harry, trug einen Minirock, Pumps und eine lange Strickjacke, die den Rock noch kürzer erscheinen ließ.

Ich spürte seine Blicke überall, ebenso seine überwältigende Neugier. Diese gute Laune – niemand aus meinem Freundeskreis war so gut gelaunt. Sofort fühlte ich mich beschützt, stark und glücklich. Eine wunderbare Mischung.

»Ich kann es nicht fassen«, sagte er.

Er hielt mir die Tür auf und wir gingen hinaus, wo er Autos, Busse und Fahrräder von mir fernhielt, Hunde aus meiner Nähe verscheuchte, jede meiner Bewegungen verfolgte und mich dabei unverwandt strahlend ansah. Sein Haar trug er inzwischen länger, hier und da schimmerte es bereits ein wenig grau.

»Du bist so hübsch geworden! So anders …«

»War ich früher denn ein hässliches Entlein?«, gurrte ich charmant. Und so weiter.

Egal was ich jetzt erlebe, dachte ich, es wird gut.

Das Restaurant, in das er mich ausführte, verstärkte diese Erwartung, diese Stimmung, denn es wimmelte nicht nur vor Menschen, man wurde auch von den vielen funkelnden Lampen geblendet und vom rasenden Tempo, mit dem die Bestellungen an die Tische gebracht wurden.

Wie intensiv diese Menschen genießen können, dachte ich eingeschüchtert, sie alle müssen das Talent besitzen, nach dem ich so lechze, das Talent, glücklich zu sein. Jeder

Einzelne schien gutaussehend, reich und etwas Besonderes zu sein, zu strahlen vor Aufregung über sein wundervolles Leben. Diese Menschen kannten das Geheimnis. Die Kellner waren ebenfalls Eingeweihte, vor allem in die Kunst, ihren Gästen zu bieten, was diese schätzten (Qualität, Stil, Luxus, Eleganz), laut rufend turnten sie durch den Saal, während sie die Teller hoch über dem Kopf balancierten.

Wir bekamen sofort einen Tisch, meine Strickjacke wurde mir vornehm von den Schultern gepellt und zur Garderobe gebracht, der Stuhl wurde nach hinten gezogen, damit ich mich bequem niederlassen konnte.

»Jetzt wird gefeiert«, sagte Herman, der sich umstandslos setzte und einen anderen Kellner herbeiwinkte.

Er hatte sich kaum verändert, nur sein Gesicht war etwas verwitterter und röter geworden, in den dunklen Augen lag trotz seiner Euphorie etwas Gehetztes, sie leuchteten nicht mehr so wie früher, als hätte er ein hartes Leben gehabt. Seine Hände waren schön und stark, die Finger schlank, Farbreste unter den Nägeln. Sein langes Haar war dick und wild. Ich musste mich beherrschen, es nicht anzufassen.

Etwa zehn Minuten lang war er noch der alte Freund der Familie, dann löste ich mich von der Erinnerung an früher. Der Weißwein stieg mir schnell zu Kopf, und unser chaotisches Gespräch schlug alle möglichen Richtungen ein, als hätte unser Zusammensein eine Schatzkammer voller Erinnerungen, Ideen und Gedanken geöffnet, in der wir uns wie zwei überdrehte Kinder austobten und eine wunderbare Kostbarkeit nach der anderen zutage förderten.

Mir tat der Bauch weh vor Lachen, er behexte mich.

Früher hatte ich mich in seiner Gegenwart bloß als Tochter meines Vaters gefühlt, unsichtbar, ein Kind, das sich nach seiner Aufmerksamkeit sehnte. An diesem Abend jedoch fühlte ich mich gesehen wie nie zuvor. Und das Fantastische war: Innerhalb einer halben Stunde war klar, dass er mich immer schon gesehen, seinen Blick aber hinter Wohlwollen und Gutmütigkeit verborgen hatte.

»Und was war mit meinem Vater?«, fragte ich schockiert, fast anklagend.

»Dein Vater liegt mir sehr am Herzen, und deine Mutter auch! Euer Haus hat mich immer magnetisch angezogen … Da war irgendwas, etwas Wichtiges. Aber jetzt erst, meine Gioconda, jetzt erst erkenne ich, was es war!«

»Lügner!«, sagte ich und lächelte mein ungläubigstes, ironischstes Lächeln. Er spielte den Gekränkten und sah weg, schob dabei aber langsam die Hand über den Tisch, zwei Finger trippelten auf meine Hand zu, die den Fuß des Weinglases umklammerte. Zögernd ließ ich das Glas los.

Unsere Fingerspitzen fanden sich auf halbem Weg, sprachlose Botschafter nannte Herman sie, das Bild gefiel mir. So blieben wir sitzen, bis der Kellner kam.

Die Erinnerung an unsere Fingerspitzen habe ich so oft aufgerufen, dass sie fast zum Foto geworden ist, zum Gemälde. Ich wurde erschaffen durch die Berührung unserer Finger; in diesem Moment entstand ich neu, im ersten Schwindelgefühl jenes Abends, und als ich zu Herman aufsah, trafen sich unsere Blicke.

»Hallo«, sagte ich heiser.

»Hallo«, antwortete er. »Du bist so schrecklich blass, du kippst mir doch nicht um?« Ich schüttelte den Kopf.

Wir standen beide gleichzeitig auf und gingen zur Garderobe. Ich dachte … nein, eigentlich weiß ich nicht, was ich dachte. Vielleicht, dass er eine rauchen wollte. Und was wollte ich? Wir liefen schnurstracks zur Tür, durch den Flur, dann weiter, ohne dass ich wusste, wohin, wir folgten keinem Plan, eher einem Impuls, bis wir zu einer Nische kamen, wo hinter einem kleinen Tisch vorhin eine Frau die Reservierungen geprüft hatte. Jetzt war sie nicht mehr da.

Auf dem Tisch lag ein Plastiktütchen mit Mascara und Lippenstift und eine Zeitschrift mit Vorher-Nachher-Bildern von Stars. Ein Zwischengebiet, wo dieses Theater namens Restaurant seine Verkleidung ablegte. Ich sah Herman von der Seite an, und sofort traf sein Mund auf meinen. Eine solch intensive Begierde hatte ich noch nie erlebt. Ich musste an der Wand hinter mir Halt suchen. Ein paar Minuten ging das so, dann stand die Frau plötzlich wieder da, ein Glas Wasser in der Hand.

»Oh, Verzeihung«, sagte sie erschrocken, und wie auf ein geheimes Zeichen hin kehrten wir an unseren Tisch zurück und setzten uns, als wäre nichts gewesen. Ich bildete mir ein, alle hätten gesehen, wie wir uns küssten, aber ich schämte mich nicht. Am Essen hatte ich jedes Interesse verloren, ich wollte nur wieder und weiter so küssen.

Er sah in die Speisekarte. Sein Blick war neutral, als müsste er verarbeiten, was gerade geschehen war. In seinem Gesicht lag keinerlei Genugtuung. Darauf achtete ich genau, denn das hätte ich furchtbar gefunden. Doch er schien eher erstaunt, als würde ihn das Ganze genauso überrumpeln wie mich. Das war gut. Tiefer Ernst, bitte.

Außerdem wusste ich gar nicht, wie das gehen sollte, jetzt etwas essen, und das sagte ich ihm auch. Aber davon wollte er nichts hören.

Er bestellte munter drauflos, Fisch, Huhn, ein Pastetchen. Ich nahm hier und da einen Bissen, trank aber vor allem Wein. Er Wodka. Sein Gesicht war mir abwechselnd neu und vertraut, er roch gut, nach Zuhause.

Der Weg zurück zum Hotel dauerte gefühlt Stunden. Vor dem Eingang zögerte er, doch ich nahm entschlossen Abschied, erhitzt, erregt, winkte ihm ungeschickt zu und kam mir vor wie in einem Jane-Austen-Roman. Ich war völlig verstört von dem heftigen Verlangen, ihn mit in mein Zimmer und mein Bett zu zerren. Mein Herz hämmerte. Ich kannte Herman von den zahllosen Abenden bei uns zu Hause so gut – und doch hatte ich panische Angst. Meine Lust fühlte sich gefährlich an, beinah wie Verrat, weil sie so direkt mit der Sorge um meinen Vater verbunden war, als würde ich damit der Gewalt und den Qualen trotzen, die er ausgestanden hatte, seinem Schmerz und seinem Kummer. Mein Begehren trieb seinen Spott mit dem Tod, mit der ewigen Trauer meines Vaters. Mit meiner Sorglosigkeit würde ich ihn verleugnen, glaubte ich.

Ich rannte die Hoteltreppe hinauf, als wäre mir jemand auf den Fersen, und beruhigte mich erst wieder, als ich die Zimmertür hinter mir verriegelt hatte. Ich fühlte mich, als wäre ich einer unbekannten, leuchtenden Zukunft entgegengezerrt worden, einem Flammenmeer, das orangefarbenes Licht ausstrahlte.

Erst da fand ich Worte für meine Gefühle und begriff, was ich mir versagte. Am nächsten Morgen stand er mit einem Gemälde im Arm unter meinem Fenster. Ich ließ ihn herein.

So hat es angefangen mit Herman. Bor war vergessen.

Nichts war ihr gewachsen, dieser Liebe, dieser Mammutaufgabe – ich jedenfalls nicht. Ich verbrannte mich, verrannte mich, fühlte mich manchmal fantastisch, viel häufiger aber einsam und tief unglücklich. Ich studierte zwar Psychologie, dennoch bemerkte ich Hermans Manie erst nach und nach. Ich erkannte, dass ich in alle möglichen Fallen tappte, mich selbst verleugnete, mich hin- und aufgab, aber in meiner Eitelkeit dachte ich wirklich, alles unter Kontrolle zu haben, die Einzige zu sein, die ihn leiten und lenken konnte, dass ich ihn mit meiner Liebe bändigen und mich gleichzeitig vor seinen Anfällen von Depression und Verzweiflung schützen konnte.

Nach sieben Jahren kam Philip, und das änderte alles. Philip gab mir die Kraft, Hermans Launen nicht mehr nur auf mich zu beziehen. Meine Kollegen sagten, es sei so gut wie unmöglich, mit einem manischen Narziss zusammenzuleben, es sei Wahnsinn, dass ich mich ganz allein um Philip kümmern müsse, und ich hätte jedes Recht, in meinen Sohn verliebt und um ihn besorgt zu sein. Herman liebte Philip über alles, war aber auch unglaublich eifersüchtig auf die Aufmerksamkeit, die ich ihm schenkte.

Ein paarmal kam ich nach Hause und fand Philip brüllend im kalten Flur vor Hermans Atelier, wo er ihn aus Verzweiflung abgestellt hatte. Weil er arbeiten musste. »Ich *muss* arbeiten, Zelda!«

Zusätzlich zu den Gewissensbissen, die ich wegen seines

Freitods ohnehin schon hatte, belastete mich lange Zeit das Gefühl, Herman meine Liebe und Aufmerksamkeit entzogen und sie stattdessen Philip geschenkt zu haben. Erst in der Beziehung mit Bor begriff ich, dass meine Schuldgefühle daher rührten, dass die Liebe zu Philip mir meine Autonomie zurückgegeben hatte, eine Autonomie, die ich Hermans Sucht, mich seelisch zu vereinnahmen, geopfert hatte.

Bor heilte mich gewissermaßen von mir selbst. Durch ihn bekam ich wieder Lust, zu studieren und zu arbeiten, Sam und Pol wurden geboren. Ich vermute, Bor hat nie aufgehört, in Philip insgeheim Herman wiederzuerkennen.

Kapitel 19

Das Wissen, wie talentiert jemand ist: Es schafft Intimität, aber auch Abstand. Das kannte ich bereits. Ich hatte es bei Herman erlebt, und bei Sam ging es mir seit einiger Zeit genauso, bei meinem eigenen Kind, dessen Talent mich absorbierte und manchmal lähmte. Sein Talent war wie eine eigenständige Person, die mich auf Distanz hielt und gleichzeitig magisch anzog.

Wuchs meine Sympathie für Amal, jetzt, wo ich wusste, wie gut sie singen konnte? Vielleicht. Ihr Anderssein machte mir keine Angst mehr. Ich fühlte mich für sie verantwortlich und stand noch immer leicht unter Schock, als ich am nächsten Tag Nora, meiner anorektischen Patientin mit den verschiedensten Phobien, von meinem Erlebnis erzählte.

Wenn sie Schönheit und Wahrheit in sich vereine, dann würde Amal es gut haben in der Welt, sagte Nora. Mit solch einem Gesangstalent sei man der Wahrheit näher als die meisten anderen, womit sie meiner Meinung nach eigentlich Gott meinte.

»Und der Natur.«

»Natur« war eins von Noras Lieblingswörtern – neben »rein« und »authentisch«. Im Allgemeinen fühlte sie sich hoffnungslos verloren angesichts der Perversität, die in ihren Augen die Welt vergiftete.

Schönheit und Wahrheit. Natur. Ohne Zweifel. Sowohl bei Sam als auch bei Amal rührte und erstaunte mich die Fähigkeit, mit ihrer Musik Wehmut, Wut, Trauer und Angst, Glück und Freude auszudrücken. Vielleicht deuteten sie all diese Gefühle auch nur an, jeder auf seine Weise, und offenbar ohne die Reife der Emotionen zu erkennen, mit denen sie ihre Zuhörer so tief bewegten.

Mein Sam, gerade mal neun Jahre alt, mordete vielleicht ab und zu gedankenlos auf seiner PlayStation, spielte aber gleich darauf mit der größten Selbstverständlichkeit gefühlvoll Stücke von Mozart und Beethoven, ließ sich dabei von undefinierbaren Signalen aus seinem Inneren leiten, die seine Finger offenbar mühelos genau im richtigen Moment in Klangfarbe, Tempo und Rhythmus umsetzen konnten. Seit Sam mit sieben zum ersten Mal ein Klavier berührt hatte, hatte ich erstaunt mit angesehen, wie dieses sanftmütige, fröhliche kleine Kerlchen mit seiner Zottelfrisur, den zarten Wangen und grünen Augen, das glänzende schwarze Möbelstück in etwas Kostbares, Funkelndes, beinah Lebendiges verwandelte.

Ewig wird mir das in Erinnerung bleiben: Ich holte ihn bei einem neuen Freund ab, der mit seiner Familie erst vor Kurzem in einen Bungalow bei uns in der Nähe gezogen war, und machte bei dieser Gelegenheit freundlich und nach außen hin entspannt Bekanntschaft mit der Mutter. Ich hatte es wahnsinnig eilig und blieb vor der Tür stehen, in der Hoffnung, sie würde Sam schnell holen, aber sie bat mich herein. Ich zögerte, doch sie ließ nicht locker, die Kälte würde sonst ins Haus ziehen, also ging ich hinein und folgte ihr zu einem Zimmer, aus dem Musik erklang. Ich ging davon aus, dass ihr Mann dort *Für Elise* spielte – viel zu oft gehört, dennoch wunderschön –, also linste ich um die Ecke; das Klavier stand in einer Nische des L-förmigen Raums.

Erst auf den zweiten Blick entdeckte ich jemanden, viel weiter unten als erwartet. Was für ein Schock. Ein Schlag ins Gesicht. Sowohl Sams Freund als auch seine Mutter lauschten verzaubert, hin und wieder sah sie mich kopfschüttelnd an. Und ich schämte mich.

Weil sie sah, dass ich es nicht gewusst hatte. Philip hatte lange Gitarrenunterricht gehabt, war aber nie sonderlich engagiert gewesen, und bei Sam und Pol hatte ich einfach noch nicht damit angefangen. Und jetzt das: Sams Berührung verlieh dem hässlichen braunen Instrument eine Persönlichkeit, als würde ein scheuer Hund unerwartet mit dem Schwanz wedeln und einen freudig anspringen.

Sam spielte wild, wie ein Siebenjähriger nun mal wild ist, tobt, rennt und schreit, manchmal unsauber, manchmal laut und fast rau, doch jeder Ton fuhr wie ein Feuerstrahl durch Sam hindurch, erfasste seinen kleinen Körper und hob ihn hoch, führte ihn mit und lenkte seine Hände, die die Tasten des steifen Klaviers zum Singen, Rufen und Jubilieren brachten.

Ich konnte es nicht glauben. Wie mein Kind diese Schönheit erzeugte, wie es jetzt schon die Perfektion eines vor zweihundert Jahren von einem anderen Talent zu Papier gebrachten Musikstücks erkannte.

»Paul bekommt Unterricht und übt das Stück gerade, er hat es Sam vorgespielt«, stammelte die Mutter. »Und der spielt es einfach nach …«

»Ich hatte keine Ahnung«, gestand ich. »Wir haben nicht mal ein Klavier.«

Wir wurden Freundinnen.

Ich bewunderte Sams und Amals musikalisches Selbstvertrauen. Es war, als beherrschte Sam ohne unser Zutun eine weitere Sprache, eine wortlose Klangsprache, die er vielleicht sogar schon vor den Sätzen mit Subjekt, Prädikat und Objekt gekannt hatte, mit denen Menschen normalerweise kommunizieren. Vieles ergab erst im Nachhinein einen Sinn – Sams Überempfindlichkeit gegen Lärm, zum Beispiel, seine tiefe Konzentration, wenn er Musik hörte.

Sowohl Sam als auch Amal waren – jeder auf seine Weise – in der Lage und willens, anderen ein fantastisches Geschenk zu machen. Glücklich zu sein. Das eigene Glück nach außen zu tragen, dachte ich, macht einen vielleicht verletzlich, aber mindestens genauso unabhängig.

Und was schenkte ich ihnen? Was konnte ich ihnen schenken? Diese bescheidene Frage war aufreibend und beunruhigend. Was hätte ich ihnen anderes schenken können als Bewunderung und Hingabe? Durfte ich neben so viel musikalischem Talent überhaupt noch unabhängig sein, oder blieb mir schlicht nichts anderes übrig, als mich mit sofortiger Wirkung vollkommen in den Dienst der beiden zu stellen?

Natürlich gab es neben Sams Talent noch andere Dinge, die ich als Mutter hegen und pflegen musste, aber sein Talent empfand ich nun mal als unsere, oder eher gesagt meine Verantwortung, weil er mein Sohn war. Bei Amal dagegen, der Fremden, der Neuen, die ich selbst ins Haus geholt hatte, deren Hingabe an meine Kinder ich spürte und deren Schönheit und Einzigartigkeit mich fesselten, war das etwas anderes.

Warum lag mir so viel an ihrem Schicksal? Steckten Neid und Geltungsdrang dahinter, kaschiert als Großzügigkeit und Zuneigung? Oder war es ein spontanes, tatsächlich aufrichtiges Bedürfnis, Amals Talent mindestens ebenso professionell und unermüdlich zu fördern wie Sams? Als wäre es ein goldener Sämling, den ich mit zitternden Fingern in meinem Garten einpflanzte?

Mein Engagement hatte etwas Verstohlenes, und im Nachhinein muss ich mir wohl eingestehen, dass es nur teilweise selbstlos war. Es sei denn, man wollte Pygmalions Fürsorge für seine Elfenbeingöttin oder die von Professor Higgins für Eliza ebenfalls selbstlos nennen.

Später änderte sich das, oder besser gesagt, es kam eine weitere Dimension hinzu, aber meine ersten Bemühungen hatten einen Beigeschmack, und ich hoffe, eines Tages wird mir sowohl mein Einsatz für Sam als auch der für Amal vergeben.

Am Morgen nach dem Auftritt rief ich mit Amals Zustimmung eine Hilversumer Nummer an. Wir hatten Glück. Das Casting für die Talentshow war noch nicht abgeschlossen – und nachdem ich atemlos meine Geschichte erzählt hatte, fragten sie, ob Amal eine Kostprobe schicken könnte.

Das ging glücklicherweise – die Musikschule hatte den Auftritt aufgenommen. Und Amal selbst hatte sogar noch mehr auf Band.

»Hast du das im Flüchtlingsheim aufgenommen?«, fragte ich skeptisch – geriet die Glaubwürdigkeit der Unschuldsgeschichte jetzt schon ins Wanken?

»Im Flüchtlingsheim?« Amal lachte perlend. »Nein, natürlich nicht! Da weiß niemand, dass ich singe!«

»Warum nicht? Wäre das so schlimm?«

»Nicht alle da mögen mich«, sagte sie nur.

Später erzählte mir Sam, Amal habe von unheimlichen Männern im Flüchtlingsheim gesprochen. Ich musste an den bärtigen Mann in Djellaba denken, der uns damals beäugt hatte. Der wusste also nicht, dass Amal sang, und durfte es auch nicht wissen. Wer war noch alles »unheimlich«? Und warum waren sie »unheimlich«?

Das wusste Sam auch nicht.

Ich hatte noch viel mehr Fragen. Seit wann wusste Amal, dass sie das konnte, das hatte, das war – diese Stimme, diese Kraft? Wo hatte sie gelernt, ihre Stimme so einzusetzen, was kannte sie noch für Musik? Und Sam, wo und wann hatte er die Musik von jenem Nachmittag einstudiert?

»Gar nicht, Mama, wir haben das Stück ein Mal gespielt, und als wir es dann noch mal spielen wollten, kamen plötzlich die ganzen Leute rein.«

»Das glaub ich dir nicht.«

»Du kannst ja Frau Kloekjes fragen. Das war voll cool. Immer mehr kamen dazu.«

»Ich habe immer schon viel gesungen, schon als kleines Kind«, sagte Amal und nickte ernst. »Als ganz kleines Kind. Aber irgendwann bekam meine Mutter Angst vor den neuen Nachbarn, die sehr fromm waren, und da durfte ich zu Hause plötzlich nicht mehr. Meine Mutter wurde auch fromm. Ich wollte es doch und ging dann manchmal raus zum Singen. Spazieren und Singen. Dann durfte ich auch nicht mehr spazieren. Und sehr lange nicht singen.«

Ich hatte ihr versprochen, kein Englisch mehr mit ihr zu reden, was mir schwerfiel, weil ihr Englisch so gut war. Daher gab es anfangs einen enormen Unterschied zwischen der gebrochen Niederländisch sprechenden und der fließend Englisch sprechenden Amal. Die eine war ein wenig ungeschickt, unsicher und ungelenk, die andere selbstbewusst und gewandt. Allerdings sorgte ihr Ehrgeiz dafür, dass sich das Verhältnis sagenhaft schnell ausglich.

Der Unterschied zur singenden Amal blieb dennoch frappierend. Wenn sie sprach, war sie zwar geistesgegenwärtig und witzig, aber auch immer ein wenig kindlich, wenn sie sang, legte sie dagegen eine emotionale Weisheit und Ruhe an den Tag, die sonst unsichtbar blieben. Und die Texte der Lieder, die ihr gefielen, lernte sie im Handumdrehen auswendig, sogar italienische, spanische oder deutsche.

Nach diesem Nachmittag in der Musikschule kam sie eine Weile täglich zu uns. Nicht nur zum Babysitten, sondern auch, um mit Sam zu musizieren. Sie holte Sam und Pol von der Schule ab, kam mit ihnen nach Hause oder brachte sie zu Freunden, arbeitete unterdessen mit oder ohne ihre Hilfe eifrig an ihrem Niederländisch und bereitete sich auf den Einbürgerungstest vor. Damals aß sie oft bei uns mit, und wenn ich zu Hause war und Zeit hatte, machte es mir Spaß, ihr von den Niederlanden zu erzählen, aber auch, ihr zuzuhören.

Fröhlich lachend tischte sie uns lustige, aber auch schreckliche Geschichten über ihre Familie auf, manchmal tat es weh, sich das anzuhören, weil so oft von Zwang und Gewalt die Rede war. Sie erzählte von der Religion, die sie vermutlich immer noch fest im Griff hatte, egal wie relativierend sie über die harten Lektionen in der Koranschule ihrer Kindheit sprach, von ihren verschiedenen Kopftüchern, der Angst vor der Meinung ihres mächtigen Vaters und von der Ehe, aus der sie ausgebrochen war. Ich wusste, fühlte, sah, dass sie in einer anderen Welt lebte, so wissbegierig und aufmerksam sie auch war. Sie fürchtete sich vor Geistern und sprach mit Engeln.

»Weißt du eigentlich, dass wir Juden sind?«, fragte ich schon bald, und sie nickte, ja, das wisse sie, ihre gesamte Kindheit über habe man ihr erzählt, dass Juden todbringende Teufel seien, die ihre Hörner unter ihrem Haar versteckten, aber daran glaube sie nicht mehr, denn in ihrer ersten Woche in den Niederlanden habe ein netter jüdischer Ehrenamtlicher, ganz ohne Hörner, sie im Flüchtlingsheim herumgeführt, und seitdem zweifle sie alles an.

Ein paarmal kochte sie etwas aus ihrer Heimat für uns, Gemüsegerichte, Hühnchen, Pastetchen; dafür ging sie selbst auf den Markt, denn mit dem, was wir im Kühlschrank hatten, konnte sie nichts anfangen.

Durch Amal wurde unser Leben intensiver, merke ich jetzt, und ich schließe nicht aus, dass wir alle ein wenig verliebt in sie waren. Sogar Bor gewöhnte sich an sie, trotz ihres Gewands, das er weiterhin »dieses Zelt« nannte. Er fragte sie über ihr Land und ihre Familie aus, und sie brachte ihn mit ihrem Scharfsinn zum Lachen.

Philip schwieg meistens hartnäckig. An seinem gespielten Desinteresse merkte ich jedoch, dass Amal ihn verlegen machte. Eine Verlegenheit, die an Unhöflichkeit grenzte und mich an seine Strategie aus Teenagerzeiten erinnerte, um unangenehmen Situationen zu entgehen. Und doch war er überraschend oft zu Hause, wenn Amal da war.

Kapitel 20

Samir tat schließlich doch, was ich gehofft hatte. Er beschloss, die Anzeige gegen Philip zurückzuziehen.

Zu meinem großen Erstaunen bestand er darauf, dass Karina ihre aufrechterhielt, eine Geradlinigkeit, die auch sie nicht nachvollziehen konnte. Er fand, Kevin habe die Strafe verdient, die er bekommen würde. Sogar den Eintrag im Vorstrafenregister, falls die Anklage zu einem Prozess führte, hielt er für gerecht, notwendig und lehrreich. Samir erklärte mir, knapp und beinah stolz, dass er Kevin außerdem nicht wie versprochen einen Gebrauchtwagen zum zwanzigsten Geburtstag schenken würde. Ich erkannte den autoritären Ton unseres ersten Gesprächs wieder. Jede seiner Maßnahmen versetzte meinem erzieherischen Stolz einen Stich.

Als er auf die Wache ging, um die Angelegenheit zu klären, stellte sich allerdings heraus, dass man eine Anzeige nicht einfach so zurückziehen kann. Erst muss man ein Gespräch mit der Staatsanwaltschaft führen.

Bor hielt sich wohlweislich zurück, dennoch war mir vollkommen klar, dass Samirs moralische Vorstellungen genau auf seiner Linie lagen. Er sprach nur deshalb mit dem zuständigen Staatsanwalt, weil er sich nicht mit mir anlegen wollte.

Durch diese Intervention wurden die Ermittlungen letzten Endes tatsächlich eingestellt.

Ich war erleichtert, hatte gleichzeitig aber auch Bedenken. Hätte ich Philip mit Samirs Strenge erziehen wollen und ihn eine Lehre aus seiner dummen Racheaktion ziehen lassen, hätte ich ihm nicht helfen dürfen. Dann hätte ich ihn in meine Ängste um seine Zukunft einweihen und dafür sorgen müssen, dass er die Unwiderruflichkeit mancher Fehler am eigenen Leib erfuhr.

Stattdessen hatte ich mich dazu hinreißen lassen, mich als Pseudo-Spionin im diplomatischen Dienst aufzuführen, und fast die Kontrolle verloren, ohne dass Philip die geringste Ahnung davon hatte. Und ich hoffte, dabei würde es auch bleiben.

Karina freute sich natürlich riesig für Philip, gleich darauf aber geriet sie in Panik und wollte ihre Anzeige ebenfalls zurückziehen – gegen Samirs und unseren Rat. Ihr Leben müsse weitergehen, sagte sie. Sie habe viel daraus gelernt, vor allem über sich selbst. Wir hätten unser Ziel erreicht und sollten es gut sein lassen.

Insgeheim fragte ich mich, ob die Sache mit Kevin vielleicht streng genommen doch keine Vergewaltigung gewesen war, wie sie behauptet hatte. Hatte sie übertrieben, um mich milde zu stimmen, oder hatte Kevin wirklich eine Grenze überschritten? Dennoch bat ich Bor, auch hier zu vermitteln, aber das war viel komplizierter als gedacht. Bei Vergewaltigern kenne er keine Nachsicht, sagte der Staatsanwalt.

Daraufhin sprach Karina selbst mit ihm. Vielleicht erzählte sie ihm eine andere Geschichte als mir, oder sie konnte ihn davon überzeugen, dass die Anzeige ihr schaden würde, jedenfalls war danach auch diese Sache vom Tisch.

Von da an war Philip nicht mehr derselbe. Nachdem sich die erste Erleichterung über die abgewendete Vorstrafe gelegt hatte, wurde er zunehmend bedrückter, sei es, weil er langsam die wahre Tragweite von Karinas Flirt mit einem aufregenderen Leben erkannte, sei es, weil er erst jetzt begriff, dass er für seinen kindlichen Übermut wie ein Erwachsener bestraft worden wäre.

Seiner Beziehung zu Karina tat das nicht gut. Auch sie war nicht mehr dieselbe, und obwohl Erleichterung und Scham über den relativ glimpflichen Verlauf der Angelegenheit sich bei mir die Waage hielten, nagte die Frage an mir, ob Karina mich manipuliert hatte.

Gleichzeitig spürte ich, dass es noch einen anderen Grund für Philips Zurückgezogenheit gab, einen, der vielleicht weit gefährlicher war als alles, was ihm bisher zugestoßen war. Doch ich hütete mich, diesen Grund zu benennen.

Über Kevin sprach niemand mehr. Er war wie vom Erdboden verschluckt.

Auch mit Samir herrschte Funkstille. Ich traute mich einfach nicht mehr, ihn anzurufen. Außerdem gab es wohl auch nichts mehr zu sagen, denke ich. Allerdings träumte ich ein paarmal von ihm.

»Erzähl mir von ihm«, sagte Martha streng.

»Er ist ziemlich attraktiv.«

Martha kennt meine Schwächen. Ihrer Meinung nach bin ich als Kind seelisch vernachlässigt worden, darum kann ich nie genug Aufmerksamkeit bekommen.

»Hast du ihn verführt?«, fragte sie sogar.

Ich wurde rot und schüttelte den Kopf.

»Hast du dich ein bisschen in ihn verguckt?«

»Meine Güte, Martha!«

Nach all den Jahren müsste ich in mein Tagebuch von damals schauen. Hatte sie recht? Sehnte ich mich wirklich nach einem anderen Mann, träumte ich von einem anderen Leben?

Heute empfinde ich einen einzigen großen Schmerz. Bor und unser erfülltes, wundervolles Leben fehlen mir einfach nur. Dennoch kann ich nicht leugnen, dass die Begegnung mit Samir bei mir etwas ausgelöst hatte. Vielleicht die Erkenntnis, dass mir etwas Wesentliches fehlte und ich nach einem Anlass suchte, Bor Vorwürfe zu machen. Bor und ich waren nach wie vor eng miteinander verbunden, aber in den letzten Jahren war er immer ehrgeiziger und narzisstischer geworden. Dieses Bedürfnis nach Anerkennung konnte ich nicht nachvollziehen, oft störte es mich sogar. In meinen Augen war es reine Eitelkeit, und das kannte ich von ihm gar nicht. Übertrieben oft ließ er sich mittlerweile in Talkshows zu Fällen interviewen, in denen er als Verteidiger auftrat, oder arbeitete Plädoyers in Zeitungskommentare um. Als wäre es eine Schande, der Welt außerhalb des Gerichtssaals seine Perlen vorzuenthalten.

Außerdem kaufte er in dieser Zeit manchmal absurd teure Dinge. Besonders alarmierend fand ich eine protzige Uhr, angeblich eine »unabdingbare Anschaffung für einen Anwalt«. Diese Aussage machte mir fast ebenso große Bauchschmerzen wie das silberne Armband an seinem Handgelenk. Das war alles legitim und nicht weiter weltbewegend, einschließlich seines Geltungsdrangs, denn es war ja durchaus nobel, andere retten und erfreuen zu wollen – allerdings blieben dabei Selbstironie und Humor, die Grundpfeiler unserer Beziehung, auf der Strecke. Einmal hatte er mit kalter, rasiermesserscharfer Stimme beiläufig fallenlassen, dass er auf einen Ministerposten hoffe – und das Familienleben dafür ein paar Jahre zurückstecken müsse.

Von da an konnte ich Bors eitles Treiben nicht mehr bloß liebevoll betrachten. Er war gutherzig, klug, diszipliniert, korrekt und gewissenhaft, aber die Bestätigung, die er als Anwalt und als Person des öffentlichen Lebens erfuhr, tat ihm nicht gut, fand ich, er hinterfragte sich nicht mehr. Doch als ich ihn auf die Unterschiede zwischen dem jungen, idealistischen Bor von einst und dem gehetzten, gewichtigen Bor, zu dem er geworden war, aufmerksam machte, reagierte er gereizt und verärgert. Früher hätte ihn das amüsiert.

Den neuen Bor schien ich nicht mehr einschätzen zu können. Ich glaube, ich fühlte mich vernachlässigt. Bors Leben spielte sich hauptsächlich außerhalb unseres Hauses ab. Bei uns war er oft müde und mit den Gedanken woanders. Etwas hatte sich eingeschlichen. Freie Radikale, sie richteten feine, unsichtbare Schäden an, die dazu führten, dass wir uns mit kahlen, armseligen Orten in unserer Ehe abfanden, mit neuen kleinen Einsamkeiten. Oder war das bloß ein anderer Name für die Selbständigkeit, die ich immer gesucht hatte? Wie bei allen Ehepaaren hatten sich unumkehrbare Automatismen bei uns eingeschlichen, und wir gewöhnten uns an unsere ständige Gereiztheit. Und besonders ich spielte die Rolle der Gereizten mit Verve.

Im Nachhinein verblüfft es mich, wie leicht ich mich in diese Rolle fügte, als würde der Ärger an sich schon genügen, als wäre das Ziel (Veränderung!) nebensächlich.

Die Frage war, wie Bor und ich – Seelenverwandte, aus demselben Stoff gemacht, Kinder desselben Schmerzes, mit denselben Amputationen, und eng verbunden durch unsere eigenen Kinder – in dieses Niemandsland hatten geraten können, über das ich von meinen Klienten schon so viel gehört hatte.

Kapitel 21

Keiner von uns war überrascht, dass Amal mit ihren Demotapes Erfolg hatte und zu den Vorrunden eingeladen wurde. Sie zeigte mir den komplexen, bindenden Vertrag, den sie unterschreiben sollte – und ich leitete ihn sofort an Bor weiter, als ich sah, wie viele Fallstricke er enthielt. Er half ihr, die Klauseln so gut wie möglich anzupassen, bevor sie unterzeichnete.

Nebenbei bemerkt war es alles andere als selbstverständlich, dass ich Bor einbezog. Normalerweise gab er sich nicht mit den Babysittern von Sam und Pol ab. Oder mit dem Haushalt generell. Aber bei Amal hatten die besonderen Umstände seine Aufmerksamkeit erregt. Damals schon. Ania hatte er nie beachtet, doch an Amal zeigte er Interesse. Dass sie schön war, dürfte durchaus eine Rolle gespielt haben. Er störte sich nicht einmal an ihrer Kleidung – Symbol für die schändliche Unterwerfung unter Allah, für die er seit 2001 weder Verständnis noch Sympathie aufbrachte –, bezeichnete sie allerdings hartnäckig, wenn auch ungewöhnlich freundlich, als »dieses Zelt«.

Der wahre Grund dürfte jedoch Amals scharfsinniges logisches Denken gewesen sein und die Tatsache, dass sie so schnell Niederländisch lernte. »Jemand, der so selbstständig denkt«, sagte er, »kann gar nicht strenggläubig sein.« Das Gefühl, dass sie längst nicht so fromm war, wie ihre Tracht suggerierte, teilten wir. Nichts musste man ihr mehr als einmal erklären, und dass ihre Klugheit und ihre Bereitschaft, neue Erkenntnisse sofort in ihren Wortschatz aufzunehmen beziehungsweise in die Tat umzusetzen, manchmal etwas Roboterhaftes hatte, fiel uns erst später auf – vielleicht weil sich unsere Umgangsformen grundlegend von denen in ihrem Herkunftsland unterschieden. Manchmal schien sie die geschriebenen und ungeschriebenen Gesetze unserer Gesellschaft auf dieselbe Weise zu pauken, wie man Mathe oder Grammatik lernen würde, und als selbsternannte Lehrmeister sahen wir uns gezwungen, die Ausnahmen und Unregelmäßigkeiten besonders hervorzuheben.

Zum Beispiel war es für Amal am Anfang undenkbar, sich direkt an Bor zu wenden, einen fremden Mann, obwohl sie im Grunde zu eigenwillig und zu intelligent war für eine solche Zurückhaltung. Gleichzeitig war sie versessen darauf, die westlichen Umgangsformen von der Pike auf zu lernen, und mit ihrem verzagten Verhalten war es bald vorbei, als sie begriffen hatte, dass wir bei uns zu Hause keinen großen Wert darauf legten.

Ich erklärte ihr – eifrig, voller Überzeugung und weil ich es selbst so gern glauben wollte –, Frauen und Männer seien bei uns gleichberechtigt (welche Arroganz!), Hierarchie spiele keine nennenswerte Rolle (dito!), und sie habe bei uns in der Familie dieselben Rechte wie Bor, ich, Philip, Sam oder Pol und müsse sich demnach logischerweise auch nicht zurückhalten, wenn sie etwas erfahren, eine Geschichte erzählen oder eine Meinung äußern wolle. Das tat sie dann auch nicht mehr, obwohl dieses Verhalten sicher radikal von dem abwich, was sie von ihrer Familie, ihrer Kultur und ihrem Land gewohnt war.

Ich fand es rührend und gleichzeitig beeindruckend, wie konsequent und selbstbewusst sie unsere Anregungen umsetzte, und im Gegenzug war es für mich erschreckend, zu erkennen, was wir uns alles in unserer vermeintlich tollen Kultur, mit der ich so geprahlt hatte, über Mut, Gleichberechtigung und Freiheit vormachten. Manchmal musste ich schlucken, wenn Amal, befreit von ihren anfänglichen Hemmungen, sich genauso überschwänglich an Bor und Philip wandte wie an mich. Sie freundete sich auch mit einigen der anderen Kandidaten bei *Die Stimme* an und wollte sie uns vorstellen. Da ging mir auf, dass ich unsere Weltoffenheit vielleicht doch in etwas zu rosigen Farben gemalt hatte. Und dass es die bei uns angeblich nicht vorhandenen Regeln und Unterschiede sehr wohl gab, wenn auch nur in abgewandelter Form.

Zum Glück merkte Amal das bald. Und ich brauchte ihr nicht genauer zu erklären, dass auch wir unter gewissen Umständen Bescheidenheit und Zurückhaltung zu schätzen wussten. Dass also eine junge Frau, die unsere Kinder hütete, uns zwar als ihre Familie betrachten durfte, unsere Herzlichkeit aber nicht so weit ging, dass wir jeden Tag neue Bekannte von ihr begrüßen und zum Essen einladen wollten – unabhängig davon, wie gut sie singen konnte.

Unterdessen erfreuten wir uns an dem neuen Zusammengehörigkeitsgefühl, das ihre Anwesenheit uns in diesen Monaten bescherte. Nach einer langen Phase der Eintönigkeit vereinte uns unsere Begeisterung und die fast sentimentale Bereitschaft, einer geflüchteten jungen Frau zu helfen, ihr Talent zu entfalten und Armut und religiöse wie kulturelle Finsternis hinter sich zu lassen. Ein stark überzeichnetes Bild übrigens, denn in Kenia hatte Amal eine gute englische Schule besucht. Doch anfangs verwendeten wir eben solche Begriffe, wenn wir über sie sprachen. Wir hatten uns als Familie nie zuvor so eins gefühlt wie in den langen Wochen von Amals Vorrunden bei *Die Stimme*, in denen sie beinah täglich zum Abendessen bei uns war. Und Philip auch.

Bor und ich hatten beide Freude an unserem Shootingstar und schwelgten in der Illusion, ihr ein neues Zuhause zu geben.

Ich wurde zu einem »Wir«, wir waren zusammen ein »Wir«. Wenn ich von der Zeit spreche, die Amal bis zur ersten Sendung im Spätsommer bei uns verbrachte, komme ich nicht umhin, dieses nette, geborgene Fürwort zu verwenden. Wir.

Vielleicht zeigt das, wie sehr wir uns aneinander festhielten, und an dem, wer wir waren: eine Familie, die eine Fremde unterstützen wollte, aus einem vagen humanistischen Prinzip heraus, einer Idee, einem Ideal? Wie glaubwürdig diese Auslegung ist, weiß ich heute nicht mehr, denn Amal war bestimmt nicht Teil dieses »Wir«, obwohl wir uns große Mühe gaben, ihr genau das zu vermitteln. Man könnte sogar sagen, dass ihre ständige Anwesenheit in der Familie ihre Position als Außenseiterin bekräftigte – und damit unsere scheinbare Zusammengehörigkeit.

»E. T.«, nannte Pol sie manchmal prustend vor Lachen, weil auch für Amal alles neu und anders war. »Wir geben

Amal eine Familie«, sagte Pol dann stolz – und diese Vorstellung munterte sie auf, vor allem, weil die musikalische Bindung zwischen Amal und Sam sie verunsicherte.

Komisch, dachte ich damals, so einen Stolz kenne ich doch von früher, von meinem Vater. Der war verwaist aus dem KZ zurückgekehrt, lange vor meiner Geburt, und trotzdem empfand ich so etwas wie Mutterglück bei der Vorstellung, meine kleine Schwester und ich würden ihn dadurch trösten, dass wir seine Kinder waren, dass es uns gab. Wir boten ihm einen sicheren Hafen, retteten ihn. Wir als Familie gaben ihm zurück, was er so jung verloren hatte.

Der Einfachheit halber hatte ich darüber hinweggesehen, dass er uns vor allem sich selbst zu verdanken hatte.

Gaben wir Amal tatsächlich etwas von ihrem Zuhause zurück, das ihr hier fehlte? Oder waren wir für sie bloß eine Brutstätte, wo sie Reserven für den explosiven Höhenflug aufbaute, der ihr vorschwebte? Wer schenkte hier wem was?

Zum Kinderhüten war Amal nun nicht mehr zu gebrauchen. Fast unmittelbar nach der Anmeldung bei *Die Stimme* geriet sie in einen Hexenkessel von Vorrunden, unzählige Male musste sie vor einer Jury vorsingen. Sie hatte viel seltener Zeit als in den ersten Monaten, in denen sie sich um Sam und Pol gekümmert hatte. Trotzdem kam sie immer mal wieder vorbei, um zu singen, während Sam Klavier spielte, oder um ihn zur Musikschule zu begleiten. Dann lud ich sie zum Essen ein, und wir erfreuten uns an ihrem gut artikulierten, aber etwas pedantischen neuen Niederländisch. Wenn sie irgend Zeit dafür fand, zeichnete sie mit

Pol, und das rührte mich. Es sagte viel über ihre Hingabe aus, fand ich.

Unsere Fragen nach den Vorrunden beantwortete sie einsilbig – ihr Vertrag erlaube es ihr nicht, darüber zu sprechen, nein, auch nicht mit uns.

Kapitel 22

Amals Familie wohnte inzwischen wieder in Somalia, nachdem sie viele Jahre in Äthiopien, Saudi-Arabien und Kenia von Ort zu Ort gezogen war. Amal selbst war (in Kenia) aus einer Ehe mit einem wohlhabenden Somalier geflüchtet, den sie hasste und der ihr immer verboten hatte zu singen. Schnell wurde klar, dass ihre Flucht mehr mit ihm zu tun hatte als mit der politischen Situation in Somalia, und die niederländischen Behörden durften auf keinen Fall dahinterkommen, dass sie gar nicht aus Somalia, sondern aus Kenia geflüchtet war. Sie erzählte von ihrem furchtbar strengen Vater, den sie bewundert hatte, solange er als Freiheitskämpfer hinter Gittern saß, aber nach seiner Freilassung, als die Familie seinetwegen fliehen musste, schnell als Hausdespoten fürchten lernte. Sie erzählte, wie sehr ihre Mutter unter ihm litt und ihren ganzen Schmerz an Amal ausließ, sie brutal körperlich bestrafte, wenn sie gegen Glaubensregeln verstieß, während sie ihre vier Brüder verhätschelte.

Lächelnd erzählte sie von Kontrolle. Nie von Angst. Wie hart sie arbeiten musste, in der Schule, aber auch zu Hause, wie sie sich um die ganze Familie kümmern musste, sie bedienen, bevor sie selbst zur Schule aufbrach, und wenn sie zurück war, wieder. Wie sie manchmal beim Putzen aus voller Kehle sang, weil sie dann meist allein war. Wie sie als Kind so schnell wie möglich heiraten wollte – um wegzukönnen. Alles erzählte sie mit einem Lächeln, auch grauenvolle Ereignisse, zum Beispiel, wie ihr Lehrer ihr absichtlich den Arm gebrochen oder ihr Vater sie wegen einer frechen Bemerkung bewusstlos geschlagen hatte. Ein ähnliches Schicksal drohte ihr offenbar bei dem wohlhabenden Somalier. Ihn hatte sie nach der Zwangsheirat als respektlos empfunden, als grausam und lieblos. Ein paar Jahre hatte sie es ausgehalten – dann war sie geflohen.

Wir hörten zu und tasteten uns wie Blinde durch ihre manchmal unbegreiflichen Geschichten über einen Clan, der alles und jeden kontrollierte, selbst hier. So sei das nun mal, sagte sie nach jeder Geschichte und lachte laut über sich selbst und ihr Unglück, als wäre das alles ein Klacks.

Genauso laut lachte sie über unsere Empörung angesichts der vielen Schläge, die sie bekommen hatte.

Dieses Lachen, dieses zu fröhliche, zu laute und verwirrende Lachen deprimierte mich, vielleicht, weil sie damit unbewusst signalisierte, die vielen Schläge seien verdient gewesen, als würde sie tief im Innern noch immer glauben, dass mehr Prügel nötig gewesen wäre, um manches zu überwinden – Gefühle, Wünsche, Hoffnungen, Fragen und Bedürfnisse. Auch wenn es wahrscheinlicher ist, dass ihr Lachen Unerschrockenheit ausdrückte und Stolz darauf, nicht unter den Schlägen zerbrochen zu sein, und dass sie jetzt die Überbleibsel ihres Selbst auskostete, die Überbleibsel Mut und Lebenslust, die niemand aus ihr hatte herausprügeln können.

Wie konnte sie an einem Glauben festhalten, der so viel Selbstverleugnung duldete?

Und trotzdem rief sie Ehrfurcht hervor. Schon damals spürten wir, wie stark Amal war, wie unbeugsam ihr Wille.

Wir sprachen im Bett über sie, und tagsüber beim Telefonieren. Wir spekulierten darüber, warum sie immer den Blick gesenkt hielt, wie jemand so Scharfsinniges so fromm sein konnte, wieso sie bei uns dieses Unbehagen auslöste. Vielleicht bildeten wir uns in unserer Überheblichkeit ein, etwas ausrichten zu können, hofften, durch unser Zutun würde Amal, die jetzt noch gebückt ging unter dem Joch einer düsteren Diktatur, aufgeklärt und reif erwachen.

Kapitel 23

Amal brachte die Vorrunden im Mai erfolgreich hinter sich, wurde zu *Die Stimme* eingeladen, und von da an schwand ihre Schüchternheit zusehends. Die Anerkennung für ihre Musikalität schien sie auch beim Niederländisch-Lernen zu beflügeln. Damals war sie bereits etwas über ein Jahr in den Niederlanden und hatte von Anfang an alles, was sie über unsere Welt und die Regeln, die dort galten, erfuhr, wie ein Schwamm aufgesogen, weshalb sie ziemlich genau wusste, welche Geschichten und Anekdoten uns besonders gut gefallen könnten.

Die Tatsache, dass das Flüchtlingsheim ihr Zuflucht bot und man ihr bei der Einbürgerung und beim Erlernen der Sprache half, dass es ein Justizsystem gab, in dem auch sie als Ausländerin Rechte hatte, dass der Müll abgeholt wurde, dass jemand für die Straßenreinigung zuständig war, dass die Menschen sich an die Verkehrsregeln hielten und zu Terminen pünktlich kamen – das alles war neu und sonderbar für sie; aber das Erstaunliche war, wie genau sie sagen konnte, woran es ihren bisherigen Wohnorten gemangelt hatte und welche ihrer Fähigkeiten sie noch ausbauen wollte. Ich fand, sie hatte ein Gespür für soziale Zusammenhänge, das ihre Geschichten ungeheuer unterhaltsam machte.

Kaum beging jemand einen Verstoß (der in unserer freigeistigen Kultur gar kein Verstoß war, oft nicht einmal von Bedeutung), erwies Amal sich als unerschöpflicher Quell fantastischer Schimpfwörter. *Kintirleey* – »die mit der Klitoris« – machte besonderen Eindruck auf mich.

Uns faszinierte alles, was Amal über ihre Welt berichtete, und je deutlicher sie das spürte, desto mehr Geschichten erzählte sie uns. Sie ließ sich über somalische Rezepte aus, Sambusa oder Bajiya, Gerichte, die sie für uns zubereitete, und beschrieb detailliert das Schönheitsideal ihres Landes: schlanke Handgelenke und Fesseln, schmale Taille, kräftige Arme und Beine, und vor allem ein runder Hintern. Sie selbst gelte als hässlich, sagte sie lachend, viel zu mager.

Für uns war Amal sehr wohl schön, und wir gaben uns Mühe, dem neuen, ungreifbaren Familienmitglied das Gefühl zu vermitteln, zu uns zu gehören, egal, wie anders ihre Weltsicht war.

Amal genoss unsere Aufmerksamkeit sichtlich, obwohl manchmal die Schüchternheit in ihren Blick zurückkehrte, wie ein selbst auferlegter Buß-Bumerang. Als verdiente sie nach wie vor eine Strafe – für ihr Talent, ihre ansteckende Lebenslust, die ungebrochene und unbefangene Neugier.

Aber ich glaube nicht, dass ich das damals schon so sah. Meine Faszination für Amal hatte von Anfang an einen Stachel: Ehrfurcht, fast schon Neid, eine leicht befremdliche Bewunderung. Ich weiß noch, dass ich mich vor dem Temperament, dem Groll und der Wut fürchtete, die sich im Lauf der schwierigen Jahre bei ihr angestaut haben mussten. Denn mit unterdrückter Wut kannte ich mich aus.

Was ihr trotz all des Leids ungebrochener Wille zukünftig noch bewirken sollte, das wusste ich damals natürlich noch nicht.

Im Nachhinein frage ich mich, ob ich in dieser Zeit genug auf meine Kinder geachtet habe, auf Sam zum Beispiel, der Amals loderndes Abenteuer mit mehr Zurückhaltung beobachtete, als wir es von ihm gewohnt waren. Kurzzeitig war davon die Rede gewesen, dass er Amal bei ihren Auftritten auf dem Klavier begleiten sollte. Als die Produzenten Amal einmal ins Visier genommen hatten, schien Sam ein unverzichtbares Accessoire in ihrer Geschichte (ihrer »Story«) zu sein, das Wunderkind, das bei der Entdeckung ihres Talents geholfen hatte, sagte mir jedenfalls der buntbebrillte Typ in engen Jeans, der bei der Show Regie führte. Doch Bor schob dem einen Riegel vor. Er meinte, Sams Talent sei zu einzigartig und Sam zu jung und sensibel, um wochenlang als Amals Anhängsel von Hü nach Hott geschleppt zu werden für eine Show, die Bor im Grunde verachtete.

Zum Glück hatten wir ein gutes Argument, um Sam davon abzubringen: Er war bei einem Klassikwettbewerb für Jugendliche zugelassen worden – als jüngster Teilnehmer überhaupt. Trotzdem war er unglücklich, ausgeschlossen zu werden. Denn er wollte beides: mit Amal ins Fernsehen und am Wettbewerb teilnehmen. Er sei sogar bereit, auf seine PlayStation zu verzichten, schluchzte er. (»Ich darf nie was! Wollt ihr gar nicht, dass ich berühmt werde?«) Wir würden ihm die Zukunft versauen, warf er uns vor und weinte sich später lange bei mir aus, weil er spürte, dass ich Mitleid mit ihm hatte und nicht so konsequent war wie Bor.

Aber ich wollte, nein, ich musste meinen kleinen, blassen Sam mit den dunklen Ringen unter den Augen beschützen. Auch mir machten die langen Verträge und Geheimhaltungsvereinbarungen Angst. Es wäre gefährlich gewesen, ihn als das Wunderkind, das er war, in diese Sache zu verwickeln, das wäre zu viel für ihn gewesen, immerhin war er erst neun und konnte schon so manchmal nicht schlafen oder essen wegen all der Musik in seinem Kopf.

Genau wie mich beschäftigte auch Bor die Frage, warum wir dann aber Amal ermutigten mitzumachen. Warum setzten wir sie dieser neumodischen, krankhaften Reality-Sucht aus? Doch ich redete mir gut zu. Das konnte ihr Leben nur zum Positiven verändern.

Amal war dankbar für alles, den Job, unser Vertrauen, den Schutz, den unsere Familie ihr bot, ich meinerseits freute mich über ihren Einfluss auf Sam und Pol. Aber trotz allem blieb sie mir sehr fremd.

Sie glaubte an einen Gott, der uns nichts sagte. Einen Gott, in dessen Namen verstockte Gläubige sich berechtigt fühlten, Infernos anzurichten, die Unschuldige dazu zwangen, sich in ihrer Verzweiflung aus Wolkenkratzern zu stürzen.

Pol und Sam hatten als kleine Kinder von vier und fünf Jahren um ihr Leben rennen müssen, und noch immer wurden wir in unseren Albträumen von den auf der Straße verstreuten Körperteilen verfolgt. Und das alles, weil Allah es angeblich befohlen hatte.

Amal war verschleiert und trug weite Kleidung, womit sie sich öffentlich einer Religion unterwarf. Ich dagegen war in der Überzeugung erzogen worden, dass jegliche Form von Unterwerfung unerwünscht ist, vielleicht sogar schädlich, wie mir jedes Mal aufs Neue bewusst wurde, wenn ich mir verstohlen dieses fromme Tuch ansah, das einen Großteil von Amals schönem Gesicht verdeckte. Ihre Ohren, die Wangen, die Haare, warum durften wir das alles nicht sehen? In einem Land, in dem es Usus war, Kopf und Körper zu zeigen, hatte das Tragen verhüllender Kleidung letztlich etwas *Ent*hüllendes: dass man sich einem Gedankengut, einem Glauben, einer abweichenden Denkweise unterwirft.

Aber ich verkniff mir eine Bemerkung, scheute mich, etwas so Intimes anzusprechen. Die Kleiderwahl der anderen ist eine Sache, die man hinnehmen muss, auch wenn man sie nicht versteht oder sie einem nicht gefällt, aus Höflichkeit und Respekt und nicht bloß, weil Geschmäcker nun mal verschieden sind. Eine protzige goldene Uhr an jemandem, der sich ansonsten schlicht kleidet, eine hässliche Mütze, die bei Wintereinbruch plötzlich aus der Versenkung auftaucht, eine pinkfarbene Haarsträhne, ein krampfhaft-künstlerischer asymmetrischer Blazer, pseudocoole spitze Schuhe, ein Augenbrauenpiercing. Das alles sind Rätsel. Fetische, geheime sakrale Symbole, überdeutliche Fingerzeige, schamlose, witzig gemeinte, meist aber verstohlene Rufe nach Aufmerksamkeit, Versuche der Selbstdefinition, die man besser unkommentiert lässt, vor allem, wenn man denjenigen nicht gut kennt.

Doch auch wenn man die Person gut kennt, sollte man tunlichst den Mund halten, wenn die Kleidung nicht zur

Figur oder zum Alter passt: ein zu kurzes Hemd, das den Bauch entblößt, eine Hosennaht, die zu tief in den Schritt einschneidet, Overknees, die die Oberschenkel abquetschen, zu enge Hosen, aus denen der Hüftspeck quillt, zu alte Beine in zu kurzen Röcken, zu tiefe Dekolletés.

Menschen wollen so viel verbergen oder glauben, es zu verbergen, sie wollen so viel zeigen, aber nicht darüber reden, wortlos vorführen, öffentlich kaschieren. Kleidung als Geheimsprache. Kleidung als blinder Fleck, als Fehlgriff. Warum das eine Kleidungsstück und das andere nicht? Wir geben uns Mühe, meistens jedoch nicht, damit andere uns mit unserer Entscheidung konfrontieren. Wir wollen stillschweigend wahrgenommen, akzeptiert und wertgeschätzt werden. Wir wollen unauffällig etwas Besonderes sein oder einfach nur genau richtig. Niemand soll in der Schublade mit unseren Zweifeln und Beweggründen herumschnüffeln, es ist unangenehm und tut weh, wenn andere unsere Entscheidungen zerlegen.

Nur wenige haben Geschmack und Stil – man braucht Überzeugung und Mumm, um sich zu einem stimmigen Ganzen zu machen. Nicht zu einem Christbaum, an dem jedes Detail Aufmerksamkeit erregt, sondern zu einem Gesamtkunstwerk, an dem alles stimmt. Selbst wenn die einzelnen Elemente, die dabei zum Einsatz kommen, unwiderruflich und unabdingbar kulturell beeinflusst sind, eine kodierte Botschaft.

Aber Glauben ist keine Kleiderwahl, Glauben ist keine Lappalie.

Ich sah Amal nie beten. Ich hörte sie nie etwas Frommes sagen, etwas ungewöhnlich Versöhnliches oder Gutmütiges, etwas, das mich an ihren Glauben hätte glauben lassen, an das Konservative, das Festhalten an Ritualen, die ich mit Frömmigkeit assoziierte. Und dennoch kleidete sie sich wie eine Gläubige. Das Einzige, woran ich ihre streng religiöse Erziehung zu erkennen meinte, war ihre Arbeitsmoral, ihre Disziplin.

Eines Tages hörte ich, wie Pol sie danach fragte. Nach dem, was wir insgeheim alle wissen wollten. Nach dem, was Amal von uns trennte. Die hübsche Amal, die uns sonst so nah war, warum nur trug sie dieses Kopftuch? Dieses Geheimnis ließ Pol nicht los.

Amal hatte einige Kopftücher, in verschiedenen Farben. Pol achtete immer darauf, ob sie gut saßen, und machte Amal sonst darauf aufmerksam. Das beige-braune mochte Pol nicht, das schwarze und das dunkelblaue auch nicht, das dunkelrote ging einigermaßen. Die durchsichtigen aus Seide in leuchtenden Farben, die nur auf Festen getragen wurden, fand Pol dagegen schön, und Amal legte sie ihr manchmal um. Wenn ich sie damit durchs Haus spazieren sah, blieb mir das Herz stehen, doch ich sagte nichts. Bor beschwerte sich bei mir, verbot es Pol aber nicht, aus Angst, er könne die Sache dadurch für sie noch größer (und attraktiver) machen.

Pol mochte Jeans und Fransenröckchen. Dschungelmuster. Ihr war es ein Rätsel, warum Amal, die so gut singen konnte, keine Jeans trug, oder zumindest Kleider, Röcke, zur Not Leggins. War das eine freie Entscheidung? Trug sie ihre Kleidung aus Überzeugung? Gewohnheit? Angst? Diese Fragen stellte Pol natürlich nicht.

Die hielt es schlichter und fragte nur, warum Amal nicht dasselbe trug wie sie, warum sie *immer* ein Kopftuch trug.

Sie waren in Pols Zimmer. Amal lachte laut. So laut wie ausweichend.

»Bei uns muss das so sein.«

»Wer sagt das?«, fragte Pol, die eigentlich klug war, aber überzeugend kindliche Naivität vortäuschen konnte.

»Meine Familie.«

»Aber deine Familie ist doch gar nicht hier.«

»Ach, Pol! Bist du denn nur lieb, wenn deine Familie dabei ist? Du versuchst doch auch lieb zu sein, wenn sie nicht da ist, oder?«

Pol schwieg. Sie musste nachdenken.

»Ist Kopftuch-Tragen lieb?«, fragte sie dann. »Und willst du nie was anderes anziehen? Ich hab in der Schule mal einen Pulli ausgezogen. Mama wollte, dass ich den anziehe, aber ich fand den nicht schön.«

»Bei uns bestimmt nicht nur die Familie. Sondern auch Gott. Allah.«

»Und was macht Allah, wenn du das Kopftuch ausziehst?«

Amal lachte. »Dann komme ich in die Hölle.«

»In die Hölle? Echt?«, fragte Pol, und ich erkannte an ihrer zitternden Stimme, dass sie wusste, sie würde gleich in eine geheime Welt voller Schrecken eingeweiht werden und durfte es nicht durch allzu offensichtliche Neugierde verpatzen. »Und was passiert in der Hölle?«

»Da wirst du gefoltert, von morgens bis abends … Nein, war nur ein Witz, Kleines. Es ist schlimm in der Hölle, mehr weiß ich auch nicht.«

Eine Weile hörte ich nur, wie Amal im Zimmer auf und ab ging. Dann plötzlich fragte sie: »Pol? Was ist denn los? Warum weinst du?«

Schluchzen. »Muss ich dann in die Hölle?«

»Nein, meine kleine Polly!« Amal klang schockiert. »Natürlich nicht!«

Gewaltiges Schluchzen. »Und Mama?«

Ich fühlte mich schuldig. Sollte ich zu ihr gehen?

»Nein, Kleines, deine Mama auch nicht. Hör zu, ich erkläre es dir noch mal anders. Bei uns passt nicht nur Allah auf … wir passen auch aufeinander auf. Aber ihr! Ihr glaubt nicht an Allah, ihr seid Juden! Deswegen müsst ihr das alles nicht. Im Koran steht, dass wir Frauen uns bedecken müssen, um Respekt zu zeigen und zu verhindern, dass fremde Männer uns ansehen, uns was Böses tun oder denken, dass wir ihnen gehören. Wir verlieren unsere Ehre, wenn wir zu viel zeigen. Darum tragen wir keine enge Kleidung und verstecken unser Haar.«

Stille. Ich hörte Stifte über Papier kratzen, offenbar malten sie gerade.

Schließlich sagte Pol: »Dann glaubst du ja gar nicht echt an Allah.«

»Wieso?«, fragte Amal.

»Na ja, wenn es Allah echt geben würde … dann müsstest du doch wollen, dass Mama auch ein Kopftuch anzieht.«

»Pol! Ich will gar nichts! Was ich denke, ist doch nicht wichtig. Wenn deine Mama das nicht will oder nicht glaubt, dass es wichtig ist …«

»Du hast aber doch gesagt, Allah wird nur böse, wenn

du an ihn glaubst … Dann gibt es ihn in echt doch gar nicht. Dann gibt es den bloß, wenn man an ihn glaubt. So wie Lieschen.«

Pol hatte lange Zeit eine unsichtbare Freundin gehabt, Lieschen, eine etwas gespaltene Persönlichkeit. Wenn sie lieb war, schlief Lieschen unter Pols Bett und war sehr vernünftig, Pol unterhielt sich manchmal stundenlang mit ihr, ärgerte sie ein bisschen oder drohte ihr, dann hatte Pol Macht über Lieschen. Doch manchmal kam auch die böse Variante zum Vorschein (Grusel-Lieschen), die ich dann vertreiben musste, damit Pol einschlafen konnte.

»Pst, Pol, so was darfst du nicht sagen!«, protestierte Amal.

»Darf ich wohl!«, rief Pol. »Und was ist mit Männern? Warum brauchen die kein Kopftuch? Die haben doch auch einen Kopf!«

Sie forderte Amal also tatsächlich heraus. Ich hörte es an ihrer Stimme. Sie wusste genau, was sie da fragte und wovon Amal sprach. Meine schlaue Pol.

»Männer sind anders als Frauen. Männer machen Sachen … Dummheiten«, sagte Amal und lachte.

»Ich mache auch manchmal Dummheiten, und ich bin eine Frau!«, rief Pol.

»Du bist ein Kind … deine Dummheiten sind was anderes«, sagte Amal und lachte schon wieder.

War es ihr unangenehm oder fand sie es wirklich so lustig? Dann flüsterte sie etwas, was ich nicht verstand.

»Echt?«, hörte ich Pol sagen, danach wieder länger nichts.

»Natürlich nicht!«, sagte Pol dann. »Ritsch!«

»Ritsch?«, fragte ich, als ich das Zimmer betrat. »Was soll denn Ritsch bedeuten, Pol?«

Sie presste die Lippen aufeinander, und Amal legte in einer witzig gemeinten Geste den Finger auf den Mund.

Es war nicht so, als hätten wir alles über Amals Leben gewusst oder als hätte sie uns immer alles erzählt. Ich wünschte, es wäre so gewesen. Bei ihren Auftritten waren wir nie dabei, und obwohl die Zeit, während der sie bei uns ein und aus ging, rückblickend ein ganzes Leben zu umspannen schien, dauerte sie gar nicht so lange – nur ein paar Monate. Echte Bedeutung und Tiefe bekam sie erst in der Erinnerung. Auch wenn wir Amal schon damals ins Herz schlossen, in jenen Monaten, als das beschränkte und einschränkende Bild, das wir von ihr, der Asylbewerberin, der Geflüchteten, gehabt hatten, sich weitete und zu einer ganzen Welt auswuchs, zu Bildern, Farben und Gefühlen. Sie wurde zur Hausfreundin, nannte sich selbst »unsere Muslima«, aber unsere Vertrautheit brachte sie uns nur scheinbar näher.

Wir haben nie aufgehört, über sie zu staunen, glaube ich. Vielleicht wurde sie uns in diesen Monaten sogar fremder, entfernte sie sich von uns, so wie manches, was wir lieben, umso unerreichbarer wird, je mehr wir darüber erfahren.

Je mehr wir wussten, desto klarer wurde uns, dass sich hinter all den Geschichten über ihre Familie, ihre Freunde, ihr früheres Leben nur neue unbekannte und unverständliche Gewohnheiten und Gedanken verbargen. Als Amal uns erzählte, dass ihr kleiner Bruder sie geschlagen hätte, sobald ein einziges Haar unter dem Kopftuch hervorschaute, fragten wir sie, wie das sein könne, ob er verrückt sei oder sie hasse und ob er so viel größer sei als sie. Dann musste sie wieder lachen. Immer deutlicher erkannten wir, dass wir nichts von ihr und ihrer Kultur wussten. Je mehr wir hörten, desto weniger verstanden wir.

Ende Mai stand fest, dass sie es in die nächste Runde geschafft hatte. Da sprach sie schon unendlich viel besser als noch im März, auch schien sie sich geöffnet zu haben, sie bewegte sich sogar anders. Und dieses eigenartige, fast schmerzlich Mysteriöse, das ich beim allerersten Mal im Schnee wahrgenommen hatte und nur als Stille in ihr beschreiben kann, war verschwunden. Wie Filz Flüssigkeiten absorbiert, so hatte diese Stille wohl alles absorbiert, was an Gewalt, Unterdrückung, Wut und Schmerz vor ihrer Flucht Teil ihres Lebens gewesen sein musste. Sie hatte sich bestimmt nicht in Luft aufgelöst, doch nahm ich sie jetzt nur noch selten wahr.

Es berührte uns, Zeugen dieses Übergangs von einer Kultur zur anderen zu sein. Das hatten wir so noch nie erlebt.

Kapitel 24

Ein altmodischer Fernsehabend im Schlafanzug, mit Snacks, Limo und frisch gewaschenen Haaren. So stellte ich mir das vor. Die Kinder waren den ganzen Tag schon aufgeregt. Ich wusste, dass Bor nicht rechtzeitig da sein würde, und Philip wollte »es später nachholen« – er wäre nie auf die Idee gekommen, sich für Amals Debüt zu Sam, Pol und mir aufs Sofa zu setzen.

Also waren wir nur zu dritt. Eigentlich hatten wir gehofft, Amal würde sich die Übertragung bei uns ansehen, doch der Sender hatte alle Kandidaten des Tages zu einer kleinen Feier nach Hilversum eingeladen.

Die beiden ersten Folgen hatten Sam und Pol so gespannt wie unbarmherzig verfolgt, und auch diesmal bedachten sie beinah jeden armen Kandidaten, der sein Glück versuchte, mit gnadenlosen Kommentaren.

Doch als sie Amal erkannten, kreischten sie los. Ich hatte das Gefühl, Amal zum ersten Mal wirklich zu sehen. Zum Glück hatte ich daran gedacht, den Videorekorder anzuschalten; hätte ich vergessen, die Sendung aufzunehmen, ich hätte es mir nie verziehen.

Vor ihrem Auftritt wurde ein im Flüchtlingsheim gedrehter Kurzfilm gezeigt, Amal, wie sie durch den langen Korridor lief, mit dunklem Kopftuch und in einer blauen

Abaya, und von ihrem Leben erzählte – Geschichten, die sie auch uns erzählt hatte, aber ungezwungener und dennoch eindringlicher.

Während sie redete, ging sie in die riesige Küche, wo sie an einem der vielen Herde Pfannkuchen buk und stolz verkündete, es sei das erste niederländische Gericht gewesen, das sie zubereiten konnte. Sie erzählte, wo sie herkam und dass sie schon ihr ganzes Leben westliche Musik liebe. Sie zeigte ihren iPod, die Sängerin von Blondie war zu hören, und sie lächelte. Wahrscheinlich war der Film schon vor einigen Monaten gedreht worden, denn sie sprach die meiste Zeit englisch.

»Ich liebe die Freiheit von Musik. Ich höre immer Musik, obwohl die Fundamentalisten in meinem Land finden, Musik ist *haram*. Trotzdem hört jeder Musik, und jeder singt. Ich weiß nicht, warum, aber ich liebe westliche Musik, seit mir eine Tante eine Kassette vorgespielt hat.«

Dann kam ein Schnitt und man sah sie auf ihrem Bett sitzen, die kleinen Kopfhörer unter dem Tuch versteckt, so, wie ich sie kannte, die Kamera folgte dem Kabel. Sie bewegte sich im Rhythmus der Musik – beschwingt und lachend.

»Was hörst du denn so?«, fragte der Interviewer.

»*I Have Nothing* von Whitney Houston. Alles von Aretha Franklin, aber vor allem *Respect*.«

Der Interviewer nickte beifällig.

»Und im Moment *Sorry Seems to Be the Hardest Word* von Elton John!«

Der Mann musste lachen. »Findest du den Song so schön?«

»Sehr schön. Und es stimmt doch auch? Es ist sehr schwer, sich zu entschuldigen, oder?«

Sie erzählte von ihrer Familie, und dass sie ihr fehle. Dass sie ganz allein geflüchtet sei. Und wieder lachte sie ihr typisches Lachen. Ich musste an ihre Mitbewohner im Flüchtlingsheim denken. Ob die jetzt wohl auch vorm Fernseher saßen?

Plötzlich stand sie dann in der Kabine auf der Bühne, einer Art Telefonzelle mit durchsichtiger Wand, sodass das Publikum im Studio und die Fernsehzuschauer sie sehen konnten, die Jury aber nicht. Sie war wunderschön geschminkt und viel traditioneller gekleidet als im Film. Um ihren Kopf hatte sie einen der bunten Hidschabs gewickelt, die Pol so gern mochte, aus hellrosa Seide, dazu trug sie eine grün-violette Abaya mit weiten, brokatverzierten Ärmeln. Sie wirkte sehr vornehm.

Mich durchfuhr derselbe Schock wie beim ersten Mal, als ich sie im Schnee gesehen hatte. Jetzt sah ich sie mit den Augen der Welt, und sie war mir zum zweiten Mal fremd.

Sam und Pol riefen »Aufwachen!«, sie fanden, die Jury, die Amal nicht sehen konnte, sitze ein wenig verschlafen herum.

»Pst«, machte ich.

Die Musik setzte ein. Erstaunt sahen Sam und ich uns an. Wir hatten das Stück sofort erkannt – Leonard Cohen.

»Now I've heard there was a secret chord …«

Die Jury bestand aus drei Männern und einer Frau, allesamt professionelle Sänger. Genau wie wir rissen sie die Augen auf, so unmittelbar und heftig sprengte Amals Stimme den kleinen Raum.

Nie zuvor hatte das melancholische *Hallelujah* so präsent und doppeldeutig geklungen. Halleluja, lobet den Herrn.

Die Kabine war viel zu klein für ihre Stimme, für ihre Persönlichkeit. Ein Käfig, dachte ich, ein Miniatur-Kerker. Und Amal stand darin wie ein unvorstellbar lebendiger, wilder, warmer Vogel und würde sich daraus freisingen. Ich musterte ihr Gesicht; jeder Muskel, jede Pore, jedes Härchen vibrierte mit, um der Melodie Klang und Gestalt zu verleihen und sie für uns hörbar werden zu lassen. Ihr Gesicht strahlte beinah außerirdisch, und ich war überwältigt von seiner Nacktheit, obwohl es zum Großteil von ihrer Tracht bedeckt war. Ihr war keine Spur von Unbehagen, Anstrengung oder Angst anzumerken – als gäbe es diese Empfindungen gar nicht. Vielleicht fühlte sie sich in der Kabine unsichtbar, geborgen und sicher. Sie sang, das war das Einzige, was in diesem Augenblick zählte, und alle, die sie hörten, waren ergriffen.

Die Jurymitglieder lauschten, ihre Augen waren geschlossen, ihre geschminkten Gesichter Masken der Begeisterung. Ab und zu schlugen sie die Augen auf, lächelten sich verschwörerisch zu, wiegten sich demonstrativ im Takt. Endlich durften sie hemmungslose Bewunderung zeigen, ohne die Missbilligung ihrer Kollegen fürchten zu müssen. Denn auch sie mussten sich in dieser Sendung beweisen, auch ihr Ruf stand auf dem Spiel – das Talent der anderen übertrug sich auf sie, wenn sie es begrüßten, ihren Tränen freien Lauf ließen, ihr empfindsames Herz bloßlegten. Umgekehrt mussten sie hart sein, wenn jemand ihr Gespür durch sein mangelndes Talent verletzte.

Dass Amal besser sang als sie, hatten sie vermutlich sofort erkannt, und nun rangen sie um passende Worte, um ihre Wertschätzung auszudrücken, ohne die eigene Überlegenheit infrage zu stellen. Oder war das zu zynisch gedacht? Es war schließlich keine Jury von Schauspielern, sondern von begabten Sängern. Hatten sie es wirklich nötig zu heucheln? Ich hoffte vor allem, dass sie das, was sie selbst beim Singen empfanden, in Amal wiedererkannten.

Singen ist so unschuldig und so schwierig, die Stimme dein Instrument und gleichzeitig deine Seele. In dem Instrument drückt sich deine ganze Seele aus, beide sind untrennbar. Du kannst dich nicht verstecken, weder deine Angst noch deine Eitelkeit – die eins ist mit der Angst. Singen zu können ist die Gabe, mit deinem Körper, deinem Atem, deiner Lunge und deinen Stimmbändern im richtigen Augenblick den reinsten Ton zu treffen.

Während Amal sang und uns Liebe und Leid der Menschen spüren ließ, vergaß ich die Show drumherum. Amal mit ihrem verhüllenden Lachen, ihrer verhüllenden Kleidung und ihrem Leben in Unterdrückung erzählte mit ihrem Gesang eine ganz andere Geschichte über sich, eine viel persönlichere als alle Geschichten, die wir bisher von ihr kannten.

»Sie ist besser als alle anderen«, murmelte Sam. Verstohlen schaute ich zu ihm und Pol, die schutzlos und ergriffen dasaßen, mit leicht geöffnetem Mund. Ich stellte mir ihre Erleichterung vor, jetzt, da sie nicht mehr befürchten mussten, Amal würde sie blamieren. Wie verbissen sie mit ihren Beschwörungen die fremden Ohren dazu bringen wollten, dasselbe zu hören und zu fühlen wie sie. Mein Herz lief über vor Zärtlichkeit.

Keiner von uns hatte gewusst, was sie singen würde – sie wollte es uns nicht verraten. Mit seinem kryptischen Text über Wandlung, Schmerz und unvollkommene Liebe war Leonard Cohens *Hallelujah* biblisch und sexy zugleich. David und Batseba. Samson und Delila. Da war ein solcher Widerspruch zwischen der verschleierten Muslima und dieser Ode an die Vergänglichkeit und die Liebe, an der es ihr, wie ich glaubte, bisher gemangelt hatte, dass mich schauderte.

Ich begriff, dass ihr Auftritt Ähnlichkeit mit einer Liturgie hatte. Als wäre sie eine Prophetin, die mit der engstirnigen Welt abrechnet. Alles, was sie sang, wurde von selbst groß und wirklich. Ein meisterhafter Zug. Lobet den Herrn. Welchen Herrn auch immer.

Bei manchen Sängern ist die Stimme ein Tier, dachte ich, ein Tier, das sie mit harter Arbeit und vielen Opfern großziehen und zähmen müssen, ehe sie es hinauslassen können, damit es tanzt und strahlt und Schmerz und Sehnsucht möglichst schön interpretiert. Diese Sänger mussten ihren gesamten Körper in den Dienst des geliebten, anspruchsvollen Tiers stellen. Doch das Tier, dieses selbstständige Leben in ihrem Innern, schien sie zu zerreißen, um sich den Traum zu erfüllen, andere Menschen mit ihrem Gesang zu beherrschen. Bei Amal dagegen war es, als wäre sie es, die das Tier beherrschte, es in- und auswendig kannte und mit ihm tanzte; sie war seine Königin und schien es unendlich zu genießen, eins mit ihm zu sein und uns darzubieten, was sie besaß, wer sie war und wie sie sich fühlte.

Ja, Amal *war* ihre Stimme. Sie gönnt uns sich selbst, dachte ich. Sie verschenkt großzügig, was sie zu verschenken hat, mit einem mühelosen Lächeln. *The fourth, the fifth, the minor fall … Hallelujah.*

Kapitel 25

Ich merkte erst an seiner Tasche im Flur, dass Bor nach Hause gekommen war, er schaute uns der Reihe nach an, dann zum Fernseher. »Was treibt ihr da?«, fragte er, schon halb auf dem Weg in die Küche, um sich wie immer als Erstes die Hände zu waschen.

Sieh doch selbst, gestikulierte ich.

Bor blieb abrupt stehen, ließ die Arme sinken. »Heiliger Strohsack!«

Pol saß kerzengerade auf dem Sofa, Sam war aufgestanden, die Kapuze seines Hoodies nur noch halb auf dem Kopf, seine Arme hingen schlaff herunter, seine Hände aber waren in Bewegung, bespielten ein unsichtbares Klavier. Ernster Blick. Beide atmeten kaum, vielleicht aus Angst, etwas zu verpassen oder kaputt zu machen.

Ich legte Sam die Hand auf den Rücken, er schien es gar nicht zu bemerken.

Auch die Jurymitglieder standen für die letzten Töne auf. Starrten befangen die Tür der Kabine an, in der sich das Enigma befand, beinah, als hätten sie Angst vor dem, was dort gleich herauskäme. Das Publikum jubelte, und als Amal verschleiert aus dem Kabuff trat, schwoll der Applaus an, die Rufe wurden noch lauter. Hier und da waren begeisterte Pfiffe zu hören.

Der Moderator begleitete Amal nach vorn. Sie verbeugte sich, und das Publikum verstummte.

Die Jury war sichtlich verwirrt von der frommen Erscheinung, ging aber respektvoll auf Amal ein, die Jurorin lief während ihrer Lobeshymne rot an.

Amal nahm das Lob charmant, natürlich und würdevoll in perfektem Niederländisch entgegen.

»Wer bist du?«, fragten sie fast fürsorglich. »Woher kommst du? Wie alt bist du?«

Amal verbeugte sich noch mal, lächelte. Mit ihrer klaren, tiefen Stimme zählte sie rasend schnell sämtliche Namen ihrer Abstammung, ihres Clans auf.

Die Jury lachte, hielt es offenbar für einen Scherz.

Amals Lächeln wurde noch breiter, ihre weißen Zähne leuchteten. »Ich komme aus Somalia.«

»Okay«, sagten sie. »Und wer ist heute mit dir hier?«

»Niemand.«

»Niemand?«

»Nein.«

»Warum wolltest du dabei sein? Erzähl doch mal!«

Kurze Antworten waren nichts für Amal. Wenn man ihr eine Frage stellte, ließ sie sich Zeit. Zeit und Raum zu beanspruchen, das gestand sie sich nach mittlerweile einem Jahr in den Niederlanden zu; man gab ihr das Wort, und sie betrat die Bühne – wie oft hatten wir das inzwischen erlebt! Sie wiederholte, was sie in dem Film gesagt hatte.

»Ich bin hierher geflüchtet, allein. Ich liebe Musik, die Freiheit der Musik. Ich höre die ganze Zeit Musik, aber in meinem Land verbieten das die Extremisten. Trotzdem machen es alle, alle singen, und ich weiß nicht, warum, aber ich habe von klein auf auch immer westliche Musik toll gefunden. Und darum stehe ich heute hier.«

Die Jury nickte wohlwollend und zugleich verunsichert. Was war die aktuelle Situation in Somalia? Wo lag das noch gleich?

Die Jurorin machte große Augen. »Musik ist verboten? Warum?«

Amal lachte. »Tja … weil sie schön ist und froh macht? Weil man Lust bekommt, zu flirten und zu tanzen? Weil man glücklich wird? Der Koran verbietet es offiziell. Nicht, dass jemand sich daran hält …«

Die Jurymitglieder nickten ernst, sie hatten keine Ahnung, wovon Amal sprach. »Aber du singst trotzdem«, sagte einer von ihnen. »Und dann auch noch auf Englisch. Und du bist eine gläubige Muslima, richtig?«

Amal lächelte nur.

Das Publikum klatschte. Offenbar gefiel den Leuten, was sie hörten.

»Namal« – Amal verbesserte ihn lachend –, »du bist eine unfassbare Sängerin, ich glaube, so eine Kandidatin hatten wir noch nie! Du *bist* Musik! Du verkörperst für uns etwas ganz Außergewöhnliches, weißt du das?«

Amal nickte, zum ersten Mal verlegen.

»Hast du vorher schon mal an einem Song-Contest teilgenommen?«

»Nein, noch nie.«

»Auf was für Musik stehst du? Was willst du erreichen? Wo siehst du dich in fünf Jahren?« Die Fragen hörten gar nicht mehr auf. Amal nickte und lächelte, aber ob sie wirklich alles verstand? Sie gab vage Antworten, die gut klangen. Das Publikum lauschte und tuschelte, und plötzlich verschwand das Lächeln. Es glitt ihr, von der Jury unbemerkt, mitten im Frage-Antwort-Spiel einfach vom Gesicht. Offenkundig hatte es nichts mit dem Gespräch zu tun, vielmehr war es, als hätte sie sich etwas vorgenommen und, weil sie den richtigen Aufhänger nicht fand, beschlossen, ihr Vorhaben sofort durchzuziehen, jetzt oder nie. So ernst hatte ich sie noch nie erlebt, sie schien gar nicht mehr wahrzunehmen, was um sie herum geschah, war ganz konzentriert.

»Bist du allein hier?«, fragte einer der Juroren.

Sie antwortete nicht. Stellte sich noch gerader hin.

Jetzt merkte auch die Jury, dass etwas im Gange war. Ein unangenehmer Moment des Schweigens verstrich.

»Ich stehe hier, weil ich frei sein will«, sagte Amal laut, ihre Stimme klang höher und schneidender als vorher, jedes Wort war schmerzhaft deutlich artikuliert. Im Saal herrschte Totenstille. »Freier, als ich es bisher war. Und in fünf Jahren habe ich hoffentlich auch andere Frauen frei gemacht. Dadurch, dass ich singe, dass ich da bin, dass ich keine Angst habe. Ich stehe hier, weil ich mich für Frauen einsetzen will, die so sind wie ich. Die gezwungen werden, ein Leben für andere zu leben. Frauen, die von Männern geschlagen werden, jeden Tag, im Namen von etwas Nicht-Benennbarem und Unbegreiflichem. Frauen, die keine Chance bekommen, sich zu entwickeln und aufzublühen. Frauen, denen Allah verbietet, Freude an ihrem Körper zu haben, und die darum verstümmelt werden. Frauen, die vergewaltigt werden. Und anschließend dafür bestraft: verstoßen oder ermordet. Frauen, die nicht lieben dürfen, wen sie wollen.«

Sie schwieg.

»Wussten Sie, dass Mohammed, der Prophet, Aischa geheiratet hat, als sie neun Jahre alt war?«

Tiefe und unergründliche Stille folgte auf diese Frage.

»Wie würde man einen solchen Mann hier nennen?«

Das Publikum rutschte auf den Stühlen herum, ein Raunen ging durch den Saal. Ich hoffte, sie würde die Antwort für sich behalten.

Das tat sie nicht.

Bor und ich wechselten erschrockene Blicke. Er hatte die Handflächen wie zum Gebet vor den Lippen aneinandergelegt und rührte sich nicht.

Ich habe das Video später etliche Male zu dem, was danach geschah, zurückgespult. Alles ging rasend schnell und wirkte wie eine geniale, unerwartete Tanzeinlage. Amal drehte sich um und beugte sich vor. Sie kreuzte die Arme – und für einen Moment war sie unsichtbar, als würden wir Zeugen eines Zaubertricks. Aber es war kein Zaubertrick. Das Zittern ihrer Hände, die in Windeseile an der Abaya zogen, den Saum festhielten und in die Höhe schossen, verriet eine gewaltige Energie.

Amals Gewand glitt über ihren Kopf und segelte einen Meter weiter auf den Boden. Es war, als hätte sie darunter die ganze Zeit eine Fremde versteckt, ein Double, das auf seinen Auftritt gewartet hatte. Das Double fummelte mit langen Fingern an seinem Kopftuch und wickelte es mit einer langsamen, eleganten Bewegung ab. Zum Schluss lag das fromme Tuch in Amals Hand, plötzlich kraftlos wie eine welke rosa Blume.

Die Frau, die nun dort stand, war eine andere, groß,

schlank, kurvig, in einem engen schwarzen Kleid, darüber eine offene weiße Seidenbluse, an den Füßen hohe Schuhe.

Zum ersten Mal sahen wir Amals schwarze Haarpracht, die zu einem dicken, eleganten Knoten eingedreht war, tief im Nacken festgesteckt, ihren langen Hals, die herausgerutschten Löckchen an der Stirn. Sie richtete sich das Haar, das sie vorher nicht hatte zeigen dürfen, befühlte es, wie um sich zu vergewissern, dass es noch da war. Schwenkte das rosa Tuch, ausgelassen, beinah provozierend.

Das Publikum brach in Applaus aus, erst zögerlich, dann immer ungehemmter, es klang wie ein tropischer Regenschauer auf einem Wellblechdach nach langer Trockenheit, rauschend, festlich. Die Leute stampften mit den Füßen.

Amal verbeugte sich.

Auch die Jurymitglieder applaudierten, die Kamera zoomte die erstaunten, lachenden Gesichter heran, die hochgezogenen Augenbrauen. Sie schienen den Auftritt nicht ganz einordnen zu können, die Aussicht auf die morgigen Zeitungskommentare über ihre mangelnde Schlagfertigkeit machte die vier offenbar nervös. Doch dann ging die Jurorin, tatsächlich mit Tränen in den Augen, auf die Bühne und umarmte Amal innig.

»Du bist eine Runde weiter«, sagte sie heiser. »Diesen Auftritt werden wir nie vergessen.«

Sam und Pol stellten sich neben mich.

»O mein Gott«, sagte ich und spürte eine unerklärliche Panik – als würde Amal nackt dastehen. Ich, die ich nicht mal eine Kapuze auf dem Kopf ertragen kann, ich, die ich enge Kleider und tief ausgeschnittene Blusen liebe, empfand Amals Erscheinung einen Moment lang als so sündig, wie sie für manche tatsächlich war. Ich konnte es nicht fassen, wie sehr ich mich offenbar mit diesem fremden Glauben identifiziert hatte.

Sam griff nach meiner Hand. Die Kameras zeigten Amals strahlendes Gesicht, dann das tobende Publikum, sie konnten gar nicht genug bekommen. Auch die anderen drei Juroren kamen nun auf die Bühne und umarmten Amal, vielleicht dachten sie, das sei jetzt kein Problem mehr, als hätte sie neben der Kleiderordnung auch alle anderen Gebote abgelegt. Es war viel für Amal, das sah ich ihr an, dennoch hielt sie lächelnd durch.

Dann trat der Moderator, der sich bisher zurückgehalten hatte, vor die Kamera und versuchte, das Geschehen in allen erdenklichen Superlativen zusammenzufassen und zum nächsten Teilnehmer überzuleiten. Die Show musste weitergehen. Amal lachte wieder. »Bravo«, hörte man aus dem Publikum.

(»Buh«, ja, auch das hörte man, aber nur vereinzelt.)

»Mama?«, sagte Pol. »Ich wusste, dass Amal das macht!«

»Wirklich, Pol? Hat sie dir das erzählt? Hat sie auch gesagt, warum sie das macht? Warum jetzt?«

»Das weiß ich nicht, Mama. Sie hat nur gesagt, dass sie das ausziehen kann, wenn sie gesungen hat. Dass sie es danach nicht mehr will. Mama?«

»Ja, Süße?«

»Kommt Amal jetzt in die Hölle?«

Kapitel 26

»Holy shit«, sagte Bor und pfiff.

Eine Weile blieb er still. Das sah ihm überhaupt nicht ähnlich. Er war ganz offensichtlich beeindruckt. Dann redete er mit einem Mal ausgelassen drauflos. Er hielt ihre Aktion für einen großartigen Coup.

»Himmel, unsere Amal! Ohne dieses Zelt wirkt sie ganz anders, mit den Haaren, findest du nicht?«

Ich war stolz auf Amal, als ich das Erstaunen und die Bewunderung in seiner Stimme hörte, und freute mich, dass Bors anfängliche Skepsis in Wertschätzung umgeschlagen war.

Gleichzeitig war ich beunruhigt; etwas Fieses, Kaltes mäanderte durch mein Inneres, doch man kann sich wohl keine Gefühlsregung so schwer eingestehen wie Eifersucht, weil keine so erniedrigend ist. Zum Glück hatte ich mich über sein ewiges »Zelt« von Anfang an maßlos geärgert. Es war so grob! Daran hielt ich mich fest. Von heute an würde ich Amal in Schutz nehmen.

Bor sagte: »Ganz schön mutig! Und ziemlich riskant, ich hoffe, das ist ihr klar. Donnerwetter. Ich wusste nicht, was in ihr steckt.«

»Meinst du, sie ist in Gefahr?«, fragte ich. Mir war zwar kalt geworden, als ich sie plötzlich unbedeckt gesehen hatte, aber das hatte ich nicht mit einer Bedrohung in Verbindung gebracht. Und als ich Pols Gesicht sah, bereute ich meine Frage sofort. Auch Bor hatte es bemerkt.

»Na, Gefahr scheint mir doch ein bisschen übertrieben.«

Pol blickte ängstlich zu ihrem Vater auf, der ihr zerstreut durchs Haar strich. Still zeichnete sie weiter an ihrem Bild von einem Bären im Wald.

»Mama! Ich hätte auch dort sein können!«, sagte Sam sauer. Offensichtlich trieben ihn ganz andere Gedanken um als Bor und mich. »Aber ich bin hier, bei euch! Ich hätte auf der Bühne stehen können, mit all den Leuten, und hätte auch Applaus gekriegt. Mann ey, ihr seid so bescheuert!«

»Deine Zeit kommt noch«, sagte Bor. »Dann bekommst du deinen eigenen Applaus, ganz für dich allein, wart's nur ab. Das war nicht deine Party, verstehst du?«

»Hä?«, sagte Sam. »Was für eine Party?«

Er ballte die Fäuste, und ich legte den Arm um ihn. »Bist du denn nicht stolz?«, flüsterte ich ihm ins Ohr. »Ohne dich hätte Amal sich nie getraut, in der Show zu singen. Und dass sie ihre Abaya ausgezogen hat … Stell dir vor, du hättest danebengestanden. Das wäre dir bestimmt superpeinlich gewesen.«

Keiner der folgenden Teilnehmer konnte mit Amal mithalten. Ich hätte sie so gern angerufen, sie spüren lassen, dass sie zu uns gehörte. Hätte selbst gern gespürt, dass sie zu uns gehörte. Hätten wir sie begleiten sollen?

»Was passiert denn jetzt mit Amal, Papa?«, fragte Pol.

Sam ließ sich auf den Klavierhocker plumpsen und summte hingebungsvoll den Refrain von *Hallelujah*, während Pol wie wild ihren Bären ausmalte.

»Ich finde es aber voll bescheuert, dass sie mir nicht gesagt hat, dass sie das bescheuerte *Hallelujah* singen will«, sagte Sam. Seine Finger suchten und fanden auf Anhieb die richtigen Akkorde.

»Ooooooh, Sam, du Lügner! Du hast geweint! Warum sagst du so was?«, rief Pol. »Es war total schön!«

Bor versuchte, Pol zu beruhigen. »Gar nichts passiert mit Amal, Süße. Außer, dass sie jetzt berühmt wird!« Er lachte, sorglos und ein wenig spöttisch, wie ich fand. Dann fischte er den Käse aus dem Kühlschrank, schnappte sich den Hobel und redete weiter, ob wir ihm nun zuhörten oder nicht. »Ich kann mir nicht vorstellen, dass Amal noch zum Babysitten kommt, oder? Wenn sie gewinnt?«

War das der Moment, in dem sein Telefon klingelte?

Anfangs schien das Gespräch etwas zäh zu verlaufen. Und als mir klar wurde, wer dran war, konnte ich es kaum glauben. Amal rief Bor an und nicht mich oder eins der Kinder? Warum? Wieso Bor? Ich konnte mich nicht erinnern, dass sie ihn vorher schon mal angerufen hatte.

»Ja, eine Riesenüberraschung!«, sagte Bor zum zweiten Mal.

»Ist das Amal?«, rief Pol und warf mir einen schnellen Blick zu, sie war genauso verblüfft wie ich. »Ich will, ich will!«

Bor reagierte nicht, drehte uns den Rücken zu. Er klang souverän und ruhig, als er Amal lobte, ihr gratulierte und seine Bewunderung für ihren »gewagten Striptease« zum Ausdruck brachte – und sein Erstaunen darüber. Danach hörte er eine ganze Weile nur zu, offenbar musste Amal loswerden, was sie an diesem Abend erlebt hatte. Bor lachte.

Dann erschrak er. Sein Gesichtsausdruck veränderte sich, er wurde todernst.

»Himmel«, sagte er. »Das hast du von der Security gehört, nehme ich an?«

Ich musste an Stewardessen denken, die im Vorbeigehen die Sitzlehne per Knopfdruck in eine aufrechte Position bringen, ob man als Passagier nun darauf vorbereitet ist oder nicht. Genauso schlagartig richtete Bor sich auf; wofür er sich mit dieser Haltung wappnete, war nicht klar. Nicht sofort.

Und weg war er. Mit dem Telefon in der Hand stürzte er aus der Küche, als wäre ihm ein Bienenschwarm auf den Fersen, den er so schnell wie möglich von uns ablenken musste.

Pol und ich sahen uns an. Um sie nicht zu beunruhigen, zog ich gespielt ironisch die Augenbrauen hoch und sagte so sorglos, wie ich konnte, dass sie jetzt ins Bett müsse. »Es ist schon spät, Süße. Sam muss auch gleich nach oben.«

»Sam!«, rief ich. »Ab nach oben!«

»Was ist denn los?«, fragte sie. »Was ist mit Papa?«

»Nichts, Süße, gar nichts … hopphopp, ins Bett!«

Sam probierte auf dem Klavier eine neue Version von *Hallelujah* aus. Wenn er spielte, hörte er nichts außer der Musik. Ich pustete ihm Küsschen in den Nacken, doch er spielte ungerührt weiter. Bis ich böse die Klappe über seinen kostbaren Fingern schweben ließ.

»Boah, Mama, du nervst!«

Er stand auf. Beide trödelten herum, suchten im Kühlschrank nach etwas zum Naschen.

»Husch!«, rief ich und holte zwei Eis am Stiel aus dem Gefrierfach.

Danach sangen sie wieder *Hallelujah*, mit ihrem Eis in der Hand.

Ich sah Bor noch immer im Garten telefonieren und versuchte, Blickkontakt aufzunehmen. Er schüttelte mit einem feierlichen Ernst den Kopf, der mir Angst machte. Gleichzeitig ärgerte ich mich über seine Wichtigtuerei. Doch das Gefühl von drohendem Unheil überwog.

»Ich rede mit Zelda, okay?«, hörte ich schließlich. »Alles klar. Mach dir keine Sorgen, versprich mir das. Dir passiert nichts.«

Bei diesen Worten sah er mich an. Dann beendete er das Gespräch.

Aus mir unerklärlichen Gründen fühlte ich eine Art Schwäche im Bauch und in den Beinen.

Anstatt nach oben zu gehen, sang Sam noch immer *Hallelujah*, wüster jetzt, stürmischer – von dem Anruf hatte er nichts mitbekommen. Pol saß wieder an ihrer Zeichnung, summte demonstrativ unbekümmert mit und tat so, als wäre sie in eine Traumlandschaft aus Farben und Formen versunken. Sie wusste genau, was ich jetzt sagen würde.

»Ab ins Bett, ihr zwei!«, rief ich.

Widerwillig maulend verschwanden sie nach oben.

Reden? Worüber wollte Bor mit mir reden? Wenn wir etwas besprachen, taten wir es meistens, um unseren Gedanken auf die Sprünge zu helfen. Ein Ritual, mehr war Reden bei uns nicht. Wenn einer von uns etwas wirklich wollte, bekam er es ohnehin. Vor allem Bor.

»Das war Amal, Zel«, sagte er.

Als hätte ich das nicht längst gewusst.

»Es ist was passiert … Ein paar komische Gestalten haben ihr aufgelauert. Und ihr Bruder hat fuchsteufelswild aus Somalia angerufen, ihr ganzer Clan weiß Bescheid. Sie hat Angst, Zel, richtig Angst. Die Security hat die Sache zum Glück ernst genommen und sogar Verstärkung angefordert. Sie meinten, man hätte ihr mit dem Tod gedroht.«

»Was? Wer?«, fragte ich.

Bor kam nicht zum Antworten. Philip stürmte aufgeregt in die Küche.

»What the fuck, Mama? Krass! Habt ihr's gesehen? Babäm! Unser Babysitter ist vom Glauben abgefallen. Aber sie hat sich dabei wohl ein bisschen wehgetan!«, sagte er, außer Atem.

»Wehgetan? Wie meinst du das?«

»Na ja, beim Fallen.« Er lachte. »Im Internet laufen sie voll Amok, Mama. Alle reden darüber. Wie sie sich ausgezogen hat, was sie gesagt hat. Da kommen die überhaupt nicht drauf klar, Mama, megageil natürlich, dass sie das gemacht hat, aber schon ein bisschen gefährlich. Die wollen die lynchen, ohne Scheiß. Ein paar von meinen marokkanischen Freunden haben echt krasse Sachen gesagt. Ich würd heute Nacht jedenfalls nicht im Flüchtlingsheim pennen, wenn ich Amal wär.«

Bor sah mich an, sein Blick konnte alles Mögliche bedeuten, aber mir fiel vor allem eine merkwürdige Scheu darin auf.

Ich gab Philip zu verstehen, dass er leise sein solle; oben waren noch immer die Kleinen zu hören. »Okay«, sagte er. »Ich zieh dann noch mal mit den Boys los, ja?«

Mit einem vehementen Kopfnicken dirigierte ich Bor Richtung Garten. Gehorsam ging er nach draußen. Philip polterte die Treppe hoch.

»Was ist los, Mama? Worüber redet ihr da?«, rief Pol, die natürlich doch alles mitbekommen hatte.

»Mama«, sagte Philip, der schon wieder herunterkam, jetzt in einem sauberen weißen T-Shirt, »seid ihr auch vorsichtig, Mamalein?«

Ich strich ihm über die Wange, und er legte mir kurz den Kopf auf die Schulter. Dann bat er mich um zwanzig Euro, die ich ihm sofort gab, und weg war er.

Ich folgte Bor nach draußen.

»Alles ist gut, Pol, geh ins Bett!«, rief ich nach oben. »Wenn ich gleich komme, liegst du unter der Decke, hörst du? Es ist schon wahnsinnig spät.«

Kapitel 27

»Gedroht.«

Ich glaube nicht, dass mir das Wort damals wirklich etwas sagte. Es war so abstrakt, klang mal unschuldig, unecht, nicht ernst zu nehmend, irritierend, dann wieder verbreitete es eine solche Finsternis, dass ich eiskalte Hände und ein wild klopfendes Herz bekam. Dreckskerle, Rowdys, die auf mich zukamen und mir schwer atmend zuriefen: »Und, was willste?« Solche Drohungen kannte ich. Von früher, aus meiner Kindheit. Vor ihnen konnte man mit einem Schulterzucken davonlaufen. Das hier war anders. Nur: wie anders?

Wenn ich Bor ansah, bekam ich ein ungutes Gefühl. Also konzentrierte ich mich der Einfachheit halber auf meinen Ärger über seinen Ernst.

»Wirklich?«, fragte ich.

Wirklich, wirklich, wirklich! Alles ist erträglicher, wenn es vage bleibt, ein Wort. Auch Realitätssinn ist ein Produkt der Vorstellungskraft, der Fantasie.

»Ich denke, ich sage ihnen, sie sollen sie hierherbringen. Okay? Dann kann sie heute Nacht hier schlafen. Im Gartenhaus. Mit Bodyguards vor der Tür. Da ist sie in Sicherheit.«

So hatte ich Bor noch nie reden hören. So bedeutungsschwer. Als ob Krieg wäre.

»Was hat sie denn gesagt?«, fragte ich.

»Sie kommt zu uns, wenn es für dich okay ist. Der Sender bezahlt die Fahrt. Aber den Kindern sagen wir kein Wort.«

»Natürlich nicht.«

»Mach dir nichts vor«, sagte Bor. »Das wird schwierig. Aber ins Flüchtlingsheim zurück kann sie wirklich nicht.«

Tod der zionistischen Hure, las ich später im Internet, und: *Möge Allah für ihren Tod sorgen.*

Flüche. Oder waren es Ankündigungen? Man solle sie vergewaltigen und enthaupten, zerstückeln und den Löwen zum Fraß vorwerfen. Sie müsse sterben. Nicht mehr und nicht weniger. Aber mehr ging ja wohl kaum.

»Sie kann zu uns kommen«, sagte ich schnell. »Keine Frage.«

Wir würden gute Menschen sein, gerechte Menschen, bei denen man sich verstecken kann. Natürlich. Um ein Haar hätte ich geweint, so sicher war ich mir, dass wir einer Frau, die bedroht wurde, hier und jetzt beim Untertauchen halfen. Wartete ich nicht schon mein ganzes Leben auf diese Gelegenheit? Als Buße für die Jahre in Freiheit, ohne Krieg, für alles, was wir nicht hatten erleiden müssen, alles, was meinen Großeltern und meinem Vater angetan worden war und uns nicht. Als unsere wohlverdiente Strafe, weil wir geboren waren.

Bor ging in sein Arbeitszimmer. Ein paar Leute anrufen, sagte er. Edgar. Wesley.

Ich sinnierte von Neuem über das Wort »Drohung«, befühlte es wie eine Blinde, tastete meine Reaktion darauf ab. Ich schämte mich für meine Langsamkeit, aber mehr noch für das vage Glücksgefühl über das sensationelle Ereignis. Oder war mein Glücksgefühl in Wirklichkeit Angst? Dann die Frage: Warum wir? Was hatten wir damit zu tun? Mit Amal? Die uns streng genommen fremd war, die wir eigentlich nicht kannten, die nicht zu uns gehörte. Konnte nicht jemand anders sie aufnehmen?

Somalier, hatte Bor gesagt. Amals Meinung nach. Die somalische Gemeinschaft könne ihre Tat nicht akzeptieren. Die Clans seien eng miteinander verbunden, stünden weltweit in ständigem Kontakt. Das konnte ich mir kaum vorstellen, Neuigkeiten verbreiteten sich zwar schnell, aber so schnell? Es kam mir übertrieben und paranoid vor, dass alle Menschen aus ihrem Heimatland jetzt schon wissen sollten, dass sie ihrem Glauben abgeschworen hatte, dass sie wissen sollten, was sie gesagt und getan hatte.

Doch Bor meinte es ernst. Jeder Somalier habe nun das Recht, sie zu bestrafen und sogar zu töten. Und es gebe bereits Hinweise, hatte sie Bor erzählt, dass Clans auf der ganzen Welt sich miteinander verständigt und Absprachen getroffen hätten. Eine »Fatwa« hieß so etwas, das wusste ich von den Drohungen gegen Salman Rushdie.

Weit weg fasste der Nachrichtensprecher die außergewöhnliche Folge von *Die Stimme* zusammen, bei der eine Muslima nach ihrem Auftritt ein leidenschaftliches Plädoyer für die Freiheit gehalten hatte. Man hörte ein paar Takte von *Hallelujah*. Von Drohungen kein Wort.

Dass sie nicht einmal erwähnt wurden, war zu diesem Zeitpunkt vielleicht das Unheimlichste an der ganzen Sache. Und wir wollten uns diese Gefahr also direkt ans Herz drücken, die Gefahr, die Amal umgab wie eine Sprengstoffweste. Sehenden Auges nahmen wir uns der Sprengstoffweste an, wir hängten eine geladene Kalaschnikow im Kinderzimmer auf, vergruben eine Tretmine im Garten. Ich holte tief Luft.

Kapitel 28

Widerwillig betrat ich das Gartenhaus. Es war dreckig und unordentlich. Ein einziges Durcheinander. Kein Ort für eine schutzbedürftige junge Frau. Mir blieb noch eine gute Stunde.

Das Holzhaus lag hinten im Garten in einer Senke, also viel tiefer als unser Wohnhaus, und war von einer Buchenhecke abgeschirmt. Von der Straße aus konnte man es nicht sehen, und im Haus nur vom Arbeitszimmer. Für ein Gartenhaus war es ziemlich groß, eine Art Blockhütte, zwei Zimmer, eine Sauna, die wir als Abstellkammer nutzten, Dusche, kleine Küche. »Die Vorbesitzer haben bestimmt von einem Haus in Norwegen geträumt, aber keine Lust auf Kälte und Mücken gehabt«, sagten wir immer. Vielleicht hatten sie ihren Urlaub stattdessen im Garten verbracht. Ich selbst zog mich nur ab und zu dorthin zurück, wenn ich an einem Artikel arbeitete. Im Jahr davor hatten wir es für sechs Monate an eine alleinstehende Mutter mit einem dreijährigen Kind vermietet. Seither stand es leer.

Zum Glück roch es nicht mehr nach Mäusen, wie noch ein paar Jahre zuvor, und auch die Feuchtigkeit war nicht so schlimm, wie ich vor meinem Kontrollgang befürchtet hatte. Während ich Spinnweben zwischen den Balken entfernte, Staub und tote Insekten vom Boden und aus den

Ritzen saugte und überall wischte, hörte ich in Gedanken eine aufgebrachte Stimme, die jeden meiner Handgriffe kommentierte.

Normalerweise überfordert mich Chaos. Wenn ich einen unordentlichen, schmuddeligen Raum betrete, in dem nichts zusammenpasst, in dem Sachen sind, die dort nicht hingehören, hätte ich am liebsten eine Spezialbrille, mit der ich durch diese chaotische Landschaft hindurchblicken kann; ich bin empfänglich für chaotische Landschaften, sie überzeugen mich meistens sofort – als etwas Unumstößliches. Kleiderhaufen auf dem Sofa, Papiere, alte Zeitschriften, eine leere Wasserflasche, herumliegende Tampons, ein Wust Büroklammern, alte Disketten, eine Rolle Pfefferminzbonbons, eine Taschenlampe, ausgelaufene Batterien, Haarnadeln und ein undefinierbares, namenloses Etwas aus Nägeln und einer rostigen Feder: Was war das? Wo gehörte es hin? Das alles bildete schon so lange eine Einheit, hässlich zwar (und feindselig), aber immerhin ungestört. Um hier etwas zu verändern, brauchte man Mut und eine Vision, weil das Chaos längst die Alleinherrschaft an sich gerissen hatte.

Die Kunst bestand darin, die Landschaft umzugestalten, sie wie einen Garten zu jäten, alles Unnütze zu entfernen und ihr eine neue Struktur zu geben. Böses und Unkraut zu erkennen, die man vorher absichtlich übersehen hatte.

Aufräumen ist wie der Sprung in einen angsteinflößenden schwarzen See, ein Sprung in die eigene Unzulänglichkeit, denn man weiß nie, worauf man sich einlässt, wenn man dem Chaos die Stirn bietet, und ob man die große Aufräumaktion zu Ende bringt. Als hätte man keinen Einfluss darauf, ob man durchhält oder nicht. Aus Angst, mich könnte mittendrin der Mut verlassen und das Chaos würde noch schlimmer werden, vermied ich es meistens aufzuräumen. Ich hatte eine Haushaltshilfe.

Aber jetzt übernahm mein Autopilot, ich sah mit anderen Augen, fremden Augen, Amals Augen, jetzt ging es ums Ganze. Angetrieben von meinem Rettungswahn, wischte ich vehement den schwarzen Staub von den Fußleisten und Fensterdichtungen, desinfizierte WC-Brille und -Schüssel. Schrubbte den Herd. Sprühte den Kühlschrank mit Eukalyptus-Allzweckreiniger ein, holte die Schubladen und Glasböden heraus, sprühte sie ebenfalls ein und trocknete sie mit Küchenpapier ab. Entsorgte alte Cracker, muffigen Tee und Kaffee aus den Schränken und rückte mit dem Wunderspray auch noch den dicken, ranzigen Flecken und Krümeln zu Leibe. Als würde Amal sich hier heute Abend etwas kochen!

Ich schrubbte die Duschkabine, putzte das Waschbecken mit Scheuerpulver, spülte alles ab – es musste blitzsauber sein. Hier drinnen mussten die Gefahren der Außenwelt gebannt werden, ich sicherte die Räume gegen Anschläge von Ungeziefer und Schmutz, ich war die Nachfolgerin von Frau Holle, die Hausmeisterin in Heidis Welt, die Herrin über eine Landschaft voll weißer Laken und Schmierseife – Reinheit, das Synonym von Schutz und Ordnung. Die gute alte Welt.

Mit ausgebreiteten Armen ließ ich ein weißes, glattgebügeltes Laken aufs Bett niedersegeln. Ich weiß nicht, ob es mir in diesem Moment schon klar war, aber an jenem Abend hatte sich etwas Grundlegendes in der Hierarchie verschoben, so sorgfältig putzte ich, so verbissen war ich in meinem Beschützerdrang.

Diejenige, für die ich das alles tat, die ich mir hier schon vorstellte, war eine andere, neue Amal, nicht mehr die verschleierte Amal, die barfuß die Wüste durchquert und ihre Notdurft im Freien verrichtet hatte, nicht mehr die Amal, der ich erklären musste, dass man hierzulande von ihr erwartete, zum vereinbarten Termin zu erscheinen und nicht zwei Tage später. Sie war nicht mehr die Einsame, die so verdutzt und ungläubig auf jede Form institutionalisierter Hilfe und Begleitung reagiert hatte, dass es fast schon ironisch wirkte. Die neue Amal war ikonisch, geheimnisvoll, ein Vorbild. Und die ganze Welt war Zeuge.

Ihr introvertierter und gleichzeitig herausfordernder Blick, als sie sich den letzten Zipfel Seide vom Kopf gewickelt hatte – immer wieder spulte ich in Gedanken diesen dramatischen, fast kitschigen Moment ab. Während ich tote Insekten mit dem Handfeger aufs Kehrblech schob, sah Amal mir über die Schulter, und ich stellte mir ihre stille Gekränktheit bei jeder übersehenen Fliege, jeder Kellerassel vor. Ihre Enttäuschung, wenn sie merkte, dass wir ihr einen Unterschlupf boten, der genauso dreckig war, wie sie es aus ihrer alten Welt kannte. Ich wollte mir ihr Vertrauen erarbeiten, als müsste ich sie erobern, ihr noch einen letzten Schubs geben, um sie endgültig davon zu überzeugen, dass unsere Welt besser war als ihre. Dabei hatte ich nicht die geringste Spur von Angst in ihren Augen gesehen. Nur Entschlossenheit. Und so viel Glauben an die Freiheit und die Toleranz, die sie doch erst seit Kurzem kennen konnte. Was sie getan hatte, rührte mich, wies mich aber auch in die

Schranken, die Schranken der zynischen, verwöhnten und an einem freien Ort geborenen Europäerin, weit weg von Amals Erfahrungen. Mein Vorsprung kam mir in diesem Moment auf verwirrende Weise wie ein Rückstand vor.

Ein Kalkrand in der WC-Schüssel, der anfangs wie einbetoniert gewesen war, gab auf einmal klein bei, und ich schrubbte ihn geduldig weg. So ungern ich es zugebe, aber bei aller Bewunderung und Ehrfurcht fühlte ich mich doch auch ein wenig verraten und auf Abstand gehalten durch den Kurs, den unser Schützling eingeschlagen hatte, ohne uns einzuweihen. Hatte sie befürchtet, wir würden ihr davon abraten? In den letzten Monaten hatte sie dankbar und warmherzig an unserem Familienleben teilgenommen. Aber vielleicht spielten wir ja in Wahrheit eine weniger große Rolle für sie, als wir dachten?

Doch was wussten wir schon? Hatte sie unter dem Tuch jahrelang an diesem neuen Menschen gearbeitet? Oder war sie erst in den Monaten mit uns auf diese Idee gekommen? Hatten wir, wie Frankenstein, bei dieser Schöpfung geholfen, ohne uns der Gefahr bewusst zu sein, der wir Amal damit aussetzten? Und war der Eifer, mit dem wir ihr nach ihrer dreisten Provokation helfen wollten, nicht einfach nur pervers?

War es überhaupt eine Provokation? Warum sollte man sein Kopftuch nicht ablegen, für die eigenen Rechte kämpfen dürfen? In welche Gedankenfalle tappte man, wenn man das unschuldige Bedürfnis nach Freiheit und Selbständigkeit als eine Provokation auffasste, die Lebensgefahr bedeuten konnte und Vorsicht erforderte. Auf Knien schrubbte ich den Badezimmerboden.

Warum sollte man Verständnis für Verbohrtheit aufbringen, warum auch nur die geringste Zurückhaltung an den Tag legen, wenn jemand den Mut und den Willen, frei zu sein, zu leben und zu singen, demonstrierte?

Warum mir das so naheging, verstand ich nur ansatzweise. Im Nachhinein denke ich, die Drohungen öffneten der großen Wut, die ich aus den Geschichten meiner Familie kannte, Tür und Tor. Es war beinah befriedigend, in meinem pessimistischen Blick auf die Menschheit bestätigt zu werden. Ich war mit Geschichten über eine unsichere Welt aufgewachsen, in der nur die Zivilcourage des Einzelnen zählt. Amal schien die Seiten gewechselt zu haben. Wie ihr überwältigender Erfolg an diesem Abend bewies, sahen das auch andere so. Und nun stand ihr Leben auf dem Spiel.

Wenn sie gleich in einer makellosen Küche stand, würde sie sich geborgen fühlen. Dass sie in einem aufgeräumten Haus mit sauberer Bettwäsche schlafen und sich in einer glänzenden, perlweißen, von Schmier und Staub befreiten Duschkabine erfrischen konnte, hatte jetzt oberste Priorität.

Dieser Gedanke ließ mich noch schneller, noch effizienter, noch härter arbeiten.

Mein Handy klingelte. Wesley. Er fragte mich nach meinem Namen. Das war ganz offensichtlich kein harmloser Anruf. Willkommen in der Welt von Todesdrohungen und Terror. Es fühlte sich an, als müsste ich mich rechtfertigen, beweisen, dass ich nichts Illegales tat, wenn ich ans Telefon ging, wenn ich existierte. Meine Identität war nicht selbstverständlich. Erst nachdem ich ihm meinen Namen und mein Geburtsdatum genannt hatte, wurde sein Ton herzlicher.

Er würde mit einem Kollegen in ein paar Minuten vorbeikommen und das Haus kontrollieren.

Ich rief Bor an, während ich zum Wohnhaus rannte, um zu verhindern, dass sie klingelten und die Kinder weckten. Da kam auch schon das schwarze Auto.

»Ja, ich hab dem Studio geraten, Wesley zu beauftragen«, erklärte Bor den Anruf. »Du weißt ja, wie gewissenhaft er ist.«

Wesley war eine von Bors heißgeliebten »Beziehungen«. Bor hatte mal gewissen, namentlich nie erwähnten Freunden von Wesley geholfen, ihre Zeit außerhalb der Gesellschaft zu verkürzen und weniger einsam zu gestalten. Manche von ihnen durften sogar Teil der Gesellschaft bleiben. Wenn ich mich recht erinnere, hatte Wesley Bor auf dessen Bitte hin seine Männer ein paar Mal ausgeliehen, um Zeugen zu beschützen, die gegen die Feinde besagter Freunde aussagen mussten. Dabei war »das eine oder andere« vorgefallen, so genau bin ich nie dahintergekommen, und ein paar Jahre hatten Bor und Wesley nicht miteinander gesprochen. Aber offenbar war das mittlerweile vergeben und vergessen.

Wesley war nicht sehr groß, aber gebaut wie ein Stier, die Oberarme passten in keinen Ärmel, der Hals in keinen Kragen. Obwohl er gern herumalberte, war sein Blick immer ernst und düster, schwermütig von der Gewalt, die er tagtäglich zu bekämpfen hatte. Jedenfalls stellte ich mir das so vor.

Ihn überraschte kaum etwas. Er kannte alle Facetten der menschlichen Natur (vor allem die negativen). Kein

Wunder, denn er hatte zwanzig Jahre lang für den Mossad gearbeitet – er sprach nicht darüber, aber alle wussten es. Jetzt betrieb er eine eigene Sicherheitsfirma mit zwanzig Mitarbeitern, die er persönlich ausgebildet hatte.

Wenn man Wesley eine Weile zuhörte, wunderte man sich darüber, dass es immer noch unbescholtene Bürger gab, die nicht mit dem Finger am Zünder einer Handgranate oder mit einer Pistole im Strumpf herumliefen. Dass so viel Misstrauen gut fürs Geschäft war, vergaß man schnell, wenn man hörte, welchen Gefahren man Tag für Tag entging, weil es Leute wie Wesley gab.

Zwei Männer stiegen langsam und geschmeidig wie Raubkatzen aus dem Auto, der eine leicht gebräunt, der andere blass, beide in schwarzen Anzügen. Sie sagten nichts, hatten ihr Ziel klar vor Augen.

Sie stiegen die Treppe zum Garten hoch, drehten die Köpfe nach rechts und links, zwei menschliche Leuchttürme, dachte ich, und wenn die Situation nicht so ernst gewesen wäre, hätte ich es lustig gefunden. Meine Schultern und Hände kribbelten.

Beide hatten Kopfhörer im Ohr, deren durchsichtige gezwirbelte Kabel irgendwo in ihrer Kleidung verschwanden. Das Ganze hatte etwas Theatralisches, das mich ärgerte, aber einschüchternd und aufregend fand ich es trotzdem.

Nachdem sie sich ausgewiesen hatten, fragten sie höflich um Erlaubnis, den Garten, das Gartenhaus und das Wohnhaus zu kontrollieren. Ich wollte ihnen vorausgehen, aber das war nicht nötig.

Ruhig, ohne Eile beschienen sie mit ihren Taschenlampen alle Ecken und Winkel des Gartens, die Rhododendren, die

Lavendelsträucher, unsere dünnen Tannen. Wie zwei große schwarze Spürhunde schnüffelten sie im geputzten Gartenhaus herum.

Wo war Bor?

Ich beschwor sie, die Kinder nicht zu wecken, dann ließ ich sie ins Haus. In den fünf Minuten, die das dauerte, erfasste mich das Gefühl, dass sich statt Sicherheit eine große Katastrophe über uns legte, dass wir uns ansteckten mit Formen von Gewalt, die mein Vorstellungsvermögen überstiegen und die ich unmöglich kontrollieren, geschweige denn aufhalten konnte. Nichts könnte uns jetzt noch retten, am allerwenigsten diese Männer.

Als sie ihre Runde beendet hatten, sah ich ein weiteres Auto im Dunkeln die Straße entlanggleiten, genauso schwarz und glänzend wie das der beiden Gorillas.

Meine Kehle schnürte sich zu, weil mir sofort klar war, wer drinsaß. Die beiden Autos erinnerten mich an Alligatoren, bedrohlich, lautlos, unerbittlich. Wir wohnten in einem ruhigen Viertel, wo die Häuser nicht sehr nah beieinanderstanden, doch die Autos fielen dermaßen auf, dass ich mich fragte, was die Sicherheitsleute sich dabei gedacht hatten. Jeder sah doch auf den ersten Blick, dass hier jemand Wichtiges anrollte.

Wieder aus Angst, sie könnten klingeln und die Kinder wecken, ging ich hinaus und versuchte, mich möglichst unauffällig mit wedelnden Armen bemerkbar zu machen. So stand ich da, als Bor auftauchte. »Wo warst du?«, herrschte ich ihn an. »Warum hast du mich nicht vorgewarnt?«

»Tut mir leid«, sagte er. »Ich habe die ganze Zeit telefoniert. Für die nächsten Tage ist jetzt alles geregelt.«

»Und was ist mit uns, Bor? Was ist, wenn ihr wirklich jemand was antun will? Wir haben Kinder«, sagte ich und fühlte mich lächerlich alleingelassen mit meinem sauberen Gartenhäuschen.

Bor sah mich ungewöhnlich scharf an. »Willst du sie etwa ins Flüchtlingsheim schicken? Sie diesen Verrückten ausliefern?«

Ich wusste, worauf er anspielte. Passivität und Gleichgültigkeit, durch die man sich mitschuldig macht. Das ewige Damals. Der Widerstand, die Untergetauchten. Der Mut der Siedler, die aus Palästina ein fruchtbares Land gemacht und es mit bloßen Händen gegen den Feind verteidigt hatten.

»Sam und Pol dürfen davon nichts mitkriegen, Zel. Gar nichts. Nicht, dass sie bei uns schläft, nicht, dass sie bewacht wird. Je entspannter du bist, desto besser.«

»Du bist witzig!« Ich sah ihn leicht befremdet an. Wie gut kannte ich diesen Bor eigentlich, den kämpferischen, professionellen Bor?

Schweigend sahen wir zu, wie die Männer aus dem Alligator stiegen. Um die überall in der Nachbarschaft auf der Lauer liegenden Terroristen und Scharfschützen nicht auf dumme Ideen zu bringen, versuchten wir, die Gestalt, die da zwischen den beiden Männern die Treppe hochtrabte, so wenig wie möglich zu beachten, bis sie im Haus verschwunden war: diese große, schlanke Fremde, die wir bis vor Kurzem als unsere fromme, verschleierte Babysitterin gekannt hatten.

Kapitel 29

Im Haus umarmte ich sie. Ich war aufgekratzt, beinah zu herzlich, fand ich, und vergrub mein Unbehagen, mein Erstaunen und meine vielen Fragen in ihrem Nacken, als wäre sie nicht nur mein verloren geglaubter Schützling, sondern ab jetzt offiziell auch meine Freundin.

»Meine Liebe!«, sagte ich. »Wie mutig du warst. Du hast uns alle verblüfft. War dir klar, dass so etwas passieren könnte?«

Ich spürte, wie unbedeutend ich war.

Seit sie das Haus betreten hatte, kam Amal mir glücklicher und geheimnisvoller vor denn je, trotz der drohenden Gefahr. Sie strahlte, im Adrenalinrausch, und befreite sich bald aus meiner erstickenden, emotionalen Umarmung.

Ich suchte Augenkontakt mit Bor, das weiß ich noch, kann mich allerdings nicht erinnern, ob er meinen Blick erwiderte.

Ich glaube, sie sah ihn an, als sie mir antwortete. »Natürlich.«

Die neue Amal hatte sich aufwendig zurechtgemacht, sie war fast nicht wiederzuerkennen, und mit ihrem dicken schwarzen Haar, der schmalen Taille, den langen Beinen und dem schlichten, aber sinnlichen Kleid, das sie auch im Fernsehen getragen hatte, war sie beunruhigend weiblich.

Mich streifte der Gedanke, dass Burkas auch hierfür erfunden worden waren: um Frauen vor der Eifersucht anderer Frauen zu schützen. Sie stach heraus, auch jetzt, in diesen Kleidern, im Gartenhaus, in das ich sie sofort geschleppt hatte, vielleicht etwas zu schnell und aufgekratzt.

Sie heuchelte Interesse, als ich es ihr zeigte. »Was für ein nettes Häuschen, ich wusste gar nicht, dass ihr so was habt.«

Die Bodyguards waren mitgekommen, und Amal ließ sich ihre Anwesenheit gefallen, als wären sie Accessoires, die zu ihrer neuen Persona gehörten – dem erschöpften Popstar.

Ich platzte fast vor Neugierde, scheute mich aber, Fragen zu stellen. Noch vor einer Woche hatte sie in meiner Küche ihren ersten Haferbrei probiert und ihn, zur Belustigung von Pol und Sam, prustend und Grimassen schneidend ausgespuckt wie ein kleines Kind. Wenn ich an diese, die alte Amal dachte, dachte ich an jemand anderes, ein harmloses Wesen. Ich weiß noch, dass ich die Unterschiede zwischen der alten und der neuen Amal auflisten wollte und über alles, was sie sagte, lachen musste, andauernd lachen, wie sie selbst es vor Kurzem noch getan hatte, aus Verlegenheit oder Unbehagen.

Sie trug ihr Kleid mit absoluter Selbstverständlichkeit, machte Späße und wirkte ganz und gar nicht ängstlich. Eher gelassen und fröhlich. Ihr war überhaupt nicht anzumerken, dass sie eben erst für eine ungeheure Sensation gesorgt hatte, sowohl durch ihre Interpretation von *Hallelujah* als auch durch ihren politischen Akt. Als würde sie sich kein bisschen über sich selbst wundern.

Etwas später machte sie es sich gut gelaunt auf dem Sofa gemütlich, mit angezogenen Beinen, noch nicht bereit, ins Bett zu gehen – unsere neue Anne Frank. Ihr altes Ich hatte sie nicht vergessen, wie es schien, doch ließ sie es organisch und würdevoll mit ihrer neuen Persönlichkeit verschmelzen. Als hätte sie schon immer im Mittelpunkt der Aufmerksamkeit gestanden, als wäre sie schon immer ein Star mit Bodyguards und Fangemeinde gewesen.

Wir tischten Weißwein auf und fanden zum Glück noch Nüsse, Datteln und Käse, über die wir uns mit der beiläufigen Gier aufgekratzter Partygäste hermachten. Es war schon spät, weit nach zwei, und die freudige Erregung über unsere eigene Hilfsbereitschaft passte wunderbar zu der milden, windstillen Dunkelheit dieser Spätsommernacht.

Wie am Mittelmeer, dachte ich, oder im Nahen Osten, wo Aufregung und Gewaltausbrüche permanent unter der Oberfläche brodeln und hochtrabende Gespräche über Politik ganz selbstverständlich zum Straßenbild gehören, anschwellende Musik, die das Herz erwärmt und Freundschaften wie Feindseligkeiten verfestigt. Aber das hier waren die Niederlande.

Nachdem sie etwas getrunken hatte und wir lang und breit ihren Auftritt gelobt hatten, fragte ich sie, wie es war, das Kopftuch abzunehmen. »Kannst du das Gefühl beschreiben?«

»Jetzt lass Amal doch mal in Frieden … Dass sie eine große Geste machen wollte, ist ja wohl offensichtlich«, sagte Bor fast geniert. Als fände er die Kleiderfrage völlig irrelevant und Amals Timing nachvollziehbar und logisch.

Doch Amal antwortete eifrig: »Ja, sicher war es eine

Geste! Für alle! Du kannst dir nicht vorstellen, wie toll sich das angefühlt hat, Zelda. Ich habe so oft davon geträumt, so oft – und jetzt habe ich es wirklich getan. Ich kann es immer noch nicht glauben. Es war, wie von einem Berg zu springen, wie Fallen, aber ohne Angst, als würde ich aus einem langen Albtraum erwachen.«

»Ist das jetzt endgültig?«, fragte Bor. »Ich meine, ziehst du das Kopftuch jetzt nie mehr an?«

»Wenn man in der Öffentlichkeit sein Kopftuch ablegt, ist das für immer!«, sagte Amal und warf ihm einen kurzen, intensiven Blick zu.

»Eine große Geste«, wiederholte Bor und nickte. Aus seinem Nicken sprachen so viel Sympathie und Beschützerwille, dass mir ein scharfer, eisiger Stich in den Magen fuhr.

Ich musste mich bemühen, sie nicht anzustarren. War es nicht anmaßend von uns, so begeistert zu sein, weil sie die Schleier des Fremden, der anderen Religion, abgelegt und den Propheten einen Pädophilen genannt hatte? War es nicht merkwürdig? Vielleicht sogar verwerflich? Was wussten wir schon von dem Preis, den sie zahlte? Woher nahmen wir die Chuzpe, das alles aufregend zu finden und feierlich zu begehen, in der Empörung über die wütenden Reaktionen zu schwelgen? Zeigte unsere Begeisterung nicht eigentlich nur, dass wir unsere große Angst vor Anschlägen und vor wutentbrannten Gläubigen auf eine bedrohte junge Frau projizierten, die singen wollte?

Wir hatten zwar eine Heidenangst, ihrer alten Kleidung gegenüber respektlos zu erscheinen, aber ach, wie sollten wir unsere Freude darüber verbergen, dass sie unter Lebensgefahr diese magische und zugleich gefährliche Grenze zu der Kultur überschritten hatte, die wir kannten und für die bessere hielten? In der wir sie mit einer warmen Decke und Tee (sprich: Käse und Nüsschen) in Empfang nahmen. Wir, die Retter! Wir, die Barmherzigen! Wir hatten ja keine Ahnung.

»Ich glaube schon eine ganze Weile nicht mehr, dass Allah mein Gott ist«, sagte Amal. »Oder Mohammed sein Prophet.«

Aha, das Orakel sprach. Und wir verstummten.

»Wie kann ein Gott zulassen, dass wir Frauen, die doch auch seine Geschöpfe sind, immer im Haus bleiben müssen? Dass wir geschlagen werden, vergewaltigt, verstümmelt? Wir dürfen nichts, wir sind wie Kettenhunde. Gegenstände. Und hier, wo niemand an Allah glaubt, sind wir gleichberechtigt, hier gibt es Trinkwasser für alle, die Straßen sind sauber, Versprechen werden gehalten, Flüchtlinge wie ich bekommen staatliche Unterstützung, Frauen dürfen tun, was sie wollen! Das ist doch unglaublich!«

Wir nickten, vielleicht etwas zurückhaltend. So umwerfend ist es hier nun auch wieder nicht, dachte ich im Stillen. Erst vor Kurzem hatte ich herausgefunden, dass ich für mehr Arbeit weniger Geld bekam als ein männlicher Kollege. Ich schwieg.

»Ich habe mich nie getraut, etwas zu sagen, ich hatte immer solche Angst. Vor meiner Familie. Vor den Leuten im Flüchtlingsheim.«

»Und was hat sich jetzt geändert?«, fragte ich.

»Die ganze Welt hat zugesehen!«, sagte sie. »Es musste sein.«

»Hattest du denn gar keine Angst mehr?«

»Doch. Und ich wusste danach auch sofort, dass es jetzt losgeht. Einer von der Tontechnik hat mir ›Hure‹ zugeflüstert. Und ein anderer hat geguckt wie … wie … echt unheimlich.«

»Was?«, fragte ich. »Ein Tontechniker?«

Ich sah Bor an, konnte seinen Gesichtsausdruck aber nicht deuten.

»Ja«, sagte sie und lächelte. »Das wundert mich nicht. Euch vielleicht, aber mich nicht. Ich wusste vorher schon, dass man mich bedrohen würde.«

Später in der Nacht, es war fast drei Uhr, verfiel Amal wieder in ihre alte Rolle, brachte die Gläser in die Küche und räumte die herumliegenden Kissen auf, während Bor und ich beobachteten, wie die Bodyguards für eine letzte Kontrolle den Weg zum Gartenhaus einschlugen. Jetzt geht sie los, die große Schutzaktion, dachte ich panisch. Diese vielen Männer! Warum gab es keine weiblichen Bodyguards? Und dann auch noch diese Muskelprotze, die aus weiß der Henker welchen Milieus rekrutiert worden waren. Wie konnte ich Amal, gestern noch eine verschleierte Frau, die Männer weder ansehen noch ihnen die Hand geben durfte, heute Nacht mit vier Männern allein lassen? Wie hatten wir das zulassen können?

Bor wischte meine Sorgen einfach vom Tisch. »Die Jungs kommen von einer renommierten Firma, Zel, da ist nichts faul. Wenn die sich danebenbenehmen, landen sie sofort im Knast. Hab ein bisschen Vertrauen.«

Ich schloss die Augen, ein Beschwörungsversuch.

»Du musst ins Bett, Süße«, sagte ich zu Amal. »Hier ist der Schlüssel. Das Bett ist frisch bezogen, Handtücher hab ich dir rausgelegt. Die Dusche ist sauber.«

Amal sah mich ernst und erschrocken an, die Augen weit aufgerissen, als würden ihr die Konsequenzen des ganzen Spektakels endlich bewusst.

Ich wollte sie in den Arm nehmen, sie wirkte auf einmal sehr jung.

»Nurun«, sagte sie mit einem dünnen Stimmchen. »Nurun muss kommen, darf Nurun hier schlafen?«

»Wer ist Nurun?«, fragte ich erstaunt.

»Meine Freundin, sie wohnt auch im Flüchtlingsheim. Sie weiß Bescheid, ich muss sie nur anrufen. Wir schlafen immer im selben Bett. Sie kommt aus Äthiopien. Nurun. Ich brauche sie. Bitte, Zelda!«

Ich starrte sie an.

»Ihr schlaft im selben Bett?«

»Ja, das habe ich früher mit meinen Cousinen auch immer gemacht. Ich kann sonst nicht schlafen. Wir haben uns hier gefunden. Wir sind wie Schwestern. Sie hält zu mir. Sie muss in meiner Nähe sein, Zelda.«

»Aber meine Süße, es ist mitten in der Nacht.«

»Egal. Nurun wartet immer auf mich, sie kommt bestimmt sofort.«

Ich war zu müde für eine Antwort.

Nurun kam tatsächlich keine fünf Minuten später auf dem Fahrrad angefahren, als hätte sie um die Ecke mit einem Kissen unterm Arm gewartet. Ein zierliches junges Mädchen mit einem gewaltigen Haarschopf. Die wird die Messerwerfer nicht in die Flucht schlagen, dachte ich. Doch als sie Amals Hand nahm, beruhigte mich diese Geste mehr als all die bewaffneten Kerle zusammen, und ich konnte mich ein bisschen entspannen, auch wenn es um unser Gartenhaus ging, um unseren Garten, um unsere Sicherheit.

Bor und ich sahen zu, wie die beiden, flankiert von zwei Bodyguards, in der Dunkelheit verschwanden. Bor wirkte gefasst und entschlossen, und ich liebte ihn dafür.

Trotz der milden Temperatur, der Stille und der einsatzbereiten Hilfstruppe habe ich die Finsternis wohl nie so stark empfunden wie in dieser Nacht. In meinem Kopf dröhnte die ganze Zeit ein Nebelhorn, ein anhaltender Ton, den ich im Nachhinein als Symptom meiner Angst interpretiere.

Ich versuchte mir einzureden, was für ein Privileg es war, dass wir überhaupt helfen konnten. Jeder Tag ohne Katastrophe ist kostbar, Schönheit, Liebe, Wahrheit und alles, was uns lieb und teuer ist, sind zerbrechlich – von diesem Bewusstsein waren wir durch die Höllenqualen meines Vaters durchdrungen. Und auch von dem Bewusstsein, dass wir diese Kostbarkeit nie wirklich erfassen können. Durchdrungen von dem, was mein Vater als unser Nichts-Wissen, Nichts-Fühlen, Nicht-Sein betrachtete. Hermans Selbstmord kratzte an dieser Unschuld, und am 11. September 2001 wurde unser Wissen um die unendlich vielen Spielarten des Bösen endgültig aus seinem Dämmerschlaf wachgeküsst. Es gab kein Zurück mehr. Und wenn man unbedingt einen Vorteil darin sehen wollte: Seither war ich nicht mehr die Uneingeweihte, das Kind von, die Schülerin, die Bittstellerin, die durch ihre späte Geburt hoffnungslos verwöhnte Stümperin. Ich konnte die Verpflichtungen nicht mehr ignorieren, die mit dieser vernichtenden Erfahrung einhergingen, und Bor empfand das vermutlich ähnlich.

Nachdem sich mein Ärger über seinen autoritären Alleingang gelegt hatte, blieb nur blanker Hass gegen die anonyme, düstere Armee übrig, die es auf Amal abgesehen hatte, wobei das Nebelhorn im Hintergrund nicht verschwand. Die Gleichgültigen, die einfach wegsehen würden, erfüllten mich jetzt schon mit tiefer, genüsslicher Verachtung und der dazugehörigen Wut. Zu so jemandem, das wusste ich, durfte ich nicht werden, ob das nun dummer Übermut war oder nicht.

Aber das Szenario war nicht mehr fern, in dem Mohammed Attas Brüder sich, um ihren Propheten zu rächen, lautlos in unseren Garten schleichen und mit Kalaschnikows und Mistral-Raketen auf der Schulter den liebevollen Schutzwall torpedieren würden, den wir gewissenhaft um unsere Kinder errichtet hatten.

Sicherheit war eine Illusion. Ohne das geringste Mitgefühl würden sie uns unsere grenzenlose Unzulänglichkeit vor Augen führen. Wenn Amals Versteck aufflog, würden sie es ins Visier nehmen, und es schien mir unwahrscheinlich, dass das Wohnhaus von ihrer Wut und ihren unerbittlichen religiösen Überzeugungen verschont bleiben würde.

Unsere Wehrlosigkeit. Sam und Pol, nichtsahnend in ihren Kinderbetten. Philip. Die Dunkelheit im Garten. Bor hatte letztes Jahr die Beleuchtung reparieren wollen, war aber nicht dazu gekommen. Echte Sicherheit gab es nicht, nicht mal, wenn überall Wachen standen.

Trotzdem hatten wir beide offenbar das Gefühl, keine Wahl zu haben.

Auf Nummer sicher zu gehen war etwas für Verräter.

Kapitel 30

So gern ich es auch möchte, manchmal glaube ich, dass ich diese Geschichte einfach nicht erzählen kann. Die Hürde ist mein Schmerz – ein riesiger Felsbrocken vor der Höhle, in der ich seit über fünfzehn Jahren eingeschlossen bin.

Außerhalb der Höhle, stelle ich mir vor, ist nach wie vor alles in Bewegung, aber lautlos, wie im Stummfilm. Vor dem Felsbrocken verstreicht die Zeit, da wird gelebt, genau wie in der Vergangenheit, in der ich noch eine Rolle gespielt habe, »meiner« Vergangenheit. Vielleicht sollte ich sie besser als tote Zeit bezeichnen, diese alte Zeit, als ich noch an der Welt teilgenommen habe.

Welchen Einfluss hatte ich auf meine Umgebung, welchen Beitrag habe ich zur Geschichte geleistet? Es ist ein beklemmender Gedanke, dass alles, was man erlebt hat, sich mit einem selbst in nichts auflöst, erst recht, wenn man so viel geschwiegen hat wie ich in den vergangenen Jahren.

Wenn es eine Zwangsvorstellung gibt, von der ich in den letzten fünfzehn Jahren besessen war, dann die, dass ich vergessen, gesichtslos werde, dass niemand die große Geschichte meines Lebens wahrnimmt, dass ich nicht verstanden und gesehen werde.

Trotzdem bin ich nicht bei Facebook, auf Twitter oder in anderen sozialen Medien. In meinem Leben gibt es nichts zu teilen, kaum etwas geht voran, es gibt kein Hier und Jetzt. Nur eine Geschichte, die vor langer Zeit begonnen und sich hier verzweigt und dort verdichtet hat, aber dann war sie vorbei, und ihr kommt nur in der Retrospektive Bedeutung zu. Ich schaue zurück.

Wenn Menschen sich nach permanenter Sichtbarkeit sehnen, vergessen sie, zu analysieren und zu deuten, zurückzuschauen. Stattdessen liefern sie mit ihren munteren Meldungen den zukünftigen Chronisten – virtuellen Kraftprotzen, Göttern mit geschichtlichem Überblick – unaufhörlich Informationen darüber, wo sie waren, was sie getan und wie sie ausgesehen haben, damit die das alles systematisieren, sich ein Bild machen und das große Schlussurteil vorbereiten.

Facebook und Instagram wurden von Menschen erschaffen, die den Herrn des Großen Kollektivs anbeten. Mit unseren Posts dienen wir diesem Großen Bruder auf dieselbe Weise wie nach Anerkennung lechzende Kindergartenkinder, die mit ihren dilettantischen Bildern zur Erzieherin rennen. Unsere Fotos und Geschichten schenken wir dem Kollektiv, dem Gott von Facebook, Twitter, Instagram, und jeder hält sich für einen Autor, Künstler, Fotografen. Wo sich früher nur wenige mit ihren Stimmen, Worten, Bildern und kraftvollen Gedanken, mit ihren Egos, die sich nach Verewigung sehnten, aus der Masse erhoben, kämpfen heute auf den frisch sozialisierten Kanälen alle darum, in Wort und Bild herauszuragen. Darum, gesehen, gekannt, gehört zu werden, wie Kinder mit vielen Geschwistern, die schreiend um die Aufmerksamkeit ihrer Mutter buhlen.

Letztens las ich die Geschichte einer Frau, die in ihrer Chronik mitgeteilt hatte, sie werde bald sterben und darum jetzt ihr Facebook-Konto löschen. Als würde sie das Ende einer Vorstellung ankündigen. Es war irgendwie brutal, wie sie ihren Tod, diese sehr intime Angelegenheit, öffentlich breittrat, aber es war weder unverständlich noch unmenschlich. Ihr Post ließ die hilflose Sehnsucht nach Kontrolle erkennen, das Bedürfnis, das Unvermeidliche zu objektivieren, es in ein Geschäft zu verwandeln, ein Versuch, die Regie über die Stille nach dem Tod zu übernehmen. Sollten die anderen doch was daraus machen, wie bei einem Buch, das sich, wenn es erst einmal in der Welt ist, durch die Interpretationen seiner Leser vervielfältigt.

Manchmal kommt es mir vor, als hätte meine Vergangenheit nichts mit mir zu tun, als hätte jemand anders all diese Dinge erlebt. Immer wieder versuche ich, die damalige Zeit zu fassen zu bekommen, nicht einzelne Momente, sondern alles, was Tag für Tag geschehen ist, die ganze Simultaneität des Lebens – Gedanken und Pläne, Ungewöhnliches und Alltägliches, das Wetter, Kälte, Wärme, Sonne, Regen und die große Politik, Zufälliges und Vorhergesehenes, Ersehntes und Erwünschtes, Hunger und Essen, Gier, Lust und Verlangen und manchmal Befriedigung, Fragen und Antworten, Musik und Lärm, Pausen, Stille, Ruhe, Wörter …

Aber meistens schweife ich ab, greife daneben. Es passiert so viel an einem Tag, und doch so wenig. Es wird so viel gesagt an einem Tag, und doch so wenig.

Und dann passierte lange Zeit nicht mehr viel. Manchmal hatte ich das Gefühl, als gäbe es mich nicht mehr, als wäre ich zur Erinnerung an einen Menschen geworden, der vor langer Zeit gelebt hat. Niemand sieht dich noch so, wie du warst, weil die, die dich früher gesehen haben und denen du viel bedeutet hast, weg sind oder gestorben. Ohne ihren Blick verliert deine Seele die Orientierung, sie zerfasert, ihre Essenz löst sich auf. Du hast Glück, wenn es noch ein paar Zeugen gibt, wenn du Kinder hast, die ab und zu vorbeikommen, neue Geliebte, Freunde. Ohne sie wäre nicht mehr viel von dir übrig. Ohne die wichtigsten Menschen in deinem Leben trägst du nur noch die Fackel für die Verstorbenen, weiter nichts.

Kapitel 31

Nach meinem Gefühl ist es gar nicht so lange her, doch wenn ich versuche, mir unseren Alltag vor dem verhängnisvollen Moment vorzustellen, lässt mein Gedächtnis mich wieder und wieder im Stich. Unsere Tage waren durchgetaktet, so viel steht fest, und genau das erstaunt mich.

In meinem heutigen Leben versuche ich, mich auf Stille und Achtsamkeit zu konzentrieren, aber damals war ich besessen vom Wohlergehen anderer. Die ganze Zeit hatte ich ein geradezu zwanghaftes Bedürfnis, meine sozialen Kontakte zu pflegen und meinen Freunden das Leben zu retten. Fast täglich versorgte ich meine Klienten mehr oder weniger ungefragt mit guten Ratschlägen. Meine Freunde und meine Familie, sogar Philip, kamen oft und gern mit ihren Problemen zu mir. Aber auch, wenn sie das nicht taten, hielt ich nicht damit hinterm Berg, was meiner Meinung nach das Beste für sie sei. Nach zehn Jahren Psychoanalyse hatte ich noch immer keinen anderen Umgang mit diesem Drang gefunden, als ihm nachzugeben, was meinen therapeutischen Fähigkeiten übrigens nicht schadete.

Nach dem, was uns zustieß, hörte das abrupt auf; die Lust, mich in fremde Angelegenheiten einzumischen, war mir gründlich vergangen.

Da war es bitter, dass ich damit beruflich trotz allem ungebremst weitermachen musste, um den Kopf einigermaßen über Wasser zu halten.

Am Morgen nach Amals Auftritt brachte ich die Kinder mit zitternden Knien zur Schule. Pol war vom Schlafmangel quengelig, Sam stiller als sonst.

»Was ist mit Amal, Mama?«, hatte Pol beim Frühstück gefragt. »Was habt ihr über sie geredet?«

»Gar nichts, Süße«, hatte ich in sorglosem Mutterton geflötet. »Nur dass sie im Fernsehen lauter vernünftige Dinge gesagt hat …« Noch während ich sprach, ging mir durch den Kopf, dass »vernünftig« ganz sicher nicht das richtige Wort war. »… dass Mädchen in ihrem Land nicht dasselbe dürfen wie Jungen. Und wie schlimm das ist. Dass ihr Glaube so streng ist, dass sie nicht singen darf.«

»Zum Glück ist sie jetzt hier«, sagte Sam. »Hier darf man alles. Stimmt's, Mama?«

»Ja, Süßer, natürlich.«

Ich packte Butterbrote und Trinkpäckchen in ihre Schultaschen. Bor war schon weg. Er hatte sich große Mühe gegeben, mich zu beruhigen, mich im Bett fest im Arm gehalten, als ich am Morgen in Schockstarre aus einem Albtraum aufgewacht war, in dem unser Haus von gnadenlosen geifernden Monstern umzingelt war und meine Kinder in meinen Armen schrumpften, bis sie in eine Streichholzschachtel passten.

»Die Bodyguards sind nicht nur für Amal da, sondern auch für uns, Zel, vergiss das nicht«, hatte er gesagt. »Im Grunde sind wir sicherer als je zuvor.«

Trotz meiner Nervosität war ich beinah kindlich aufgeregt. Jemand tauchte bei uns unter! Was machte so jemand den ganzen Tag? Wenn ich an die Konsequenzen unserer Hilfsbereitschaft dachte, wurde mir schwindlig von den vielen Fragen. Musste ich jetzt für Amal mitkochen? Wie oft würde Nurun da sein? Erst an diesem Morgen wurde mir klar, dass unsere spontane Barmherzigkeit nicht nur Amals Freiheit einschränkte, sondern auch unsere, vielmehr meine.

Wahrscheinlich hatte ich etwas zu erledigen – einen Bericht schreiben, mich auf etwas vorbereiten, was mir damals wichtig vorkam –, aber ich konnte mich nicht konzentrieren. Dauernd linste ich durch die Buchenhecke hindurch zu den freundlichen kleinen Fenstern des Gartenhauses, als würde ich dadurch besser verstehen, worauf wir uns eingelassen hatten. Doch die orangenen Vorhänge, die ich gestern selbst sorgfältig zugezogen hatte, blieben die ganze Zeit geschlossen. War das ein schlechtes Omen? Gegen zwei sah ich, wie Amal in Jeans durch den Garten ging, aufs Wohnhaus zu. Die Jeans, die dünne Bluse und das volle, zum Pferdeschwanz zusammengebundene Haar waren mir fremder als ihr dramatischer Aufzug von gestern.

Bor hatte mir eingetrichtert, dass Amal, aber vor allem die Bodyguards, sich auf keinen Fall im Haus oder im Garten sehen lassen durften, wenn die Kinder da waren. Und die konnten jeden Moment kommen. Sich an Abmachungen zu halten gehörte nicht zu Amals Stärken, das war mir schon früher aufgefallen. Wie schwierig muss es damals gewesen sein, unvorsichtige Juden zu verstecken, dachte ich.

Der Druck der Geheimhaltung belastete mich jetzt schon, und keimte in mir auf.

War es überhaupt realistisch, dass jemand Amal in unserer ruhigen kleinen Straße auflauerte? Wie wahrscheinlich war es, dass sich hier Extremisten herumtrieben? Wäre es wirklich so schlimm, wenn die Kinder Bescheid wüssten? Die Angst, die sich letzte Nacht noch so real angefühlt hatte, verblasste schon an diesem ersten Tag, die Drohungen kamen mir sehr viel abstrakter vor. Ich erinnere mich, dass ich mir Mühe geben musste, die Gefahr wirklich zu spüren. Ich dachte an die unsichtbare, tödliche Gefahr, die von Radioaktivität ausging, aber es half nicht. Was um alles in der Welt konnte die Strafe für eine flammende Rede und einen Auftritt in einem schwarzen Kleid sein?

Bors Ruhe von heute Morgen stand in eklatantem Widerspruch zu seiner Besorgnis von gestern Abend. Bei Licht betrachtet sah alles so harmlos aus. Trotzdem durfte ich es nicht kommentarlos hinnehmen, dass Amal einfach so im Haus aufkreuzte, fand ich.

»Amal, das geht so nicht, sie kommen jeden Moment.«

»Aber ich könnte doch zu Besuch sein.«

Dem hatte ich nichts entgegenzusetzen.

»Wie hast du geschlafen?«, fragte ich.

»Hm«, sagte sie, »nicht so gut.«

Die ganze Nacht habe ihr Telefon geklingelt – ihre Familie, ihre Freunde, alle wussten Bescheid.

»Und?«, fragte ich naiv.

Sie zog ihre Bluse ein Stück herunter, über die Hüfte. Befühlte ihre Ohren, ihr Haar. Gewohnheit. Ich musste daran denken, wie ich mir nachts die Decke über die Ohren zog –

tat ich das nicht, fühlte ich mich schutzlos und konnte nicht schlafen. Wie musste es dann erst sein, immer etwas über den Ohren zu haben, und dann plötzlich nicht mehr?

Sie lächelte. »Meine Familie? Die sind wütend, wütend, wütend.«

»Alle? Auch deine Cousinen?«

»Und wie!«

Sie lächelte erneut, wich aber meinem Blick aus. Ich kochte ihr einen Kaffee und erkundigte mich nach Nurun.

Die sei schon früh zur Arbeit aufgebrochen, erzählte sie. Sie putze in einem Friseursalon.

»Wie soll es denn jetzt weitergehen?«, fragte ich. »Wie fühlst du dich in der Hose? Und mit unbedecktem Kopf?«

»Es ist toll. Und komisch. Ich stehe auf einem sehr hohen Berg und sehe nach unten. Ich falle fast, und die Erde saugt an mir.«

Das fand ich schön gesagt.

»Meinst du, das liegt an den Drohungen?«

»Es ist total verrückt, nicht mehr zu glauben, ganz offiziell. Aufregend. Gefährlich. Und eine Erleichterung. Als hätte man eine Liebe beendet.«

»Eine Liebe? Denkst du da an deinen Mann?«

»Das hatte mit Liebe nichts zu tun! Aber in der Schule war ich oft verliebt. Und bin enttäuscht worden.«

»Enttäuscht?«

»Wenn jemand große Versprechen macht, sich dann aber nicht daran hält.« Sie lachte. »Oder so tut, als wäre er fromm, dann aber unanständige Dinge von dir will.«

»Und jetzt fühlst du dich frei?«

»Ich bin frei.«

Draußen waren Stimmen zu hören. Amal sprang auf, alarmiert, ihre Augen weiteten sich. Sam und Pol kamen herein und starrten Amal verlegen an. Als sähen sie sie zum allerersten Mal. Die Bodyguards hatten sich rechtzeitig aus dem Staub gemacht.

Amal lachte: »Kennt ihr mich etwa nicht mehr? Wo bleibt meine Umarmung?«

Die beiden juchzten und riefen ihren Namen. Da kam auch Philip nach Hause, er nickte ihr zu, lächelte unbeholfen, ganz offensichtlich geniert, und verschwand in sein Zimmer. Pol klammerte sich an Amal fest, als wäre sie kurz vor dem Ertrinken, außerstande, ihre Bewunderung und Liebe anders auszudrücken als mit Zärtlichkeit. Anschließend bombardierte sie Amal mit Fragen zu ihrem Auftritt.

Amal lachte und erzählte. Sam schob Pol beiseite, auch er umarmte Amal und schüttelte ihr außerdem feierlich die Hand.

»Sehr gut gesungen«, sagte er fast unhörbar, noch immer maßlos verlegen, als hätten sie nicht die letzten vier Monate beinah täglich zusammen Musik gemacht. Lag das an der Show? Am neuen Outfit?

»Passt du heute auf uns auf?«, fragte Pol.

Amal verneinte. »Nein, Kleines, ich muss singen. Ich werde gleich abgeholt. Vielleicht später wieder. Wenn ich verloren habe.«

»Aber du gewinnst doch!«, sagte Pol. »Du bist die Beste von allen!«

Amal lächelte geheimnisvoll. Dann klingelte ihr Telefon, ein funkelnagelneuer Blackberry.

Sie sah, dass er mir auffiel.

»Vom Sender«, sagte sie so schnell, dass es mir bis heute im Gedächtnis geblieben ist. Und dann sagte sie, sie müsse jetzt gehen, sie werde schon erwartet.

Sofort dirigierte ich Sam und Pol mit einer Ausrede nach oben, und wie aufs Stichwort erschienen erst danach zwei von Wesleys Männern. Sie nahmen Amal in ihre Mitte und gingen zügig zu dem bereitstehenden Auto. Ich wusste jetzt schon, dass ich das nicht durchhalten würde.

»Wo hat sie geschlafen?« Philip kam sofort herunter, nachdem die Tür hinter Amal ins Schloss gefallen war.

»Bei einer Freundin. Nurun.«

»Bei einer Freundin?«

»Ja.«

»Wusste gar nicht, dass sie hier Freunde hat.«

»Klar hat sie die. Sie geht doch auch zum Unterricht und arbeitet manchmal als Dolmetscherin, sie hat Freunde wie Sand am Meer.«

»Mutig.«

»Was?«

»Von ihrer Freundin.«

»Ja.«

Weil er nichts mehr sagte, fragte ich: »Wie hat dir eigentlich ihr Auftritt gestern gefallen?«

Philip stürzte einen ganzen Liter Trinkjoghurt hinunter und brummte irgendetwas, was nach »Ja, gut« klang. Eine seltene Äußerung seiner Bewunderung.

Ich beschloss, ihn einzuweihen. Er war immerhin achtzehn. »Sie schläft vorerst im Gartenhaus, Bär, aber die Kleinen dürfen nichts davon erfahren. Niemand darf was davon erfahren.«

Philip drehte sich abrupt um, einen joghurtweißen Schnurrbart auf der Oberlippe. »Holy shit, Mama.«

»Wir müssen ihr helfen, Bär. Sie meinten, im Flüchtlingsheim wäre sie nicht sicher. Es ist nur für ein paar Tage und auch alles ziemlich übertrieben.«

»Also taucht sie bei uns unter.« Philips Stimme klang tief und männlich. »Schon mal was von einer Fatwa gehört? So was erledigt sich nicht einfach von allein, Mama!«

»Was weißt du schon darüber?«

»Mehr als ihr.«

»Was soll das denn heißen?«

Philip stopfte sich zwei Schokokekse in den Mund. »Du erinnerst dich doch noch an Kevin, oder? Der eine Typ.«

»Ja, natürlich.« Der eine Typ!

»Der ist jetzt total durchgeknallt. Betet den ganzen Tag und will mit keinem von früher mehr was zu tun haben. Supergläubig. Und nicht nur der. Ich kenn noch ein paar andere. Mit denen willst du dich echt nicht anlegen. Für die ist Amal 'ne Verräterin. Die finden, so jemand muss sterben. Ein paar marokkanische Freunde von mir sagen das. Denen nehm ich das nicht ab, aber Kevin, der Spinner, der ist so übergeschnappt, der zieht das durch.«

»Bär. Du machst mir Angst. Dir ist klar, dass ich dir das im Vertrauen erzählt habe, oder?«

»Was denkst du denn, Mama?« Wir sahen uns an. Seine Augen blitzten. »Boah ey, Mama«, knurrte er, »wenn Kevin irgendeinen Scheiß abzieht, dann …« Er ballte drohend die Fäuste.

»Bär, bitte! Sag nichts, tu nichts, ja?« Ich hätte den Mund halten sollen, dachte ich. »Wir dürfen uns nicht auffällig benehmen. Bor hat für Amal Bodyguards organisiert, vorläufig ist sie in guten Händen. Und wer weiß, wie lange sie überhaupt noch dabei ist, vielleicht fliegt sie ja in der nächsten Runde schon raus.«

»Ich sag nichts. Echt, ey, für wie blöd hältst du mich? Glaubst du ernsthaft, ich zieh los und posaun das rum, oder was?«

»Das mit Kevin ist ja ein Ding«, sagte ich. »Er tanzt auch gar nicht mehr, oder? Und sein Vater? Weiß sein Vater davon?«

»Keine Ahnung, schätze schon.«

»Versprich mir, dass du heute niemanden abmurkst, Bär.«

»Ach, jetzt tu nicht so bescheuert, Mama. Wie lange bleibt sie denn?«

»Ein paar Tage, hab ich doch gesagt.«

»Ich pass auf, dass niemand in die Nähe vom Gartenhaus kommt.«

»Prima, Süßer. Aber reiß dich zusammen. Wir haben wegen deiner Vorstellung von Vergeltung schon genug Ärger gehabt. Selbstjustiz ist keine Lösung, auch jetzt nicht!«

»Selbstjustiz! Fuck, Mama. Wenn jemand sich an deiner Familie vergreifen will, musst du ja wohl was unternehmen, oder etwa nicht?«

Dass ich das noch so genau weiß. Selbstjustiz.

»Okay, okay«, sagte er. »Ich halt mich zurück und schweige wie ein Grab. Jetzt zufrieden?«

Ich umarmte ihn heftig. »Kann ich mich darauf verlassen?«

Mein Magen zog sich zusammen. Wir mussten sie so schnell wie möglich loswerden.

»Total happy«, hatte ich Samir geschrieben, nachdem die Polizei mich angerufen und über die zurückgezogene Anzeige informiert hatte. Konnte er das missverstanden haben? Glaubte er, ich wolle damit mehr zum Ausdruck bringen als meine Erleichterung über Philips reingewaschene Zukunft? »Total happy« – mit meinem Leben oder mit der zurückgezogenen Anzeige?

Und ja, natürlich habe ich mich gefragt, ob ich ihn warnen soll.

Aber ich entschied, dass das nicht meine Aufgabe war.

Kapitel 32

Amal hatte einen Schlüssel, vermutlich benutzte sie ihn ab und zu, wenn ich nicht zu Hause war. Ein paarmal merkte ich das an der sauberen, aufgeräumten Küche, die ich vorher vor lauter Eile in chaotischem Zustand zurückgelassen hatte.

Den Kindern ging sie aus dem Weg, oder sie klingelte, als käme sie zu Besuch. Sam fragte oft nach ihr, ungläubig und ein bisschen sauer, denn, so unwahrscheinlich es klingen mag, weder er noch Pol hatten die geringste Ahnung, dass ihre große Freundin im Gartenhaus wohnte.

Das Haus lag gut versteckt hinter der Buchenhecke, und Amal hielt die Vorhänge Tag und Nacht geschlossen. Außerdem war sie ohnehin die meiste Zeit weg. Nur ich sah sie manchmal am späten Vormittag weggehen, flankiert von Wesleys Männern.

In dieser Zeit kam ich mir vor wie im Irrenhaus, aber in Wirklichkeit dauerte es nach der ersten spektakulären Ausstrahlung noch mehrere Wochen, bis Amal in der zweiten, dritten und vierten Runde des Song-Contests zu sehen war – mit den entsprechenden Reaktionen. Wenn sie das durchgestanden hatte, würde der große Zirkus mit den Liveshows losgehen. Und in der ganzen Zeit musste Amal proben, bei Aufnahmen dabei sein und an anderen Aktivitäten teilnehmen. Ab und zu rief sie uns von unterwegs an. Vielleicht dachte sie, sie wäre uns Anekdoten schuldig. Diese Treue rührte mich.

Wenn die Kinder in der Schule waren, patrouillierten Wesleys Männer durch den Garten. Anfangs lief alles reibungslos – vielleicht, weil Amal einfach noch nicht so sichtbar war und der Tumult sich in Grenzen hielt.

Nachdem sie im Wettbewerb weitergekommen war (die ersten Auftritte waren vorab aufgezeichnet worden und mussten geheim gehalten werden, das war vertraglich sehr streng geregelt) und die vielen Blind Auditions hinter sich gebracht hatte, folgten die Aufnahmen mit speziellen Aufgaben für die Kandidaten.

Eine Zeit lang schien ein rothaariger Schlagersänger Amals größter Konkurrent zu sein, aber trotz seines unbestreitbaren Talents räumte ich Amal mehr Chancen ein, weil sie durch ihren jahrelangen Hunger nach westlicher Musik vielseitiger war als er. In einem trägerlosen Kleid hatte sie einen Billie-Holiday-Song singen müssen, was sie irrsinnig gut gemeistert hatte, sie hatten sie einen Song von Beyoncé adaptieren (und im Glitzeranzug aufführen) lassen und wohlgemerkt auch einen von Dolly Parton. Außerdem sollte sie sich ein traditionelles somalisches Lied aussuchen und es neu interpretieren. Sie hatte ihr Arrangement etwas westlicher gestaltet und an ihren persönlichen Geschmack angepasst.

Ihre dunkle, fast gehauchte, metallische Stimme verlieh ihren Worten etwas Befehlendes, Zwingendes, wodurch sie automatisch zum Statement wurden, und das hörte man bei diesem Lied ganz besonders. Die Worte in der fremden

Sprache klangen wie aus Glas, kristallklar, und doch sanft, heiser wie eine Blockflöte. Dass sie so voll und artikuliert sang, jeden einzelnen Klang unter Kontrolle hatte, war einer der Gründe für die Anziehungskraft ihrer Stimme.

Begleitet wurde das somalische Lied von Geigen, Trommeln und Flöten, und Amal, die all ihre Songs so sexy vorgetragen hatte, wirkte plötzlich ganz anders, nahezu folkloristisch.

Auch diese Verwandlung bereitete ihr offenbar keine Mühe. Sie schien genau zu wissen, wie sie ihre Zuhörer in die fremde Welt entführen konnte. Sie versah das afrikanische Arrangement, seinen Rhythmus, mit einer westlichen Klangfarbe und legte um ihre somalische Stimme die Stimme der westlichen Welt.

Und weil ihr das so gut gelang, fand ich diesen Auftritt ihre größte Leistung. Das Gefühl für Musik basiert auf Erfahrung, Musik ist Sprache, ein vertrauter Klang und die damit assoziierte Freude. Jede Kultur hat ihre eigenen klanglichen Vorlieben, ihre eigenen Traditionen. Je öfter man eine bestimmte Musik hört, desto lieber mag man sie. Die Wiederholung verleiht ihr Sinn und Schönheit, und deshalb löst fremde Musik, so faszinierend sie auch sein mag, oft Unruhe und ein leichtes Unbehagen aus.

Amal schien intuitiv zu wissen, was anderen fremd war und was sie entspannt und glücklich machte. Das Fremde wurde bei ihr aufregend, und doch erkannte man etwas darin wieder.

Die Jury sah das ähnlich. »Es ist faszinierend, dir zuzuhören. Durch dich sind ein fremder Sound und eine unbekannte Kultur zugänglich und sexy geworden.«

Sensationell, befand auch das Publikum, das jetzt am Zug war. Dass Amal ein Shootingstar war, sah man an den Votings.

Was nicht bedeutete, dass die Gemüter sich beruhigt hätten, wie Amal selbst erzählte. Im Netz stieß man auf enormen Hass. Unter Marokkanern, Türken, afrikanischen Muslimen. Sie bezeichneten Amal als Hure und verkündeten noch hasserfüllter als vorher, sie müsse sterben, weil sie den Propheten beleidigt und seinen Namen entehrt habe. Weil sie eine Abtrünnige sei.

Gleichzeitig wurden aber auch Zweifel an der Authentizität ihrer Verwandlung laut. Die fromme Kluft sei bloß ein billiger Trick gewesen, um die Aufmerksamkeit auf sich zu ziehen. Alle Varianten waren denkbar.

Kapitel 33

An einen bestimmten Anlass, eine Fernsehdebatte oder einen Kommentar der Jury, kann ich mich nicht erinnern, jedenfalls schrieb Amal einen Artikel für ein Morgenblatt. Vielleicht hatte sie vorher schon daran gearbeitet, veröffentlicht wurde er dann aber erst kurz nachdem ihr Auftritt ausgestrahlt worden war. Ich wunderte mich, als ich ihn las – allein, morgens, nachdem die Kinder zur Schule gegangen waren, noch vor meinem ersten Klienten.

Da erst wurde mir bewusst, dass Amal auch etwas Geniales, Unerbittliches und Versengendes hatte, was mir bisher entgangen war.

Wenn ich an sie denke, sehe ich heute noch Pfeil und Bogen vor mir, vor allem den Pfeil, der erbarmungslos, in einer perfekten Bahn, auf sein Ziel zusteuert. Sie ist dieser Pfeil und gleichzeitig die Bogenschützin.

In ihrem Artikel teilte sie gegen alle aus (will heißen: gegen ihre islamistischen Kritikaster), die den Glauben auf seine tausendvierhundert Jahre alte Geschichte reduzierten und seine Versteinerung unproblematisch fanden, diejenigen, die jede Veränderung als Verrat ansahen, der mit Folter und Tod bestraft werden musste.

Sie berief sich auf Voltaire und sprach sich für die Humanisierung der Religion aus, mit der sie großgeworden war;

dabei stellte sie wie nebenbei deren unmenschliche, ultrakonservative Ausprägung an den Pranger und alles Unrecht, das aus der Ungleichheit von Männern und Frauen hervorgegangen war. Ausführlich beschrieb sie die barbarische Unterdrückung der Frauen, die Angst vor Gewalt, die ihr zur zweiten Natur geworden war, und vor allem die grausame Tradition der Genitalverstümmelung in ihrer Kultur.

Der Artikel war rigoros, revolutionär, und ich fragte mich, wer sie eigentlich war und was sie erreichen wollte. Sie sprach auch über unser Weltbild, räumte ein paar Missverständnisse aus und fällte ein strenges Urteil. Dass wir einige Teilaspekte ihrer Kultur achten und hinnehmen würden, bezeichnete sie schlicht als Respekt aus Denkfaulheit. Sie betrachtete ihre Kultur ausgehend von unseren Gerechtigkeitsprinzipien und ließ damit unsere Kultur implizit erstrahlen.

Sie liebte unsere Rationalität, unser politisches System, unsere Grundsätze. Wir mochten vielleicht vergessen haben, schrieb sie, wie und aus welchem Grund wir die Freiheit erkämpft hatten, von der wir bis heute profitierten, aber jemand wie sie, die aus einer Gegend stammte, wo statt Vernunft magisches Denken herrsche und wo es weder staatliche Unterstützung noch kluge Regeln fürs Zusammenleben gebe, wolle mit all ihren neuen Erkenntnissen nur eines erreichen: die Abschaffung von Unvernunft und Barbarei.

Damit hat sie sich also in unserem Gartenhaus beschäftigt, wenn sie nicht gerade Songs einstudiert hat, dachte ich fassungslos.

Natürlich fragte ich mich, ob der Text überhaupt von ihr

stammte, und wenn nicht, wer ihr beim Schreiben geholfen hatte. Zumindest musste ihn jemand aus dem Englischen übersetzt haben, denn zu dieser Zeit war ihr Niederländisch noch nicht gut genug, um so zu schreiben. Was den Inhalt an sich anging, erkannte ich ganz klar ihre Denkweise. Doch das Schroffe, Autoritäre des Textes war mir neu und stand für mich im Widerspruch zu ihrem üblichen Verhalten. Oder war das ihre wahre Stimme? Wenn dem so war, kannte ich Amal nicht. Hatte ich sie nie gekannt.

Als ich ihn an jenem Morgen anrief, musste Bor lachen. Er war viel weniger überrascht als ich und voller Anerkennung, ging allerdings davon aus, dass man bei der Zeitung noch eine Menge an dem Text herumgefeilt habe. »Die traut sich was, oder?«, sagte er.

»Aber warum gerade jetzt? Sie steht doch auch so schon unter Beschuss.«

»Genau deshalb, glaube ich. Die Security macht's möglich. Vermutlich hat sie es einfach nicht mehr ausgehalten. Das alles musste endlich raus. An Sendungsbewusstsein mangelt es ihr jedenfalls nicht. Die Überzeugung einer Bekehrten. Sie missioniert für ihre neuentdeckte Wahrheit. Sie will aufrütteln und mahnen. Schon beeindruckend, finde ich.«

»Wusstest du Bescheid?«

Er schwieg kurz, fuhr dann aber begeistert fort: »Ich wusste, dass sie was vorhat, ja. Und fand es gut. Ich hatte allerdings keine Ahnung, welches Ausmaß es annehmen würde.«

»Ich wusste nichts davon.«

»Aber es ist doch logisch, Liebling, sie hat uns so oft davon erzählt. Nine-Eleven hat nicht nur uns wachgerüttelt. Sie hat sich doch seit Jahren verstellt. Seit Jahren war sie eine Gefangene.«

Verwirrt schüttelte ich den Kopf. Hatte sie uns wirklich so oft davon erzählt? Außerdem hatte Bor noch nie so achtlos das schrecklich ikonische Datum unseres Hochzeitstages erwähnt, so losgelöst von uns, so unpersönlich. Ich hatte nie mit Amal darüber gesprochen. Bor etwa? Das fragte ich mich plötzlich. Und wenn ja, wann?

Meine Gedanken schweiften ab zum Tag unserer Trauung. Zu der absoluten Gewissheit, dass es mit der Illusion vorbei war – der Illusion einer Welt, in der seit dem Tag der Befreiung, von dem in meiner Jugend immer mit solcher Erleichterung gesprochen wurde, alles wieder gut war.

Nicht der Krieg war unser Erbe, sondern dass wir das Böse für besiegt hielten. Wir lebten zu einer Zeit, in der man seine Wunden leckte und der Krieg Geschichte war. Eine Zeit voller Hoffnung, Nonchalance und Nicht-Erwachsensein. Und dieses Nicht-Erwachsensein, diese Nonchalance waren an jenem Tag mit einem Schlag verschwunden, als hätte es sie nie gegeben.

Neben meiner Verblüffung über ihr politisches Bewusstsein und ihr unleugbares Talent als Aktivistin fand ich es nicht nur seltsam, sondern auch sehr mutig, in den spannungsgeladenen Monaten vor dem Finale einen Artikel zu veröffentlichen. Doch im Stillen war ich vor allem enttäuscht, weil Amal nichts davon mit mir besprochen hatte. Offenbar gab es in ihrem Leben inzwischen andere Menschen, die sie berieten – und Bor war einer von ihnen.

Aber war es wirklich klug, sich wenige Wochen vor dem Finale mit einer Reihe salafistischer Aktivisten auf eine Fernsehdebatte über »das Recht, nach Nine-Eleven vom Glauben abzufallen«, einzulassen?

Sie war so *rational*. Ihre Argumente, weshalb sie nicht mehr an Gott glaubte, und vor allem nicht an einen strafenden Gott, waren so lauter und *rational*. »Nach Nine-Eleven«, sagte sie, »habe ich in der Zeitung gelesen, dass die Täter dasselbe glaubten wie ich und dass ihnen die Religion, meine Religion, als Rechtfertigung für ihre grausame Tat diente.« Sie zitierte die betreffenden Suren mit allem Drum und Dran. »Das hat mich verwirrt. Zum ersten Mal in meinem Leben habe ich an allem gezweifelt, womit ich aufgewachsen war, auch an meiner Haltung gegenüber Gewalt, Verstümmelung, Sklaverei. Ich fing an zu lesen. Noch bevor ich dieses Land kannte, habe ich das Buch eines Autors gelesen, der aufzeigt, dass es Gott nicht gibt und Glaube in Wirklichkeit Selbstbetrug ist. Ich habe mich sehr davon angesprochen gefühlt, es hat einen tiefen Eindruck bei mir hinterlassen.«

Ich sah zu Bor hinüber. Er saß neben mir, schwer atmend, doch das war ihm, glaube ich, nicht bewusst.

Wie das Buch heiße, fragte der Moderator.

»*Im Namen der Vernunft*. Von Balthazar Wagschal. Es ist schon ein paar Jahre alt, aber wirklich gut, einleuchtend und aktuell. Und jetzt kenne ich sogar den Autor!«

Erneut drehte ich mich zur Seite, sah, dass Bor rot wurde. »Wusstest du das?«

»Sie hat es mir erst vor Kurzem erzählt«, sagte er entschuldigend. »Sie hat es auf Englisch gelesen.«

»Wann? Hatte sie es schon gelesen, als sie uns kennengelernt hat?«

»Weiß ich nicht.«

»Als sie im Fernsehen ihr Kopftuch abgelegt hat?«

»Ja, da kannte sie es schon.«

»Warum hast du mir nichts davon gesagt?«

Er sah mich nicht an. »Ich wollte es dir erzählen, ehrlich, aber ich weiß es selbst noch nicht so lange.«

»Bor! Das ist doch verrückt, oder?«

»Liebling, sie hat es mir erzählt, als sie mir den Artikel gezeigt hat, und da habe ich befürchtet, du würdest denken, dass ich den Beifall dafür einheimsen will, oder so.«

»Den Beifall einheimsen?«

»Ich hatte Angst, dass du denkst, ich denke, sie hat es mir zu verdanken, dass sie auf diese Gedanken gekommen ist. Was natürlich Blödsinn ist.«

Mir schwirrte der Kopf. Ich sollte also gedacht haben, er dächte … Was zum Teufel? Ich lotete Bors offensichtliches Unbehagen aus. Fragte mich, ob ich es ertragen konnte oder nicht.

Unterdessen redete Amal weiter. Sie habe eingesehen, dass ihre Religion ausschließlich auf Angst beruhe, sagte sie. Dass jeder logisch denkende Mensch gar keinen anderen Schluss ziehen könne, als dass der Glaube ein Gedankenkonstrukt sei, um gewisse Regeln zu rechtfertigen. Regeln, die Mohammed gut in den Kram gepasst hätten, um sich alles erlauben zu können. Zum Beispiel die Menschen töten, die ihn beleidigten. Sich die Frauen nehmen, die er haben wollte, obwohl Aischa erst neun war und Zainab mit einem seiner Jünger verheiratet. Bestimmen, dass Frauen im

Haus bleiben und einen Schleier tragen müssen, nicht jeder Arbeit nachgehen dürfen, die ihnen zusagt, nicht dasselbe Erbrecht haben wie ihr Mann. Dass sie gesteinigt werden sollen, wenn sie mit einem anderen gesehen werden.

Sie erzählte von ihrer Begeisterung, als sie erkannt hatte, dass in den Niederlanden Männer und Frauen zusammen arbeiten, flirten, lachen und einander ernst nehmen. »Ich finde es fantastisch, dass sich die Frauen hier nicht vor den Männern fürchten müssen.«

Sie wurde von den anderen Gästen, alles Männer – Salafisten und Imame –, unterbrochen, immer öfter, immer lauter, je länger sie das Wort hatte. Sie konnten nicht mehr ruhig sitzen, sprangen auf. Erfüllt von einer Wut, die für uns alarmierend war, schüttelten sie die Fäuste, als hätte Amal sie bestohlen oder betrogen, und schrien durcheinander, nannten sie eine Verräterin, eine Abtrünnige und behaupteten, solche Dinge würde eine echte Muslima nie sagen.

Als würde Amal ihnen ihr höchstes Gut rauben, ihre Würde, ihre Wirklichkeit. Diesen Männern fehlte jede Selbstreflexion, jede Vernunft, jedes Verständnis für Andersdenkende. Das zu sehen war für mich derart befremdlich, dass ich mich nicht entscheiden konnte, ob es authentisch war oder nur ein Spektakel, zu dem sie sich einem gewissen göttlichen Zuschauer gegenüber verpflichtet fühlten.

Währenddessen saß Amal mit ihrer schimmernden Haut und der weißen Bluse im Scheinwerferlicht und behielt, ganz Johanna von Orléans, ihr fröhliches, ironisches und, trotz ihrer recht banalen Einsichten, überlegenes Lächeln bei. Weil sie so durchdrungen war von ihren Erkenntnissen, so zutiefst davon überzeugt, sogar in dieser grimmigen Atmosphäre.

»Wow«, sagte Bor. Und ich konnte mich ihm nur anschließen.

»Ja. Unglaublich.«

Jeder weiß, was Ruhm ist, jeder erkennt seine Energie, seine Magie. Das muss an dem menschlichen Bedürfnis liegen, sich etwas Größerem zu unterwerfen, am liebsten etwas Göttlichem. Als würde die Fähigkeit, jemanden zu bewundern, zu vergöttern und mit Ruhm zu überschütten, eine Leere füllen, einen Hunger stillen, den man Hoffnung nennen könnte. Die Hoffnung auf Erlösung. Die Hoffnung, dass etwas von der Fähigkeit, dem Menschsein in einer idealeren Form Ausdruck zu verleihen, auf einen selbst abstrahlt. Und natürlich muss eine so große Hoffnung zwangsläufig enttäuscht werden. Die Bewunderung muss permanent dem Druck standhalten, dass man eventuell Zeuge einer Niederlage wird.

Manchmal scheint es, als wäre Berühmtheit völlig willkürlich verteilt, selbstredend gibt es Menschen, die trotz ihrer außergewöhnlichen Begabung nicht berühmt werden, genauso wie es gewöhnliche Menschen gibt, die zufällig berühmt werden und dann nicht damit umgehen können. Berühmtheit bedarf einer Kraft und einer Souveränität, die nicht jedem gegeben sind. Dafür braucht man Talent und Inspiration. Was im Übrigen auch für Bewunderung gilt.

Amal, mit all ihren außergewöhnlichen Eigenschaften, war unwiderstehlich: ihr großes Gesangstalent, ihre überwältigende Schönheit, ihr entwaffnendes Lachen, gepaart mit Intensität, Wissensdurst, Denkvermögen und Überzeugung. Warum sollten andere in ihrem Beisein nicht dasselbe empfinden wie wir? Konnte ein solcher Mensch überhaupt anonym bleiben? Wie sollte sie *nicht* berühmt werden?

Schon Amals Auftritte bei *Die Stimme* hatten Aufsehen erregt und Kritik ausgelöst, aber nach dieser Fernsehdebatte jagte ihr Ruhm endgültig wie ein Sturm übers Land. Damals gab es nur wenige Menschen auf der Welt, die ihrem Glauben so offen den Rücken gekehrt hatten und sich trauten, ihn so scharf zu verurteilen.

Doch bei all ihrer Faszination, all ihrer Anziehungskraft: Ich kann nicht leugnen, dass ich bei ihr unwillkürlich an Käuflichkeit denken musste. Mir war nicht entgangen, dass sich unter ihrem Talent zum Ruhm etwas subtil Berechnendes verbarg, etwas Manipulatives, die Absicht, andere gezielt zu verführen.

Es schien unverbrüchlich mit dem Mut verbunden, den ich ihr zuschrieb, und dem Sendungsbewusstsein, das sie hatte.

Kapitel 34

Bevor Amal zu uns kam, hatten Bor und ich uns praktisch nie getraut, ausführlich über den 11. September zu sprechen, dazu war der Tag zu traumatisch gewesen. Meines Wissens hatte Bor nach der Veröffentlichung seines Traktats einen großen Bogen um das Thema gemacht. Jetzt lagen auf seinem Schreibtisch plötzlich eine niederländische Ausgabe des Koran, *The Arab Mind* von Raphael Patai und bestimmt fünf Bücher von Bernard Lewis herum.

Ein oder zwei Abende nach Amals Fernsehauftritt wollte Bor in meinem Arbeitszimmer einen Artikel ausdrucken. Dass er Meinungsartikel für die Zeitung schrieb, war nichts Neues, doch diesmal ging es um ein Thema, zu dem er sich schon sehr lange nicht mehr geäußert hatte.

Er nannte Amal nicht namentlich, reagierte aber auf einen anderen Artikel, in dem ein marokkanischer Journalist ein paar Tage zuvor behauptet hatte, der Koran sei, richtig interpretiert, ein Text voller Liebe mit wertvollen Ratschlägen für ein bescheidenes, sinnerfülltes Leben, ein Text über die Gleichberechtigung von Mann und Frau, der in keiner Weise Mordlust wecken wolle.

Klug hatte Bor jede Behauptung anhand anderer Publikationen widerlegt und dazu Suren aus dem Koran angeführt. Der sorgsam formulierte Artikel des Journalisten täusche eine trügerische Rationalität vor, argumentierte Bor, als, zumindest indirekte, Reaktion auf Amals Auftritt stelle er aber nichts anderes dar als eine zivilisierte Variante der wüsten Beschuldigungen und Drohungen aus dem Internet. Der Journalist, ein strenggläubiger Muslim, hatte eindeutig einen unparteiischen Eindruck erwecken und Überlegenheit und zeitlose Weisheit ausstrahlen wollen, aber im Grunde kam auch er nur zu dem Schluss, dass Amal die Wut der wahrhaft Gläubigen verdient habe.

Was war in mich gefahren, Bor dafür zu bewundern, wie schnell er sich in eine fremde Gedankenwelt hineinversetzt hatte? Ich lobte ihn. Die Zeitung auch, und am nächsten Morgen brachten sie seinen Artikel groß heraus.

Noch am selben Tag wurde er zu einer Talkshow eingeladen.

»Warum solltest du zusagen?«, fragte ich. »Willst du dir dieselben Drohungen einhandeln wie Amal?«

»Hier geht es um uns, Zel«, sagte er. »Um die Kinder und unsere Zukunft. Wo soll das hinführen, wenn wir aus Angst vor Imamen und Mördern klein beigeben? Die Öffentlichkeit muss kapieren, dass auch in unserem Land die Saudis Moscheen finanzieren, in denen unsere Art zu leben systematisch untergraben werden soll. Dass auch hier Terroranschläge geplant werden. Etwas Großes ist im Gange, Zel! Das siehst du doch auch?«

Natürlich sah ich es. Wie hätte es anders sein können?

»Aber warum du, Bor? Du bist kein Arabist. Du bist Anwalt! Warum ausgerechnet du?«

Auf Bors Gesicht legte sich ein Ausdruck, der mir unecht vorkam. Etwas Schüchternes, Unschuldiges, das nicht authentisch wirkte, aber mir von anderen Gelegenheiten, bei denen Bors Eitelkeit verletzt worden war, bekannt war.

»Die Leute hören auf mich, Zel. Das ist mir inzwischen klargeworden. Und für die Zeitung habe ich doch auch schon öfter geschrieben.«

»Aber nicht über Religion, nicht über etwas, was uns in Gefahr bringen kann!«

Er hatte sein bestes Hemd an, fiel mir jetzt auf. In letzter Zeit sah er blendend aus. War gut gelaunt, scharfsinnig, strukturiert. Wirkte glücklich. In diesem Moment begriff ich, dass er seine Entscheidung nicht mehr rückgängig machen würde. Er würde sich in Amals Kielwasser als erster niederländischer Anwalt mutig in eine kontroverse Debatte über die Gefahren des radikalen Islam innerhalb und außerhalb unserer Landesgrenzen stürzen.

»Das ist nun mal die Realität, Zel«, sagte er. »Und ich kann diese Realität nicht ignorieren. Es herrscht Krieg, ein dunkler, böser Krieg, den man vor uns geheim hält. Langsam werden wir auch hier damit infiltriert. Amal hatte den Mut, den Extremismus und die unvorstellbare Unterdrückung in ihrer Welt anzuprangern. Und dass sie jetzt, in unserem Land, jemanden wie Wesley braucht, beweist, dass sie recht hat, dass es wirklich allen Grund zur Sorge gibt.«

Nichts von dem, was er sagte, milderte meine Angst. Und das wollte er auch gar nicht. Im Gegenteil, er schien selbst eine alte Angst wiedergefunden zu haben, an der er hing, nach der er sich unbewusst gesehnt hatte, in der er sich zu Hause fühlte, eine Angst, die er beim Schopf gepackt hatte und nicht mehr loslassen würde. Und wenn ich zeige, dass ich darunter leide, dachte ich, wird diese Angst realer, dann wird er noch fester daran glauben. Er sah die Vorzeichen eines Krieges, wollte sie sehen. Er zwang sich, den Krieg zu visualisieren wie eine bedrohliche, aber aufregende, hinter Tüll verborgene Geliebte, Tüll, der vor Vernunft und westlicher Sachlichkeit nur so rauscht. Er wehrte sich gegen diese Sachlichkeit, gegen seinen Hang zu relativieren, und gab sich mit dunkler Wollust einer neuen, unkalkulierbaren Unsicherheit hin, die er überdimensional aufblähte, um sie besser benennen und bekämpfen zu können. Er hatte höllische Angst davor, etwas zu übersehen.

Ein weiteres Mal bat ich ihn, nicht zu gehen. Da klingelte es. Sein Taxi war da. Immer setzte er sich durch. Das war mir schon länger klar. Nur nicht klar genug. Weg war er.

Er machte seine Sache übrigens gar nicht schlecht. Er sah gut aus im Fernsehen, stark, war vernünftig und besonnen, und mich überraschte, wie intensiv er sich in einige der subversiven Denker der arabischen Welt eingelesen hatte. Was war er doch für ein wissensdurstiger, engagierter Mann. Amal erwähnte er ein einziges Mal. Sie werde bedroht, weil sie die Wahrheit gesagt habe. Eine Johanna von Orléans nannte er sie und sprach von einer beklemmenden, gewalttätigen Realität, der wir uns lange nicht hatten stellen wollen. Wir würden in Unwissenheit leben, behauptete er. Das machte mich nervös.

Was würden andere über ihn denken, fanden sie es anmaßend, dass er so sicher wusste, was die Wahrheit war? Die anderen Gäste, ein Politiker und eine Biologin, kamen mir sehr zurückhaltend vor.

Die Redaktion zeigte einige Ausschnitte von *Die Stimme*,

unter anderem den Moment, als Amal Kopftuch und Abaya ablegte. Der Moderator zitierte einige Sätze aus ihrem Artikel und wandte sich dann an Bor: »Glauben Sie, Amal führt einen persönlichen Kampf? Was halten Sie von ihren Auftritten und ihrer Kritik am Islam?«

»Für mich hat sie *Die Stimme* schon gewonnen«, sagte Bor.

Alle lachten. Aber Bor war es ernst damit, auch wenn er sofort versuchte mitzulachen.

»Kennen Sie sie persönlich?«, fragte der Moderator.

»Wir sind uns begegnet, ja.«

Kapitel 35

Der Zeitungsartikel und ihr Auftritt in der Talkshow kratzten zu Amals Verwunderung an ihrem Verhältnis zum Sender.

Die Drohungen waren noch häufiger und heftiger geworden, die Security musste verstärkt werden. Der Satz aus der E-Mail des Senders, der sie am meisten traf, lautete: Sie sei ein großer Gewinn für die Show, und man wolle alles für ihre Sicherheit tun, solange das nötig sei, allerdings genüge das Budget nicht, um Security in solchem Ausmaß zu finanzieren.

Wütend rief Bor beim Sender an und sah seine Befürchtung bestätigt: Man tat sich extrem schwer mit Amals neuer Rolle als Aktivistin. Die Security sei nicht dazu gedacht, ihr den Rücken für politische Meinungsäußerungen freizuhalten, rutschte es dem Produzenten sogar irgendwann heraus. Daraufhin wurde der Ton zwischen ihnen immer schärfer, und am Ende konnte Bor nur mit viel Umsicht die Harmonie wiederherstellen.

»Ich habe gesagt, wir würden uns privat um extra Schutz für sie kümmern. Aber dass sie ihr dann auch erlauben müssen, offen zu sprechen. Ich glaube, damit waren sie einverstanden. Wenn wir nichts unternehmen, kicken sie Amal aus der Show, Zel, Beliebtheit hin oder her«, schloss Bor.

»Das gibt es doch nicht. Das ist ja blanke Erpressung!«

»Sie hat da was Großes losgetreten, Zel. Was Wichtiges. Ich finde, wir müssen sie unterstützen. Stell dir vor, sie würde jetzt aufhören ...« Dann verkündete Bor, er habe für den Abend ein paar Leute eingeladen.

Ich erschrak. »Heute Abend?«

Bor nickte.

»Und was für Leute?«

»Nur ein paar Bekannte. Ich will einen Fonds gründen. Einige befreundete Journalisten kommen auch. Und die Bakkers. Das muss an die Öffentlichkeit.«

Ich stöhnte. Fred und Kyra Bakker – ein stinkreiches Ehepaar, das Bor mal bei einem Prozess gegen eine Versicherungsgesellschaft vertreten hatte. Die Versicherung hatte ordentlich bluten müssen, und seitdem vergötterten die Bakkers Bor.

»Na gut ... Augen zu und durch. Ich nehme an, Amal kommt auch?«

Bor nickte.

Amal lachte, als ich sie anrief. Es machte ihr nichts aus, eine Gruppe Wildfremder unterhalten zu müssen.

Neben den Bakkers, den mit Abstand reichsten Leuten in unserem Bekanntenkreis, hatte Bor auch seinen ältesten Freund Edgar, einen Radiomoderator, Michal und Boas, Journalisten bei einer großen überregionalen Tageszeitung, und Navid, einen befreundeten irakischen Autor, eingeladen. Alle hatten sofort zugesagt und sprangen am Abend ins Auto, um sich im Lichte einer waschechten Dissidentin zu sonnen.

Ich weiß noch, wie mich die Aufregung und die Ernsthaftigkeit überwältigten, mit der all diese klugen Menschen der Angelegenheit begegneten, auch wenn ich mich ziemlich über Bor ärgerte, der den ganzen Zirkus so schnell und eigenmächtig auf die Beine gestellt hatte. Aber ich verzieh ihm, denn auch mir wurde klar – später und mühsamer als ihm –, wie ungeheuerlich es war, dass man in unserem Land seine Meinung nicht offen äußern konnte, ohne gleich bedroht zu werden. Und dass die meisten kniffen, wenn es darauf ankam.

Damals sagte mir die Scharia noch nicht so viel. Doch Bor war versiert in Politik und Geschichte, er hatte ein Gespür für wichtige Ereignisse, die noch lange in aller Munde sein würden, und darum erwähnte er auch hin und wieder, er hoffe auf eine Karriere in der Politik, irgendwann, in ein paar Jahren. Er hatte den Durchblick, erkannte die Zeichen der Zeit und konnte einschätzen, ob etwas von ausschlaggebender Bedeutung war oder nicht.

Natürlich war mir von klein auf eingetrichtert worden, dass man immer Zeuge eines Zeitalters ist (das jederzeit kippen kann), doch nicht einmal nach unseren Erfahrungen in New York hatte ich darüber nachgedacht, wie man sich gegen das Bedrohliche und Beängstigende im Leben zur Wehr setzen kann. Anstatt die Zeichen zu deuten und sichtbare Machtgefüge und deren Verschiebungen zu erkennen, steckte ich lieber den Kopf in den Sand, obwohl ich schon seit Jahren das Gefühl hatte, ein Riss ziehe sich durch den Boden, durch die Wände, durch alles, was vorher fest und stabil gewesen war. Ein einziger Riss, und schon war nichts mehr selbstverständlich, nichts mehr harmlos.

Ich hatte eine natürliche Aversion gegen die sensationslüsterne Widerstandskultur, mit der wir gerade konfrontiert wurden, vor allem gegen die Gefahren dieser Kultur tatsächlich stellte es aber eine neue Qualität dar, einer jungen Sängerin, die ihre Meinung äußert, zu drohen, ihren Freiheitsdrang in Blut ertränken zu wollen. Doch es hatte erst der Empörung der anderen bedurft, damit ich so richtig Feuer fing. Und nun wirkte der Riss noch weitaus tiefer.

Trotzdem, und ohne den Ernst und die Realität der Situation schmälern zu wollen, kam es mir an diesem Abend streckenweise so vor, als würden wir ein gesellschaftskritisches Theaterstück aufführen, in dem wir in geheimen Beratungen die bevorstehende Rettung einer Widerstandskämpferin durchspielen, die soeben eine lebensgefährliche Mission zu Ende gebracht hat und nun Todesdrohungen erhält. Nur war es leider kein Theaterstück. Es war das echte Leben.

Die Gäste, die nach und nach eintrudelten, begrüßten den frischgebackenen Star ehrfürchtig, in der Annahme, die erschütternden Umstände würden Amal zu schaffen machen, aber als sie sahen, wie lakonisch sie über die Mordlust ihrer Gegner sprach, wurden sie zunehmend lockerer und lauter.

Diese Leute, die sich seit Nine-Eleven aus beruflichem oder privatem Interesse verbissen mit dem Islam, Ex-Muslimen, dem Terror und der Gefahr aus dem Nahen und Mittleren Osten auseinandersetzten, ließen sich in Gesellschaft von Amals markanter Erscheinung leidenschaftlich von ihrer eigenen Empörung mitreißen. Die Einzige, die nicht fassungslos darüber zu sein schien, was mit Amal geschah, war sie selbst. Sie wusste genau, was sie losgetreten hatte.

Ob es ein brillanter Zug von Bor war, sie an diesem Abend den anderen vorzustellen, weiß ich nicht. Doch ich kann ohne Übertreibung sagen, dass da und dort, angesichts ihrer Geschichte, ihrer Person und der dramatischen Situation, in der sie sich befand, eine kollektive Vernarrtheit, vielleicht sogar Besessenheit entstand. Eine Besessenheit, die aufloderte wie eine Fackel.

Ich spreche vermutlich nur für mich, aber die Atmosphäre hatte auch etwas Schockierendes. Bei aller Aufregung fand ich sie beängstigend und deprimierend. Alle Anwesenden (bis auf Navid, den Iraker) waren Juden, und als Nachfahren verfolgter Eltern und Großeltern erkannten sie aufgewühlt etwas aus der eigenen Familiengeschichte wieder, ob die nun totgeschwiegen worden war oder nicht. Nur der irakische Schriftsteller hatte das alles am eigenen Leib erfahren, bevor er aus Basra geflüchtet war: Angst, Verfolgung, Unsicherheit, Terror. Die Angst um sein Leben und das seiner Freunde und Familie. Den Terror, ständig von bewaffneten Menschen umgeben zu sein, die darüber bestimmten, was man zu tun und zu lassen hatte, was man sagen durfte und was nicht, Menschen, die einen jederzeit ermorden konnten.

Unwillkürlich entlud sich die aufgestaute Wut über die so oft erzählten Geschichten unserer Eltern. Nachträglich wollten wir uns für unsere Machtlosigkeit rächen. Allerdings wäre diese Wut ohne die Vernarrtheit in Amal nie dermaßen hochgekocht. Das eine gehört zum anderen, dachte ich. Doch ich schwieg, schluckte meine Bedenken und Zweifel hinunter. Die Lage war zu ernst.

Sprach Angst oder Triumph aus ihrem Blick? Es ist schon so lange her, ich kann mich nicht mehr genau erinnern. Vielleicht, weil ich alles durch den Filter der nachfolgenden Ereignisse betrachte.

In erster Linie erinnere ich mich an die Wachsamkeit, die Sorge, aber auch die Unerschrockenheit, die in der Luft lagen. Und wie neugierig und herzlich alle Amal begegneten! Wobei anfangs ein Hauch von Sensationsgier nicht zu leugnen war, fand ich, und die Herzlichkeit gegenüber der Heldin des Abends übertrieben wirkte.

Die Gesellschaft, die sich zunächst im Eingangsbereich herumdrückte, zu schüchtern, um ihre Neugier auf die Berühmtheit offen zu zeigen, fand sich nach und nach im Wohnzimmer ein. Man ließ sich auf dem Sofa und den von Bor eilig dazugeschobenen Sesseln nieder und täuschte mit einem Weinglas in der Hand Gelassenheit vor, aber in Wirklichkeit waren alle angespannt und wachsam. Wir hatten etwas von einem Geheimbund, waren die Wegbereiter einer Verschwörung.

Amal hatte es sich mit angezogenen Beinen in einem großen Sessel gemütlich gemacht und trank Tee. Sie aß nichts. Für jemanden mit so dunkler Haut sah sie blass aus. Sie musste erschöpft sein. Mir fiel auf, dass ihr Niederländisch manchmal versagte.

»Wann hast du eigentlich entdeckt, dass du so gut singen kannst?«

An ihrem verzückten Ausdruck war Boas und Michal

anzusehen, dass sie schon mal ausloteten, welche Fragen sie Amal in einem späteren Interview stellen könnten, das Amal womöglich Unterstützung und noch mehr Bekanntheit und ihnen einen Scoop einbringen würde. Amal wiederum hatte längst begriffen, dass sie die Medien brauchte.

Michal war mager, hatte kurzes Haar und rauchte wie ein Schlot. Sie war nie geschminkt, und ihr zartes, altes Gesicht sah immer leicht verwundert aus. Heute Abend trug sie zu einer schlabbrigen grünen Hose eine schmuddelige Bluse über einem verblichenen roten T-Shirt. Ganz offensichtlich spielte Kleidung für sie keine Rolle, daher war der Gedanke ganz unsinnig, aber neben ihr kam ich mir immer übertrieben aufgedonnert vor. Der verwunderte Gesichtsausdruck war irreführend, denn sie hatte etwas auf dem Kasten und war immer sehr gut informiert; doch allem Scharfsinn zum Trotz hatte sie die westlichen Kleidungscodes nie geknackt, weil ihr diese Art Weiblichkeit schlichtweg fehlte. Für Amal war Kleidung, genau wie Niederländisch, eine Sprache, die sie sich noch aneignen musste, aber an Weiblichkeit und Interesse fehlte es ihr ganz und gar nicht.

Sie musterte Michal mit einem bedächtigen Augenaufschlag, in dem ich Neugier, aber auch eine instinktive Herablassung witterte, die mich faszinierte. Frauen wie Michal kannte Amal vermutlich nicht, und ich war in diesem Moment überzeugt, wäre Michal in Babydoll und Strapsen aufgekreuzt, Amal hätte kaum befremdeter sein können.

»Bis zu dem einen Abend hast du dich an die traditionellen Kleidervorschriften gehalten. Warum dann plötzlich nicht mehr? Warum wolltest du das alles öffentlich ablegen?« Michal ließ nicht locker.

Erneut musterte Amal sie, einen Moment dachte ich, sie sei beleidigt. So hatte ich sie noch nie reagieren sehen, so von oben herab, so eingenommen von sich selbst. Mir wurde klar, dass sie sich mir gegenüber bisher noch immer wie eine Verschleierte verhielt, würdevoll, fast alterslos, keusch. Ihr neues Selbst kannte ich noch nicht. Sie kam mir selbstbewusster vor, aber auch arroganter, ihr Alter war deutlich sichtbar.

»Ich wollte meine Meinung sagen. Jetzt oder nie. Und alles habe ich ja gar nicht ausgezogen!« Ihr Lachen war einsam und hemmungslos. Alle stimmten lauthals ein. Fred Bakker applaudierte.

»Na«, sagte Kyra Bakker, »und dann bekommst du sofort Todesdrohungen vor den Latz geknallt!« Kyra mit ihrem wächsernen, starren Gesicht (Facelifting?), ihrer blonden Föhnfrisur, die aussah wie eine Perücke, betrachtete fasziniert Amals feingeschnittene Züge, die Augen, die Jochbeine, die Lippen, das Kinn, die Stirn, matt glänzend wie eine Gemme, strotzend vor … ja, was? Kraft? Etwas Überirdischem auf jeden Fall, trotz aller Müdigkeit. Amal war ohne Zweifel eine nubische Kriegerin, und Kyra begaffte sie ausgiebig, als würde sie zum ersten Mal ein wildes Tier sehen, das sie bisher nur von Bildern kannte. Schauder der Freude und des Gruselns: Es lebt, es bewegt sich, es gibt Laute von sich! Eine echte Abtrünnige! In freier Wildbahn!

»Und du hast geahnt, dass so was passieren würde? Du willst es verändern?« Kyra klang nachdenklich, sie schien Amal zu taxieren, ein bisschen, als würde die sich um einen Posten in Kyras Imperium bewerben. »Ich bewundere deinen Mut. Du scheust kein Risiko, aber das weißt du ja selbst am besten.«

Fred und sie waren in den letzten Jahren politisch sehr aktiv, hatte Bor mir erzählt. Fred, der weder gebildet war, noch aus den besseren Kreisen stammte, hatte in den Siebzigern geschickt in Immobilien investiert und sich seither Status und Achtbarkeit erkauft, schamlos und ohne Rücksicht auf Verluste. Auf diese Weise hatte er sich beim Rotary Club, bei Universitäten, Kultureinrichtungen und Denkfabriken »beliebt« gemacht. Vor etwa zwei Jahren waren er und Kyra in Florida bei einer Konferenz über die Gefahren des Islam gewesen. Dort hatte er – als Kind von Holocaust-Überlebenden und von Natur aus ängstlich und misstrauisch – mit fast hysterischem Interesse und wachsender Aufregung an den Lippen eines Sprechers gehangen, der vor einer drohenden Arabisierung Europas gewarnt und dazu aufgerufen hatte, Maßnahmen zu ergreifen, vor allem finanzieller Natur, um die Menschen aus ihrem stupiden Schlummer zu wecken.

So waren er und Kyra, die vielleicht noch stärker nach sozialer Anerkennung lechzte, in eine Welt hineingezogen worden, in der sie sich wegen der kollektiven Angst und Wut nach den Anschlägen vom 11. September ausgesprochen wohlfühlten. Die neue Mission in ihrem Leben lautete fortan, die Stiftung zu unterstützen und Islamkritiker zu sponsern, und beide waren froh, auf diese Weise ihre Minderwertigkeitsgefühle gegenüber dem gemeinen akademischen Volk abschütteln und sich eine bedeutende Stellung in einer einflussreichen und mächtigen Gemeinschaft sichern zu können.

Fred fütterte die Freedom Foundation von seinem amerikanischen Bankkonto aus, was ihm obendrein einen erheblichen Steuervorteil einbrachte. So gingen beide als sagenhaft engagiert durch, obwohl man ihnen wirklich keinen spektakulären Wissensüberfluss vorwerfen konnte. Dennoch ließ Fred es sich nicht nehmen, bei jeder sich bietenden Gelegenheit gegen die naive linke Elite zu wettern, die in ihrem Glauben an eine multikulturelle Gesellschaft die Gefahren des Islam übersah.

Und hier sitzen sie nun, in der ersten Reihe, vor einer frischgebackenen Freidenkerin, dachte ich ironisch, und loten die Möglichkeiten einer neuen Investition aus.

Edgar war schon überzeugt. »Wir sorgen dafür, dass du keine Angst mehr haben musst«, sagte er in einem Ton, der Wärme und Ergriffenheit vermitteln sollte – was mich, wie alles an Edgar, ärgerte, aber heute Abend auch seltsam anrührte. Bloß dass Edgar, soweit ich wusste, nach einer teuren Scheidung keinen müden Cent übrig hatte.

Boas, Michals Mann, ein scharfsinniger Arabist irgendwo in seinen Sechzigern, der sich in seinen Kolumnen für eine große Tageszeitung seit Jahren erstaunt zeigte über ein Phänomen, das er das europäische Stockholm-Syndrom nach Nine-Eleven nannte, sagte eifrig seine Unterstützung zu, doch er kam an diesem Abend leider nicht viel weiter als: »Es wäre doch eine Schande, wenn du nicht singen könntest.«

Fred fragte Amal, ob sie bei der nächsten Konferenz in Florida sprechen wolle.

»Ich? Sprechen? Natürlich. Auch singen?« Amal lachte herzlich.

Hier griff Bor ein. »Im Moment hat Amals Sicherheit höchste Priorität«, sagte er sachlich. »Wir müssen sie an einem sicheren Ort unterbringen, damit sie weiter an der Show teilnehmen und sich frei äußern kann. Zum Glück haben wir eine passable Übergangslösung gefunden. Aber Security ist teuer, und der Staat hält sich raus.«

Ich sah, dass seine Hände leicht zitterten, als er sich ein Glas Wein einschenkte.

Michal schien sofort zu durchschauen, was mit der Übergangslösung gemeint war. Ihr besorgter Blick wanderte von Bor zu mir. »Seid ihr euch sicher?«

»Ja«, sagte Bor, »und niemand weiß besser als ihr, was Security kostet.«

Die Bakkers nickten, genau wie Edgar. Mir wurde bewusst, dass Fred und Kyra schon seit Jahren einen Chauffeur hatten, der ziemlich durchtrainiert aussah.

»Ich höre mich bei meinen Kontakten um«, sagte Edgar schließlich gewichtig, »mal sehen, was ich zusammenbekomme.«

Bor nickte ernst und mit bewundernswerter Entschlossenheit, es wurden Beträge genannt, Aufgaben verteilt und Termine vereinbart.

Langsam bekam ich Vertrauen in die Unternehmung, kann ich im Nachhinein sagen. Wir würden das schon in den Griff kriegen, auch wenn die Summen für mich astronomisch klangen. Während die Gespräche sich bis tief in die Nacht fortsetzten, überfiel mich Befremden darüber, was für einen langen Weg unser Schützling in so kurzer Zeit zurückgelegt hatte. Bor schien das weniger bemerkenswert zu finden als ich.

Gegen drei brachen die Gäste endlich auf. Trotz des unheilvollen Anlasses für das Treffen herrschte beim Abschied eine heitere Stimmung, an der unser Weinkonsum nicht ganz unschuldig war.

Die reservierte Michal, die normalerweise Fremden gegenüber skeptisch war, unter Alkoholeinfluss aber schnell und gründlich auftaute, legte Amal etwas zu lange die Hände auf die Schultern, umarmte sie dann herzlich und küsste sie auf die Wangen. Kyra spann Amal mit äußerst fürsorglichen Worten ein, im Tonfall einer Grande Dame, der mich heute Abend ausnahmsweise rührte. Auch sie gab ihr laute Schmatzer auf die Wangen. Die Herren wagten nicht, sich mit derselben Innigkeit von der frischgebackenen Ex-Muslima zu verabschieden, doch auch sie konnten es sich nicht verkneifen, Amals schmale, zerbrechliche Rechte mit beiden Händen warm und väterlich zu umfassen, um ihr doch etwas mehr entgegenzubringen als reine Förmlichkeit.

Wo war Philip eigentlich an diesem Abend? Bei der Arbeit, schätze ich. Er war still geworden und immer viel unterwegs. Am Wochenende jobbte er jetzt für Wesley – als Nachtportier, Wachmann oder irgendetwas in der Richtung. Einer von Wesleys Leuten brachte ihm Krav Maga bei, hatte er mir erzählt, und er sprach auffallend engagiert und ernst über Politik. Ich weiß noch, wie erstaunt ich war, als er am Telefon in einem so überzeugten und selbstbewussten Ton, dass ich ihn kaum wiedererkannte, zu jemandem sagte: »Wenn wir jetzt nicht eingreifen, wird es nicht mehr lange dauern, bis auch bei uns die Frauen in Burkas rumlaufen.« Eingreifen?

Auch er las sich in den Islam ein. Jedenfalls hatte ich eins von Bors Büchern in seinem Zimmer gesehen. Ich fand das etwas beunruhigend, konnte es ihm aber schlecht verübeln – mit unserem untergetauchten Schützling in nächster Nähe. Außerdem war ich stolz, dass er sich mit dem beschäftigte, was in der Welt um ihn herum geschah, und dem stumpfsinnigen Gamen, Chillen und Rumprügeln, mit dem er, soweit ich das überblicken konnte, bisher einen Großteil seiner Zeit verbracht hatte, offenbar den Rücken gekehrt hatte. Karina schien von der Bildfläche verschwunden. Wenn ich nach ihr fragte, tat er jedoch so, als wäre es reiner Zufall, dass sie nicht mehr vorbeikam.

Kapitel 36

Am Morgen danach sagte Sam beim Frühstück, er sei wütend auf Amal.

»Warum?«, fragte ich.

»Weil sie gestern hier war, aber nie mehr zum Singen kommt. Finde ich doof.«

»Ich glaube, sie singt jetzt so oft, dass ihre Stimme ganz erschöpft ist.«

»Aber sie wohnt doch hier!«, rief Sam. »Da kann sie doch auch mal zum Spaß zum Singen vorbeikommen.«

Gleich darauf schlug er sich die Hand vor den Mund.

Pol starrte ihn an. »Blödian.«

Zitternd goss ich Milch in den Grießbrei. »Sie wohnt hier? Wie kommst du denn darauf?«, fragte ich verlogen.

Bor war schon weg und Philip schlief noch, es konnte mir also keiner zur Seite stehen.

Pol und Sam starrten vor sich hin. Zogen die Augenbrauen hoch. »Du brauchst nicht so komisch zu tun, Mama«, sagte Sam schließlich. »Wir wissen ganz genau, dass Amal im Gartenhaus wohnt.«

»Ja, du tust komisch«, sagte Pol.

Ich gab nicht nach. »Wie lustig, dass ihr denkt, sie wohnt hier. Sie war zwar gestern da, aber wohnen tut sie woanders.«

»Hör auf, Mama! Sie wohnt doch schon die ganze Zeit hier. Warum tust du so, als ob das nicht stimmt? Wir sehen doch, dass die ganze Zeit diese Autos in der Straße stehen.«

»Warum habt ihr uns nichts davon gesagt?«, rief ich.

Sam sah zu Boden.

»Sam?« Ich musste mich sehr beherrschen, um einigermaßen normal zu klingen. »Seit wann wisst ihr das?«

Pol sah mich verängstigt an. »Bist du wütend, Mama?«

»Aber nein, ich bin nicht wütend!«, sagte ich und fragte, ob sie es ihren Freunden oder jemand anders erzählt hätten.

»Natürlich nicht«, antwortete Pol. »Amal hat gesagt, das dürfen wir nicht. Und sie hat gesagt, wir dürfen dir nicht erzählen, dass wir sie gesehen haben.«

»Amal? Amal weiß, dass ihr wisst, dass sie im Gartenhaus wohnt?«

»Verdammt noch mal, Bor«, schrie ich ihn am Telefon an, als sie in der Schule waren. »Und was machen wir jetzt?«

»Aber sie haben es doch niemandem erzählt.«

»Das geht garantiert schief!«

»Unsinn.«

»Es ist doch völlig krank, dass Amal uns das nicht erzählt hat. Dass sie die Kinder in die Sache reinzieht, ist krank! Und lebensgefährlich!«

»Ich kümmere mich gerade um zusätzlichen Schutz, Zel. Alles wird gut. Sam und Pol halten garantiert den Mund, die würden sich gar nicht trauen, was zu sagen.«

»Nicht trauen? Wie meinst du das?«

»Die haben Angst vor Wesleys Jungs.«

»Vor diesen jämmerlichen Typen? Quatsch!«

»Und sie wollen Amal um keinen Preis enttäuschen.«

»Warum bist du so ruhig, Bor? Du tust ja fast so, als wäre das normal. Wusstest du etwa schon davon?«

»Von was?«

»Na, dass Sam und Pol es wissen.«

»Nein, natürlich nicht.«

»Das glaube ich dir nicht.«

»Hör auf damit. Reiß dich mal zusammen. Ich wusste es nicht. Ich bin genauso schockiert wie du. Aber morgen oder übermorgen kommt ein richtiges Team. Dann brauchen wir keine Angst mehr zu haben.«

»Ein richtiges Team? Wie meinst du das? Hat Fred das Geld zusammenbekommen?«

»Ja.«

»Sie kann nicht hierbleiben, Bor. Warum muss sie bei uns wohnen? Nicht mehr lange, und sie erzählen es ihren Freunden. Keiner kann ewig schweigen! Und Amal wird bedroht!«

»Wir reden heute Abend mit ihnen, ja? Sie sind keine normalen Kinder, Zel. Wirklich nicht.«

»Aber sie sind Kinder! Das ist eine viel zu große Verantwortung für sie.«

»Sie waren doch dabei, Zel. Sie haben es miterlebt, in New York. Sie wissen Bescheid. Sie sind keine normalen Kinder.«

»Was sind denn normale Kinder?«

Mir platzte schier der Kopf. Plötzlich brach ich in Tränen aus.

Kapitel 37

Wir trafen Absprachen mit unseren unnormalen Kindern. Besser spät als nie.

»Habt ihr es wirklich keinem erzählt? Ganz ehrlich?«

Ernste Gesichter. Zwei Finger auf dem Herzen, zwei in der Luft.

Philip sagte: »Wehe, ihr verquatscht euch …«

Der drohende Tonfall. Sam, der sofort wutentbrannt mit voller Wucht auf ihn eindrosch. Philip, der Sam in den Schwitzkasten nahm. Sam, der vor Schmerz wimmerte. Pol, die schreiend um die beiden herumsprang: »Lass ihn los! Lass ihn los!«

Ein oder zwei Tage, nachdem wir unseren »Geheimbund« gegründet hatten, stieg die Anzahl der Bodyguards tatsächlich an. Sie stellten sich vor, nette, stämmige Männer. Jetzt, wo die Kinder Bescheid wussten, gestaltete sich die tägliche Routine etwas einfacher. Von nun an waren ständig zwei Männer vor dem Gartenhaus postiert, zwei saßen im Auto, und nachts wechselten sich zwei weitere ab. Man sollte meinen, wir wären inzwischen an Männer im Anzug gewöhnt, die um unser Haus herumschlichen, doch ihre nun auch sehr sichtbare Präsenz frischte unwillkürlich das Gefühl von Bedrohung auf. Als würde das Ausmaß der Schutzmaßnahmen, in deren Genuss wir kamen, die Gefahr für Amal, und damit auch für uns, nur noch unterstreichen. Von der Senke hinter der Buchenhecke ging etwas Unheilvolles aus, als wäre dieser Teil des Gartens verseucht und müsste abgeschottet werden.

Zu jener Zeit herrschte eine merkwürdige, flimmernde Stille, immerzu waren wir auf das Schlimmste gefasst. Auch wenn Amal nicht zu Hause war, schlief jemand im Gartenhaus, und ich weiß noch, dass ich das Gefühl nicht loswurde, von einer feindlichen Macht besetzt zu sein.

Amal war viel unterwegs, wir sahen sie kaum, aber das änderte nichts an unserer Vorahnung, dass sich eine Katastrophe anbahnte. Eine dauernde Anspannung lag in der Luft; in guten Momenten schöpften wir daraus Energie, in schlechten laugte es uns aus.

Wenn Amal zum Essen kam, wurde durch die ganzen Vorsichtsmaßnahmen jedes Mal ein Staatsakt daraus. Außerdem rückte sie immer mit dem kompletten Gefolge des jeweiligen Tagesabschnitts an, obwohl die Bodyguards nie mitaßen.

Ich staunte darüber, wie viele es waren. »Das muss doch ein Vermögen kosten«, sagte ich zu Bor.

Er nickte.

Aus einem diffusen Schuldgefühl heraus kaufte ich oft Cola, Kekse und Kuchen – Pol und Sam versorgten die Männer damit, wenn die im Nebenzimmer oder im Auto warteten, während Amal bei uns war. Als wären sie Hunde, die gefüttert werden müssen.

Wenn Amal schlief, saßen sie im Nebenzimmer des Gartenhauses. Amal hasste das, gestand sie mir, wie sie ohnehin das Fehlen jeglicher Privatsphäre hasste. Am sichersten fühlte sie sich nach wie vor, wenn Nurun bei ihr übernachtete, was aber längst nicht immer möglich war. Obwohl sie wahrhaftig nicht sentimental war – ich hatte nie erlebt, dass Amal eine Träne vergoss oder von Gefühlen überwältigt wurde –, waren Nurun und die Fürsorge, die sie in Amal weckte, offenbar genau die emotionale Verbindung zu ihrer afrikanischen Heimat, durch die sie zur Ruhe kam.

Trotz allem behandelte sie die Bodyguards freundlich, beinah wie Untergebene, und hatte sich im Umgang mit ihnen einen ganz bestimmten Ton angewöhnt, distanziert, charmant, aber autoritär. Ich konnte nur darüber staunen, wie leicht ihr das über die Lippen ging, fast so, als hätte ihre Familie seit Generationen mit Chauffeuren und Bodyguards gelebt. Vielleicht lag das an ihrem starken Selbstwertgefühl oder einer angeborenen Gefühlsökonomie, jedenfalls schien irgendetwas sie vor nutzlosen Empfindungen zu schützen, den ganzen unsinnigen Zweifeln und dem unterdrückten Ärger, die ich im Umgang mit Menschen, die mir unliebsame Arbeit abnahmen, so gut kannte.

Doch ich sah auch die Kehrseite.

Was jemand, der bewacht wird, an Wichtigkeit und Glamour gewinnt, das verliert er wieder durch die unvermeidliche Unterordnung, die eine solche Bewachung mit sich bringt. Es war paradox: Eigentlich sollte ihr ein Dienst erwiesen werden, aber der manifestierte sich oft genug in Form von Fremdbestimmung. Das mache ihr zu schaffen, erzählte sie mir. Ein Haufen starker Männer, der ihr vorschrieb, was sie zu tun und zu lassen hatte, war das Letzte, wonach ihr der Sinn stand, jetzt, wo sie sich so beherzt gegen die Unterdrückung wehrte, dieselbe Unterdrückung, die ihr die Morddrohungen eingebracht hatte. So respektvoll sie ihr auch begegneten, sosehr sie auch versuchte, Distanz zu wahren, fiel mir doch auf, wie wenig Amal zu melden hatte. Im Grunde verurteilte ihr Stolz sie zu Abhängigkeit und Gehorsam, und das musste sie zwangsläufig an ihr früheres Leben erinnern, von dem sie sich doch befreit zu haben glaubte. So änderte sich verwirrenderweise ständig ihre Rolle; mal wirkte sie wie eine Prinzessin mit Bodyguards, dann wieder wie ein gejagtes Reh.

Und wir, wer waren wir eigentlich für sie? Manchmal hatte ich den Eindruck, so langsam betrachtete sie uns als ihre Bediensteten, die für Annehmlichkeiten sorgten: Unsere Haushaltshilfe kümmerte sich inzwischen um ihre Wäsche, ich kochte, manchmal auch Nurun, und Bor hielt ihr den Verwaltungskram und das Geschäftliche vom Hals.

Bor redigierte auch die Artikel, die sie im Vorfeld des Finales für ein Fernsehmagazin schrieb und die natürlich mit Kusshand veröffentlicht wurden. Amal schrieb mit einer Leidenschaft, als hinge ihr Leben (nicht) davon ab, dabei war inzwischen allgemein bekannt, dass sie bedroht wurde.

Sie schrieb über alles, was ihr offenbar schon länger auf der Seele lag. Wie sie in die Niederlande entwischt war (beim Umsteigen auf einem Bahnhof) und über ihr Ehedrama, den Grund für ihre Flucht. Manche Geschichten kannte ich schon, andere noch nicht. So erfuhr ich zum Beispiel erst jetzt, dass sie von ihrem Mann verprügelt wurde, wenn er sie singen hörte. Außerdem schrieb sie über eine Freundin, die sie durch deren viel zu frühe Zwangsheirat aus den Augen verloren hatte, über den Mord an einer ihrer Cousinen, die sich in einen Nachbarsjungen verliebt hatte, über die körperliche Züchtigung in der Koranschule, wo sie ohne Sinn und Verstand Texte auswendig lernen musste. Über das Glücksgefühl, beim Putzen und Kochen singen zu können – bis ihr Mann ihr das austrieb.

Ihr erstaunliches Vertrauen in die Aufgeschlossenheit der niederländischen Leser rührte mich, ob ich wollte oder nicht. Jeder Artikel war eine Anklage, frei von Dramatik oder Pathos. Sie gab sich viel Mühe, auch wenn sie die Artikel auf Englisch verfasste, in einem harschen und bestimmenden Ton, der ein aufwendiges Lektorat erforderte. Manchmal fragte ich mich, ob sie nur schrieb, weil sie sich verpflichtet fühlte, die teure Security auch wirklich zu nutzen und Fred und den anderen Sponsoren etwas für ihr Geld zu bieten.

Den Machern von *Die Stimme* passe das überhaupt nicht, erzählte Amal mir mädchenhaft kichernd, als würde die Revolte gegen die Ge- und Verbote irgendwelcher Fernsehchefs im Moment auch nur die geringste Rolle spielen! Die unschönen Verhandlungen zwischen Bors Leuten und dem Sender hatten wir ihr wohlweislich verschwiegen, und Bor erzählte ihr auch nicht, wie teuer ihre Artikel durch die zusätzliche Security in Wahrheit erkauft waren. Er wolle sie nicht entmutigen, sagte er, als ich ihn darauf ansprach, und ihre Geschichten seien zu frisch und einzigartig, als dass man darauf verzichten könne.

Damals fingen die Live-Shows an, bei denen nicht mehr die Jury bestimmte, wer in die nächste Runde kam, sondern das Publikum. Bisher hatte Amal die hohen Erwartungen kein einziges Mal enttäuscht. Obwohl (oder vielleicht gerade weil) sie sich nirgendwo mehr ohne Security blicken lassen konnte, stimmte die Mehrheit der Zuschauer immer wieder für sie.

Doch natürlich gab es unter den Zuschauern nicht nur Bewunderer, sondern auch Verächter. Amal würde übertreiben und generalisieren, behaupteten diejenigen, die in ihren Artikeln eine »Diskriminierung« sahen. Sie »machten sich Sorgen«, dass gerade die Menschen, die sie reformieren wollte, sich dadurch von ihr entfremden würden.

Harscher war die Ablehnung jedoch bei jenen, die Witze über ihren Ernst, ihr Temperament und ihre Vertrauensseligkeit rissen. Man verspottete ihre unbestreitbare Weiblichkeit, und nicht einmal ihre Schönheit blieb von Kritik verschont. Manchmal fragte ich mich, ob diese Reaktionen vielleicht nur die hilflose Auflehnung gegen den Zauber waren, den Amal auf ihre Bewunderer ausübte. Ich selbst konnte mich von dieser – heimlichen – Auflehnung jedenfalls nicht ganz freisprechen. Doch sobald sie sang, waren all meine Bedenken vergessen. Es grenzte an Magie.

Anfangs hielten sich Bewunderung und Verdammung noch die Waage, wobei die Verdammung vorwiegend im Untergrund stattfand, auf Webseiten und in Foren, die wir ohnehin nicht zu Gesicht bekamen. Bis sich zu unserem Entsetzen in einer Comedysendung irgendein Spaßvogel öffentlich fragte, ob »die keusche Burka-Stripperin« mit ihren mitreißenden Texten wohl noch eine Klitoris hatte.

Er schleuderte dem Publikum die vermeintlich witzige Frage provokativ entgegen, und seine Kollegen lachten sich kaputt, weil sich in solchen Sendungen immer alle Comedians über die Witze der anderen kaputtlachen, erst recht, wenn ach so aufregende Wörter wie »Klitoris« und »Burka-Stripperin« fallen, wodurch dann wiederum die Fernsehzuschauer zu Hause vor Schreck denken, es sei okay oder gar hip, mitzulachen.

Amal war an dem Tag zum Essen bei uns. Es war Zufall, dass die Sendung gerade im Fernsehen lief. Wir sahen und hörten alles laut und deutlich. Ich erinnere mich noch genau an ihren Gesichtsausdruck. Und wie unergründlich ich ihn fand. Erst sagte sie nur »oh« und lachte ungläubig, danach wurde sie still und starrte, äußerlich unbeeindruckt, weiter auf den Bildschirm. Die Sendung wurde fortgesetzt, als wäre nichts gewesen, nichts gesagt worden, was jemanden wie sie so tief verletzen konnte.

Ich musste an das animierte Werbevideo für ein Rasiermesser denken, in dem gezeigt wurde, wie viel gründlicher als andere Marken die zwei, drei, manchmal sogar vier oder fünf Klingen kurzen Prozess mit ein und demselben immer kürzer werdenden Härchen machen.

Amal war schon so oft malträtiert worden. Ihre Unschuld, aber auch ihr Talent, ihr Vertrauen, ihre Dankbarkeit, ihre verwunderte Erleichterung über die Freiheit in den Niederlanden.

Die unsägliche Bemerkung brachte ihr anfängliches Vertrauen ins Wanken – wie sie es vermutlich schon früher erlebt hatte –, und als sie unser Entsetzen sah, wurde ihr vermutlich ihre Einsamkeit bewusst. Weil keiner von uns auch nur ahnte, was diese traumatische Erfahrung für sie bedeutet hatte, aber auch – und das konnte sie trotz einiger

Versuche nicht einmal uns begreiflich machen –, wie stolz und erleichtert sie damals war, als sie sich nach vielen Monaten endlich geheilt gefühlt und ihren rechtmäßigen Platz in der weiblichen Gemeinschaft erlangt hatte.

Nach allem, was sie durchgemacht hatte, musste sie wissen, sie würde die Gelassenheit, die sie jetzt bloß vortäuschte, mit ein bisschen gutem Willen irgendwann tatsächlich empfinden, so wie nichts, was sie verstümmelt hatte, je ihren Stolz hatte brechen können. Nicht einmal die Erinnerung an die *kintir*, so gründlich sie ihr die im Alter von fünf Jahren auch weggeschnitten hatten und so lange sie auch geblutet und Schmerzen gehabt hatte; sie hatte die Erfahrung abgespeichert und überwunden. Ein dämlicher Vollidiot im niederländischen Fernsehen konnte daran nichts ändern. Nichts an Amal ändern. Sie fing jeden Tag neu an, und wer sie lächerlich machte, würde die Verleumdung am eigenen Leib erfahren, wie einen stählernen Bumerang – sie wusste es, und ich sah es in ihren Augen, die meinen Blick mieden.

Kapitel 38

Irgendwann waren nur noch zwölf Sängerinnen und Sänger übrig, für die jede Woche die letzte sein konnte. Die Spannung war kaum auszuhalten, Sam und Pol waren völlig gefesselt, und auch mich beschäftigte die Show mehr und mehr, sosehr ich mich auch danach sehnte, wieder in ruhigeres Fahrwasser zu kommen. Natürlich hoffte ich, dass unsere Eliza Doolittle gewann, aber wie unser und ihr Leben nach dem Finale aussehen würde, überstieg mein Vorstellungsvermögen. Sie konnte ja schlecht für immer bei uns bleiben.

Wenn ich Bor darauf ansprach, reagierte er gereizt. Wahrscheinlich verwirrte mich das damals am meisten, Bors Gereiztheit. Das und sein voller Terminkalender. Er hatte nicht bloß etliche große Fälle, sondern war auch dauernd mit Zeitungsartikeln zugange. Innerhalb von sechs Wochen war er dreimal im Fernsehen, dafür aber, wie Amal, kaum zu Hause.

An meine Klienten aus dieser Zeit kann ich mich kaum erinnern. Da war die anorektische Nora, die sogar mehr als ein Mal die Woche kam, und Ava mit ihrer außerehelichen Affäre. Dann gab es noch Richard, einen Physiotherapeuten, der große Schwierigkeiten hatte, Menschen in die Augen zu sehen und ihnen zuzuhören. Was darauf hinauslief, dass er oft wütend auf seine Patienten war, doch von mir ließ er sich beruhigen. Mit ihnen und etwa zehn weiteren Klienten war ich den Großteil der Woche beschäftigt – aber kein einziges Gesicht, außer vielleicht das von Nora, sehe ich noch deutlich vor mir.

Dementsprechend weiß ich nicht mehr, wer gerade bei mir schwieg, seufzte oder schwadronierte, als Nurun, Amals äthiopische Freundin, die inzwischen unsere Kinder hütete, hereinplatzte. Sie war ganz außer Atem und hatte aufgequollene bläuliche Säcke unter den schreckhaften, trüben Augen, sie war durch nichts zu beruhigen.

Sie zeigte nach draußen und haspelte Philips Namen, ich sprang sofort auf, rief ihr zu, sie solle gleich Sam und Pol in Empfang nehmen, und rannte hinaus. Es war ein dunkler, ungemütlicher Wintertag, mit Regenschauern und Wind, der die letzten Blätter aufwirbelte. Ich hatte mir nicht die Zeit genommen, etwas überzuziehen, doch der alarmierende Anblick der beiden Bodyguards, die sich über eine strampelnde Gestalt geworfen hatten, reichte völlig aus, um die Kälte nicht zu spüren. Im ersten Moment dachte ich, es wäre eine Frau, wegen des langen Gewands, aber dann sah ich den Bart.

Ein Anschlag, dachte ich sofort. Wo ist Amal? Ist sie verletzt? Tot? Wo ist sie?

Ich versuchte zu erfassen, was hier geschah, mir einen Überblick zu verschaffen, hatte aber das Gefühl, etwas zu übersehen, so heftig pochte es in meinem Kopf.

Dann endlich entdeckte ich Philip. Er stand an meinem Auto, die Fäuste auf dem Dach, und starrte mit zusammengebissenen Zähnen auf das Handgemenge. Aus seiner Nase lief Blut. Ich rannte zu ihm.

Aus dem Augenwinkel sah ich zwei Passanten mit Hund, die stehengeblieben waren, und den Nachbarn von gegenüber, einen fürchterlichen Wichtigtuer, der aus dem Haus gestürmt kam. Er war der Letzte, mit dem ich jetzt reden wollte.

Ich sah sofort, dass Philip bis auf die blutende Nase unversehrt war, doch er war angespannt und sein Gesicht glänzte gespenstisch blass vor dem Hintergrund des dunklen Regenhimmels. Ich kannte diesen Ausdruck: rasende Wut.

»Dieser Flachwichser«, presste Philip hasserfüllt hervor, als ich ihn umarmte. Er zitterte am ganzen Körper.

Ich legte ihm die Hand auf den Rücken, und er ließ es zu. Dann aber brachte mich der Ausdruck »Flachwichser« mit Verzögerung auf den Boden der Tatsachen zurück. Das hier konnte kein Anschlag sein.

»Was? Wer?«, flüsterte ich.

»Darf man erfahren, was hier vor sich geht?«, fragte der Nachbar in autoritärem, gestochenem Tonfall. Der Vorwurf in seiner Stimme war nicht zu überhören.

Die Bodyguards hatten die Gestalt inzwischen gegen das Auto gedrückt und legten ihr Handschellen an, schnell und ziemlich brutal, obwohl sie keine Gegenwehr zu bekommen schienen.

Es war ein Junge. Er sah fremdländisch aus und trug eine beige Djellaba. Kein Wunder, dass die Bodyguards unter den gegebenen Umständen auf ihn angesprungen waren. Irgendwie kam er mir vage bekannt vor.

»Habt ihr euch geprügelt, Bär? Sag mir die Wahrheit, deine Nase blutet.«

»Der hat hier ja wohl absolut nichts verloren, oder?«

»Jetzt beruhige dich mal. Kennst du ihn, Philip?«

»Natürlich kenn ich den! Du doch auch!«

Ich schüttelte den Kopf. »Wer soll das sein?«

»Bist du blind, oder was? Das ist Kevin!«, sagte er. »Der musste ja unbedingt in seinem beknackten Nachthemd vorbeikommen, der Vollidiot.«

»Karinas Kevin? Um Himmels willen. Was will der denn hier?«

»Karinas Kevin?«, schnaubte Philip. »Was soll der Scheiß? Hast du sie noch alle?«

»Wisst ihr, was hier vor sich geht?«, wiederholte der neugierige Nachbar. Auch das Paar mit dem Hund kam nun näher, aber auf eine kurze, abwehrende Geste der Bodyguards hin wich es wieder zurück.

»Bloß ein Typ, den ich kenne«, sagte Philip beherrscht. »Ich weiß auch nicht, was der hier will.«

»Und wer sind die beiden Muskelprotze?«, fragte der Nachbar. »Die sieht man hier in letzter Zeit ja öfter. Darüber müssen wir uns mal unterhalten, Zelda. Der ständig laufende Motor direkt vor unserer Haustür, das gefällt mir ganz und gar nicht.«

»Kein Grund zur Sorge, Hubert«, sagte ich möglichst beiläufig und versuchte, ihn mit meinem Blick zum Schweigen zu bringen. »Das erklär ich dir ein andermal.«

Hubert betrachtete die Szenerie mit verschränkten Armen wie ein Großgrundbesitzer seine Ländereien. Er war Mitte siebzig, hatte früher ein großes Unternehmen geleitet und fand vieles, was sich in seinem Herrschaftsgebiet abspielte, eine Schande.

»Hat er dich angegriffen?«, flüsterte ich Philip zu.

»Die zwei kamen direkt aus dem Auto da gestürmt«, sagte die Frau mit dem Hund atemlos.

»Und ein paar Sekunden später lag er am Boden«, ergänzte der Mann. »Wie im Film!«

Inzwischen kannte ich die neuen Bodyguards gut. Piet und Geert. Piet war Mitte dreißig, groß und gutaussehend, Geert einen Tick älter und bullig. Jetzt sah ich, wie Geert den Jungen zwar energisch ins Auto bugsierte, ihm aber sorgsam die Hand über den Kopf hielt, damit er sich nicht stieß.

Bisher hatte Geert auf mich einen etwas pedantischen, aber freundlichen Eindruck gemacht. Ihn in Aktion zu erleben, hatte etwas Intimes, beinah Erregendes, wie er einem Wesen Schutz bot, dem ein hungriges, vor Mordlust geiferndes Rudel auflauerte. Wo war Amal eigentlich, zu Hause?

Piet telefonierte, der Name unserer Straße fiel, er schien Verstärkung anzufordern. Sie nehmen das hier wirklich ernst, dachte ich und wurde plötzlich nervös. Wie konnte ich sie über das Missverständnis aufklären, ohne dass es für jemanden peinlich wurde? War das tatsächlich ein Anschlagsversuch? Was tat dieser verstörte Junge bei uns vor der Tür? In dieser Kluft? Vermutlich war er doch nur wütend auf Philip. Oder wusste er etwas? Was, wenn er doch wegen Amal hier war? Oder wegen Bor? Wegen uns allen? Vor allem aber hoffte ich, dass die Polizei schon wieder weg sein würde, wenn Pol und Sam nach Hause kämen.

Wir blieben in sicherem Abstand. Die Luft, die ich zwischen den Regentropfen spürte, war dünn und nasskalt. Eine seltsame, gleichgültige Leere hatte sich zwischen mich und die Szenerie geschoben, eine Verzögerung, die mich den offenbar so wütenden Jungen im Auto mit einer Art Mitleid anstarren ließ. Das Reale an der Sache machte alles seltsam lächerlich, fast unbedeutend. Und doch könnten die äußeren Anzeichen genauso gut auf etwas Ernstes hindeuten.

»Er hat gemeint, er will reden«, nuschelte Philip.

Ich zog ihn zur Seite, wo die Bodyguards und die Nachbarn uns nicht hören konnten.

»Wann? Vorhin? Worüber wollte er reden? Über Karina?«

»Auch über Karina, ja. Und über Bor. Und über Amal.«

»Über Amal? Wieso? Wusste er …? Und dann?«

»Guck ihn dir doch an, Mama! Er hat jetzt einen Bart, betet die ganze Zeit. Das stimmt doch hinten und vorne nicht! Und das hab ich ihm auch gesagt. Als ich ihn gefragt hab, was er will, hat er erst mal gar nichts gesagt. War plötzlich voll komisch.«

»Was meinst du mit komisch?«

»Komisch feierlich. Hat heilige Texte aufgesagt und so. Meinte, er hat Bor im Fernsehen gesehen. War mega ernst.«

Ich bekam weiche Knie.

»Hast du mit ihm über Amal geredet? Was hast du ihm erzählt? Was weiß er? Weiß er, dass sie …?«

»Nein – ich hab keine Ahnung, Mama. Er hat gemeint, sie ist durchgeknallt. Dass sie aufpassen soll und so. Dass das so nicht geht. Vielleicht hab ich gesagt, dass … Ich wollte ihm einfach die Fresse polieren, Mama, ich war einfach nur scheißwütend.«

»Vielleicht hast du *was* gesagt?«, flüstere ich ihm ins Ohr. »Philip, was genau hast du gesagt? Wusste er, dass sie hier ist? Weiß er es jetzt? Denk nach!«

Seine Hände zittern. Er schüttelt den Kopf, aber sein Blick geht ängstlich zur Seite.

»Wer hat als Erster zugeschlagen?«

»Was hat der hier auch zu suchen?«, fragt Philip aggressiv.

»Sag du's mir, ist er nicht deinetwegen gekommen?«

Alles geht so schnell und gleichzeitig so langsam.

Wüstes Sirenengeheul, das näherkommt. Noch mehr Leute vor ihren Häusern. Hubert, der inzwischen mit Geert spricht. Ein paar Worte schnappe ich auf. Er findet es »außerordentlich irritierend, dass in unserer Straße eine derartige Bedrohung ...«

Ich sehe, dass Geert sich zusammenreißen muss, um höflich zu bleiben.

»Er hat Karina eine Hure genannt, okay, Mama!«

Gekränkte Ehre also. Männer haben schöne Namen für Dinge wie Beleidigung, verletzten Stolz. Scham, Unsicherheit, Minderwertigkeitskomplexe. Diese ganzen elenden Gefühle und Ängste, die uns schon als Kinder plagen, obwohl wir die Welt und die Wörter noch nicht kennen. Doch diese kindlichen Gefühle sind es, die zu der großen, erwachsenen Abrechnung führen, zu Gewalt, zu Krieg, zu Folter.

Ich muss mit Samir reden, denke ich, er muss davon erfahren. Ich nehme ihm seinen gefährlichen Sohn übel, aber ich habe auch Mitleid mit ihm. Wenn es jemanden gibt, dem man allen Widrigkeiten zum Trotz das Beste wünscht, dann dem eigenen Kind. Und auf einmal ist dieses Kind ein radikaler Gläubiger. Gläubig genug, um Ungläubige zu töten? Oder ist das nur eine Phase? Der Versuch, Unsicherheit und Scham mit einer neuen Identität abzufedern? Dient ihm das Outfit vorübergehend als Maske, hinter der er Kräfte sammeln und sich von den Verletzungen, dem Vorwurf der sexuellen Belästigung, der Enttäuschung über die Straffreiheit für seinen Peiniger erholen kann?

Ich versuche, Piet auf mich aufmerksam zu machen. »Piet? Warte mal. Philip kennt den Jungen, wisst ihr das?«

Ich bin zu weit weg, er hört mich nicht. Ein Streifenwagen hält an. Polizisten stürmen heraus. Echte Polizisten. Jetzt wird gehandelt, nicht zugehört.

Piet holt Kevin aus dem Auto. Er hat ein blaues Auge, seine Djellaba ist vom Hals bis zur Taille gerissen, Blut läuft ihm aus der Nase, genau wie bei Philip vorhin. Er starrt wütend vor sich hin, weigert sich, ihre Fragen zu beantworten – was sie ihn fragen, kann ich nicht hören. Wir versuchen, näher heranzukommen.

»Bleibt ihr bitte, wo ihr seid?«, ruft Piet.

Seine sonst so gelassene Stimme klingt anders. Ernst. Sachlich. Gewichtig. Das irgendwann mit viel Mühe erlernte Protokoll für gefährliche Situationen tritt in Kraft. Lebenszweck eines Bodyguards. Ausschreitungen, Anschläge, gezogene Waffen, je größer die Gefahr, desto mehr geht er in der Arbeit auf, desto mehr wird er auf die Probe gestellt, desto näher kommt er seinem Kern, seiner Motivation, dem Ziel des Trainings.

Was die permanente Wachsamkeit, die intensive Angst vor Gefahr wohl mit einem anstellt, denke ich unwillkürlich. Alles, was sich wiederholt, lässt neue Gehirnfurchen entstehen, andere Fähigkeiten verkümmern.

Philip hat mir immer noch nichts erzählt.

»Meine Güte, Philip, hat er auch irgendwas *getan*? Und was hast du *getan*?«

Er blafft mich an. »Nichts!«

»Nichts? Ich kenne dich doch, Süßer. Du siehst Kevin, er nennt Karina eine Hure, und du tust nichts? Und die blutige Nase? Kommt die vom Stress?«

Ein schwaches Grinsen breitet sich auf seinem Gesicht aus.

»Keine Ahnung. Stress haut hin«, sagt er.

Ich seufze, obwohl ich ihn in dem Moment sehr liebe. Dadurch überrumpelt mich die Aggression, die danach kommt, noch stärker.

»Ich hab nichts gemacht, Mama, ihm bloß einen Stoß verpasst«, zischt er. »Einen Stoß! Was ist schon ein Stoß? Hab ihn vom Zaun weggestoßen. Nicht mal stark. Bloß ein kurzer Schubser. Damit er sich verpisst. Der hat hier nichts zu suchen, Mama!«

Ich sehe ihn an.

»Hat er auch zugeschlagen oder nicht?«, frage ich.

»Ja, klar! Ich war 'ne Sekunde oder so voll ausgeknockt, Mama. Aber dann saßen sie schon zu zweit auf ihm drauf. Die sind echt schnell.«

Ich höre schon nicht mehr zu, ich muss telefonieren, muss Samir anrufen. Es war so beängstigend wenig geredet worden. Hatten sie Kevin nicht bloß geschnappt, weil er nicht ins Straßenbild passt? Bart und Djellaba trägt? Warum sonst sollten sie sich auf ihn stürzen? Doch nicht nur wegen einer blutigen Nase. *Racial Profiling* nennt man das, wie ich inzwischen weiß.

In der Ferne sind noch mehr Sirenen zu hören, ich bin aber nicht sicher, ob die etwas mit uns zu tun haben.

Haben sie! Auf einmal steht die Straße voll mit Polizeiwagen. Atemlos sehen wir zu, wie Kevin zu einem Mannschaftswagen mit getönten Scheiben gebracht wird. Kevins Blick trifft mich: eine seltsame Mischung aus Hilflosigkeit, Angst und Hass.

Nurun ist zurück, sie hat Pol und Sam am Ende der Straße aufgelesen. Als sie mich mit all den Polizisten sehen, lassen sie sofort ihre Fahrräder fallen und stürmen auf mich zu.

»Was ist los, Mama? Was ist passiert?«

Ich nehme sie in den Arm und drücke sie fest an mich. Wo ist Bor? Die alarmierte Reaktion der Polizei verrät viel mehr über das Ausmaß der Gefahr, in der wir schweben, als der Vorfall selbst. Wo ist Bor? Ich muss zuerst Bor anrufen, habe aber mein Handy nicht dabei. Ich merke, dass ich ihm das alles übelnehme, es ist seine Schuld, denke ich, dabei gibt es keinerlei Hinweis, dass Amals Aufenthalt bei uns irgendetwas damit zu tun hat. Oder etwa doch?

Warum gebe ich Bor die Schuld? Ich habe Amal doch genauso willkommen geheißen, ihr angeboten, bei uns unterzutauchen.

Pol und Sam stehen mit großen Augen da, sie finden es aufregend und wollen alles Mögliche wissen, aber ich weiß ja selbst nichts, meine Gedanken überschlagen sich. Ich versuche, die Kinder ins Haus zu lotsen. Dass die Verhaftung etwas mit uns zu tun hat, verschweige ich ihnen.

Nurun begleitet uns wortlos, würdevoll, aber verschlossen, eine Art stilles Grausen steht ihr ins Gesicht geschrieben. Erst später wird mir klar, dass es Angst ist, Angst davor, selbst mitgenommen zu werden, weggesperrt, gefoltert, vergewaltigt. Sie versucht, nicht da zu sein, einen Weltrekord im Unsichtbarsein aufzustellen, ihr Blick ist starr und ausschließlich auf Sam und Pol gerichtet.

Geert, Piet und die Polizisten beraten sich. So sieht es anfangs jedenfalls aus, bis mir aufgeht, dass die Bodyguards verhört werden, die Polizisten notieren alles, was sie sagen. Ich brenne darauf, ihnen die Sache mit Kevin zu erzählen, das Missverständnis aufzuklären, bevor es zu spät ist. Aber was, wenn es gar kein Missverständnis ist?

Ich will Sam und Pol nicht loslassen, bevor ich sicher bin, dass Nurun sie mit ins Haus nehmen kann. Bloß hat Piet Nurun schon erwähnt, und jetzt befragen die Polizisten auch sie, wer sie sei, was sie hier mache, was sie gesehen habe. Ich stelle mich dazu, bestätige auf Nachfrage ihre Aussage. Sie presst die Worte heraus, kurz angebunden und leise, als wäre sie selbst die Angeklagte. Ich streichele ihr kurz über den Rücken. Sie notieren, dass sie den Kampf zwischen dem gläubigen Mann und Philip gesehen und sofort angefangen habe, zu schreien. Amal erwähnt sie mit keinem Wort. Sehr gut, Nurun, denke ich. Ich nicke ihr beruhigend zu.

»Darf ich jetzt gehen?«, fragt sie.

Sie sieht die Polizisten nicht an. Die nicken. Schnell, fast aggressiv nimmt sie Sam und Pol bei der Hand und schleift sie ins Haus. Sam wehrt sich, bis er von mir einen strengen Blick kassiert.

Jetzt verhören zwei junge Polizisten Philip, getrennt von mir. Ich will schon reingehen, zu Pol und Sam, ich habe ja nichts gesehen, aber ein älterer Polizist mit einem zerfurchten Gesicht, grauem Haar und braunen Augen hält mich auf. Sein Blick ist ernst, aber gelassen. Jedenfalls wirkt er nicht so gehetzt wie die Bodyguards. Ich will ihm erzählen, wer Kevin ist, doch dann wird mir klar, dass ich ja nicht weiß, was Philip den jungen Polizisten erzählt. Also antworte ich möglichst knapp, berichte nur, was ich gesehen habe, aber nichts über Amal.

Erst nach ein paar Minuten dringt zu mir durch, dass der Polizist nicht nur nach Kevin und seiner vermeintlich verdächtigen Aktion fragt – sondern auch nach den Bodyguards, dass die einen ganzen Rattenschwanz an Fragen nach sich ziehen, die geklärt werden müssen. Wer sind die beiden energischen Männer mit den schnellen Fäusten? Bin ich ihre Arbeitgeberin?

Wo zum Henker ist Bor? Darf ich ihn anrufen? Der Polizist nickt, reicht mir sein Handy.

Ich wähle die vereinbarte Nummer für Notfälle.

Der Nachbar schlendert derweil wieder nach Hause und wirft mir einen abschätzigen Blick zu.

Flachwichser.

Da ist der Polizeibus mit Kevin schon weg.

Meine Hände zittern. Vor Wut, weil ich nie etwas weiß, nicht weiß, was ich sagen darf, sagen soll, verschweigen muss. Weil nichts abgesprochen ist und wir in Gefahr sind. Darf ich ihnen von Amal erzählen?

»Bor, du musst sofort nach Hause kommen«, schnauze ich ihn an. »Ein Fundamentalist stand bei uns vor der Tür, es hat einen Kampf gegeben, die Polizei ist hier. Sie sprechen auch mit den Sicherheitsleuten.«

»Was?«, schreit Bor. »Geht es ihr gut?«

Etwas krampft sich in meinem Inneren zusammen.

»Ja, Bor. Wenn du Amal meinst, der geht es gut. Sie hat nichts damit zu tun. Er war wegen Philip hier. Oder wegen … ich weiß nicht, wegen wem. Aber du musst sofort herkommen.«

Einen Moment bleibt es fürchterlich still.

Dann sagt Bor: »Warum sagst du das so komisch, Zel? Es ist doch nun wirklich nicht zu weit hergeholt, dass ich dabei an Amal denke, oder?«

»Ich hätte dich wirklich gerne hier.«

»Ich sehe mal, was sich machen lässt, aber ich habe gleich eine Sitzung, ich komme frühestens in einer Stunde hier weg. Geht es dir gut, Zel? Hat es Sam und Pol sehr mitgenommen?«

»Es geht, aber Nurun ist total geschockt. Und ich auch.«

»Beruhige dich, Liebling«, sagt Bor mit fester Stimme. »Das ist nur ein Sturm im Wasserglas. Es ist ja nichts passiert, richtig?«

Ich gebe dem Polizisten das Handy zurück. Er redet eine Weile mit Bor, der ihm eine überzeugende Geschichte aufzutischen scheint, denn der Polizist nickt, erst überrascht, dann zustimmend. Auf seine Bitte hin gehen wir ins Haus. Er würde gern noch etwas besprechen, sagt er.

Philip steht noch immer mit den beiden jungen Polizisten im Garten. Ich höre, wie er sagt, er kenne ihn tatsächlich und habe gedacht, er wolle mit ihm sprechen, dass er dann aber überrascht worden sei, weil …

Als wir im Haus sind, biete ich Geert, Piet und dem Polizisten Kaffee an. Oben rennen die Kinder herum. Keiner will Kaffee. Im Haus fühle ich mich freier. Und erzähle nun doch von der Sache mit Philip und Kevin. Lasse durchblicken, dass alles halb so wild sei. Man dürfe nicht zu viel auf Kevins Aufzug geben, er sei ein Bekannter, es müsse einen persönlichen Grund für sein Kommen geben.

»Sieh mal einer an«, sagt der Polizist. De Kam heißt er. »Ich muss Ihnen leider etwas mitteilen, Frau Wagschal. Vielleicht möchten Sie sich lieber setzen?«

Einladend weist er auf die Küchenstühle. Sein Gesichtsausdruck ist beruhigend, sanftmütig. Doch mir schwant nichts Gutes. Ich hasse ihn. Ich bin unfassbar wütend, beinah so wütend wie damals, als man mich bei Herman gefunden hat und ich meine Fingernägel in die weichen Hände gekrallt habe, die mich von ihm wegführen wollten.

»Ich stehe lieber, Herr De Kam. Aber danke.«

»Na schön. Ihr Sohn hatte ziemliches Glück. Genau wie Sie. Dieser junge Mann …« Er hält einen Moment inne, als müsste er Mut sammeln. »Dieser junge Mann hatte wohl doch eine Mission, denken wir.«

Er starrt vor sich hin. Wirklichkeit und Theater, wie nah sie doch beieinanderliegen. Wie oft hat er wohl schon so getan, als müsste er nach den richtigen Worten suchen, um seiner Botschaft Nachdruck zu verleihen?

Dann sieht er mich an und sagt: »Er hatte ein Messer bei sich. Und kein kleines. Ihre Leute sind gerade noch rechtzeitig gekommen. Offenbar hat er es nicht schnell genug ziehen können.«

Ich starre ihn mit offenem Mund an, während er weiterspricht.

»Die junge Frau, von der Ihr Mann mir erzählt hat, sollte schleunigst von hier verschwinden. Ihr Unterschlupf ist nicht mehr sicher – falls er das je war. Und über Ihre Familie sollten wir uns auch unterhalten.«

Ich muss mich an der Tür festklammern, ob ich will oder nicht. Ein Messer?

»Über meine Familie?«, frage ich.

Eine Million Nadeln durchbohren mich. Dann verlassen mich die Kräfte.

»Sind Sie sicher, dass Sie sich nicht setzen wollen?«

Kapitel 39

»Denk bloß nicht, dass ich für die nächste Zeit irgendwo anders hinziehe!«, blaffte ich.

»Meine Güte, bist du aggressiv. Natürlich nicht«, sagte Bor.

»Darüber habe ich vorhin auch schon mit Piet gesprochen.«

»Mir wäre es lieber, du überlässt das mir.«

Was sollte das? Warum sagte er das? Überließ ich ihm nicht ohnehin schon alles?

»Wir gehen hier nicht weg«, sagte ich. »Auf gar keinen Fall. Wie stellst du dir das vor? Die Kinder, die Schule, Sam muss Klavier spielen können.«

Ich war klug genug, nicht auch noch die Risiken zu erwähnen, die seine Fernsehauftritte mit sich brachten. Risiken, die er wofür einging? Wahrheit? Gerechtigkeit? Sicher, ich liebte seinen Mut. Ich wollte jemand sein, der solchen Mut liebt. Nur jetzt gerade liebte ich ihn nicht so sehr.

Als wir alle gehört und verhört worden waren und die Polizei weg war, ging ich sofort zum Gartenhaus.

Vor der Tür diskutierten vier Männer lebhaft miteinander. Amal traf ich auf dem Bett an, mit ihrem Laptop, sie sah seltsam klein und zerbrechlich aus. Viel hatte sie nicht mitbekommen von der ganzen Aufregung. Auf die Nachricht der Bodyguards hin hatte sie nur still abgewartet, »im Bett«, beichtete sie mir, »mit der Decke über dem Kopf«.

Die Männer hatten sich wie Steinlöwen vor der Tür postiert, Amal hatte das Rauschen der Funksprüche gehört, das wie beängstigende Filmmusik die ansonsten gespenstische Stille des Gartenhauses unterlegte. Um sich selbst habe sie keine Angst gehabt, sagte sie, wohl aber um uns, vor allem um die Kinder. Auch auf Amal hatte der Ernst der Bodyguards tiefen Eindruck gemacht.

Während der Verhaftung hatten sie sie in Ruhe gelassen, doch direkt nach Bors Rückkehr war der Entschluss gefallen, sie so schnell und unauffällig wie möglich von hier wegzubringen. Sie konnte sich nicht mal mehr von den Kindern verabschieden. Die Security fand jede Minute, die sie noch bei uns verbrachte, unverantwortlich, und offenbar hatten sie bereits einen neuen provisorischen Unterschlupf gefunden.

Ich war die Einzige, die sie an diesem Tag noch gesprochen hat, ich half ihr, das Nötigste zu packen, Unterwäsche, Kleidung, ihre Niederländisch-Lehrbücher, den CD-Spieler. Ich fand einen Koffer mit schmutziger Wäsche, offenbar hatte sie vergessen, sie der Haushaltshilfe mitzugeben. Auf einem Hocker lag das Kleid mit den Silberornamenten, das sie bei ihrem ersten Auftritt getragen hatte. Mit fragendem Blick hielt ich die Abaya hoch, die Kopftücher. Ob ich die auch einpacken solle? Wie einfach wäre ihr Leben, wenn sie die wieder anziehen würde, dachte ich. Sie schüttelte den Kopf, das Gesicht angespannt vor Entschlossenheit.

»Auf keinen Fall.«

Sie verstaute ihren Laptop in einer Tasche, das Ladegerät

ihres Handys. Zog den langen, dicken Daunenmantel an, den ich ihr geschenkt hatte, weil ihr immer so kalt war. Ich umarmte sie, dann sah ich zu, wie zwei Bodyguards sie in die Mitte nahmen und im Laufschritt zum Auto begleiteten, wie sie ihren Koffer trugen und ein paar kleinere Taschen mit Büchern. Ihre Handtasche.

Nurun stand mit den Kindern am Fenster. Sie weinte. Sam und Pol wirkten verdutzt, sie winkten, weinten aber nicht. Im oberen Stockwerk zeichnete sich Philips Silhouette gegen das dunkle Fenster ab. Und weil ich Amal und den Bodyguards folgte, erhaschte ich im Lichtschein hinter dem Küchenfenster auch noch einen Blick auf meinen Mann – stocksteif stand er da, nickte ihr zu. Sie hatten Blickkontakt, ich sah es an Amals Gesicht.

Mich sah Bor nicht. Er sah nicht, dass ich hinter ihr herging.

Erst später hörte ich von Nurun, dass Sam sich direkt nach dem Vorfall ans Klavier gesetzt hatte und sie Pol geschickt hatte überreden können, Verkleiden zu spielen. Beide waren oben gewesen, als die Polizei Philip und mich verhörte, und obwohl sie schon aufgeschnappt hatten, dass Amal bald wegmüsste, war offenbar noch nicht zu ihnen durchgedrungen, dass das auch Konsequenzen für ihr eigenes Leben haben würde. Zu mir auch nicht, übrigens.

Samir klang überrascht, aber distanziert, als er meine Stimme hörte. Seit der Sache mit der Anzeige hatten wir nicht mehr miteinander gesprochen. Er kannte die Geheimnisse in unserem Leben nicht, und ich nicht die in seinem. Ich wusste nicht einmal, was er von der radikalen Frömmigkeit seines Sohnes hielt.

Dreimal hatten wir uns damals gesehen. Unverzichtbare Gespräche geführt, um die Sache mit Philip aus der Welt zu räumen. Und auch viel telefoniert. Ich konnte ihn davon überzeugen, dass mein Sohn Kevin zwar angegriffen hatte, dass der aber auch eine Teilschuld trug – es war ein Wettstreit in Sachen Schuld und Opferrolle, und diese Partie gewann ich, nicht mit Argumenten, sondern mit Emotionalität, Entschlossenheit und meinem Appell an elterliche Solidarität.

Samir durchschaute meine Strategie und verurteilte mich nicht, im Gegenteil. Er schämte sich für seinen Sohn und zog die Anzeige zurück. Und dass Karina ihre Anzeige ebenfalls zurückzog, bedauerte er.

Ich machte ihn mit Philip bekannt, und Philip entschuldigte sich sowohl bei Kevin als auch bei Samir. Die Jungs gaben sich die Hand. Zwar mit abgewandten Gesichtern, aber trotzdem hatte das Ritual etwas Unwiderrufliches. Wir hatten einen Waffenstillstand erzwungen, von dem wir hofften, dass er einen stabilen Frieden nach sich ziehen würde.

So viel dazu.

Samir und ich trafen uns danach noch ein Mal, »einfach so«, auf ein Glas Wein. Es war zwar nichts explizit ausgesprochen worden, doch beim Abschied sagten wir beide im selben Moment: »Das war's dann wohl«, was mich an das unbeholfene Ende einer Ferienliebe vor langer Zeit erinnerte – ich war damals nicht mal fünfzehn Jahre alt. Anschließend unterwarfen Samir und ich uns dem modernen sittsamen Drei-Küsschen-auf-die-Wange-Plan, der alles, was komplex und unbegreiflich war, fein säuberlich aus dem Weg räumte und versiegelte.

Danach war es still geblieben, eins der vielen losen Enden in meinem Leben, dachte ich, die irgendwo herumbaumeln, bis sie, staubig geworden, langsam aus meinem Bewusstsein verschwinden. Jetzt aber wurde mir klar, dass unsere Leben in mehrfacher Hinsicht miteinander verbunden waren und dass ich mich von Kevins Radikalisierung nicht einfach distanzieren konnte. Von Waffenstillstand konnte jedenfalls nicht mehr die Rede sein.

Seine tiefe Stimme, sein optimistischer Unterton berührten mich sofort, das weiß ich noch. Genau wie die Schwermut, mit der er erzählte, er habe bei Bors Fernsehauftritt an Philip denken müssen.

»Sieht aus, als wäre dein Mann jetzt Islam-Experte, was?«

Alles sprach dafür, dass er von der Sache mit Kevin noch nichts wusste. In dem Moment wurde mir klar, dass ich ihm vertraute, und einmal mehr spürte ich, wie sehr ich ihn mochte. Ich war erleichtert, dass ich der Polizei zuvorkam. Das verschaffte mir einen kleinen Vorsprung. Auch wenn das, was ich zu verkünden hatte, kaum als Vorteil durchgehen konnte. Wir tasteten uns mit allgemeinen Fragen vor. »Gut. Viel zu tun. Und wie geht es deinem Sohn?«

»Philip geht es ganz gut, danke. Und Kevin?«

Das war natürlich alles sehr nett, aber mit dieser Frage hatte ich sofort ein Minenfeld geschaffen. Langsam stotterte ich mich zu den neuesten Ereignissen durch. Wie es seinem Sohn ging, wusste ich schließlich besser als er. Und dieses Mal war nicht ich auf seine, sondern er auf meine Großherzigkeit angewiesen, und ich fühlte mich unerklärlicherweise schuldig für die Botschaft, die ich ihm überbringen musste.

Ich fasste es so knapp wie möglich zusammen, was in Anbetracht der Ungereimtheiten, die unser Familienleben zum damaligen Zeitpunkt bestimmten und die ich geschickt umschiffen musste, nicht so einfach war.

Amal verschwieg ich natürlich, und die Bodyguards erklärte ich damit, dass Bors Medienpräsenz uns zu gewissen Maßnahmen gezwungen hätte. Unter anderem wegen der Überempfindlichkeit dieser Herren hätte dann Kevins Auftauchen mit einem Messer zu einer, nun ja, wie sollte ich mich ausdrücken, Verhaftung geführt.

»Oh«, antwortete Samir fast unhörbar. »Ein Messer? Von der Polizei verhaftet?« Letzteres klang schon lauter.

Ja, leider müsse ich das bestätigen.

Dass schon wieder ich mit schlechten Neuigkeiten über seinen Sohn ankam!

Mich streifte der seltsame Gedanke, dass unsere Söhne Spielfiguren in einem mysteriösen Stellvertreterkrieg waren, über dessen Umstände wir nur spekulieren konnten: Wer gegen wen, warum, weshalb?

Was für ein Krieg das auch sein mochte – das Ergebnis war nicht spektakulär. So aggressiv er damals auf das »Kidnapping« seines Sohnes reagiert hatte, so sachlich schien er jetzt die Verhaftung aufzunehmen.

»Wo haben sie ihn hingebracht?«, fragte er bloß.

»Haarlem, denke ich.«

Er legte auf.

Ich versuchte, ihn zurückzurufen. Es war besetzt. Ich zog mir die Jacke an, mechanisch, versuchte es erneut.

Was wusste ich von diesem Mann? Was fühlte er? Was dachte er? Über Scham? Über Frauen? Über Religion? Es war, als blickte ich in eine Schlucht, die Kluft einer jahrhundertealten Geschichte, die sich an ganz anderen Orten abgespielt hatte als die meiner Vorfahren, mit anderem Stolz, mit Traditionen und Motiven, sich zu behaupten, die ganz andere waren als meine, als unsere. Ohne die verinnerlichten Pogrome, die meine Familie bestimmten, ohne die Obsession mit Texten und den tiefen Glauben an den Wert von unabhängiger individueller Interpretation, von Dialog und Verständnis, mit denen meine Großeltern sich über Wasser gehalten hatten. Leben mit einem anderen Gott, anderen Ritualen und anderen Werten, anderen Tabus, anderen Kriegen und anderen Traumata.

So viele Andersartigkeiten.

Obskure, unbegreifliche, verwirrende Andersartigkeiten.

Alles daran jagte mir Angst ein, alles daran faszinierte mich. Aber während ich mich bei Amal nie gescheut hatte, Fragen zu stellen, hatte ich Samir gegenüber Hemmungen. Bei meiner diplomatischen Mission in Sachen Philip hatte ich nicht die geringste Spur von Religiosität bei ihm festgestellt, doch jetzt kamen mir plötzlich Zweifel.

Zehn Minuten später erwischte ich ihn. Er nahm ab, sagte aber nichts. Im Hintergrund hörte ich Verkehrslärm.

»Bist du unterwegs zur Polizei?«, fragte ich. Meine Stimme zitterte, leider.

»Ja«, sagte er. »Natürlich. Warum rufst du an, Zelda? Was gibt es noch zu bereden?«

»Ich … Halt die Ohren steif.« Mehr brachte ich nicht heraus.

»Mach ich.«

Es blieb still.

»Wenn ich daran denke, wie ich mich immer über sein Tanzen aufgeregt habe«, sagte er plötzlich. »Wie mir das gegen den Strich ging.«

»Samir … ich …«, stammelte ich und hoffte insgeheim, in dem kraftlosen Mann, mit dem ich gerade sprach, den wiederzufinden, den ich zu kennen geglaubt hatte. Aber er hatte schon aufgelegt.

Philip machte den restlichen Tag einen niedergeschlagenen Eindruck. Irgendwann am Nachmittag traf ich ihn bei zugezogenen Vorhängen in seinem Zimmer an; er spielte auf seiner PlayStation, wie früher, metzelte verbissen reihenweise Feinde nieder, offenbar mit einer tragbaren Rakete. Meine Frage, wie es ihm gehe, beantwortete er mit einem mürrischen Schulterzucken.

Die Polizei hatte versprochen, die nächsten zwei Tage ein Mal pro Stunde in unserer Straße zu patrouillieren. Eine Rund-um-die-Uhr-Bewachung war im Gespräch, aber dazu hatte die Regierung noch keine Genehmigung erteilt. Der AIVD, der niederländische Geheimdienst, schätzte das Anschlagsrisiko sogar jetzt, wo Amal nicht mehr da war, als hoch ein – wenn auch nicht so hoch wie für Amal selbst, die als ehemalige Muslima den Hass so ungefähr aller Imame der Welt auf sich gezogen hatte.

Als ich die Polizei fragte, wie viel so eine permanente Bewachung koste, erschrak ich heftig über die Antwort. Der Betrag war noch viel höher als der, den Bor und Fred mir genannt hatten. Genauso heftig erschrak ich, als ich hörte, dass die Patrouillenfahrten nach achtundvierzig Stunden seltener würden. Und wie wichtig es sei, unsere Umgebung im Auge zu behalten und sicherheitshalber keine öffentlichen Verkehrsmittel zu benutzen. Wenn wir uns an öffentlichen Orten aufhalten wollten, wäre es »ratsam, vorher die Polizei zu informieren«.

In was für einer merkwürdigen Welt sind wir gelandet, in der ein Gott einfach so den Auftrag erteilt, zu morden, wenn jemand nicht an ihn glaubt oder schlecht über ihn spricht, in der Freude und Humor der Angst zum Opfer fallen und der Tod, der echte, hässliche, gnadenlose Tod, als letztes Mittel der Abrechnung wiedereingeführt wird. Ein gleichgültiges Schulterzucken scheint als Strafe nicht mehr auszureichen, nicht einmal Exkommunikation oder kollektiver Spott, nein, der Tod muss es sein, Tod und Folter. Lange Messer. Die Guillotine, zurück in sehr primitiver Form, Vierteilen, Auspeitschen. Zurück aus der Versenkung, hochgeholt aus Zeiten, in denen plumpe Unwissenheit herrschte und in Ermangelung von Wissenschaft die Religion für Theorien über Natur und Leben herhalten musste, aber besonders über Leiden und Tod, Schuld und Strafe.

Es war sehr seltsam, für unsere Sicherheit mehr von anderen abhängig zu sein als von uns selbst und dafür unsere Bewegungsfreiheit einzubüßen. Stand sich das immer so im Weg? Ich musste an meine Kindheit denken, als ich nichts durfte.

Im Grunde wurde man von den Eltern jahrelang zu seinem eigenen Besten gefangen gehalten, zu seiner eigenen Sicherheit – mit zunehmendem Alter zwar immer weniger, dafür empfand man die vielen Beschränkungen aber auch als umso erdrückender. Bekam man dann eigene Kinder, tat man alles, um sie zu beschützen. Dann wurde deren Sicherheit für einen selbst zum Gefängnis, zur Unfreiheit, und man war verletzlicher und abhängiger, als man je für möglich gehalten hätte.

Und dann wurde man ein bisschen klüger und sah sich gezwungen, ihrem Instinkt für Gefahren und den Menschen, in deren Obhut man sie gab, zu vertrauen, damit sie lernen und wachsen konnten. Man schenkte einander die Freiheit, so wechselseitig war es offenbar. Genau wie mit der Sicherheit.

Trotz aller Unannehmlichkeiten wäre es natürlich besser für uns gewesen, wenn Amal mit ihrem ganzen Gefolge, das ja auch uns beschützte, dageblieben wäre. Eine Polizeipatrouille – was hätte die uns in der Situation mit Kevin genutzt? Beim Gedanken daran, was hätte passieren können, wenn Kevin dazu gekommen wäre, das Messer zu ziehen, brach mir der Schweiß aus. Was wollte er in unserem Viertel, so weit weg von zu Hause? Hatte er wirklich vorgehabt, Amal, Philip oder meinetwegen Bor oder mich umzubringen? Was wusste er über Amal, über Bor? Was hatte er gedacht, geplant? Er musste doch die Bodyguards im Auto gesehen haben? Welche Schlüsse hatte er daraus gezogen?

Philip erzählte der Polizei, Kevin habe mit Sicherheit aggressive Absichten gehabt, nur so könne er sich erklären, warum er plötzlich am Zaun gestanden habe. Er, Philip, habe seine Familie beschützen wollen und sei hinausgegangen, um mit ihm zu »reden«. Ich machte mir ernsthafte Sorgen, was Philip in seiner Wut Kevin gegenüber herausgerutscht war.

Natürlich versuchte ich die ganze Zeit, Amal zu erreichen. Vergeblich. Ich bekam nur die automatische Voicemail-Ansage zu hören. Stunden nach ihrem Aufbruch hatten wir noch immer kein Lebenszeichen von ihr. Auch Piet reagierte nicht auf Anrufe. Erst als ich Geerts Nummer herausgefunden hatte, kam ich weiter.

»Geert! Hier ist Zelda. Wir machen uns solche Sorgen!«

»Wir können nicht telefonieren, Zelda.«

»Wo seid ihr?«

»Tut mir leid, das kann ich dir nicht sagen. Aus Sicherheitsgründen. Wir melden uns, wenn die Lage klarer ist, okay?«

Er legte auf. Entgeistert starrte ich das Handy an.

Wütend rief ich nach Bor.

Der meinte: »Hab ich dir doch gesagt.«

»Hast du nicht!«

»Sie nehmen das sehr ernst. Garantiert haben sie sie in ein Safe House gebracht. Da hält man keine Kaffeekränzchen.«

»Die Arme. Was sollen wir Sam und Pol morgen bloß erzählen?«

Eine Stunde später rief Amal an. Sie flüsterte. »Ich hab mir heimlich Piets Telefon genommen. Sie haben mich in irgendeine scheußliche Kaserne gebracht, ich hocke hier in einem Büro oder so was. Hier gibt es nur ein paar Schränke, einen Schreibtisch und ein Sofa. Die Toilette ist auf dem Gang. Und nur zwei Leute, um mich zu beschützen. Gegessen hab ich auch noch nicht. Sie sagen, ich darf nicht telefonieren. Nicht mal meinen Computer darf ich benutzen, bis die Gefahr vorüber ist. Welche Gefahr? Der Junge wusste doch nicht, dass ich im Gartenhaus bin, oder? Und Nurun darf auch nicht kommen. Als ich darum gebeten habe, sind sie sogar wütend geworden.«

So hatte ich Amal noch nie erlebt. Sie weinte zwar nicht, aber dieser tiefe Ernst war neu.

Diesmal sah Bor sehr wohl schockiert aus. »Ich fahre zu ihr. Das ist absurd! Sie können sie doch nicht einfach entführen, haben die den Verstand verloren?«

»Du weißt doch gar nicht, wo sie ist!«

»Das finde ich schon raus.«

»Dann will ich aber auch mit.«

»Wäre es nicht besser, wenn du bei den Kindern bleibst? Die haben sonst sicher Angst«, sagte Bor. Und ich musste ihm recht geben.

Aber Bor fand an diesem Abend gar nichts heraus und blieb zu Hause. Das alles war völlig verrückt. Als hätten wir die Regie über unser Leben verloren. Wie muss es erst für Amal sein, dachte ich. Von einem Moment auf den anderen wussten wir nicht mehr, wer noch vertrauenswürdig war. Schlimmer noch: Offenbar waren wir selbst nicht mehr vertrauenswürdig.

Wir schliefen kaum in dieser Nacht. Erst am nächsten Tag kamen die Techniker einer renommierten Sicherheitsfirma.

Bor wollte für alle Türen und Fenster neue Schlösser und eine Alarmanlage, die schon das Gartentor erfasste.

Auch Philip hatte sich gewappnet, wie ich in seinem chaotischen Zimmer feststellte. Ich fand fünf unterschiedlich große Messer, einen Totschläger und eine Luftpistole unter seiner Matratze. Es war ein Wunder, dass er mit dem ganzen Zeug im Bett überhaupt schlafen konnte.

Die Techniker schienen ihm mehr Sorgen zu bereiten als Kevin und sein Messer. Skeptisch hatte er ihnen bei der Arbeit zugesehen. »Die Typen wissen jetzt alles über uns, Mama. Unseren Code und wie sie die Signale umgehen können, um reinzukommen. Woher wissen wir, dass wir denen vertrauen können? Vielleicht sind die von einer Terrororganisation. Wie seid ihr auf die gekommen?«

Seufzend verwies ich ihn an Bor, dem die Firma von anderen Anwälten empfohlen worden war, aber Philip hatte keine Lust, seine Ängste mit Bor zu bereden.

Sam, den das hysterische Schrillen der vielen Alarmanlagentests den ganzen Tag über vom Klavierspielen abgehalten hatte, kam in der Nacht zitternd in unser Schlafzimmer. Er hatte einen Albtraum gehabt, der ihm den Atem raubte, über den er aber nicht sprechen wollte. Und weil er durch den Flur mit den Sensoren gegangen war, schrillte die Alarmanlage in voller Lautstärke.

Der Kontrollanruf der Polizei folgte auf dem Fuß – als wären wir die Verbrecher –, und nervös gaben wir den Code durch, den wir am Morgen auswendig gelernt hatten. Doch trotz des Schreckens fühlten wir uns nach diesem Testlauf ein wenig sicherer.

In den Tagen danach versank Sam still in der Welt von

Bach – und riss uns mit. Fugen aus dem *Wohltemperierten Klavier* schwebten durch das ganze Haus und gaben uns einen Rhythmus vor, dem wir nicht entkommen konnten.

Seit Amals Verschwinden kam Sam mir verwundet und einsam vor, und ich konnte nicht viel dagegen tun. Mir wurde schmerzhaft bewusst, dass er erst zehn war. Und was für große musikalische Fortschritte er mit und durch Amal gemacht hatte. Sie war die Erste, die dieselbe Sprache sprach wie er, denke ich. Und jetzt war sie weg.

Pol trauerte weniger – sie fragte zwar nach Amal, war aber nicht weiter besorgt. Sie vertraute darauf, dass sie bald wiederkommen würde, ohne dass wir das versprochen hatten. Außerdem verstand sie sich inzwischen gut mit Nurun.

Nurun selbst war jedoch in keiner guten Verfassung. Sie hatte Panik. Sie war kurz nach Amal ins Flüchtlingsheim gekommen und hatte außer ihr dort keine Menschenseele. Nurun war von ihrem Mann, und damit auch von ihrem Clan, verstoßen worden, und Amal hatte sie vom ersten Augenblick an unterstützt, als sie traumatisiert und ängstlich in den Niederlanden angekommen war, direkt aus einem Krieg, dessen Gräuel und Schrecken wir uns nicht einmal vorstellen konnten. Amal war es auch, die Nurun dazu gedrängt hatte, Niederländisch zu lernen wie sie.

Nurun hatte Amals öffentliche Abkehr vom Islam zwar befürwortet, würde aber selbst nie so weit gehen. Ihre Furcht vor Repressalien war zu groß, und Kevin hatte sie daran erinnert, welche Todesängste sie ausstand, seit sie beschlossen hatte, Niederländerin zu werden. Ich schlug Bor vor, Nurun aus dem Flüchtlingsheim zu holen, immerhin hatte sie inzwischen das Bleiberecht und war auf Wohnungssuche. Ich wollte ihr für eine Weile das Gartenhaus anbieten, bis sie sich wieder etwas beruhigt hatte. Bis Amal zurückkam.

»Amal kommt nicht zurück, Liebling«, sagte Bor. »Schlag dir das aus dem Kopf.«

Das konnte ich nicht glauben. »Wo ist sie denn jetzt?«, fragte ich. »Du scheinst ja alles zu wissen.«

»Ich scheine alles zu wissen?«

»Ja, du tust jedenfalls so.«

»Ich tue gar nichts. Und ich weiß längst nicht alles. Ich weiß allerdings, dass ein Versteck nicht mehr sicher ist, wenn es einmal entdeckt wurde.«

»Wenn du mich fragst, wusste Kevin nicht, dass Amal hier war. Das alles hatte gar nichts mit ihr zu tun! Philip und Kevin kennen sich! Das weißt du doch genauso gut wie ich.«

»Du kannst nicht sicher sein, dass er nichts wusste.«

»Du wohnst hier. Philip wohnt hier. Ich wohne hier.«

»Und darum ist Amal hier nicht mehr sicher.«

»Wieso? Deinetwegen?«

»Woher soll ich das wissen, Zel? Was ist los?«

»Nichts. Ich frage Nurun.«

Kapitel 40

Am späten Abend stand Philip plötzlich in meiner Praxis. Keines meiner Kinder kam dorthin. Durfte dorthin. Als Psychoanalytikerin wurde von mir erwartet, dass ich eine Frau ohne Leben bin, oder zumindest eine Frau mit einem neutralen Leben, ohne Depressionen, Anspannungen und Komplikationen. Ohne Kinder. Ein Vorbild für meine Klienten. Vielleicht wurde es auch nicht so sehr erwartet, als dass ich diesen Eindruck erwecken wollte, um meine Rolle als weise Eule besser spielen zu können. Und ich fürchtete, Kinder, die an der Tür rütteln, könnten dieses Bild nicht nur stören, sondern meinen Klienten auch das Gefühl geben, dass sie mir nicht wichtig sind. Im Wettstreit um meine Aufmerksamkeit würde der kleine Eindringling immer gewinnen und ich als verletzlich dastehen, als weniger zuverlässig, weniger objektiv, weniger glaubwürdig.

Doch jetzt stand der große Philip da, so leidenschaftlich und ernst, wie nur Philip leidenschaftlich und ernst sein konnte. Ich war allein, die letzte Klientin war gerade gegangen.

»Mama.«

»Süßer. Was machst du hier?«

»Tschuldigung.«

Er druckste herum.

»Mama«, wiederholte er.

Ich war dabei, mir zu notieren, was Nora alles gesagt hatte. Sie hatte die Angewohnheit, mich immer erst mit Fragen zu löchern, um meine Vertrauenswürdigkeit zu prüfen.

»Sag doch was, Süßer.«

Ich wollte ihn immer in meiner Nähe haben, außer wenn ich das nicht wollte. Außer in meiner Praxis.

»Was werden sie mit ihm machen?«, fragte er.

Ich wusste sofort, von wem er sprach. »Wenn das jemand weiß, dann Bor«, sagte ich. »Ich für meinen Teil glaube, sie werden ihn vorläufig festsetzen. Warum?«

»Was für ein blöder Arsch.«

»Ja. Und ein gefährlicher obendrein.«

»Ja.«

Etwas an seinem Ton ließ mich aufblicken. Er sah aus dem Fenster in den Garten.

»Bist du nicht meiner Meinung?«

Er zuckte mit den Schultern, fuhr sich mit der Hand durchs Haar und rückte meine Unterlagen zurecht. Ganz langsam. Das kostete Zeit. Dabei wusste er, dass er hier, in meiner Praxis, keine Zeit hatte.

»Willst du jetzt hinter mir herräumen?«

»Nein.«

Es gab Leute, die meinen Sohn für gefährlich hielten. Seine Freunde und einige von deren Freunden reagierten auf Angriffe, durch die sie sich in ihrer Ehre gekränkt fühlten, etwas vehementer, als es das Gesetz erlaubt. Manche der Jungs stammten eigentlich aus guten Vierteln, doch es hieß, ihre brutalen Schlägereien stünden denen von verfeindeten Gangs in heruntergekommenen amerikanischen Vorstädten in nichts nach. Und nicht nur ein Mal hatten wir Philip in der Vergangenheit herausboxen müssen, nachdem er sich daran beteiligt hatte. Er selbst beschrieb seine Rolle bei diesen Kämpfen in verrätselter Form, voller Auslassungen, und stellte sich immer als sympathischen, logisch denkenden Wilden dar, einen gütigen modernen Robin Hood, doch wir hatten gelernt, diese Geschichten als schludrig bereinigte Fassungen zu begreifen, in denen er die Folgen seiner heftigen Wutattacken allzu leichtfertig beschönigte.

Philip war brillant, aber gefühlsbestimmt, und manchmal, wenn er etwas ungerecht fand, ein bisschen zu kindlich und hitzköpfig. Nicht gefährlich. Aber kompromisslos. Und er war außergewöhnlich klug – im Gegensatz zu manchen seiner Freunde –, deshalb machten mich seine Geschichten nervös, vor allem wenn ich hörte, dass es Streit mit anderen Cliquen gegeben hatte, die in Philips Freundeskreis als »Mocros« oder »Antillianer« bezeichnet wurden. Das war so primitiv, so tribalistisch. Und lebensgefährlich. Ständig hatte ich Angst vor Messerstechereien – obwohl Philip meines Wissens nie in eine verwickelt gewesen war. In letzter Zeit war er nicht mehr so oft unterwegs, glaubte ich. Und hoffte, das liege daran, dass er keinen Kontakt mehr zu diesen Leuten hatte. Von Bedrohungen und Messern wollte ich nichts hören und nichts wissen. Aber immer passierte etwas. Immer. Und davor fürchtete ich mich.

»Sie haben ihm gedroht, vor einer Weile. Kevin. Tarik hat gesagt …«

»Was haben sie gemacht?«

»Ihm gedroht. Mit 'nem Messer halt.«

Sein Schweigen nach diesen Worten machte mir Angst, aber ich versuchte, mir nichts anmerken zu lassen. »Und du? Warst du auch dabei?«

»Quatsch! Außerdem war das totaler Fake, mit dem Messer. Nur ein Spaß. Die Boys haben eben was gegen Mullahs.«

»Warst du jetzt dabei oder nicht?«

»Darum gehts doch gar nicht.«

»Ach nein?«

»Ich hab doch gesagt, dass ichs von denen gehört hab! Das sagt man nicht, wenn man dabei war!«

»Du weißt, dass ich mir nicht umsonst Sorgen mache, wenn du unterwegs bist.«

»Okay, Mama. Alles klar. Ich lass dich in Ruhe.«

Er drehte sich um.

Ich hielt ihn fest. Ein merkwürdiger Moment verstrich, in dem mein Sohn die Hand musterte, mit der ich nach seinem Arm gegriffen hatte, ein Reflex aus Zeiten, in denen ich seinen Körper noch genauso bemuttern durfte wie seinen Geist.

»Entschuldigung«, sagte ich. »Kannst du mir jetzt bitte erzählen, was passiert ist?«

Er entspannte sich wieder.

»Okay, Mama. Aber dann halt jetzt auch mal den Mund, ja?«

Es war eine dieser Geschichten, bei denen man bis zuletzt vergeblich auf Details wartet, durch die sich ein stimmiges Bild ergibt.

»Das war vor einer Woche. Kevin ist die Straße entlanggefahren, in einem alten Mercedes, einem W123 220D. Auf dem Fahrersitz ein älterer, bärtiger Mann. Wahrscheinlich wollten sie zur Moschee, wo dieser Typ Koranunterricht gibt, beide in vollem Ornat. Dann hielt der Typ an, und er und Kevin sind ausgestiegen. Und da standen die Boys.«

»Warum? Wussten sie es denn?«

»Was?«

»Das mit dem Koranunterricht?«

»Glaub schon.«

»Also haben sie ihn abgepasst.« Ich wollte mich nicht für dumm verkaufen lassen. Jede Einzelheit war wichtig. Immer.

»Keine Ahnung. Sie standen eben da rum. Haben sie ein bisschen provoziert. Aber dann kam Halina, das syrische Chick, das mit Ko geht. Sie wohnt da in der Nähe und hat sich total gewundert und so. Aber die ist auch die Cousine oder die Schwester von diesem älteren Typ. Den ›Syrer‹ nennen sie den.«

»O je«, sagte ich.

»Den hatte sie aber noch gar nicht gesehen, die ist sofort zum Ko.«

»*Zu* Ko«, sagte ich.

»Aber dieser Freund von Kevin hat sie natürlich gesehen und was zu ihr gesagt, auf Arabisch. Total laut. Die Halina hat sich voll erschreckt.«

»Was hat er denn gesagt?«

»Sie hat gleich zurückgeschnauzt, das ist schon echt ’n cooles Chick. Aber was der Typ gesagt hat, ey: Ich bring dich um, wenn du nicht mitkommst.«

»Da hat sich dein Arabischunterricht ja schon bezahlt gemacht.«

»Sie hat das übersetzt, für Ko. Die Boys sind natürlich voll ausgerastet. Und dann hatte Ko auf einmal dieses Messer in der Hand. Voll das heftige Messer. Richtig heftig, Mama.«

»Himmel, Philip.«

»Was denn?«

»Mit solchen Leuten bist du befreundet?«

»Nee. Ich kenn die halt. Aber Freunde sind das nicht.«

»Er hat doch nicht wirklich zugestochen, dieser Ko?«

»Nein, nur gedroht. Aber die Boys waren halt voll viele, und Kevin und der Typ nur zu zweit.«

»Und deshalb läuft Kevin jetzt also mit einem Messer durch die Gegend. Willst du darauf hinaus?«

Philip starrte seine Hände an, auf denen Farbspritzer klebten – er hatte gerade seinen Roller neu lackiert. Er zuckte die Schultern. »Super radikal, der Kevin, voll der große Krieger.«

Eine Weile schwiegen wir beide.

»Aber davon habe ich Piet nichts erzählt«, sagte er dann. »Und …«

Die Katze strich ihm um die Beine, er bückte sich und hob sie hoch. Andächtig streichelte er Archibald, hielt ihn sich ans Gesicht, als könnte der dicke Kater ihn mit seiner wehrlosen Weichheit und dem warmen Fell vor all dem schützen, was er nur ungern aussprach. Oder auch nur dachte.

Ich saß einfach da, sah meinen Sohn an, der auf der Fensterbank saß. Ich wartete, konnte mich am Ende aber doch nicht zurückhalten.

»Du glaubst also, dass Kevin nicht mit einem Messer rumlaufen würde, wenn das nicht passiert wäre?«

»Keine Ahnung!«, rief er. »Scheiß drauf. Kevin hasst mich eh.«

»Okay.«

»Und Bor …« Er kramte in seiner Hosentasche.

»Was ist mit Bor?«

»Das hatte er bei sich.«

»Einen Brief?«

Meine Stimme überschlug sich. Philip schaute verlegen. Als hätte er es wirklich vergessen.

»Ja, bevor wir Stress … bevor wir uns unterhalten haben, glaube ich … Ist mir erst später wieder eingefallen.«

»Warum hast du nichts davon gesagt?«

»Die Bodyguards waren doch sofort da. Aber er erklärt ein bisschen was.«

»Wer? Kevin? In einem Brief?«

»Na ja, Brief … Es ist einfach nur 'n blöder Wisch in einem Umschlag«, murmelte er.

Ich sagte, so etwas nenne man im Allgemeinen einen Brief. Er gab ihn mir. Von wegen, blöder Wisch, der Text war getippt. Ich las ihn laut vor.

Sehr geehrter Herr Wagschal,
ich kenne Sie nicht. Ich weiß nur, dass Sie Philips Vater sind. Ich habe Sie ein paarmal im Fernsehen gesehen. Sie unterstützen Amal S., die Abtrünnige, bei ihren Auftritten. Amal S. ist eine Provokateurin, die versucht, einen Keil zwischen Muslime und Nicht-Muslime zu treiben, sie ist eine Schande für unseren Glauben. Ich verstehe nicht, warum Sie sie loben und die Aufmerksamkeit auf sie lenken. Ich fordere Sie

auf, damit aufzuhören. Ich fordere Sie auf, sich stattdessen in die Heiligen Schriften zu vertiefen, wie ich es tue. Seit ich mich in den letzten Monaten in den Koran vertieft habe, ist mein Leben besser und sinnvoller geworden. Das kann ich Ihnen nur empfehlen.
Mit herzlichen Grüßen,
Kevin Alaia

»Empfehlen!«, rief ich. »Himmel, was für ein frommer Schrieb. Soll das eine Drohung sein, oder will er ihn ernsthaft bekehren? Warum hast du der Polizei nichts davon gesagt?«

Philip zuckte mit den Schultern. »Das klingt alles so unschuldig und friedfertig. Dann lassen sie ihn vielleicht sofort frei.«

»Ja, oder noch lange nicht. Du musst das der Polizei erzählen, Bär, und ich meine, alles. Sie müssen die Fakten kennen.«

»Ich trau dem nicht über den Weg, Mama. Der scheiß Arsch hat meine Freundin vergewaltigt, und jetzt fährt er vor Schreck voll auf Allah ab.«

»Und schreibt Bor einen Brief, um ihn zu erziehen.«

Als würde mir eine dünne, kalte Nadel zwischen den Schulterblättern hinunterfahren. Weil wir solche saudummen Risiken eingegangen waren. Und Bor sie immer noch einging. Wozu?

»Na los. Ab zur Polizei damit. Wenn die später rauskriegen, dass es einen Brief gab, steckst du so richtig in der Klemme.«

Wieder zuckte Philip mit den Schultern.

Aber dann ging er doch, wenn auch widerstrebend. Er habe dort Samir getroffen, erzählte er mir später. Und ein gutes Gespräch mit ihm gehabt.

»Cooler Typ, Mama.«

Kapitel 41

Kevin kam noch am selben Tag frei. Das hätte natürlich nicht passieren dürfen. Aber der merkwürdige seelsorgerische Brief an Bor hatte auf die Polizei eher niedlich als besorgniserregend gewirkt. Damals war die Paranoia noch nicht so weit fortgeschritten wie in späteren Jahren.

Uns fehlte zwar die Security, doch erst jetzt, wo die schweigenden Wächter verschwunden waren, merkten wir auch, welchen negativen Einfluss sie auf unsere Ausgeglichenheit und die der Kinder gehabt hatten.

Jetzt, da ich mir nicht mehr ständig lebensbedrohliche Szenarien ausmalen musste, in denen ein Nachbar oder die Freunde der Kinder Amal zufällig im Garten sahen und Fragen über die zwei Männer in Schwarz stellten, die bei laufendem Motor im Auto saßen, fühlte sich das Leben seltsam leicht an, fast unbedeutend.

Was mir auch nicht fehlte, war die Sorge, oder besser: die Todesangst vor gefährlichen Passanten, feindlich gesinnten Bewohnern des Flüchtlingsheims etwa, die auf dem Weg zum Supermarkt bei uns vorbeikamen und einen Blick auf Amal erhaschten, wie sie gerade zum Gartenhaus ging oder zum wartenden Auto rannte, gleichermaßen beschützt wie gefangen zwischen ihren vier Begleitern.

Dass wir selbst in Gefahr waren, verdrängte ich; paradoxerweise konnte ich mir eine Bedrohung nur mit Bodyguards in der Nähe vorstellen. Und das, obwohl ich ausgiebig in der Presse verfolgte, was Ex-Muslime und andere Gegner des radikalen Islam ertragen mussten und was arglosen Menschen in Zügen, Bussen und Hotels auf der ganzen Welt angetan wurde. Masochistisch und diszipliniert verabreichte ich mir diese Meldungen bis zum Äußersten, wie eine bittere Medizin, weil ich wach bleiben wollte, geistesgegenwärtig und motiviert. Es wäre dumm, stumpfsinnig und unvernünftig gewesen, die Augen vor diesen Verbrechen zu verschließen, nur weil sie woanders verübt wurden und so absurd schienen.

Viele der Gespräche mit Amal und unserer langsam wachsenden Gruppe interessierter Vertrauter, die noch immer ab und zu bei uns zu Besuch war, drehten sich um die brutale Gewalt gegen Frauen, Homosexuelle, Ungläubige, aber auch um die alltägliche Gewalt in der rechtsfreien Gesellschaft, in der Amal aufgewachsen war. Nicht nur Gewalt gegen Dissidenten, sondern auch gegen Kinder, wie sie eines gewesen war, klug, ohne liebevolle elterliche Unterstützung, verloren und wild. Eine erbarmungslose Gesellschaft, in der das Recht des Stärkeren galt und die Willkür der mächtigsten Gruppe.

Als würde sie von Rebellen gefangen gehalten – so fühlte es sich in den letzten Wochen vor dem Finale an. Einen Anruf pro Tag gestanden sie ihr zu, und Amal meldete sich treuherzig, immer zu einer anderen Uhrzeit. Sie berichtete gehetzt, manchmal atemlos, was sie gehört und erlebt hatte. Auf Anweisung der Bodyguards musste sie auf dem Festnetz anrufen, wodurch meistens ich mit ihr sprach, weil Bor tagsüber selten zu Hause war.

Diese Telefonate waren jedes Mal ein Ereignis, denn neben der Spannung des Wettbewerbs thematisierten sie ein ganzes Universum an politischen und religiösen Dilemmas und Fragen. Seit sie sich als Islamkritikerin geoutet hatte und Artikel veröffentlichte, führte Amal nicht nur in jeder freien Minute Gespräche mit anderen, die sich von ihrem Glauben abgewendet hatten, sondern auch mit Journalisten im In- und Ausland, von denen sie uns aufgeregt erzählte.

Nach ein paar Tagen hatte Bor mich in Amals neues Versteck schmuggeln können. Da war Kevin zwar schon freigelassen worden, weil es keinen Beweis gab, dass er von Amals Unterschlupf gewusst hatte, trotzdem hielten die Sicherheitsleute eine Rückkehr ins Gartenhaus für viel zu riskant. Daher hatte ich in einem leicht erschöpften neuerlichen Anfall von Fürsorglichkeit wenigstens ein paar Kleinigkeiten für Amal gekauft, die ihr neues Versteck ein bisschen aufpeppen sollten, unter anderem eine elektrische Heizdecke.

Bis zu diesem Augenblick hatte ich mir keine Gedanken darüber gemacht, wo sich der sterile Ort, den sie mir beschrieben hatte, befand. Zu meiner Erschütterung fuhren wir durch ein beeindruckendes Stahltor auf das Gelände eines Gefängnisses. War das der einzige Ort, an dem sie ihr Schutz bieten konnten: ein Gefängnis? Wir passierten die Schlagbäume, unsere Taschen wurden kontrolliert, mir war, als würden wir Kriegsgebiet betreten, und dieses Gefühl ließ mich nicht mehr los. Hier hatten sie Amal also eingesperrt, das Singvögelchen war wieder in einem Käfig. Na bravo.

»Unsinn, Zel«, sagte Bor, »sie wohnt in einem Büro, nicht in einer Zelle. Halb so wild – und es ist ja nur vorübergehend, bis wir was anderes für sie gefunden haben.«

Wir?, dachte ich. Wie konnte er nur so leichtfertig über die Blamage hinwegsehen, dass dieses verletzliche Wesen nur an einem Ort sicher sein sollte, wo Kriminelle weggeschlossen wurden? Es kam mir so *praktisch* vor, um nicht zu sagen *bequem*. War wirklich niemandem etwas Besseres eingefallen?

Als ich die eintönigen langen Gänge sah und das hoffnungslose, mürrische Grau der Wände, überkam mich neben Widerwillen auch Scham. Ja, in Sicherheit war sie hier, kein Zweifel, aber wie hatte es bloß so weit kommen können? Amal registrierte meinen Blick. Und lachte darüber. Das Wiedersehen war emotional, wir umarmten uns, als hätten wir uns Jahre nicht gesehen. So unzulänglich ich mir in ihrem Beisein auch oft vorkam, fühlte sich meine Sorge um ihr körperliches und seelisches Wohl zur Abwechslung mal gut an. Auch bei Sam, der so vollkommen in seinem Tastenspiel aufgehen konnte, dass sich eine Art Ehrfurcht, die man normalerweise Zehnjährigen gegenüber nicht hat, in meine Liebe und Zuneigung mischte, flüchtete ich mich oft ins Bemuttern.

Das Verhältnis zwischen Amal und mir hatte sich nach und nach von hierarchisch zu freundschaftlich entwickelt, erfuhr aber jetzt eine neue Veränderung. Nach außen hin waren wir zwar noch immer Freundinnen (Bor und ich waren ihr Fels in der Brandung, ihre Beschützer, niemand stand ihr so nahe wie wir), doch ich muss gestehen, dass meine Bewunderung für ihren Mut die Gleichberechtigung in unserer Freundschaft untergrub, und während ich nun mit ihr sprach, wurde ich mir einer Scheu bewusst, die ich vorher nicht empfunden hatte.

»Kannst du schlafen? Wie ist das Essen?«

Liebevolle Unterstützung und Sorge um ihr körperliches Wohl – vielleicht war das alles, was Amal in diesem Stadium des Song-Contests brauchte, wo sie mit den verbliebenen Kandidaten tagsüber praktisch nur noch im Studio lebte und von Probe zu Probe rannte, von anonymen Kräften bedroht, die zwar unsichtbar blieben, aber, wie die Bodyguards Bor versichert hatten, im Internet weiterhin aktiv waren.

Doch trotz der spartanischen Umstände, mit denen sie zurechtkommen musste, hatte Amal nichts von ihrer Begeisterungsfähigkeit und ihrem Charme eingebüßt – die Angst und das Chaos nach dem Zwangsumzug hatte sie offenbar schon vergessen, auch wenn die Kinder ihr fehlten und sie sich Sorgen um Nurun machte. Augenscheinlich brauchte sie mich nicht, um sich in der Welt zu behaupten.

Nur noch eine Woche bis zum Halbfinale, zwei bis zum Finale – also gingen wir davon aus, dass sie noch mindestens zwei Wochen in diesem kahlen Büro schlafen musste, schließlich galt sie nach wie vor als Favoritin. Ein großer Raum mit einem Schreibtisch, zwei Stühlen und einer Matratze auf dem Boden. Daneben lag ihr aufgeklappter Koffer unter einem Berg frischer und getragener Sachen, als hätte ihre Kleidung beim Öffnen des Koffers den Duft der Freiheit geschnuppert und sich schamlos ins Zimmer ergossen.

Sie musste sich in den letzten Wochen viel gekauft haben,

denn ich sah Taschen verschiedener Modelabel und Kleider, an denen noch das Preisschild hing.

»Wir bekommen die Kleidung gestellt«, erklärte sie lächelnd, als ich ein langes, silberfarbenes Abendkleid, das wie ein Lumpen zwischen getragener Unterwäsche und feuchten Handtüchern gelandet war, aufhob und verwundert betrachtete.

Wie selbstverständlich sammelte ich die Unterwäsche ein und zog die Handtücher aus dem Kleiderhaufen, um sie zu Hause zu waschen. Mir fiel auf, dass Amal dünn aussah, ihre Gesichtszüge waren schärfer. Doch ansonsten wirkte sie unverändert, genauso statuenhaft wie zuvor, charmant und sachlich in ihren normalen, fast langweiligen Klamotten: einer beigen Hose und einem schwarzen Rollkragenpullover.

Auch ihr gewinnendes Lachen war noch dasselbe, offen und perlend. Dieses Lachen konnte ihr die pure Fröhlichkeit ins Gesicht zaubern, als würde sie in allem, was sie hörte, sah oder erlebte, eine humorvolle Seite entdecken. Wenn sie mit einem sprach, war ihr Lachen das Geschenk, die Belohnung, auf die man hoffte, es zog Menschen in seinen Bann, angefangen bei meinen Kindern und meinem Mann. Und angesichts ihres Erfolgs galt das wohl auch für das Publikum von *Die Stimme*. Es hätte mich nicht einmal gewundert, wenn die Jury ihre Entscheidung längst getroffen hätte und jetzt alles daransetzte, die Zuschauer dementsprechend zu beeinflussen. Hinter ihrem Lob steckte eindeutig eine Strategie. Amal war nie, wie andere Teilnehmer, in der sogenannten Gefahrenzone gelandet. Noch die talentiertesten Sängerinnen und Sänger hatte es dorthin verschlagen, wo sie unglücklich, zähneknirschend und auf die Gunst der Zuschauer hoffend ihrem Schicksal entgegensahen.

In der Gefahrenzone spielten sich wahre Dramen ab, selbst die Besten büßten dort an Selbstvertrauen und musikalischer Treffsicherheit ein – was beides unerlässlich war für einen gelungenen Auftritt. Die Opfer versuchten standhaft zu bleiben, sangen sich um Kopf und Kragen, doch man hörte ihre Unsicherheit, das Zittern in ihrer Stimme, die Risse in der Souveränität und Überzeugungskraft, mit der sie ihre Songs vortrugen. Und das war tödlich.

Mir war aufgegangen, dass eine gelungene Darbietung einem überzeugenden Monolog glich. Aus der Stimme eines überwältigenden Gesangstalents sprach eine intuitive, emotionale, aber dennoch zutiefst universelle Weisheit, eine Weisheit, die über jeden Zweifel an der Ausführung erhaben war. Solch einem Sänger glaubte man, er verführte einen, solch eine Stimme konnte durch ihre klangliche Intensität alles Wahrhaftige und Menschliche ausdrücken. Sie konnte Liebe ausdrücken. Amals Stimme musste man lieben, ob man wollte oder nicht. Auch wenn sie manchmal gar nichts mit Amal zu tun zu haben schien.

Als wir darüber sprachen, wie es mit ihr weitergehen sollte, sagte Bor: »Wenn sie gewinnt, hat sie genug Geld, um sich ihre eigene Security zu leisten. Oder sie geht nach Amerika. Jemand wie Amal muss nach Amerika. Da kann sie von vorn anfangen. Sie kommt groß raus, das geht gar nicht anders. Hier wird sie auf offener Straße wahrscheinlich nie mehr sicher sein.«

Nie mehr. Nie mehr wie Salman Rushdies Nie-mehr? Nie, nie, nie mehr sicher? Wäre sie für immer gefangen? Er denke ja, sagte Bor, und ich schätze, er hatte recht.

»Und du nicht?«, fragte ich. »Wir, vielmehr?«

»Ich habe mich nicht vom Islam abgewendet«, sagte Bor. »Ich äußere mich nur hin und wieder kritisch über Religion. Das ist was anderes. Michal und Boas machen das auch, und die sind doch auch nicht in Gefahr?«

Ich nickte. Im Nachhinein betrachtet, nickte ich viel in dieser Zeit. Ich mochte es, wenn Bor mich beruhigte.

»Die sind aber nicht im Fernsehen«, konterte ich pro forma. »Die reden nicht dauernd über Amal. Kevin hatte doch nicht umsonst einen Brief an dich dabei.«

»Der Brief war doch letzten Endes ganz harmlos. Der Junge war nur durcheinander.«

»Nur durcheinander? Dann war auch Mohammed Atta nur durcheinander.«

»Jetzt lass mal die Kirche im Dorf, Zel. Ich habe neulich noch mit dem Sicherheitskoordinator gesprochen. Wenn ich in Gefahr wäre, hätte er es mir gesagt, glaub mir.«

»Bekommt sie jetzt ganz offiziell Personenschutz?«

»Ja, danach sieht es aus«, sagte Bor zerstreut. Soweit ich wusste, versuchte er Amal auf die »Liste der vom Staat zu schützenden Personen« zu bekommen. Er verfügte über Kontakte in die Politik, die ich nur teilweise kannte. Ich wusste bloß, dass ein Interesse der freiheitlich-demokratischen Grundordnung an der Sicherheit einer Person Voraussetzung dafür war, auf diese Liste zu kommen. Anscheinend galt das für Amal, nicht aber für Bor. Ich hinterfragte das nicht, weil … Ja, warum eigentlich nicht?

Kapitel 42

Ich tue Bor unrecht, stelle ihn als vielbeschäftigt dar, immer unterwegs und zerstreut, als einen nüchternen und nachlässigen Mann. Einen, der nur für seine Ambitionen lebt. Nach dem höchsten Honig greift. Ich verschweige seine Zuwendung. Seine Sorge für Philip, seine wehrlose Liebe zu Sam und Pol. Zu mir.

Ich will nicht an ihn denken, wie er war. Bor und sein Käsehobel. Seine schöne italienische Aktentasche, ein Geschenk von mir, das er immer bei sich hatte. Sein »Hallooo, wo steckt ihr alle?«, wenn er nach einem langen Tag am Gericht nach Hause kam. Sein in sich gekehrtes Musikhören, Kopfhörer auf den Ohren, fast unmerklich dirigierend. Bor und sein übermächtiger Gerechtigkeitssinn.

Ich will nicht an ihn als den liebevollsten, selbstlosesten Mann denken, der mich je geliebt hat. Will nicht spüren, wer Bor war, wer ich für ihn und mit ihm war, will nicht daran denken, wer ich nicht mehr bin, nicht an das Leben, das nicht mehr meines ist und das ich nicht mehr sehen kann, wie es war.

Es war so selbstverständlich, unser Glück eine derart unsichtbare Flitterschicht auf dem Alltag, dass es mir fast nicht auffiel, nicht auffallen konnte, ein Glück, das im Trubel versteckt war, eingenäht im Futter meines Lebens wie ein geheimes Schutzpolster vor Kälte, Gefahr, Armut. Aufsprühende Funken von Hitze, die glitzerten, weil wir in einem so rasanten Tempo lebten – das war unser Glück, und ich erkenne es erst jetzt. Jetzt, da es weg ist, Nacht, stockdunkel und totenstill. Jetzt, da es vorbei ist.

Mit fliegenden Fahnen schaffte Amal es ins Finale. Wenige Tage davor, an ihrem einzigen Abend ohne Auftritt oder Probe, sahen wir sie noch ein Mal, als sie mit ihrem Gefolge zum Abendessen kam.

Sie hatte angerufen und gesagt, wir würden ihr fehlen und sie wolle die Kinder und uns gern sehen, bevor sie sich in dieses Abenteuer stürze. In ihrer Stimme lag etwas Emotionales, das ich nicht von ihr kannte, und erst viel später begriff ich, dass sie wohl dachte, ihr könne an ihrem großen Abend etwas zustoßen, und das einkalkulierte – vielleicht sogar akzeptierte.

Doch als sie anrief, war ich gerührt, und Sams und Pols Aufregung verrieten mir, wie sehr sie sich danach sehnten, Amal wiederzusehen. Nicht bloß, weil sie bei dem Wettbewerb, den all ihre Freunde verfolgten, so weit gekommen war, sondern auch, weil sie fanden, dass sie zu ihnen gehörte, dass es ihre Amal war – jetzt, da die Erwachsenen so viel über sie redeten, erst recht.

Wahrscheinlich dachten sie insgeheim, wir wären mitverantwortlich für ihre Berühmtheit, wobei ich nicht glaube, dass sie sich bewusst waren, wie weit Amals Ruhm wirklich reichte, auch international.

Als ich ihm davon erzählte, reagierte Bor nicht mit seiner üblichen Zurückhaltung gegenüber Gästen.

Für uns war es nichts Neues mehr, trotzdem fand ich sie frappierend: die theatralische Eile, mit der sie die Stufen zur Haustür hinauf eskortiert wurde. Scheinbar wurden mittlerweile selbst die paar Meter als hochriskant angesehen.

Damals hatte ich schon vierzehn Tage nichts mehr davon gehört – will heißen: von dem Ausmaß der Wut in der Welt derer, die es als ihre heilige Pflicht ansahen, Amal zu töten, um selbst aufzusteigen in den Rängen von Allahs Mob. Doch Bor versicherte mir, die Gefahr sei größer denn je. Also zogen wir die Vorhänge komplett zu, um jegliches Leben in unserem Wohnzimmer vor den Blicken des Feindes zu schützen.

Aufgeregt kam sie ins Haus, in einer gerade geschnittenen weißen Wolljacke, die ich nicht kannte und die an ihr besonders schick aussah. Sie strahlte, erfüllt von ihrem Erfolg und ihrem überbordenden Terminkalender, und zum ersten Mal schien mir ihre Aufmerksamkeit für Pol etwas Gezwungenes zu haben, ja sogar die für Sam, doch ich will nicht ausschließen, dass er sich das selbst zu verdanken hatte, denn er stieß sie förmlich mit der Nase darauf, wie vernachlässigt er sich fühlte. Jedenfalls beschallte er das ganze Haus mit einer lauten, durchdringenden Klaviersonate – Beethoven –, und erst nachdem er den letzten Takt gespielt hatte, bequemte er sich, Amal zu begrüßen.

»Ach, mein Pianist. Wie sehr ich ihn vermisst habe!«, sagte sie, als er schließlich aufhörte zu spielen, doch sie applaudierte nicht wie sonst.

Wieder einmal fiel mir ihr mangelndes Schuldbewusstsein auf, und ich fragte mich, ob es ein Makel war oder eher ein cleverer Überlebenstrick, um nicht zurückzublicken, sich nicht zu besinnen, keine Zweifel zuzulassen. Denn das wäre schließlich eine Verzögerung auf ihrer Flucht nach vorn, auf dem Sprung zur nächsten Anlegestelle.

Aber dass sie Sams Leistung nicht beachtete, zeugte ja eigentlich von Schuldgefühl – allerdings ging das bei ihr nicht mit Befangenheit einher, die für mich zum Schuldbewusstsein dazugehört, eher im Gegenteil.

So jung er war, begriff Sam, dass er mit Bockigkeit nichts erreichen würde, also schob er seinen Groll beiseite und jubelte, als sie ihn fragte, ob sie zusammen *Hallelujah* vortragen sollten.

Pol war ziemlich verschüchtert, jetzt, da sie zum ersten Mal seit Langem wieder in Amals Nähe war. Unauffällig (aber nicht für mich) nuckelte sie an ihrem Daumenknöchel, eine Angewohnheit, die sie eigentlich schon vor Jahren abgelegt hatte.

Philip, der wider Erwarten zu Hause geblieben war, begrüßte Amal ungewöhnlich herzlich, küsste sie auf die Wangen und fragte: »Na, wie geht's? Kriegst du noch alles auf die Reihe?«, als wäre sie eine gute alte Freundin.

Anscheinend war das seine Art, mit seinem Unbehagen umzugehen, denn mir war klar, dass er sich für Amals Verbannung aus dem Gartenhaus verantwortlich fühlte. Kevins Erscheinen hatte vor allem für sie weitreichende Folgen gehabt, und dessen war er sich sehr wohl bewusst, das stand ihm deutlich ins Gesicht geschrieben. Schuldgefühle, auch bei ihm – womit ich wieder bei meinem Lebensthema wäre. Meistens brachten sie nichts Gutes.

Doch genauso wenig wie Amal Schuldgefühle zeigte, nahm sie diese bei anderen wahr: Gut möglich, dass sie

Philips Unbehagen nicht einmal bemerkte. Sie strahlte einfach weiter, ließ keinerlei Ärger, Spott oder Geringschätzung erkennen. Offenbar waren ihre gute Laune und ihr Selbstvertrauen durch nichts zu erschüttern. Sie nahm Philip lange in die Arme, obwohl die beiden meines Wissens davor nie Körperkontakt gehabt hatten.

Als wären wir ihre Gäste und nicht umgekehrt, stellte sie sich danach ans Klavier und wies Sam komödiantisch, aber gebieterisch seinen Platz auf dem Hocker zu. Sie besprachen die Tonart, und nach einem fragenden Blick in meine Richtung nahm Sam Platz und griff sofort treffsicher in die Tasten.

Philip blieb in der Tür stehen, und Pol hängte sich an meinen Hals, als wäre sie drei und nicht beinah neun. Weil sie so schwer war, musste ich mich setzen, und sie machte es sich auf meinem Schoß bequem. Auch Bor setzte sich.

Das Klavierspiel erfüllte unser hohes Wohnzimmer mit fast unerträglich lieblichen Klängen, die dann vollkommen mühelos von ihrer warmen Stimme durchbrochen wurden. Erstaunlich, wie diese Stimme jedes Mal genau den Trost spendete, den man gerade brauchte, ohne es überhaupt zu wissen. Wie sollte man eine solche emotionale Kraft losgelöst sehen von ihrer Interpretin, ihrer Trägerin, der Sängerin? Ich weiß noch, dass sie mich an einen Adler erinnerte, einen riesigen Raubvogel vor dem Hintergrund eines strahlend blauen Himmels, reglos, gewaltig und Ehrfurcht gebietend, erst segelt er noch friedlich dahin, eine Beute im Visier, dann stürzt er sich plötzlich hinunter. Kann diese grandiose Lautlosigkeit die Metapher für eine Stimme sein?

Now I've heard there was a secret chord … Hallelujah …

Welcher Gott? Doch sicher der Gott der Musik. Ihr kraftvolles Halleluja verwirrte mich genauso sehr wie beim ersten Mal.

Er war merkwürdig, dieser letzte Besuch von Amal. Navid, Bors iranischer Kollege, gesellte sich im Lauf des Abends zu uns. Ich weiß noch, dass Sam hinterher sagte, Amal hätte die ganze Zeit nur mit uns geredet und überhaupt nicht mit ihm oder mit Pol. Und nach seinem Wettbewerb hätte sie auch nicht gefragt. Ob sie den wohl vergessen hatte?

Ich tröstete ihn. »Natürlich nicht. Sie ist einfach ein bisschen zu sehr mit sich beschäftigt und nervös wegen des Finales. Du musst ihr verzeihen, Süßer«, sagte ich, worauf er etwas Unverständliches brummelte.

Als ich Pol fragte, wie sie den Besuch fand, zuckte sie mit den Schultern. Es sei fast so, als wäre Amal groß geworden, meinte sie. »Vorher war sie mehr wie ein Kind, wie wir, und jetzt auf einmal nicht mehr.«

Philip war den ganzen Abend dageblieben, am Gespräch beteiligt hatte er sich aber nicht. Natürlich war mir aufgefallen, dass er sich verändert hatte. Er war blasser und viel angespannter als früher, außerdem sprach er in letzter Zeit mehr denn je über Mullahs und Mocros und riss Witze über Jungfrauen, die im Paradies die Selbstmordattentäter erwarteten. Kevins Bekehrung schien ihn und seine Freunde schwer zu beschäftigen, und ich sah, dass er an jenem Abend hin und wieder etwas sagen wollte, es sich aber jedes Mal im letzten Moment verkniff. Er hatte großen Respekt vor Navid, das wusste ich, mindestens so viel wie vor Amal. Und wenn Navid erst anfing, von seiner Flucht vor Khomeinis Religionspolizei zu erzählen, war er nicht mehr zu bremsen. Nach der Revolution und dem Sturz des Schahs, gegen den er mit seinen Freunden demonstriert hatte, war Khomeinis Herrschaft eine grausame Überraschung gewesen. Navid bereute es zutiefst, dass er sein Schicksal und das seines Landes in die Hände dieses »falschen Erlösers« gelegt hatte, der sich seinen Anhängern gleich nach dem Sturz des alten Regimes in der vollen Pracht seiner religiösen Wolfsgestalt gezeigt und für ein böses Erwachen gesorgt hatte. Wie Amal war Navid heftig von politisierter Religion erschüttert worden, bloß auf andere Weise.

An jenem Abend verglich Amal die aus Angst geborene Kraft, mit der sie früher an Allahs Allmacht geglaubt hatte, mit der widersprüchlichen Loyalität von Kindern gegenüber ihren Eltern, die sich im Dunkel der Nacht an ihnen vergriffen – Treue zu einer Person oder einer Gruppe, von der man abhängig ist, die man so gut kennt wie keine andere und ohne die es gar keine Wirklichkeit gäbe, weil die Person oder die Gruppe selbst die Wirklichkeit *ist*.

Sie sprach von ihrem Erstaunen und ihrer Scham darüber, wer sie damals war. Davon, wie sie sich von jenen hatte losreißen müssen, die sie hinter sich ließ, ein schmerzlicher Prozess, der sich wahrscheinlich ihr ganzes Leben lang wiederholen würde, von dem man sich nie ganz befreien könne. Ich fragte mich, ob sie Heimweh hatte.

Bor und ich wollten sie nach draußen begleiten, um ihr noch ein letztes Mal viel Erfolg zu wünschen, doch das ließen ihre Bodyguards nicht zu. Sie wollten Amal möglichst unauffällig zum bereitstehenden Auto bringen und schnell mit ihr davonfahren.

Ja, wir spürten beide, dass es in mehreren Hinsichten ein letzter Abend war, auch als ihre »Adoptiveltern«, wie sie uns oft im Scherz genannt hatte. Doch hätte ich erklären müssen, weshalb ich in diesem Moment so wehmütig war, ich hätte es nicht in Worte fassen können.

Kapitel 43

Den Tag zurückholen. Wir hatten verschlafen an besagtem Morgen, das ist mir vor Kurzem erst wieder eingefallen.

Besonders viel ist nicht passiert, die Details sind spärlich gesät – inzwischen weiß ich nicht mal mehr, was ich gestern erlebt habe –, aber für die Rekonstruktion dieses einen Tages hatte ich jahrelang Zeit, und noch immer finde ich manchmal einen vergessenen Fetzen wieder.

Vermutlich hat alles, was sich in einer Familie abspielt, besonders der aus heutiger Sicht so begehrenswert scheinende süße Trott, im Nachhinein das Potenzial zur Anekdote, etwas, was einen fröhlich oder sentimental stimmt, worüber man lacht oder sich aufregt. In der Retrospektive ist Familienglück für mich die schönste Form von Glück.

Wie in wohl allen Familien setzten sich auch unsere Tage meist aus banalen, austauschbaren Szenen zusammen, die sich für uns in dem Moment aber anfühlten, als fielen sie aus der Reihe – knapp entgangenen Gefahren, Streitereien, Zurechtweisungen, Frust, Wehwehchen, Katastrophen, Panik, Lösungen, Erleichterung. Später erinnert man sich kaum noch daran. Doch weil danach so lange nichts Normales mehr passierte und es nichts zu lachen gab, nichts selbstverständlich war und wir nirgendwo Trost fanden, erscheint unser früheres Leben in einem anderen Licht, einem so hellen Licht, dass es die Realität dieser Jahre intensiviert, einem Licht, das mich seit über fünfzehn Jahren wachhält.

Ich glaube, so langsam ist es mir gelungen, alle Bruchstücke meiner Erinnerungen in der richtigen Reihenfolge zu arrangieren. So unsinnig das auch scheinen mag, für mich war es irgendwann essenziell. Keine Ahnung, warum. Vielleicht hatte Martha mir das eingeredet oder eine andere Kollegin.

Wie war der Tag, der alle Tage davor und danach für immer bestimmen sollte? Wie war er wirklich, wie konnte er zu dem führen … wozu er geführt hat? Der Tag des Finales von *Die Stimme*.

Gut fing er jedenfalls nicht an. Aber auf eine unschuldige Art »nicht gut«, nicht auf eine ominöse. Chaotisch. Noch chaotischer als sonst. Man könnte auch sagen, noch süßer, noch romantischer. Wir verschliefen. Süßer Schlaf. Warmer Schlaf. Wir verschliefen alle. Eine Seltenheit.

Ich schreckte auf, war sofort hellwach und scheuchte die anderen aus ihren Betten. Pol, selig über das Chaos, das wir uns eingebrockt hatten, zog sich in Windeseile an und stürmte, aufgeregt über alles, was sie von diesem besonderen Tag erwartete, in Socken die Treppe hinunter, verfehlte die letzten Stufen, stolperte über eine Tasche und knallte auf den Steinboden.

Gellendes Geheul, viel lauter als Pol es sich normalerweise zugestehen würde: So fing dieser Tag an, der in ihren Augen perfekt hätte sein müssen. In ihren Augen? Auch in meinen Augen, in unser aller Augen. Ein Tag, der im Nachhinein in weiten Teilen tatsächlich perfekt war. In weiten Teilen. Was für ein wunderbares Geheul. Was für ein unschuldiger Luxus, dieser Kummer.

Sie gaben sich gegenseitig Futter, das Geheul und der Kummer. Je mehr Pol sich der Tragik bewusst wurde, dass sie sich ausgerechnet heute verletzt hatte, desto lauter heulte sie. An einem gewöhnlichen Wochentag in ein Fernsehstudio fahren, als Ehrengäste der Favoritin des Abends vor der Kamera stehen – jede Minute war aufgeladen mit Vorfreude und Magie. Und genau diese Magie verlieh jetzt auch dem kleinen Unfall eine emotionale Ladung und machte den Kummer unerträglich. Mit einer Packung Tiefkühlerbsen versuchte ich, Pols schmerzenden Knöchel zur Ruhe zu bringen, und damit auch Pol selbst.

Der Knöchel sah unauffällig aus, doch weil Pol panisch weiterjammerte und humpelte und ich kein Risiko eingehen wollte, beschloss ich, mit ihr zum Arzt zu fahren, der ihr sicher einen Verband anlegen würde – für die psychologische Seite der Verletzung schien mir das heilsam. Bevor wir ins Auto stiegen, fiel mir ein, dass ich noch im Briefkasten nachsehen wollte, ob die Karten für heute Abend angekommen waren.

So war das, so kam ich an diesem Morgen dahinter, aber welche Bedeutung, welchen Wert hat das schon, denn das Timing interessiert ohnehin niemanden außer mir.

Ich ging also zum Briefkasten und fand darin einen Stapel Umschläge, aber zu meinem Schreck waren die Karten nicht dabei. Ich nahm die Post mit ins Auto. Pol hatte sich etwas beruhigt, im Sitzen tue der Fuß nicht mehr so weh, meinte sie. Ich fragte hoffnungsvoll, ob der Fuß denn vielleicht gar nicht mehr wehtun würde. Pol sah mich ausdruckslos und mit verweinten Augen an, dann betastete sie den Knöchel. »Doch!«, rief sie und musste schon wieder weinen.

»Na, dann fahren wir jetzt schnell zum Arzt, was meinst du?«

Wir mussten warten. Außer uns waren da noch ein unisono hustendes junges Paar und ein großer alter Mann mit fahler, fettiger, pockennarbiger Haut, der vollkommen still dasaß, sein Blick war so traurig, als hätte er mit dem Leben bereits abgeschlossen. Erst war das Paar an der Reihe, dann der alte Mann. Pol hatte sich sofort auf die Arztpuppe gestürzt, eine alte Spielkameradin von ihr, und ich hoffte, mit dem Knöchel sei nichts Ernstes und wir säßen hier bloß für das Ritual.

Zum Glück hatte ich am Nachmittag nur zwei Klienten. Das Paar blieb ungefähr zehn Minuten im Sprechzimmer. Wenn ich selbst dahinter saß, wusste ich die schallisolierte Tür immer sehr zu schätzen, aber wenn ich warten musste, malte ich mir ganz kindisch die intimsten Szenen aus, die sich auf der anderen Seite abspielten.

Als die beiden, merklich fröhlicher, wieder herauskamen, ließ uns der stille Mann mit einer eleganten, wenn auch enorm schwermütigen Handbewegung den Vortritt. Pol humpelte dramatisch am Arzt vorbei in das Sprechzimmer, in dem sie schon oft gewesen war. Mit professioneller Ernsthaftigkeit inspizierte und befühlte er den Knöchel. Er war zwar nicht gebrochen, aber natürlich geprellt. Mit einem Blick auf mich beschloss der Arzt, den Fuß zu verbinden. Pol tat ein paar letzte Schluchzer, und als wir die Praxis verließen, war der Schmerz zum Abenteuer geworden. Und der verbundene Fuß auch.

Er ist eine der Requisiten, ein Teil des Dekors dieses Tages, das ich vor Augen habe, wenn ich zurückblicke. Der verbundene Fuß, und dass Pol unbedingt getragen werden wollte.

Ich sehe mich noch dastehen, unbeweglich, Pol auf dem Arm wie ein Baby, ihr Gesicht in meinem Nacken.

Ich brachte Sam und sie zur Schule, wir kamen zu spät. Ich war abgelenkt, durcheinander, unkonzentriert, ich brauchte Kaffee. Wo konnten bloß die Karten für heute Abend sein, Amal hatte sie uns doch versprochen? Nachdem ich das ganze Haus durchsucht hatte, fand ich sie schließlich in Bors Arbeitszimmer. Neben einem geöffneten Brief der Bank, an uns beide adressiert, auf dem *Dringend* und *Sofort öffnen* stand.

Zu meiner Schande muss ich gestehen, dass ich Bankangelegenheiten meistens Bor überließ. »Dringend« sagte mir damals nichts. Was konnte schon so dringend sein? Wir verdienten beide genug, wir hatten eine Menge auf der hohen Kante, vor einem halben Jahr hatten wir unser Haus schätzen lassen (warum eigentlich?), und es war zwar nicht drastisch, aber immerhin leicht im Wert gestiegen. Und unsere hohe Hypothek konnten wir auch immer bezahlen, soweit ich wusste.

Der Ton des Briefes war lächerlich ernst. Es ging um einen Kredit, den Bor offenbar geschäftlich aufgenommen hatte, über eine gewisse Chaim GmbH, und dessen Betrag das Limit der Bank deutlich überstieg. Sie erbaten, nein forderten Sicherheiten, wenn ich es richtig verstand.

Ich ließ mich auf Bors Stuhl sinken und las alles durch, was ich auf seinem Schreibtisch fand. Dann versuchte ich, ihn zu erreichen. Was für Sicherheiten?

Panisch suchte ich weiter in seinen Papieren – anfangs wusste ich nicht mal, wonach, doch schnell wurde mir klar, worum ich mir Sorgen machte: unsere Ersparnisse. Meine Ersparnisse.

Ein paar Jahre zuvor waren wir für den Verlust (bzw. den Diebstahl) eines Ölgemäldes des flämischen Meisters Karel van Mander entschädigt worden, das im Haus meiner Großeltern gehangen hatte, bevor sie aufgegriffen, deportiert und ermordet wurden. Die Anerkennung des Schadens hatte uns viel Zeit gekostet, aber letzten Endes waren unsere Beweise für stichhaltig befunden worden, und meine Schwester, meine Mutter und ich hatten eine ansehnliche Summe erhalten. Ich hatte Bor das Geld auf einem separaten Konto anlegen lassen, um es später den Kindern zu vermachen. Wenn die Bank nach zusätzlichen Sicherheiten suchte, war anzunehmen, dass sie von diesem Guthaben nichts wusste.

Auf Nummer sicher zu gehen konnte nicht schaden.

Ich suchte die Kontodaten heraus, sie waren in meinem Handy unter Van Mander gespeichert, und rief bei der Bank an.

Das Konto existierte noch.

Der Saldo belief sich auf einen Euro.

Bor nahm nicht ab.

Ich musste mich umziehen – ich hatte noch nicht einmal geduscht, um schnell mit Pol loszukönnen. Gleich würde Nora vor der Tür stehen, und die Reste des Frühstücks waren noch nicht weggeräumt. Wenn Nora kam, wurden mir solche Sachen bewusster als sonst. Eine seltsame Scham über körperliche Bedürfnisse, die sich offenbar auf mich übertrug. Warum arbeitete ich nicht außerhalb der eigenen vier Wände, wie Bor?

Ich zog mein Programm in einem Bruchteil der normalen Zeit durch. Was um alles in der Welt hielt mich jeden Morgen so lange auf, wenn es auch anders ging: In fünf Minuten hatte ich mir die Haare gewaschen und geföhnt, mich geschminkt. Im Morgenmantel las ich den Brief noch einmal. Versuchte, mich zu beruhigen. Von Alarmstufe Rot auf Orange runterzuschalten.

Bor tat nie etwas Unverantwortliches. Das war nicht seine Art, ein Seiltanz zwischen Rausch und Reue war nichts für ihn, er hasste es, leichtfertig Risiken einzugehen, und verachtete insgeheim Menschen, die das taten, denn die kannte er als Anwalt wie kein anderer. Bor war Sicherheit in Reinform.

Es war undenkbar, dass etwas Besorgniserregendes im Gange war.

Aber wofür brauchte er dann das Geld? Eine Leidenschaft für schnelle Autos, ein neues Gemälde? Das Landhaus, das ich mir schon so lange wünschte?

Oder waren wir in Geldnot, ohne dass ich es wusste?

Ich suchte nach Zahlen. Und wer sucht, der findet. Sie standen in der Anlage, fein säuberlich untereinander. Ich spürte eine Art Zittern in der Herzgegend, etwas Dünnes, Kaltes, das wie ein Geschoss aus Eis auf mich abgefeuert worden war.

In Windeseile räumte ich den Tisch ab. Mir blieb nur noch eine Viertelstunde. »L'Chaim«, das sagten wir, wenn wir uns zuprosteten, ein kleines Ritual vor dem ersten Schluck Wein, der sonst bedeutungslos die Kehle hinunterrinnen würde. Alles musste eine Bedeutung haben. »L'Chaim«, auf das Leben, sagten wir, bevor wir feierlich unsere zerbrechlichen Gläser aneinanderstießen. Chaim GmbH hieß die Firma, mit der Bor einen Kredit aufnehmen wollte, einen so hohen, dass die Bank umgehend Sicherheiten forderte.

Sie schlugen unser Haus vor. Nicht die Summe, die man für ein schönes Auto braucht. Der Wert unseres Hauses, unserer Autos, unserer Einrichtung – das waren unsere Sicherheiten. Sie wollten eine Unterschrift, »auch die Ihrer Frau«.

Mein Vertrauen – war es sofort weg? Warum hatte er mir nicht erzählt, dass wir so einen großen Kredit aufnehmen mussten? Wofür auch immer. Für wen auch immer. Unser Geld.

Und ich konnte Bor nicht erreichen. Gerichtstermin, natürlich. Immer hatte er einen Gerichtstermin.

Ich betrachtete mich im Spiegel: Das war ich, und gleichzeitig war ich es nicht – mit fünfundvierzig hatte ich immer noch Angst, mich in das kleine, gedrungene Mädchen mit kräftigen Beinen von früher zurückzuverwandeln, im Spiegel stand es mir gegenüber. Und auf einmal wusste ich, wofür Bor die Chaim GmbH gegründet hatte. Wofür Bor so viel Geld brauchte. Chaim. Leben. Ich musste mich auf den Badezimmerboden setzen, meine Beine trugen mich nicht mehr.

Für *unser* Leben brauchte er es nicht. Nicht für das der Kinder. Nicht für meins. Ein Damm gegen die Gewalt, gegen den Tod – aber nicht uns wollte Bor damit schützen, sondern jemand anders. Oder etwa nicht?

Ich versuchte, mich im Sitzen anzuziehen. Die Praxisklingel läutete.

Kapitel 44

Selbst da zweifelte ich noch. Vielleicht ist es ja gar keine große Sache, dachte ich. Eine plausible Steuerstrategie. Zu der auch dieser Brief gehörte. Eine Formalie. Irgendwas Cleveres. Aber war es dann plausibel oder akzeptabel, dass ich nichts davon wusste? Wer nannte seine Firma bitte schön »Leben«? War nicht im Prinzip jede Firma für die Lebenden?

Doch Nora war schon im Anflug, sie hatte ihren dünnen Körper in ein weites Sweatshirt gehüllt, trug ihn aber mit Stolz, wie eine Trophäe. Nach außen jedenfalls.

In Wirklichkeit kamen gerade zwei Noras zur Tür herein. Der Engel, durchscheinend, federleicht, glücklich darüber, nur so wenig von sich herumtragen zu müssen, ihre eigene schwindende Schöpfung: ein feingliedriger Giacometti, ein Mensch in Nadelform. Und die Verzweifelte, die Schmerzen und Hunger hatte und einsah, dass sie ein Ersatzleben ohne Sinn und Würde führte. Die immer wieder feststellen musste, wie leer und armselig ihr Dasein war, weil sie im Grunde nur mit sich beschäftigt war. Die von Scham und Verzweiflung gebeutelt wurde. Die stundenlang über einen Apfel grübeln und genauso ratlos und fasziniert von einem Brot sein konnte wie eine Katze von ihrem Spiegelbild. Im ständigen Kampf mit Gedanken, die sich im Millisekundentakt widersprachen, stemmte sie sich verbissen den Verlockungen der Sättigung entgegen. Die Aussicht auf Sättigung war für die Hungerkünstlerin Nora vergleichbar mit Höhen- oder Tiefenangst.

Trotzdem mochte ich sie besonders gern. Als Engel konnte sie witzig und klug sein, und manchmal erlaubte ich es mir, sie mit Problemen aus meinem eigenen Alltag abzulenken – um ihr weiterzuhelfen. Um sie am echten Leben zu beteiligen. Sie konnte erstaunlich empathisch sein. An diesem Nachmittag überlegte ich ernsthaft, sie in Bors Verrat einzuweihen – denn als solchen betrachtete ich seine neue Firma, die mir Herzrasen verursachte –, um schließlich doch noch zur Vernunft zu kommen und mir einfach die überspannten, schmerzlichen Sorgen meiner Patientin anzuhören. Wie jeden Tag plante auch heute wieder das Essen neue Anschläge auf ihre Willenskraft.

Ich ließ sie, nicht zum ersten Mal mit gut kaschierter Ungeduld, von ihrem unsinnigen Streit mit einer Freundin erzählen, die sie »gruselig dünn« genannt und ihr vorgeworfen hatte, sie, Nora, würde sich als etwas Besseres betrachten und ihr dauernd Essen aufzwingen. Das habe sie sehr traurig gemacht, sagte Nora. Wir hatten dieses Gespräch schon viele Male geführt.

Nora wollte immer, dass ihre Freundinnen etwas aßen, während sie selbst nichts zu sich nahm, und wurde nervös und aggressiv, wenn sie nicht mitspielten. Sie könne nichts dagegen tun, sagte sie, es sei stärker als sie. Sie hatte der Freundin erklärt, dass sie gern die Kontrolle über sich behielt und Essen die Einwilligung in etwas Gefährliches, Zerstörerisches bedeutete.

Gleichzeitig konnte sie weder ihren schreienden Magen ignorieren noch die Panik über den traurigen und armseligen Dauerverzicht. Bis auf Panik, Hunger und Kälte hatte man nicht viel davon, es sei denn, man konnte der bitteren Ästhetik des ach so aufregenden und wundersamen Schwindens von Bauch und Oberschenkeln, den sich immer deutlicher abzeichnenden Knochen unter der dünnen Haut an Wangen und Schläfen etwas abgewinnen. Genau wie Rauchen und Trinken war Hungern ein fröhliches Spiel mit dem Tod, leider eins, das exponentiell schnell bergabführte.

»Warum kann ich nicht einfach ohne Körper leben?«, flüsterte Nora, und während ich ihr in die wunderschönen, tiefliegenden Augen sah und eine Sekunde lang genau nachvollziehen konnte, was sie meinte, dachte ich unwillkürlich an Amal mit ihrem von allen Seiten belagerten Körper, dem Körper, der ihre Stimme und ihre Worte beherbergte, auch die ungläubigen, ihr großer, schöner, starker Körper voller Leben, den ihre Feinde zerstören wollten, um den Geist darin zum Schweigen zu bringen, die Stimme zum Erlöschen.

Amal, und wie lustvoll sie essen und reden und singen und lachen konnte. Körper und Geist – die beiden voneinander trennen zu wollen, war eine krankhafte Fantasie. Warum siehst du das nicht ein, Nora? Ich zog in Erwägung, genau das zu sagen. Aber an diesem Tag wollte ich sie nicht konfrontieren – Nora war geistig klar genug, um den Denkfehler zu erkennen, der ihren Körper langsam zu vernichten drohte, das Problem war nur, dass der Denkfehler sich eingenistet hatte und wie ein Geschwür immer weiterwachsen würde, es sei denn, Nora oder ich fanden eine Lösung, eine Methode, wie sie ihre Sucht nach dem großen Schwinden mit eigenen Mitteln, eigener Willenskraft besiegen konnte. Diese Methode umkreisten wir schon seit Jahren, hatten sie jedoch noch nicht gefunden.

An den nächsten Patienten erinnere ich mich nicht mehr. Wohl aber, dass ich Sam und Pol von der Schule abholte. Pol erwartete mich schon ganz ungeduldig: goldene lange Wimpern, die Haare mit blauem Glitzergel nach hinten gekämmt, Lippenstift, Rouge. Sie humpelte auf einem in goldenes Krepppapier gewickelten Fuß, machte einen völlig überdrehten Eindruck. Eins der älteren Kinder habe sie geschminkt, schrie sie.

»Wahnsinn, Süße«, sagte ich. »Du bist bereit, wie ich sehe. Und was macht der Klumpfuß?«

Über dieses Wort war sie ganz aus dem Häuschen.

Ich rief sogar noch Amal an, erinnere ich mich. Um ihr viel Erfolg zu wünschen.

Am späten Nachmittag rief sie in einer Probenpause zurück.

»Hals- und Beinbruch, Amal«, sagte ich professionell, und für einen Augenblick klang ich fast wieder so enthusiastisch und lebhaft wie sonst, wenn ich mit ihr sprach. Aber dieses Mal schlug mein Herz kalt und schnell, und ich fühlte mich leer. Auch den unechten Ton meiner schrillen Stimme bemerkte ich. Wer war ich?

Ich wollte mich von außen betrachten, mit Amals Augen, all die Zeit hatte ich mich als Quell von Wärme, Sicherheit und Trost sehen wollen, die tapfere, edelmütige Protagonistin einer schönen Geschichte. Jetzt schämte ich mich zu Tode für mein Selbstbewusstsein und fühlte mich nur noch lächerlich, durchschaubar, vollkommen nebensächlich.

Was war hinter meinem Rücken abgelaufen? Warum war ich nicht auf dem neuesten Stand – von was auch immer? Warum durfte ich einfach so verraten werden? Mir war, als gehörte ich nicht mehr dazu, als wäre ich jemand anders.

Pol und Sam streckten die Hände nach dem Telefon aus, sie wollten auch mit Amal sprechen.

»Hals- und Beinbruch? Was soll das, Mama? Bist du bescheuert? Warum sagst du das?«, fragte Pol empört.

»Dummkopf«, knurrte Sam, »das sagt man so zu Künstlern!«

Pol hörte nicht zu. »Ich will, ich!«

Ich gab ihr das Telefon.

»Ich hab mir fast das Bein gebrochen, Amal!«, schrie sie.

»O nein! Pol!«

Pol klärte sie auf. Amals Lachen durchs Telefon, sogar für mich hörbar.

Amal, die immer so herzerwärmend lachte. Amal, die keine Angst hatte. Die niemanden brauchte. Bei ihr war Security kein Zeichen von Schwäche oder Furcht, sie wirkte dadurch nur noch glamouröser. Und bekam mehr Aufmerksamkeit von Bor. Wie grotesk nüchtern sie klang, keine Spur von Nervosität in der Stimme. Gestern, ja selbst heute Morgen noch, hätte ich das bewundernswert gefunden, jetzt fand ich es kalt. Unerträglich. Aber das Wort brachte mir nichts, das Gefühl machte mich nicht stärker.

Sie fragte, ob wir die Karten hätten, in Sorge, dass wir zu

spät kämen. Mit der sachlichen Selbstverständlichkeit von jemandem, der weiß, dass er geliebt wird, instruierte sie uns, an unsere Personalausweise zu denken. Ich antwortete nicht. Und: »Ich freu mich so, dass ihr gleich kommt. Erst dann fühle ich mich wirklich sicher.« Als würde eine große Faust nach meinem Magen greifen und ihn fachmännisch zu einem dicken Schmerzstrang verdrehen.

Unterdessen kam Philip die Treppe herunter. Die ganze Woche schon umgab ihn etwas Düsteres, er war still und zurückgezogen. Doch das war er ja öfter. Und solange sich das an nichts Konkretem festmachen ließ, konnte ich ihn schlecht darauf ansprechen. Für ihn lag auch eine Karte bereit, aber erst seit wenigen Stunden wusste ich, dass er uns tatsächlich begleiten würde.

Ohne mich anzusehen, fragte er: »Wir essen hoffentlich vorher noch was?«

Er klang besorgt und müde, und ich fragte mich, ob er sich vielleicht eher dazu zwang mitzugehen, als dass er es wirklich wollte.

Ich antwortete, wir müssten schon um sechs Uhr dort sein, es gehe aber erst um neun los.

Er hatte geduscht, roch nach Aftershave, seine feuchten Haare waren gekämmt, und er hatte sich schon für den Abend angezogen, ein schwarzes Hemd zu seiner neuen schwarzen Ripped Jeans.

Sam spielte eine Nocturne von Chopin, soweit ich wusste zum ersten Mal, und schon jetzt brachte er die Schönheit und Melancholie des Stücks zur Geltung, wenn auch kleine Hänger verrieten, dass er vom Blatt spielte.

Amal sagte, sie habe zwei Parkausweise für uns zurücklegen lassen. Offenbar wusste sie, dass Bor direkt von der Kanzlei kommen würde, mit seinem eigenen Auto. Nach dem Gespräch fiel ich erschöpft in einen Sessel. Die Schwere des Augenblicks lastete auf mir – als würde ich Amal loslassen. Oder von mir schieben. Wie gern hätte ich jetzt geweint, aber das ging nicht. Ich versuchte noch einmal, Bor anzurufen. Er nahm nicht ab.

Kapitel 45

Endlich rief Bor zurück. Ich weiß noch, wie unangenehm mir unser Gespräch war und wie mutlos und panisch ich mich danach fühlte. Panisch, weil ich Angst hatte, all das zu verlieren, von dem ich glaubte, es mache mich aus und würde für immer zu mir gehören. Ich hatte es nie infrage gestellt, dass Bor für mich da war, mich vor Angst und Einsamkeit rettete, mich liebte, mich beschützte. Mich immer geliebt hatte.

Was hatte sich bei Bor so sehr verändert, dass er unser Haus, unsere Sicherheit opfern wollte, das Schutzpolster gegen Katastrophen und Gefahren, das Geld, das mir so viel bedeutete? Mir war, als würde ein Meteorit unser Haus hinwegraffen, mich hinwegraffen, uns hinwegraffen. Das war zu viel für ein Gespräch. Und doch war es das einzige Gespräch, das ich je mit ihm darüber führte.

Es dauerte nicht lange. Bor leugnete nicht, dass er auf einen gigantisch hohen Kostenpunkt gestoßen sei, und während er mir alles Mögliche erklärte, wiederholte er dreimal, er könne mir jetzt nichts erklären, das würde er später tun, am Abend, »wenn wir wieder zu Hause sind. Aber du musst mir glauben, Zel, es gab keine andere Lösung, ich wusste, dass du damit einverstanden wärst, es geht um etwas Großes, Zel, da dürfen wir uns nicht raushalten, wir müssen leben wie die Gerechten. Ich dachte immer, dass du auch so empfindest«.

Wie konntest du das nur glauben, Bor? Er hatte große, teure Darlehen abgeschlossen, eine neue Hypothek auf unser Haus aufnehmen wollen und mein ganzes Erspartes ausgegeben, um eine junge Frau vor einer Bedrohung zu schützen, die ich schrecklich fand, aber gleichzeitig fast zu groß und unvorstellbar, eine junge Frau, deren Mut in seinen Augen offenbar mehr galt als alles, was uns, ihm und mir, immer heilig gewesen war. Anscheinend fühlte er sich der Geschichte verpflichtet, seinen Ahnen, womöglich sogar einem Gott, über den er noch nie explizit gesprochen hatte.

Stimmt es, wenn ich das so sage, Bor? Gehen meine Gedanken in die richtige Richtung?

Natürlich schämte ich mich auch, als ich ihn reden hörte. Dafür, dass ich so kleinlich und selbstsüchtig war und das instinktive Bedürfnis hatte, in erster Linie meine Kinder, unsere Familie zu schützen. Genau so hatte ich mich geschämt, als ich gezögert hatte, Amal bei uns aufzunehmen.

Doch neben der Scham spürte ich auch Widerstand. Bor war zu weit gegangen, seine Willkür ging mir gegen den Strich. Es war unleugbar Verrat. Dafür, dass er das Van-Mander-Geld benutzt hatte, entschuldigte er sich zwar, aber es kam nicht von Herzen. Von Scham oder Verlegenheit konnte bei ihm keine Rede sein – zumindest zeigte er sie nicht. Er gab mir das Gefühl, dass ich mich für meinen Schrecken, meine Empörung schämen sollte, ja eigentlich hörte ich vor allem Enttäuschung in seiner Stimme. Es sei einfach immer mehr Geld nötig gewesen, nur deshalb habe er an diese zusätzliche Hypothek gedacht, so weitreichend die Folgen auch seien. Dafür müssten wir beide unterschreiben, und er habe mich nur noch nicht darum gebeten, »weil es sich bisher einfach nicht ergeben hat, nicht aus Feigheit, Zel, das musst du mir glauben, Liebling, ehrlich. Du kommst mir zuvor. Es tut mir furchtbar leid, Zel, dass du so erschrocken bist. Wir teilen doch alles, wie konntest du auf die Idee kommen, ich hätte dich raushalten wollen, wie kannst du das glauben? Ich war mir wirklich sicher, dass du einverstanden wärst«.

Wie ich auf die Idee kommen konnte? Ich wusste nicht, was ich sagen sollte. Es machte mir Angst. Ich hoffte, es wäre alles nur ein Traum und ich würde gleich aufwachen. Ich wollte sagen: Weil ich gesehen habe, dass du unser ganzes Geld an dich gerissen und verschleudert hast, von unserem gemeinsamen Konto, heimlich, still und leise. Aber das hätte so zynisch geklungen.

»Und was ist mit Fred und Kyra?«, fiepte ich voller Verzweiflung; meine Stimme zerteilte die dicke, trübe Atmosphäre, ich hörte es selbst.

»Diese Rindviecher!«, sagte er. Eine Weile hätten sie die Kosten mitgetragen, sicher, aber irgendwann wären sie es leid gewesen, sie hätten eine Enkelin, die eine Wohnung brauchte, und eine Villa in Südfrankreich, in die eingebrochen worden war, und da hätten sie die Zahlungen vorläufig eingestellt. »Für sie sind Amal und der Widerstand, den sie hervorruft, viel abstrakter, sie kennen sie nicht so gut wie wir, aber sie musste doch weiter genauso gut beschützt werden, das hört ja nicht einfach so auf, Mörder lassen sich ihre Mordlust nicht austreiben, Zel, das weißt du doch. Du hättest mal Wesleys Bedrohungsanalysen hören sollen! Gefahr kennt keine Auszeit, Zel!« Also habe er das Geld vorstrecken wollen – »und die Sache dann mit dir besprechen, Liebling, natürlich, aber du hattest immer so viel zu tun und ich auch. Das Geld bekommen wir zurück, mach dir keine Sorgen, wir bekommen alles zurück!«

»Wie denn? Und wann?«

»Glaub mir einfach.«

Und dass er das sagte, diese altbekannten, vertrauten, beruhigenden Worte, in dem Ton, den ich so gut kannte, so oft gehört hatte und lange Zeit so gern gemocht hatte, wühlte mich vielleicht am meisten auf von allem, was ich an diesem Tag herausfand.

»Glaub mir einfach.«

Wir sind verloren, dachte ich da, ich bin verloren.

»Glaub mir einfach« war tot. Weil ich ihm nicht glaubte. Sondern sah. Sah, wie verblendet er war. Wie konnte Bor nur so verblendet sein?

Und so nahm ich uns fünf an jenem Nachmittag schon wie aus weiter Ferne wahr, mit schmerzhafter Klarheit, uns fünf und alles, was uns Ruhe und Sicherheit gegeben hatte, unser Haus, unser Garten, alles, was wir uns erarbeitet und nach und nach angeschafft hatten, vor allem das, woran unsere Kinder gewöhnt waren, womit sie sich sicher und geborgen fühlten, ihre Schule, ihre Freunde, ihre Fahrräder, Archibald, die Bio-Burger mit Mozzarella und Rucola, die ich ihnen zubereitete, die Himbeeren, die ich ihnen kaufte und die sie sich arglos und völlig selbstverständlich schalenweise in den Mund stopften, auch außerhalb der Saison, ihre schönen Klamotten, die PlayStations, den Klavierunterricht, die Reisen mit ihrem eigenen Köfferchen. Uns selbst. Mit Leib und Leben.

An jenem Nachmittag glaubte ich, wirklich zu fühlen, was es bedeuten würde, wenn unser ganzer Komfort, unser Glück, unser sicherer Hafen weg wären, aus und vorbei. Wenn ich alles verlieren würde. Was für ein Jammer, dachte ich später manchmal, dass ich mir den letzten Nachmittag derart verdorben habe. Dass ich am letzten Nachmittag, an dem die Welt eigentlich noch in Ordnung war, schockiert durchs Haus lief, im Würgegriff meiner Ängste und wie besessen von den dämlichen Gedankenspielen, die ich doch von früher nur allzu gut kannte.

Geliehene Erinnerungen, damit hatte es irgendwann mal angefangen. Sich Dinge bis ins kleinste Detail ausmalen und empfinden, was man nur vom Hörensagen kennt. Am schlimmsten war das Misstrauen.

Dabei gab es an jenem Nachmittag noch Hoffnung. Mir stand zwar nicht der Sinn danach, aber immerhin waren wir alle noch am Leben. Und Gedankenspiele sind ein Luxus, eben weil man bloß spielt. Sie sind virtuell. Nicht echt.

»Wie konntest du auf die Idee kommen, Zel? Glaub mir einfach.«

Dann rief ihn jemand, und er legte auf.

Mindestens fünf Minuten starrte ich vor mich hin. Mir blieben noch zwei Stunden. Ich durchsuchte seinen Computer, las seine Mails, sah mir seine Fotos an, überflog seine Post.

Durchforstete die Taschen seiner Mäntel, seiner Jacketts. Roch an seiner Kleidung. Nichts.

Aber ich fand ein Geschenk auf seinem Schreibtisch. Verpackt in goldenes Geschenkpapier (mein Geschenkpapier!). Ich wurde argwöhnisch und wickelte das Papier ab. Zum Vorschein kam sein Pamphlet über den Glauben, in der letzten Ausgabe. Statt einer simplen Widmung hatte er einen halben Roman geschrieben.

»Für Amal«, stand oben auf der Titelseite, in Bors ordentlicher winziger Schrift, »jetzt, wo du Niederländisch lesen kannst. Du lebst, was ich nur gewagt habe, mir vorzustellen, und mir auch nur vorzustellen brauchte. Dein Mut hat meine Welt verändert.«

Bor hatte sich offensichtlich große Mühe gegeben. Wollte er ihr das Buch heute Abend schenken? Dann musste er vergessen haben, es am Morgen in die Kanzlei mitzunehmen. Oder hatte er ihr schon ein anderes Exemplar gegeben – mit einer besseren Widmung? In seinem Arbeitszimmer lagen mindestens zweihundert Exemplare, die er in einem Antiquariat gekauft hatte und bei jeder passenden und unpassenden Gelegenheit verschenkte. Ich weiß nicht, warum, aber ich war mir sicher, dass es bei Amal anders war als bei allen anderen. Warum lag das Buch hier? Aus Feigheit? Lag es hier, weil er Hemmungen hatte? Hemmungen wären noch schlimmer gewesen. Und armseliger, vielleicht.

Ich hatte eine solche Wut. Allein der Gedanke, heute Abend als Familie zum Finale von *Die Stimme* zu gehen … Zu applaudieren, der Frau zuzujubeln, die meinen Mann verhext hatte. Und nicht nur ihn. Auch meine Kinder. Und mich, nicht zu vergessen. Und garantiert jeden anderen, der sich diese dämliche Sendung ansah. Denn natürlich würde sie gewinnen, mit ihrer Stimme und ihrem Charme. Ihrer Geschichte.

Gleichzeitig wusste ich, dass wir hingehen würden. Die Kinder freuten sich riesig. Sogar Philip schien ganz versessen darauf. Ehrlich gesagt gab er den Ausschlag, glaube ich. Ich musste hin. Wir mussten hin. Ich hatte keine Kraft mehr in den Beinen und starrte noch eine Weile ins Leere, mit so wild flackernden Gedanken, dass mir war, als würde mein Schädel von innen verbrannt. Bis ich die Stimme hörte, die mir am vertrautesten war von allen. Philip.

Er stand neben mir. Ich war so tief in Gedanken versunken gewesen, dass ich die Rufe der Kinder nicht gehört hatte.

»Was hast du, Mamalein? Wir haben noch nichts gegessen und müssen bald los, oder?«

»Bin gleich so weit. Wir essen dann unterwegs, bei eurem Lieblings-Burgerladen.«

»Cool. Mama?« Philip legte es nicht darauf an, trotzdem merkte er immer alles. »Was ist los? Erzähl mir, was los ist.«

Mir war nicht nach Reden zumute, aber an den verkniffenen Falten in meinem wahrscheinlich leichenblassen Gesicht konnte ich nichts ändern. »Es ist nichts, Süßer, ich bin bloß müde.«

»Armes Mamalein. Na komm«, sagte mein Sohn, »da müssen wir jetzt durch.« Das war eigentlich mein Text.

Ich stand auf.

Kapitel 46

Dann muss ich jetzt wohl den Teil erzählen, dem ich bisher immer aus dem Weg gegangen bin.

Journalisten, Autoren, so viele haben schon darüber geschrieben – wollte man ihren Geschichten Glauben schenken, dann waren sie alle persönlich dabei, kennen jedes Detail. Doch das stimmt nicht. Niemand war dabei. Auch wir nicht.

Wohl aber bedeutete dieser Abend das Ende unserer Familie, wie wir sie kannten, das Ende unseres unschuldigen, bequemen Lebens.

Der Abend des Mordes.

Ich bin versucht, hier aufzuhören und einfach drum herum zu erzählen. Ich will da nicht ran. Noch immer nicht, nach über fünfzehn Jahren. Meine Finger werden steif, meine Schultern brennen, ich kann vor Kopfschmerzen kaum geradeaus sehen. Darf ich bitte schweigen? Was macht es nach all der Zeit schon aus, wie es für uns, wie es für mich war? Jeder nimmt die Dinge unterschiedlich wahr. Warum sollte man sich in einen anderen hineinversetzen wollen?

Im Gegensatz zu Tieren plagt uns die Last der Erinnerung, und weil wir nicht an unsere Vergänglichkeit, dafür aber umso mehr an den Fortschritt glauben wollen, bewahren wir nur unsere Entdeckungen, alles, worauf wir stolz sind, wir erschaffen Mythen, Geschichte. Die bewahren wir, auf alte Fehler blicken wir dagegen nur widerwillig zurück, doch wenn man die heutige Welt mit der vor dreißig Jahren vergleicht, haben Mut, Güte, Ehrlichkeit und Friedfertigkeit beileibe nicht zugenommen, wir vermeiden die Fehler nicht, die in der Vergangenheit zu Katastrophen geführt haben. Nein, die Lehre, die man aus alten Fehlern zieht, ist nie der Motor für Veränderung.

Die speist sich aus Sehnsucht und der Hoffnung auf Leichtigkeit, Spaß, Bewegung. Wir blicken nur zurück, wenn die Vergangenheit etwas Schönes, Verlockendes zu bieten hat. Auch Bitterkeit und Groll können verlockend sein, doch ich glaube nicht, dass sie zu positiven Veränderungen führen. Wohl aber zum Bedürfnis nach Rache.

Je älter ich werde und je mehr Klienten ich behandle, desto klarer wird mir, dass jeder mit seinen eigenen Dämonen kämpft, sich mit etwas gutem Willen daran gewöhnt, den Segen des Vergessens willkommen heißt und abstumpft, worunter die meisten dann auch wieder leiden, denn das Fehlen von Schmerz, Wut, Lust und Leidenschaft ist mindestens genauso schlimm wie die Gefühle selbst.

Wer abstumpft, verliert seinen Esprit, seine Menschlichkeit, vermute ich, und unser Leben nach den einschneidenden Ereignissen betrachte ich als dauernden Kampf, wach und sensibel zu bleiben und nicht verbittert nach einem Betäubungsmittel zu suchen, das alles dämpft. Gleichmut wird oft mit Weisheit verwechselt.

Ich habe nichts vergessen, aber oft gegen die Versuchung

angekämpft, mich in einer Höhle zu verkriechen. Und ehrlich gesagt bin ich dieser Versuchung mehr als einmal erlegen, doch auch, wenn ich behauptet habe, ich hätte klein beigegeben, stimmt das nicht.

Natürlich will ich, dass unser Schmerz wahrgenommen wird. Leid wird erträglicher, wenn man es teilen, ansprechen, sich ihm stellen kann, für diese Erkenntnis muss man keine Psychotherapeutin sein. Und durch alles, was ich inzwischen weiß, kann ich gar nicht mehr anders.

Am Abend des Finales war die ganze Familie versammelt, obwohl wir mit zwei Autos fuhren und die Kinder und ich eine Viertelstunde früher im Studio in Hilversum ankamen als Bor.

Die Parkplatzsuche lief noch wie am Schnürchen, doch dann stießen wir auf eine lange Warteschlange. Aus der wurden wir allerdings sofort herausgefischt und als Erste durch die Security geschleust. Pol und Sam gingen stolz an den vielen Wartenden vorbei. Ich war weniger beeindruckt – seit heute Morgen wusste ich, wie teuer uns dieses Privileg zu stehen kam.

Nach diesem Schnellstart dauerte es ewig, bis wir an unseren Plätzen waren. Und als wir einmal saßen, schön in der Mitte, fast ganz vorn, die Kinder platzten fast vor Spannung, mussten wir erst stundenlang die völlig überflüssigen Auftritte der bereits ausgeschiedenen Kandidaten ertragen, samt den leicht hysterischen Kommentaren eines eigens dafür angeheuerten Moderators – nicht dem, den wir aus dem Fernsehen kannten.

Ich erinnere mich an viel Lärm, höllisches Licht und eine

fast unerträgliche Warterei. Ich langweilte mich enorm, konnte vor lauter Unruhe nicht still sitzen.

Eigentlich hätte ich mich Pol ein bisschen widmen sollen, denn der geprellte Knöchel tat ihr noch immer sehr weh – was sie tapfer überspielte. Dennoch war sie aufgekratzt und glücklich, was mich trotz des unheilvollen Sirrens in meinem Kopf rührte.

Als Bor zu uns stieß, konnte ich ihm nicht in die Augen sehen. Anfangs schien er das nicht zu merken, oder tat zumindest so, er drückte Sam und Pol liebevoll an sich, legte Philip kurz die Hand auf die Schulter und sprach aufgeregt über das »große Abenteuer, in das wir geraten sind« .

Ich hörte ihr Geplapper und Pols Kreischen und Lachen überdeutlich durch das Sirren in meinem Kopf und den Höllenlärm um uns herum, und trotzdem fühlte ich mich, als wäre ich nicht dabei. Bor musste mein Schweigen wohl hören (vielleicht hörte er es auch sirren) und legte ein paarmal die Hand auf meinen Arm, um mich wieder für sich zu gewinnen oder mich wenigstens zu beruhigen, oder weiß der Himmel warum, jedenfalls machte diese erbärmliche Geste mein Herz nur noch schwerer, als wäre sie ein zusätzliches Gewicht, das auf meiner Brust lastete, um mich auf die Probe zu stellen. Dazu laute, scheppernde, komisch gemeinte Kommentare in meinem Kopf: Wird sie einknicken? Wird sie einem solchen Druck standhalten können? Ja? Dann legen wir doch noch eine Schippe drauf.

Ich ignorierte Bor und sprach nur hin und wieder mit Pol und Sam. Und mit Philip, obwohl der genauso still war. Ich spürte seine Unruhe und nahm an, dass er sich vor allem genierte, mit uns hier zu sein. Natürlich wusste ich im Grunde, dass er nur Amal zuliebe hier war. Alles, was mit ihr zu tun hatte, schien ihn zu interessieren, er wurde rot, wenn sie mit ihm sprach, und achtete mehr auf sein Äußeres als früher.

Aber während dieser zähen, quälenden Stunden sah ich wohl zum ersten Mal den Ernst, das Fatale, Verzweifelte, das diesen rührenden Kleinigkeiten zugrunde lag. Ein paarmal stand er auf und verschwand für eine Viertelstunde, »ein bisschen rumlaufen«, sagte er. Musste er so oft zur Toilette? War er so nervös? Besuchte er Amal backstage?

Ich war zu sehr mit meiner Panik und Wut beschäftigt, um lange darüber nachzudenken, aber dass Philips Platz oft leer war, entging mir natürlich nicht.

Gegen acht kam Amal uns endlich doch noch begrüßen. Da war es, das seltsame Wesen, das so viel Unruhe in unser Leben gebracht hatte.

Sie trabte auf uns zu, bereits spektakulär geschminkt, aber noch in Jeans und T-Shirt, lachend. Sie kam nicht sofort zu uns, sondern begrüßte vorher noch zwei junge Frauen, von denen eine mir vage bekannt vorkam. Als sie dann vor uns stand, juchzte sie, wir erhoben uns alle gleichzeitig und nahmen sie in den Arm, ihre stolze Familie, stolz auf sie, stolz auf uns, übers ganze Gesicht strahlend.

Leicht außer Atem gab sie uns ein amüsantes Update der Ereignisse des Tages, wie ein Kind, das seinen Eltern berichtet. Für jeden von uns hatte sie ein liebes Wort, war charmant, fröhlich; offensichtlich hatte sie alles unter Kontrolle.

Und ich umarmte sie genauso fest wie immer, sagte, meinem brodelnden Herzen zum Trotz: »Mach sie platt, Süße. Du bist die Beste von allen. Wir stehen hinter dir, das weißt du. Für uns hast du schon gewonnen.«

Das war nicht mal geheuchelt. Offenbar war es gerade noch so zu mir durchgedrungen, dass Schmollen meinen Untergang bedeuten würde. Großmut und lauter Beifall, nur damit war jetzt noch etwas zu holen.

Sie nickte begeistert, mit Dankbarkeit in ihrem Blick für die uneigennützige Unterstützung, die sie von uns, ihrer treu-braven Ersatzfamilie, erfahren hatte – und schnellte davon.

Denn nachdem sie uns abgearbeitet hatte, war ihre Audienz noch lange nicht beendet. In unserer Reihe und der dahinter saßen alle möglichen begeisterten Bekannten, die sie offenbar persönlich eingeladen hatte, Niederländer, die sie zu ihrem intimsten Freundeskreis zu zählen schien.

Ein paar Publizisten waren darunter, zwei Schauspieler, die angesehene Redakteurin einer feministischen Zeitschrift, und der Teufel soll mich holen, wenn da nicht auch Fred und Kyra und Boas und Michal saßen – dazu zwei weitere politische Kommentatoren einer Abendzeitung, zwei ältere Politikerinnen, jemand von dem Fernsehmagazin, für das Amal geschrieben hatte, ein paar Kolumnisten, aber auch eine Gruppe Comedians, die Amal mit ihrem ewigen ironischen Lächeln umarmten.

Im Hintergrund die Schattenseite des fröhlichen und erfolgreichen Lebens, vier schwarze Schemen, die Dark Knights, Amals Bodyguards, regungslos auf die Stimmen in ihrem Ohr konzentriert, die ihnen jede Bewegung im

Saal zuflüsterten, all jene Veränderungen und Manöver, die wir nicht überblicken konnten.

Wir waren überwältigt von der sprudelnden, wundersamen Wirklichkeit, die unser Schützling uns hier vorzauberte. So viele einflussreiche Leute, die sie offenbar gut kannte – woher kamen die alle?

Nur Philip verfolgte das Spektakel ausdruckslos, doch ich traute mich nicht, ihn zu fragen, woran er dachte. Er sah sehr blass aus. Glaube ich. Aber vielleicht bildete ich mir das auch nur ein. Nachdem Amal tänzelnd wie eine Zauberfee alle Freunde und Bewunderer abgeklappert und mit Lachen und Scherzen in ihren Bann gezogen hatte, verschwand sie mit ihrer Eskorte wieder hinter den Kulissen.

Es war brütend heiß. Philip entschuldigte sich erneut. Das Sitzen mache ihn verrückt, sagte er. Kurz danach wollte auch Bor »frische Luft schnappen«.

Sam und Pol blieben sitzen und jubelten und klatschten bei jedem Auftritt der Ausgeschiedenen. Doch nach einiger Zeit wurde Pol müde, und irgendwann lag sie mit dem Kopf auf meinem Schoß. Ich streichelte ihr über die Haare.

»Nicht einschlafen, Pol!«, sagte Sam. »Du verpasst noch alles, du Spasti!«

»Sam!«, sagte ich streng. »So was sagt ein Pianist nicht.«

Sam sah in Philips Richtung, der gerade mit angespanntem Gesicht zurückkam, als wäre er mit den Gedanken ganz woanders.

»Wo ist Bor?«, fragte er.

Sam wollte mir etwas sagen, doch er hielt sich zurück, als er Philips Blick sah.

»Wo ist er?«, wiederholte Philip.

»Keine Ahnung«, sagte ich.

»Ich hab ihn da nicht gesehen … Aber Mama …« Nun hörte ich auch das Gehetzte in seiner Stimme, das ich so gut kannte. Ich war daran gewöhnt, dass es in Philips Welt aufregender und gefährlicher zuging als in der Welt normaler Menschen. »Hör zu, Mama, hör mir zu. Ich bin absolut sicher, dass ich das Auto gesehen habe.«

Ich seufzte leise. »Welches Auto? Wo warst du überhaupt?«

»Das Auto von dem einen Typ.«

Bor kam zurück. Wo war er gewesen?

»Wovon sprichst du?«, fragte ich.

Philip holte tief Luft, er sah jetzt extrem aufgewühlt aus. Bor wurde von seinem Sitznachbarn angesprochen und konnte dadurch meinem fragenden Blick ausweichen.

»Mama! Hör mir zu! Die Bodyguards machen ihren Job nicht! Die stehen nur rum und tun wichtig, aber Mama, ich hab wirklich das Auto von Kevins Freund da draußen langfahren sehen.«

Ein paar Leute sahen verstört in unsere Richtung, Philip sprach sehr laut.

»Setz dich, Philip, du versperrst den Leuten die Sicht! Und schrei nicht so!«, flüsterte ich. »Welches Auto, welcher Freund? Erklär das mal bitte in aller Ruhe. Wo warst du denn?«

Und Bor, wo war der verdammt noch mal gewesen?

Widerwillig setzte sich Philip auf seinen Platz hinter mir.

»Ich war kurz bei Amal«, sagte er beiläufig, als wäre das die normalste Sache der Welt.

»Was?«, riefen Pol und Sam gleichzeitig. »Du warst bei Amal? Wir wollen auch zu Amal, Mama!«

»Sie hat mich drum gebeten. Nur Erwachsene, keine Babys.« Woraufhin Sam ihm sofort gegen die Schulter boxte und Philip seine Hand festhielt. Sam stöhnte auf.

»Lass ihn los, Philip. Sofort«, presste ich hervor.

Ich hätte sie am liebsten alle an die Wand geklatscht.

Bor lachte über eine Bemerkung seines Sitznachbarn, offenbar einer von Amals vielen Freunden.

»Also noch mal von vorn. Was für ein Auto? Wo?«, schnauzte ich.

»Draußen.«

»Man kommt hier doch gar nicht raus.«

Philip lachte und murmelte irgendwas. Ich verstand nur: »Wenn man mitgeht, zum …, dann schon.« Ich sah ihn fragend an.

Pol hatte als Einzige gehört, was er gesagt hatte und sprang auf. »Er war mit den Musikleuten rauchen!«, rief sie aufgeregt. »Aua, mein Fuß.« Sie plumpste zurück und flüsterte in übertriebenem Entsetzen: »Philip raucht, Mama, Philip raucht!«

»Jetzt komm mal wieder runter, Pol. Spiel dich nicht so auf«, sagte Philip.

Ich seufzte.

»Mama! Und wenn das jetzt echt das Auto von Kevins Freund ist? Es war genau derselbe dunkelblaue Mercedes W123 220D, Mama.«

Willkommen in Philips Welt, wo jeder jedem an die Gurgel will. Der Welt von *Star Wars*, *Warcraft* und gefährlichen alten Mercedes. Grundgütiger! »Herrje, Philip, sei bitte nicht so laut. Ich bin mir sicher, dass die Security sofort eingreift, wenn sie jemanden in Djellaba rumrennen sehen. Außerdem kannst du doch gar nicht sicher sein, dass es sein Auto war.«

»Doch. Was meinst du, wie viele es davon gibt? Ein dunkelblauer W123. Das wär schon ein mega Zufall. Ich weiß einfach, dass der das war. Aber die wollen nicht mit mir reden. Tun nur superwichtig und alles. Du musst hingehen.«

»Ich kann da jetzt nicht hin, Philip. Wie stellst du dir das vor? Was soll ich denen denn sagen? Die sind auf ihren Posten, das sagst du doch selbst. Bitte, steiger dich da nicht rein, Bär. Nicht jetzt. Nicht hier.«

Von irgendwoher kam ein »Pst!«.

»Mich reinsteigern? Reinsteigern? Mama! Sie haben mich einfach weggeschickt!«, sagte Philip. »Meinten, sie ›behalten alles im Auge, was verdächtig ist‹. In voll dem scheiß herablassenden Ton, Mama. So was kann ich gar nicht ab. Nach dem Scheiß, der da mit Kevin gelaufen ist, braucht mir keiner blöd kommen. Auch du nicht! Geh hin!«

»Philip«, sagte ich. »Ich warne dich! Mach mich nicht wahnsinnig!«

Er zeigte böse funkelnd und mit befehlender Geste Richtung Bühne, wo Piet oder Geert sein mussten.

Ich schüttelte den Kopf, flüsterte: »Sie haben für heute Abend ein Extra-Team organisiert, hat Bor gesagt, deshalb … Wirklich, Süßer. Verdammt noch mal. Noch mehr Drama halt ich jetzt nicht aus.«

Philip verdrehte die Augen.

»Und wieso rauchst du? Bist du verrückt geworden, du weißt doch, wie schädlich das ist.«

Und dann retteten mich das Dimmen der Lichter und der anschwellende Sound: die reißerische Stimme, die wir aus dem Fernsehen kannten, und die Erkennungsmelodie. Der Moderator betrat die Bühne.

Hinter mir wurde es still. Hoffentlich entspannte Philip sich ein bisschen. Ich spürte Bors Blick auf mir.

»Jetzt werden wir ja sehen, ob sie ihr Geld wert sind«, nuschelte ich.

»Wer?«

»Wenn das hier gutgeht …«

»Wovon sprichst du, Zel?«

»Was meinst du wohl?«

Da begriff Bor es endlich. »Sie sind das Geld wert, Zel«, sagte er. »Das sind sie wirklich.«

»Und was ist mit uns?«

»Was soll das heißen, Zel? Warum fragst du das?«

Ich schwieg, spürte weiter Bors Blick auf mir, starrte aber stur geradeaus.

Nur zu Philip drehte ich mich noch einmal um, damit er sein Handy ausschaltete. Ich sah ihm direkt in die finsteren Augen. Von wegen Entspannung. Er kochte vor Wut still vor sich hin.

»Behandel mich nie mehr wie den letzten Vollidioten, Mama, oder ich bin weg. Im Ernst.«

»Ich behandel dich nie wie einen Vollidioten, Süßer. Nic. Entspann dich, bitte.«

Ich wollte es Bor erzählen, aber das ging jetzt nicht.

Bis zum richtigen Beginn der Show dauerte es immer noch. Wir waren Klatschautomaten, daraus wurde kein Hehl gemacht. Wir bekamen Anweisungen, wann und wie wir rufen und kreischen sollten und wann wir zu klatschen hatten. Die Kinder spielten tapfer mit. Es schien mir nicht verboten, unterdessen noch ein paar brennende Fragen zu klären.

»Und von all den fabelhaften Freunden hier im Saal konnte sich keiner an Amals Sicherheit beteiligen?«

»Wieso?«, fragte Bor in seinem angenehmen, beruhigenden Ton. Seine Stimme passte absolut nicht zur Panik in seinen Augen, fand ich, fühlte ich.

An dieses »Wieso?« sollte ich mich erst viel später erinnern, wie an so einen Filmschnipsel, den man heutzutage, glaube ich, ein GIF nennt. Ein ätzender Kurzfilm, der sich in Dauerschleife wiederholt, sodass Anfang und Ende nicht auszumachen sind. An diesem Abend sollten noch viele GIFs geboren werden, die mich später in wechselnden Kombinationen in meinen Träumen überfielen. Und auch am Tag.

Drei andere Kandidaten. Das war die Konkurrenz. Ich war mir vielleicht meiner Umgebung nicht so bewusst wie sonst, aber die geladene Stimmung entging nicht einmal mir, sei es auch nur wegen der bedrohlichen schwarzen Schatten um Amal.

Das anonyme niederländische Publikum, dieser Supertanker, musste in die richtige Gedanken- und Gefühlsrichtung gelenkt, in den Hafen gelotst werden. Uns blieb nichts anderes übrig, als zu beten, dass er die richtige Richtung einschlagen würde. Und die richtige Richtung war noch immer Amals Richtung, das fand trotz allem sogar ich.

Es war das letzte öffentliche Kräftemessen, und niemand konnte vorhersagen oder gar beeinflussen, wer gewinnen würde, und durch den ganzen Rummel um Amal war es auch nicht mehr bloß ein Song-Contest.

Die Redaktion von *Die Stimme* hatte sich alle Mühe gegeben, ebenbürtige Konkurrenten zu »erschaffen« (so konnte man den aktiven Imageaufbau der Favoriten ja wohl nennen), wobei der Wettbewerb sich längst nicht mehr auf musikalisches Talent beschränkte. Der Schlagersänger war zwar inzwischen ausgeschieden, aber ein blondes Mädchen mit einer »schwarzen« Stimme, deren Mutter im Sterben lag, war eine gefürchtete Rivalin. Es gab einen usbekischen Jungen, der von einer erzchristlichen Familie adoptiert worden war und phänomenal Elvis interpretieren konnte. Und natürlich die größte Gefahr: ein Waisenmädchen aus einem Den Haager Brennpunktviertel, gerade mal achtzehnjährig, das niederländische Schnulzen sang.

Ich war mir sicher, dass keiner von ihnen so ausdrucksvoll singen konnte wie Amal, deren Bühnenpräsenz ebenfalls einzigartig war. Die Frage war nur, ob auch ihre Geschichte bei allen gleichermaßen Anklang fand.

Philip und Sam flüsterten miteinander, Pol hielt meine Hand. Bor war in seiner eigenen Welt. Der Auftritt des Mädchens aus dem Brennpunktviertel riss alle mit, aber es war auch klar, dass sie heute Abend nicht in Bestform war. Die Blonde hatte ihre Nervosität ebenfalls nicht ganz unter Kontrolle. Dann kam Amal.

Als sie in einer festlichen, bunten Abaya mit einem schimmernden Kopftuch die Bühne betrat, entstand ein

Tumult. Fassungslos sah ich Bor an. Er hatte genau wie ich die Augenbrauen hochgezogen.

»Was?«, fragten wir gleichzeitig.

Ich war enttäuscht, schämte mich sogar. Ich glaubte nicht eine Sekunde lang, dass Amal ihren gerade erst begonnenen Freiheitskampf schon wieder aufgeben wollte, sondern witterte Folklore und Kitsch, für die sie sich – wenn auch vielleicht unter leichtem Zwang – hatte einspannen lassen. Die Wiederholung des Überraschungseffekts bei ihrem ersten Sieg war wie ein Zitat, eine Ikonisierung dieses Sieges, und ich fand, dass ich mich zu Recht dagegen sträubte.

Aber sofort, als sie anfing zu singen – *Hallelujah*, genau wie beim ersten Mal – und sich viel geübter nach der ersten Strophe von den kostbaren Stoffen befreite, die ihr altes Leben symbolisierten, brach das Publikum in tosenden Applaus aus, und ich verstand den Schachzug.

Sie berührte mich und, wie ich mit einem Blick zur Seite feststellte, auch Bor aufs Neue. Das war kein Kitsch, sondern eine Bestätigung, ein stilisiertes Feiern ihrer Entscheidung, ein Feiern der Freiheit, die sie jetzt erfuhr. Mir wurde klar, wie viel sie gelernt hatte. Über das Spiel mit dem Publikum, über Manipulation. Ich hatte sie wieder einmal unterschätzt.

Unter der Abaya trug sie das silberne Abendkleid, das sie vom Sender bekommen und das ich vor ungefähr zwei Wochen aus einem Berg feuchter Handtücher und getragener Unterwäsche geangelt hatte. Es war lang und enganliegend und stand ihr großartig.

Das Publikum hielt den Atem an, was natürlich an Amals Stimme und ihrer grandiosen Erscheinung lag, aber vermutlich auch an den Bodyguards vor, neben und hinter ihr. Sie luden Amals Auftritt mit einem dramatischen Kontext auf, den die anderen Teilnehmer nicht heraufbeschwören konnten. Damit stand ihr Sieg fest. Das war mir sofort klar. Uns allen eigentlich. Also kann ich mich kurzfassen.

Ja. Amal hat an diesem Abend gewonnen, natürlich. Mit *Love of My Life* von Queen, das sie zu einer sehr persönlichen A-cappella-Version umgeschrieben hatte, deren emotionales, fast verstörendes Schwergewicht mich ziemlich ablenkte. Über welche Liebe sang sie? Für wen sang sie das? Sie rührte den Saal zu Tränen. Auch mich, ob ich wollte oder nicht. Bor ertappte ich sogar bei einer Art Schluchzen, und wir sahen uns scheu, beinah ängstlich an.

Doch eigentlich weiß ich nicht genau, was ich in Bors Blick sah. Bei jeder anderen Gelegenheit hätte ich ihn umarmt, denn wenn uns etwas verband, dann war es unsere Sentimentalität. Aber nach allem, was ich an diesem Tag erlebt hatte, war ich mir über Bors Innenleben nicht mehr im Klaren.

Um mich herum blieb es mucksmäuschenstill. Sam hatte glasige Augen und Pol nuckelte eifrig an ihrem Daumenknöchel. Ich drehte mich zu Philip um und legte ihm die Hand aufs Knie. Wir nickten uns zu, er sah ernst aus.

Der anschließende Zirkus tut nichts zur Sache. Amal gewann das Auto, das Geld, den Plattenvertrag. Und ihren Umzug in die USA, dachte ich, behielt meine Freude darüber aber für mich. Hurra.

Kapitel 47

Eigentlich hätte Philip mit Bor zurückfahren sollen. Er hatte erst seit ein paar Wochen den Führerschein, und Bor hatte ihm großzügig angeboten, seinen neuen Volvo zu nehmen. Doch die Kleinen waren müde und bettelten, dass ich mich zu ihnen nach hinten setzte, damit sie mit dem Kopf auf meinem Schoß einschlafen konnten. Also fuhr Philip uns, leicht schmollend, in meinem Passat.

Aber vielleicht war er darüber gar nicht so enttäuscht – denn eine Fahrt neben Bor lief auf eine verschärfte Fahrstunde mit vielen kritischen Anmerkungen hinaus, und das konnte ziemlich anstrengend sein, erst recht nach einem so langen Tag.

Die erste halbe Stunde war Philip sehr still. Ich dachte, er müsse den Abend verarbeiten, oder aber er war noch sauer über meinen heftigen Ausfall, für den ich mich allerdings inzwischen entschuldigt hatte: Als wir nach der Sendung zu Amal auf die schon überbevölkerte Bühne wollten, erlaubte die Security am Ende nur Bor – dem bekannten Gesicht –, Amal vor laufender Kamera zu gratulieren. Philip stand direkt hinter mir und zischte mir böse ins Ohr, dass er ja wohl ganz offensichtlich recht gehabt habe, was diese Arschlöcher anging. Womit er die Bodyguards meinte. Und ich schnauzte ihn an: »Jetzt hör endlich auf! Es geht hier gerade nicht um dich und deine Paranoia. Du benimmst dich wie ein Kleinkind!«

Sam, dem diese Bemerkung eigentlich Genugtuung hätte verschaffen müssen, sah mich mit großen Augen an, ich war sonst immer so behutsam mit Philip.

Philip schwieg, zitternd vor Wut.

Später hatten wir dann doch noch Gelegenheit, uns zu Bor zu gesellen und Amal ebenfalls zu gratulieren. Sie war überglücklich und umarmte Sam und Pol herzlich, genau wie mich und Philip, warm und begeistert, seiner verlegenen Steifheit zum Trotz.

Und dennoch bildete ich mir ein, etwas Mechanisches, Einstudiertes in ihrem Verhalten zu erkennen – unwillkürlich suchte ich weiter nach Beweisen für Treulosigkeit und Opportunismus.

Danach wurde sie von ihren neuen Freunden umringt, und wir winkten ihr nur noch von Weitem zu, während die Kinder eine Fanta tranken. Sam und Pol waren enttäuscht, dass nicht mehr passierte, aber es war spät und proppenvoll und die Security extrem nervös.

Bors Auto stand auf einem anderen Parkplatz des Geländes. Die Kinder winkten ihm noch hinterher, als er sich auf den Weg machte.

»Wir können stolz darauf sein, dass diese junge Frau in unserem Land die Freiheit gefunden hat zu singen«, hatte Bor in die Kamera gesagt. »Ich bin stolz darauf, mit welcher Aufgeschlossenheit wir sie in den Niederlanden aufnehmen.«

Er war als Amals Anwalt angekündigt worden, als ihr Interessenvertreter und bester Freund. Ihr bester Freund!

Nach dem ganzen Trubel fühlte sich die Stille im Auto merkwürdig an. Ich sah noch Bors »bekanntes Gesicht« vor mir, das sich von einem der Fernsehmonitore auf meiner Netzhaut eingebrannt hatte, als er heiser vor Ergriffenheit Amals »beispiellose Entwicklung« lobte und ernst auf die vielen Opfer hinwies, die sie gebracht hatte, um ihrem »Lebensweg« zu folgen. Opfer? Lebensweg? Wer brachte hier die Opfer, Bor? Und was war mit unserem Lebensweg?

Außer dem Motor und den Reifen, die sich im Nieselregen am Asphalt festsaugten, war nichts zu hören. Ich bat Philip, das Radio anzuschalten.

Ich hatte es noch nicht ganz ausgesprochen, da bereute ich es schon, weil ich Philip nicht nervös machen wollte. Er fuhr gut, aber noch nicht lange, ich wusste, dass er über jeden Handgriff nachdenken musste. Dennoch drehte er, ohne den Blick von der Straße abzuwenden, Radio 1 an.

Ein Werbejingle dudelte durchs Auto, die Nachrichten wurden angekündigt, und dann sagte der DJ den nächsten Song an.

Es war der Gewinner-Song von *Die Stimme*.

Queen. Amal. Intim und melodiös. Aufs Neue.

Beinah hätte ich Philip das Radio wieder ausschalten lassen, aber ich konnte ihrer Stimme einfach nicht widerstehen. Wie wenn man hilflos an einem Gegenstand festklebt, der unter Strom steht. Stumm lauschte auch Philip der Musik, und obwohl ich ihn nur von hinten sah, ging mir sein Anblick durch und durch.

Ruhe machte sich in mir breit. Durch die Anerkennung von heute trugen wir nicht länger die Verantwortung für

Amal, das musste doch auch Bor einsehen. Von jetzt an war sie mit Händen und Füßen an die Produzenten gebunden, womit auch ihre Sicherheit deren Problem wäre, nicht mehr Bors. Oder meins. Oder ein Grund, unser Haus zu beleihen. Ich seufzte vor Erleichterung.

Plötzlich wurde der Song von einer knarrenden Stimme unterbrochen. Sondermeldung. Stimmengewirr, schlechter Empfang, chaotische Berichterstattung: Irgendetwas war passiert, etwas Unvorhergesehenes. Die Polizei hatte noch nichts bestätigt, aber Augenzeugenberichten zufolge waren auf dem Mediapark-Gelände in Hilversum Schüsse gefallen, angeblich gab es ein Opfer. Von dem oder den mutmaßlichen Tätern fehle jede Spur, eventuell seien sie geflüchtet. Die Identität des Opfers war unklar oder durfte noch nicht an die Öffentlichkeit gelangen. Der Vorfall könne, stotterte der Reporter, mit der Ausstrahlung der Fernsehsendung *Die Stimme* in Zusammenhang stehen, aus der die streng bewachte Sängerin Amal S. heute Abend als Siegerin hervorgegangen sei. Eventuell handele es sich bei dem Opfer um sie, aber der Reporter hatte noch niemanden gefunden, der das bestätigen konnte. Momentan sei die Polizei dabei, alles abzusperren und die Besucher mit Hochdruck aus dem Saal zu schleusen.

Es folgten ein paar Interviews mit irgendwelchen Leuten von *Die Stimme*, die beim Verlassen des Studios lautes Knallen gehört hatten. Schüsse? Erst hätten sie gedacht, es sei Feuerwerk. »Nein, nicht Amal«, hörte man aus der Ferne ein paar Männer dem Reporter zurufen.

Der Reporter keuchte wie aus nächster Nähe, er drückte sich fast kindlich unbeholfen aus, und dass er rannte, hörte man an den dumpf gegens Mikrofon peitschenden Windstößen.

Einmal in Hörweite bestätigten die Männer von vorhin aufgeregt ihre Aussage: Ja, sie hätten Amal da entlanggehen, nein, -rennen sehen, weinend, in Panik, rief einer, sie sei barfuß gewesen, ein anderer. Ein Dritter behauptete sogar, sie hätte geblutet, und ihren Bodyguards wäre es erst nach ein paar hundert Metern gelungen, sie einzuholen, festzuhalten und unter Zwang zurück ins Gebäude zu schaffen. Sie schien völlig aufgelöst zu sein. Und habe etwas gerufen, in einer fremden Sprache. Sie habe nicht gefunden, was oder wen auch immer sie suchte. Der Reporter fragte, wer das gewesen sein könne.

Da wusste ich es schon.

»Philip«, flüsterte ich. »Wir müssen zurück. Dreh bei der nächsten Kreuzung um.«

Er dachte offenbar dasselbe wie ich. »O Gott, Mama! Nein! Mama! Nein! Das kann nicht sein. Nein!«

Die Kleinen wurden wach. Wir kamen an eine Ampel.

»Hier«, sagte ich. »Dreh um!«

Er machte einen illegalen U-Turn. Die Reifen quietschten.

»Was ist los?«, riefen die Kleinen. »Wo sind wir?«

Pol, aus dem Tiefschlaf gerissen, fing sofort an zu weinen. Ich brachte kein Wort heraus, rief immer wieder Bor an, bestimmt zwanzig Mal hintereinander. Beim ersten Mal fand ich seine Stimme auf der Mailbox noch beruhigend. Aber je öfter ich sie hörte, desto hoffnungsloser machte mich ihr Klang.

Auch bei Amals Handy erreichte ich nur die Mailbox,

doch das war schon seit Wochen so. Ich versuchte, meine Vorahnungen und meine Angst im Zaum zu halten. Vielleicht hatte er einfach nur vergessen, sein Handy nach der Ausstrahlung wieder einzuschalten. Bestimmt rannte er gerade zwischen den anderen herum, oder er tröstete Amal, weil jemand niedergeschossen worden war.

»Schneller, Bär, bitte!«, flehte ich Philip an.

Auf dem letzten Stück Autobahn fuhren wir hundertfünfzig, dann kam schon die Ausfahrt, mit hundertzwanzig Sachen jagte er bei Rot über die Ampeln auf dem Larenseweg.

Sein Gesicht war angespannt, er keuchte. »Scheiße, Mama. Scheiße, Scheiße. Ich wusste es. Mama. Ich wusste es. Er ist es. O Gott, Mama. Ich hätte bei ihm mitfahren müssen, wir hätten ihn nicht allein lassen dürfen.«

Ich glaube nicht, dass die Bedeutung seiner Worte zu mir durchdrang. Allerdings wusste ich, wen er meinte, und vor Schmerz und Angst krampfte sich alles in mir zusammen. Seltsam, dass ich nur an Philip denken konnte, daran, dass er mein Sohn war. Vielleicht, weil er lebensgefährlich schnell fuhr. Weil er so *anwesend* war. Nein, ich konnte nicht an mich selbst denken oder an Sam und Pol, meine Kinder mit Bor. Bor, den ich kannte, seit ich denken konnte. Der Halt, den Philip über die Jahre erfahren hatte, wäre nicht möglich gewesen ohne die starke Hand seines Stiefvaters, den er Bor nannte, nicht weil er ihn nicht als Vater betrachtete, sondern weil ihm Bor passender erschien, freundlicher. Aus Achtung vor seinem leiblichen Vater, aber sicher nicht aus mangelnder Achtung oder Zuneigung für Bor, der ihn liebevoll und loyal großgezogen hatte wie seinen eigenen Sohn.

Meine Welt, unsere Welt, die einzige Welt, drohte hier und jetzt unterzugehen. Und dann hörten wir seinen Namen im Radio.

»Oh, mein Gott«, sagte der Reporter völlig aufgelöst. »O mein Gott.«

Ich hasste seine Jugendlichkeit und seine unangebrachte Emotionalität, unvorstellbar achtlos stahl er uns die Intimität dieses Namens, der zu uns gehörte, der unser Name war, nur um ihn für die Zuschauer auszuschlachten. Und für unsere empfindlichen Ohren.

»Es ist der Anwalt, der Anwalt der Gewinnerin von *Die Stimme* …«

Wieder sein Name. Wie fremd er klang, so bekannt, so eigen und doch so unpersönlich und fremd. Bors Name, Bor Wagschal, konnte das ein anderer Bor sein? Für einen Moment konnte ich den Namen losgelöst von uns betrachten, ja, ein anderer Bor, eine Sekunde Aufschub, verengtes Bewusstsein. Doch gleich schwoll der Name wieder an und kehrte zu der tiefen, tödlichen Bekanntheit zurück, zu unserer Realität, zu den unzähligen Malen, die ich den Namen gehört hatte, gefühlt, gelesen, gesagt, gemurmelt, geschrien. Seine Bedeutung veränderte sich, je nachdem, von wem er ausgesprochen wurde, von dem atemlosen, aufgewühlten, fast weinenden Reporter, dann von dem Augenzeugen, der ihn ebenfalls erkannt hatte.

Vom Täter fehlte jede Spur, man fahndete in ganz Hilversum nach ihm, niemand durfte in die Nähe des Senders, das ganze Gebiet war abgesperrt.

Bor. Bor war niedergeschossen worden.

Und sie ging unter – die Reling, das Deck, die letzte Spitze des Mastes, bis zum Meeresgrund sank sie hinab, meine Welt, die mir so vertraut war und die ich so liebte.

Pol schreit, Sam ist aschgrau und sagt keinen Ton, Philip sitzt hinterm Steuer, ansonsten kann ich mich an die Fahrt kaum noch erinnern. Nur an die Kopfschmerzen, die wortwörtlich brüllenden Kopfschmerzen, als würde ein Chor Hooligans in meinem Hirn ausrasten, ohrenbetäubend, ein totaler Verlust von Überblick, Richtung und Logik: Wo müssen wir hin? Was müssen wir tun?

Philip prescht bis zur Absperrung und bremst direkt vor einem Polizeiauto. Es wimmelt nur so von Polizisten. Philip macht das Fenster auf und brüllt: »Lassen Sie uns durch, wir sind die Familie.«

Trotzdem fragt der Beamte: »Wer sind Sie?«

»Ich bin Zelda Wagschal«, sage ich, schaffe es aber kaum, meiner Stimme Nachdruck zu verleihen. »Bor Wagschal ist mein Mann. Das sind unsere Kinder. Wo ist er?«

»Einen Moment, bitte.«

Ich sehe die Panik des jungen Polizisten, er dreht sich um und will einen Kollegen rufen, aber Philip gibt sofort Gas und fährt, so schnell er kann, durch die Absperrung in Richtung des Parkplatzes, auf dem wir Bor vor so kurzer Zeit noch gesehen haben, bloß ein paar hundert Meter weiter. Doch sofort bleiben wir wieder stecken, denn auch hier ist alles abgesperrt. Ich kann Sam und Pol nicht allein lassen, habe eine Riesenangst, aber ich will sie auch nicht bei mir haben.

»Ihr bleibt hier«, sage ich zu ihnen. »Für Kinder ist das zu gefährlich. Ich bin gleich wieder da.«

Philip ist schon ausgestiegen, verriegelt hinter mir die Türen. Sam und Pol schreien und weinen, klopfen gegen die Scheiben, es ist unerträglich.

Philip rennt vor.

»Warte auf mich!«, brülle ich. »Gib mir die Autoschlüssel.«

Ein Polizist versperrt mir den Weg. »Gehen Sie nicht weiter, das wollen Sie nicht sehen.«

»Das ist mein Mann, lassen Sie mich gefälligst durch! Passen Sie lieber auf meine Kinder auf, da, im Auto!«, schreie ich, werfe ihm die Schlüssel zu und verpasse ihm einen so kräftigen Stoß, dass er taumelt. Ich sehe einen Krankenwagen mit offener Hecktür. Aber er ist leer. Sanitäter laufen hin und her, sind mit irgendwas beschäftigt, ein Polizist setzt sich mit einer Rolle Absperrband in Richtung Parkplatz in Bewegung. Drei Mann in Zivil stehen an der Bordsteinkante, die Parkplatz und Straße voneinander trennt.

Als sie uns sehen, sprinten sie sofort auf uns zu und versperren uns die Sicht – ein Kordon. »Sie können hier nicht …«

Zu spät, umsonst, meine Blicke hätten jetzt durch Wände gehen können. Die Szene hinterlässt einen unauslöschlichen Abdruck auf dem Bildschirm meiner tödlichen Neugier, auch wenn ich nichts davon verstehe oder in Worte fassen kann.

Der Lärm, dieser Lärm!

Philip steht neben mir. »Oh, Gott!« Er weint, unterdrückt. »O Gott!«

»Philip«, flüstere ich, »geh zurück. Geh zu Sam und Pol.«

So viel Blut ... Woher kommt der Lärm? Das ganze Blut kann nichts mit Bor zu tun haben. Das ist nicht er, da ist nur Chaos, ein Chaos von Dingen, die einmal etwas mit Bor zu tun hatten, ihm ähnelten, sein Haar, sein Gesicht, das ich so gut kenne, aber jetzt nicht mehr, sein Sakko und sein Hemd voll Blut. Ein einzelner Schuh. An einem von Bors Füßen bloß ein Strumpf. Blut auf dem weißen Markierungsstreifen, auf dem Asphalt, ein im Halbdunkel kaum wahrnehmbarer Farbunterschied. Bor, der auf der kalten Straße liegt wie auf einem Bett. Niemand bei ihm. Ein Mensch darf doch nicht einfach so auf der Straße liegen! Als die Kinder klein waren, legte er sich gern auf den Rücken und ließ sie, mit dem Bäuchlein auf seinen Füßen, durch die Luft fliegen.

»Geh zu den Kleinen, Philip.«

»Schrei nicht so, Mama. Hör bitte auf, so zu schreien.«

Niemand kann Bor heilen oder wecken oder lebendig machen. Die Polizei stellt Fragen, Philip gibt Antworten.

Plötzlich steht Pol vor mir und streckt verzweifelt weinend die Arme nach mir aus. »Mama, Mama, was ist mit Papa los?«

Ich schreie ihren Namen. Warum haben diese Idioten sie nicht von hier ferngehalten? Ich hebe sie hoch, drehe ihr Gesicht vom Parkplatz weg. Ich kann mich nicht bewegen, nicht sprechen, ich stehe einfach nur da, mit Pol auf dem Arm. Sam schluchzt leise in meinem Rücken, die Arme um mich geschlungen. Polizisten wollen uns wegführen, ich wehre mich. Erst nach einer Ewigkeit gebe ich mich geschlagen.

Du lagst auf der Erde, auf dem Asphalt. Einfach so, dein Gesicht hob sich grauweiß ab gegen dein Blut und das blaue Sakko, das ich dir vor ein paar Monaten gekauft hatte. Bor, wo bist du? Wo bist du hin, Bor? Ohne uns. O Bor, wer hat dich zerstört?

Teil 2

Kapitel 48

Hinterher haben sie uns in irgendeinen Raum gebracht. Ich will mir die Erinnerung an das Geschrei, das Geheule ersparen, an Pol, die sich auf den Boden warf, die wir kreischend wegzerren, wegschleifen mussten. Daran, wie ich mich auf der Straße übergab. An Sams aschgraues Gesicht. An Philip, der es in diesem Moment unseres Lebens, meines Lebens, fertigbrachte, fünf Minuten lang weg zu sein, nicht auf meine Nachrichten zu reagieren, vollkommen von der Bildfläche zu verschwinden. Weil er ein Auto gesucht habe, erzählte er später wütend. Er wurde von der Polizei zurückgebracht.

Und ich, die, als er wieder da war, auf ihn einschlug, schlug, schlug, schlug, schreiend und brüllend. Und danach vergeblich versuchte, ihn in die Arme zu nehmen.

Hinterher. Sie gaben uns etwas zu trinken. Die Kleinen schluchzten mit starren Gesichtchen, immer noch unter Schock, so unfassbar war das, was geschehen war, so überwältigend. Sie sagten keinen Ton. Sie wussten, ohne zu wissen, spürten, ohne zu begreifen, dass ihre Kindheit unwiderruflich vorbei war, ihr einzigartiges Geliebt- und Auserwähltsein, die selbstverständliche Geborgenheit. Ihre akute Einsamkeit, noch zu unermesslich, um sie zu überblicken. Egal, wie verzweifelt ich sein würde, ich würde sie mit aller Macht weiterschleifen, wie damals in New York. Und mich dadurch selbst auf den Beinen halten.

Philip war von der Frage besessen, wer verantwortlich war für diesen brutalen Mord, den er sofort als solchen bezeichnete, den Mord an seinem Stiefvater.

Er war vier Jahre alt gewesen, als Herman starb, zu jung, um zu verstehen, was sein Vater getan hatte, aber alt genug, um meine Verzweiflung intensiv zu spüren. Offenbar hatte er gelernt, sich gegen Verzweiflung zu wappnen, weil sie seine ganze Existenz infrage stellte. Das hatte ihn wehrhaft gemacht. Die Kampflust war ihm in Fleisch und Blut übergegangen.

Eine andere Frage, die ihn beschäftigte, war, wo Amal steckte und weshalb sie nicht zu uns kam. Sich nicht meldete. Das fragte ich mich auch. Wir könnten sie nicht anrufen, hieß es. Wir dürften es nicht.

Philip hatte es bei ihren Bodyguards versucht. Weder Geert noch Piet reagierten.

Die Polizisten, die uns hergebracht hatten, fragten, ob wir eine Ahnung hätten, wer dahinterstecken könnte. Ich schaute zu Philip, in sein grimmiges Gesicht.

Ein Team sei einem verdächtigen Auto auf der Spur, erzählten sie, das gleich nach dem Vorfall – Vorfall? Attentat, Mord, Gemetzel, meinen Sie! – in hohem Tempo vom Parkplatz gefahren sei.

Ich ließ mich trotz allem beruhigen von ihrer knappen, nüchternen Art und dem Ernst, den sie an den Tag legten. Philip nicht.

»Ein alter, dunkelblauer Mercedes?«, fragte er mit zitternder Stimme.

»Nein, ein weißer Toyota«, sagte der Polizist überrascht. »Wieso?«

Wütend und gedemütigt schwieg Philip. »Egal«, sagte er dann.

»Pst«, flüsterte ich, aus Angst, er würde ihnen die Lust nehmen zu ermitteln, so naiv das aus heutiger Sicht klingen mag. Sie notierten sich die Beschreibung des Mercedes, und sei es auch nur, um Philip zu beruhigen.

Sie baten uns, von Amal zu erzählen, von ihrer Beziehung zu Bor. Widerwillig sprach ich von der Rolle, die sie in unserem Leben, unserer Familie gespielt hatte. Über das Gartenhaus wussten sie Bescheid. Es gelang mir, unsere oder besser gesagt Bors Sorge um ihre Sicherheit unter den Tisch fallen zu lassen. Ich hatte noch nicht wirklich erfasst, welche grausamen Folgen ihr Verhalten, ihre ganze Existenz auf unser Schicksal haben würde. Und ja, auch die Sache mit dem Geld habe ich unterschlagen.

Amals Schweigen und ihre Unerreichbarkeit wuchsen in diesen ersten bangen Stunden zu einem Loch an, einem Krater, den wir schließlich vermieden zu benennen. Kurze Zeit später kam meine Schwester. Drei Freundinnen riefen an und wollten auch kommen. Das war zu viel. Sie kamen trotzdem. Da war ich schon nicht mehr ansprechbar. Erst tief in der Nacht wurde Bors Leichnam schließlich abtransportiert, und wir durften gehen. Die Kinder, die ohne mich und Philip nicht mit meiner Schwester hatten mitgehen wollen, schliefen inzwischen auf Sofas im Fernsehstudio. Die Polizisten boten an, sie zum Auto zu bringen, doch ich konnte sie niemand Fremdem anvertrauen. Philip und ich trugen sie zum Auto.

Anschließend fuhr uns die Polizei zum Haus meiner Schwester. Sie wohnte in Durgerdam, direkt am Deich. Mit halbem Ohr hatte ich gehört, wie sie der Polizei sagte, es lasse sich gut bewachen. Es war einer der Sätze, deren Bedeutung ich im Geräuschnebel jener Nacht nicht wirklich verstand. Den Polizisten hörte ich sagen, sie habe vermutlich recht.

Der Gedanke, wir könnten in Gefahr sein, stieg aus demselben Nebel auf, blieb aber abstrakt. Gefahr hing immer mit Zukunft zusammen, und vorerst gab es nur die Vergangenheit. Bor war ermordet worden. Wieso hatten sie Bor ermordet? Wieso ausgerechnet Bor?

Ein anderer Polizist sollte Bors Auto zu uns nach Hause fahren. Ich wollte nicht nach Hause, nie mehr.

Erst am nächsten Tag erfuhren wir von dem Brief, der in Bors Tasche gefunden worden war. Natürlich musste ich sofort an den anderen Brief denken, den Philip damals zunächst verheimlicht hatte, aber über den wusste die Polizei schon Bescheid.

Der neue Brief war auf Arabisch geschrieben, jemand hatte ihn noch nachts entziffert, die Tragweite aber für zu groß erachtet, um uns den Inhalt sofort mitzuteilen. Inzwischen hatte ein offizieller Übersetzer die kriegerischen Sätze in ein blumiges Niederländisch übertragen. Eine zu große Tragweite war ein Euphemismus. Es war eine Todeserklärung. Eine Schmähschrift. Eine lange Drohung, mit unzähligen Verweisen auf den Koran und andere Texte, hasserfüllt und blutrünstig. Bor wurde als Ungläubiger bezeichnet und sein Tod als Sieg über Satan, denn als Ungläubiger verdiene er es nicht zu leben. Außerdem sei er der Geliebte von Amal, dieser Abtrünnigen, dieser gotteslästerlichen Hure, die eines Tages, so Allah wolle, auf dieselbe Weise ums Leben kommen würde, durch die Hand eines echten Muslims, vielleicht eines Schahids.

Philip starrte vor sich hin, biss die Zähne so fest zusammen, dass es allein vom Hinschauen wehtat.

Allmählich dämmerte uns, weshalb wir nicht zu Amal durchkamen.

»Weiß Amal über diesen Brief Bescheid?«, fragte ich schließlich den großen, ernsten Polizisten, der am Morgen zusammen mit vier anderen Männern seine Kollegen von der Nachtschicht abgelöst hatte und jetzt bedächtig zusah, wie ich las, wobei meine Finger derartig zitterten, dass ich den Brief ablegen und mit der linken meine rechte Hand festhalten musste, damit sie still hielt.

Die Wirkung des Beruhigungsmittels, das man (wer?, meine Schwester?) mir gegeben hatte, war nach einer zweistündigen, chemisch induzierten Bewusstlosigkeit noch immer spürbar, meine Zunge fühlte sich träge und dick an, wie auch alles andere an mir, als wäre ich in einem Pott Leim gefangen.

Der Leim verlangsamte mein Sprechen und meine Bewegungen, er trübte mir die Sicht, doch obwohl ich mich betäubt fühlte und zermürbt und meine Schläfen pochten, war der Text deutlich, Wort für Wort, zu mir durchgedrungen.

»Nein«, sagte der Polizist. »Frau S. hat ihn noch nicht gesehen.«

Zögernd schob ich den Brief Philip zu, der ihn nochmals lesen wollte. Ich sah, wie verbissen sich seine Lippen bewegten, wie seine Augen an Formulierungen hängenblieben, die zwar vielleicht nicht den Kern der schrecklichen Nachricht bildeten, ihn aber in den Wahnsinn trieben.

»Verdammt noch mal, Mama, ihr Geliebter? Was soll der Scheiß? Stimmt das?«

»Natürlich nicht, Süßer«, sagte ich und versuchte, möglichst glaubwürdig zu klingen. »Sie waren befreundet. Aber für diese Leute gibt es keine Freundschaft zwischen Männern und Frauen!«

»Bester Freund«, hatte der Moderator gesagt. Ob diese Anrede sie (sie?) veranlasst hatte, Bor auszuwählen, den »besten Freund«, also die zweitbeste Wahl, um Allahs gekränkte Ehre zu rächen?

Aber dann fiel mir ein, dass der Mörder längst paratgestanden hatte, als Bor auf die Bühne gekommen war. Hatte er wirklich gehofft, Amal töten zu können? Und nicht Bor?

Was, wenn sie weniger gut beschützt oder auch an diesem Abend so unvorsichtig gewesen wäre, wie sie es oft war? Wenn Bor nicht unser ganzes Erspartes zu ihrem Schutz eingesetzt hätte?

Nein. Der Nebel in meinem Kopf lichtete sich langsam. Der Brief! Wer auch immer dafür verantwortlich war, wusste, an Amal würde er auf keinen Fall herankommen. Es konnte nicht anders sein. Den Brief hatte es ja schon gegeben. Die Sache war sorgfältig geplant.

»Ich hab so eine Idee, wer dahintersteckt«, sagte Philip. »Und du auch. Ich hab den Mercedes doch verdammt noch mal genau gesehen.«

Wir schwiegen.

»Du darfst dich nicht so in diesen Mercedes verbeißen, Bär, du hast den Polizisten doch gehört.«

»Ich hätte mit ihm fahren müssen«, sagte Philip. »Nicht mit dir.«

Sein wütendes Schluchzen brach mir das Herz.

Kapitel 49

Manchmal höre ich ihn noch. Dann wogt seine freundliche, etwas zu hohe und zu überschwängliche Stimme durchs Zimmer, und während mir das Herz überläuft vor Staunen und Erleichterung und Reue und ich mit aller Macht versuche zu verstehen, was er sagt, oder hoffe, dass er etwas ganz Bestimmtes sagt (»Es tut mir so leid, Liebling«), schrumpft alles Geschehene zu einer Erinnerung an einen alten Albtraum zusammen (»Du warst doch tot?«) – bis ich hochschrecke und mir klar wird, dass der Albtraum eine echte Erinnerung ist. Das ist der wahre Albtraum.

Nach fünfzehn Jahren kann mich so ein Schlag immer noch unerwartet und explosionsartig treffen, selbst wenn der ganze Ablauf vom Auftauchen der Stimme bis zur eisigen Erkenntnis, dass ich sie nie wieder in echt vernehmen werde, nie mehr die Albernheiten, den Ärger, die Gemütlichkeit erleben werde, die früher zu Bor gehörten (sogar die Übertreibungen und Lügen?), sich im Bruchteil einer Sekunde vollzieht und ich an einem Punkt angekommen bin, wo die Stimme keine kohärente Geschichte mehr erzählt und bei genauerer Betrachtung vielleicht auch nicht wirklich klingt wie Bor.

Unweigerlich fühle ich mich dann in Bors Arbeitszimmer zurückversetzt und werde daran erinnert, dass er Ambitionen und Gefühle hatte, die er mutwillig vor mir verborgen hat, und erneut fühle ich mich verraten, doch das tut der Trauer um seinen Tod keinen Abbruch. Im Gegenteil, es verstärkt sie noch.

Am meisten hasse ich den Mörder dafür, dass ich keine Gelegenheit mehr hatte, mit Bor darüber zu sprechen, was seine Geheimniskrämerei bei mir ausgelöst hat. Ich hätte gern gehört, was er dazu zu sagen hat. Trost bietet mir nur das Gefühl, Bors Gefährtin und Gegenüber gewesen zu sein, das Gefühl, das im Damals geronnen ist, konserviert in der langen Zeit unseres gemeinsamen Lebens vor meiner Entdeckung – als die Kinder noch klein waren, als wir noch Pläne und Ambitionen hatten, ein zweites Haus, am Meer, als wir noch jung waren, aber doch schon in den besten Jahren und wohlhabend, erfolgreich und im Stress, immer im Stress, als ich etwas weniger verdiente als er und meinen Beruf mit weniger sichtbarem Erfolg ausübte, wodurch ich immer meinte, um seine Anerkennung kämpfen zu müssen. Was mir jetzt, nach allem, was geschehen ist, zutiefst absurd und irrelevant vorkommt. Eins unserer drei Kinder war nicht von ihm, was mich, ob ich mir das nun einbildete oder nicht, zusätzlich ins Hintertreffen brachte und mein Bedürfnis nach bedingungsloser Liebe noch verstärkte.

Inzwischen ist Bor seit fünfzehn Jahren im absoluten, uneinholbaren Hintertreffen. Er scheint nie mit dem Sterben aufzuhören, was sich vor allem in der ersten Zeit darin äußerte, dass sich alles immer wieder vor meinem inneren Auge abspielte, wodurch ich mich dem stellen musste, was der Täter ihm angetan hatte, ein Perpetuum mobile der Grausamkeit.

Manchmal verursachte die bis zum Wahnsinn wiederholte Konfrontation mit dem Bösen und der Gewalt mir physische Schmerzen, unter denen ich fast zusammenbrach – trotz Marthas EMDR-Therapie. Die Erinnerung an Bor leidet nicht nur darunter, dass er schon so lange tot ist, sondern auch unter der Art, wie er starb, für mich die allerschlimmste. Und trotzdem sehe ich Bor manchmal genauso gepflegt und unversehrt vor mir wie zu Lebzeiten, eine gelungene, wenn auch leicht geisterhafte Replik seiner selbst, bloß, wenn ich nach den Details in seinem Gesicht suche, entgleiten sie mir, dann sehe ich meistens nur seinen Rücken, seinen Hinterkopf, als würde er sich für sein Ende schämen und sich von mir abwenden, um meine Reaktion nicht sehen zu müssen.

Der Mörder hat meine Erinnerungen und unsere Familie zerstört, so viel steht fest. Allerdings habe ich immer versucht, einen Teil meines alten Ichs aufrechtzuerhalten, was vor allem bedeutete, die Kinder vor meiner bodenlosen Traurigkeit zu beschützen. Solange sie noch mit mir zusammenwohnten, musste ich mit aller Macht versuchen, dem ständig drohenden und lockenden Abgrund der Verzweiflung zu widerstehen.

Das gelang mir nur, wenn ich in Bewegung blieb, im Vertrauen darauf, dass meine Geschwindigkeit mich aufrecht halten würde. Hauptsache, ich musste nichts fühlen. Ich fürchte jedoch, ich bin durch unsere gemeinsame Zeit hindurchgestolpert.

In dieser Gemütsverfassung beschloss ich schon nach wenigen Monaten, das Haus zu verkaufen und etwas Kleineres zu suchen, aus Angst, die Hypothek nicht aufbringen zu können. Schnell und seltsam gleichgültig trennte ich mich von vielen Besitztümern, die Bor und ich über die Jahre sorglos und glücklich angehäuft hatten. Bitter war, dass der AIVD eine strenge Bewachung für nötig hielt. Darüber ärgerte ich mich maßlos und fand deswegen nichts dabei, die Bodyguards zum Möbel- und Kistenschleppen zu verdonnern. So wurden die Männer trotz meines Widerwillens gegen die grausame Tragik ihrer unerwünschten und kostenlosen (sic) Anwesenheit doch noch zu einer Art Stütze.

In meiner Verwirrung, meiner Wut und Trauer war ich lange nicht in der Lage, Klienten zu behandeln. Auch noch nach dem (im Nachhinein viel zu übereilten) Verkauf des Hauses blieb es eine Herausforderung, alle Rechnungen zu bezahlen. Dadurch waren die ersten Jahre überwältigend schwer und beklemmend.

Aber das Schlimmste, neben dem Verlust von Bor, war, dass meine vermeintlich unerschütterliche enge Bindung zu Philip praktisch sofort so mühsam wurde, dass man schon von Feindseligkeit sprechen musste.

Ich wagte kaum, mich noch Psychoanalytikerin zu nennen, erkannte aber trotzdem, dass Philips Verhalten zum größten Teil von Schuldgefühlen und Wut diktiert wurde. Doch selbst mit dieser unbeholfenen Diagnose im Hinterkopf war es mir fast unmöglich, zu ihm durchzudringen und ihn davon zu überzeugen, dass diese Gefühle nicht gerechtfertigt waren. Obwohl der Mörder, ein somalischer Fanatiker – nicht einmal ein eifriges, rachsüchtiges Mitglied von Amals Familienclan –, nach einer zweitägigen Hetzjagd in einer abgelegenen Ecke von Brabant gestellt worden war und sich eine Kugel in den Kopf gejagt hatte, bevor er verhaftet werden konnte, war Philip weiterhin davon überzeugt, dass er kein Einzeltäter war. Natürlich war nicht auszuschließen, dass der Somalier tatsächlich im Auftrag gehandelt hatte. Aber Beweise dafür wurden nie gefunden. Vermutlich wurde auch nicht gründlich genug danach gesucht.

In der Schule machte das Gerücht die Runde, Kevin sei ein paar Monate später nach Afghanistan gegangen, was den Geheimdienst seltsamerweise kaltließ. Dort hieß es lapidar, es gebe keine Hinweise, dass Kevin an dem Mord beteiligt gewesen sei. Sie hatten ihn zwar eingehend verhört, da er auf der Liste der Kontaktpersonen des Syrers stand, der Dschihadisten rekrutierte und schon vor Langem ins Visier der Fahnder geraten war, aber nichts ließ darauf schließen, dass er sich auf die Planung einer Gewalttat eingelassen hatte. Kevins Entscheidung sei eine Tragödie für seine Familie, hieß es, aber er sei beileibe nicht der Einzige, und alle würden freiwillig gehen.

Allerdings wurde Amsterdam eine Woche nach dem Attentat teilweise abgeriegelt, und der AIVD gab bekannt, dass bereits Monate vor dem Mord an Bor niederländische Dschihadisten abgehört worden seien, die unter anderem Anschläge auf Amal, Bor und dessen iranischen Freund Navid geplant hatten. Auch der wurde seit Bors Tod streng bewacht. Nach einer riskanten Belagerung des Hauses, in dem vier Dschihadisten sich verschanzt hatten, wurden sie festgenommen und zu langen Haftstrafen verurteilt. Der

Syrer, der intensiven Kontakt zu ihnen gepflegt hatte, blieb unauffindbar. Erst viel später teilte der Geheimdienst uns mit, dass der Somalier seine Waffe eventuell über den Syrer bezogen hatte. Diese Vermutung ließ sich allerdings nie bestätigen, weil bei einem Umzug in ein neues Büro offenbar die Abhörbänder verloren gegangen waren.

Dass es nie einen Untersuchungsausschuss zu diesem absurden Fiasko gegeben hat, ist und bleibt ein Skandal.

In den ersten Monaten dachte ich, dass Philip wieder zu sich finden würde. Dass Wut, wie bei Herman, seine Art wäre, Trauer zu verarbeiten. Ehrlicherweise muss ich jedoch gestehen, dass ich wenig Geduld mit ihm hatte und sich unsere Konflikte immer weiter hochschaukelten. Ich war froh, dass er jeden Tag ins Fitnessstudio ging. Seinen Muskeln konnte man regelrecht beim Wachsen zusehen, er wurde breiter, aß immer mehr Eiweiß und weniger Kohlenhydrate, nahm Präparate ein. Innerhalb kürzester Zeit wurde er imposant stark.

Ich dachte mir nichts bei dieser Form der Ablenkung. Nur wenn wir uns stritten, was immer öfter und immer aggressiver der Fall war, merkte ich, dass er mich jetzt auch körperlich einschüchterte, und die Bedrohung, die in der Luft lag, machte mir Angst.

Dann rief Hermans jüngste Schwester aus Israel an und fragte, ob ich von Philips Plänen wisse. Er habe sie gebeten, bei ihr wohnen zu dürfen, weil er nach Israel emigrieren wolle, Alija machen. Davon wusste ich nichts und fand es furchtbar, weil er dort sofort zum Militärdienst eingezogen würde. Trotzdem stimmte ich zu.

Er war inzwischen fast neunzehn, las und sprach dank der vielen Unterrichtsstunden – auf denen Bor bestanden hatte, nicht ich – gut Hebräisch, und ich dachte, ein Tapetenwechsel täte ihm gut. Insgeheim hoffte ich, die Disziplin bei der Armee würde ihn zur Ruhe bringen.

Natürlich versuchte ich damals, über die tieferen Gründe für seine Trauer, Wut und Frustration mit ihm zu sprechen, doch sosehr ich mich auch bemühte, war ich ihm bei seiner Abreise kein bisschen näher, dafür umso zermürbter. Ich wollte nur noch eins: mich mit ihm versöhnen. Und dass ich seine Entscheidung respektierte, war wichtig für ihn, denke ich. Es beruhigte ihn, dass ich ihm zuhörte und seine Pläne ernst nahm. Aber sein Entschluss hatte weitreichende Folgen, und Sam, Pol und ich mussten einmal mehr mit einem Lebensabschnitt abschließen.

Sam konzentrierte sich noch stärker als vorher auf seine Musik, und Pol wurde zu meinem Schatten, sie verwandelte sich von einem fröhlichen, unbefangenen Mädchen in ein ängstliches, stilles Kind.

In unserer letzten gemeinsamen Woche vertrugen wir uns ganz gut. Zu viert brachten wir Philip zum Flughafen, Pol und Sam, die beide weinten, Karina, mit der er offenbar wieder ab und zu Kontakt hatte, und ich.

Unser Abschied hatte etwas Resigniertes. Nach allem, was uns widerfahren war, war ich so kaputt, dass mein Vorrat an Tränen erschöpft war. Aber natürlich haben wir uns umarmt, Wut hin oder her.

Seitdem ist Philip ein noch versierterer Schweiger geworden.

Kapitel 50

In seinem Büro hing eine große, grobkörnige Luftaufnahme. Die abstrakten grauen Formen darauf ergaben nur für Verteidigungsexperten einen Sinn.

Er kannte die Doku über die Militäroperation – er hatte sie oft gesehen. Meir Dagan, der damalige Chef des israelischen Geheimdiensts, war Interaktionen zwischen Syrien und Nordkorea auf die Schliche gekommen und hatte Luftaufnahmen von Schiffen mit besorgniserregender Fracht aus dem Osten analysiert, bevor er seine erste Garde auf die gefährlichste Erkundungstour aller Zeiten schickte.

Obwohl sie in voller Montur waren, mit Waffen, Masken und weiterem Material beladen, dem besten, das damals auf dem Markt war, wirkte ihre hochriskante Aktion seltsam spielerisch und zärtlich, wie sie hier und da mit winzigen Schaufeln Bodenproben nahmen und fein säuberlich mit ihren großen behandschuhten Pranken in kleine Behälter füllten, die sie für eine eingehende Untersuchung versiegelten.

Danach machten sie sich schwerbepackt, wie Riesenelfen oder als Astronauten verkleidete Kinder, wieder aus dem Staub.

Durch diese Operation konnten Spuren von Plutonium und Uran nachgewiesen werden, glücklicherweise aber in so geringer Konzentration, dass eine Bombardierung nicht zu einer nuklearen Katastrophe führen würde.

Er war zu der Zeit noch nicht bei The Unit, sondern gerade erst in die Israelischen Verteidigungsstreitkräfte, die IDF, eingetreten, und die eindrucksvolle Vielschichtigkeit der Operation würde erst später in ihrer ganzen Tragweite bekannt werden.

»Der große Komplex« im Osten Syriens, das merkwürdige Labyrinth auf dem Foto, das nach der Erkundungstour erfolgreich bombardiert wurde, entpuppte sich als halbfertiger Atomreaktor nahe der Grenze zum Irak. Sie hatten gerade noch rechtzeitig zugeschlagen.

Als Kind hatte er manchmal geträumt, er könne fliegen. Nicht als Paraglider, nicht als Pilot, sondern einfach so, als er selbst.

Dann löste er sich mit Adlerschwingen von der Welt, den Menschen und den Hindernissen, mit denen sie sich in ihrer jämmerlichen Unbeholfenheit herumschlagen mussten, und flog mit kräftigen Flügelschlägen dorthin, wo er gebraucht wurde. Es war keine Flucht, sondern ein Akt der reinen Gnade, der Liebe (und der Macht). Und nach dem Aufwachen fühlte er sich nicht etwa glücklich wie nach Träumen, in denen man in letzter Sekunde durch seinen Aufstieg großer Gefahr entkommt, sondern ernst und auch ein bisschen melancholisch, weil es doch so zwingend notwendig, so unabdingbar war, dass er pünktlich angeflogen kam.

Die Stadtlandschaft unter ihm war feindlich, die, zu der er unterwegs war, weit und voller Wälder und Wüsten, mit

Seen wie dunkle, herrlich funkelnde Spiegel – dort waren die Menschen, die ihn brauchten. Er ging fort, um anderen etwas zu bringen.

Im Traum bewegte er sich vorwärts und rückwärts durch die Zeit, denn meistens fing es mit seinem glückseligen Gnadenflug an, doch dem war ein Kampf vorangegangen, bei dem er den Sieg davongetragen hatte, ein Streit, der zu seinen Gunsten entschieden worden war, ein Gefecht, das zwar auch zum Traum gehörte, aber rückwärts abgespielt wurde.

Er hatte einen Umhang getragen, als Kind, sogar nachts, einen dunkelgrünen Samtumhang mit goldener Stickerei, den seine Mutter ihm auf einer der vielen Reisen mit seinem Vater gekauft hatte. Fantasiereisen nannten sie das. Reisen, um Farben und Landschaften zu erkunden, in Schönheit zu baden. Daran erinnerte er sich noch. Hörte es seinen Vater sagen.

Ansonsten erinnerte er sich kaum noch an seinen Vater – große Hände, tiefe Stimme, viel Gebrüll, ein langer, schmuddeliger Pullover, laute Musik. Befangenheit. Ein kleines Flugzeug, warmes, orangefarbenes Licht und Pferde. Das musste New Mexico gewesen sein, erfuhr er später. Der Boden war unter ihm weggeglitten, fast lautlos, nur über ihm hatte es gezischt, als würde etwas brennen. Der Umhang stammte aus Santa Fe, ein Holzschwert wie aus den Zeichentrickfilmen, die er sich so gern ansah, gehörte dazu.

Vielleicht hatte der Umhang die Träume ausgelöst, denn wenn er damit rannte und der Wind den Umhang aufblähte, fühlte er sich, als würde er fliegen. Es war schon immer seine Mission gewesen, Leute zu retten. An diese Träume dachte er später oft zurück, sie machten ihn glücklich. Er schwor sich, immer rechtzeitig da zu sein, bevor ein Unglück geschah.

Das Schreien seiner Mutter, ihr Brüllen, ihr Weinen – konnte irgendetwas gellender, giftiger, erschreckender sein?

Sie hatten ihn mitgenommen, die Polizisten, ihn in der Küche festgehalten, dabei wollte er nur zu ihr, als sie so schrie, schrie, schrie. Die Tür, die aufgebrochen werden musste. Zwei Schuhe, die hoch über ihm schwebten, zu hoch, um sie zu erreichen. Rennende Schritte, Rufe, die Panik in den Stimmen der Erwachsenen.

Er konnte nicht weg, war zu klein, zu schwach, gerade mal vier. Ein dumpfer Schlag, der Aufprall eines fallenden Körpers, der alles tötete, was groß, stark und lieb gewesen war, und seine immer lachende Mutter. Der Boden, der sich auftat wie der Rachen eines grauenhaften Tiers, die fremde Frau, die ihn viel zu fest an ihre harte Brust drückte, die schmerzhafte Anstecknadel an ihrer Uniform, der Geruch von Zitronenlimonade, der ihn seither zum Würgen bringt.

Ganz am Anfang, kurz vor dem zwanzigmonatigen Training, hatte er eine Zeit lang mit dem Gedanken gespielt, sein Leben der Religion zu widmen wie sein bester Freund Amir. Kontrolle über alle Lebensbereiche, das schien nach dem Mord an seinem Stiefvater die Lösung für sein leidendes Herz zu sein: Noch dem letzten Zipfel des Daseins Bedeutung beimessen, leben im Vertrauen auf das Heilige aller Taten, aller Dinge, tagein, tagaus.

Die Sanftmut, die mit einer solchen Achtsamkeit für Freud und Leid des Menschen einherging, zog ihn an, es musste heilsam sein, so intensiv zu leben, so viel über Gut und Böse zu lernen, so große Teile des Alltags regulieren zu können, doch gleichzeitig stieß ihn genau das ab.

Er kannte sich zu gut, das wäre nichts für ihn, so viel Ruhe, so viel Einmischung, so viel Stillstand, er würde ersticken.

Letztlich wählte er nach seinem ersten Dienstjahr das Gegenteil und bewarb sich für die anspruchsvollste Eliteeinheit, die das israelische Militär zu bieten hatte, in der Hoffnung, die körperliche Anstrengung und die Disziplin würden ihn betäuben. Seine Kameraden bei der Armee lachten ihn aus, triezten und beschimpften ihn, dass er als Ausländer es wagte, auch nur daran zu denken, sich zu bewerben, aber er bewies sich, mit Wut und Ehrgeiz, und durfte der Einheit beitreten; für ihn noch immer einer der größten Triumphe in seinem Leben.

Die Adlerschwingen und das Bringen von Gnade mochten überholte Konzepte sein in Anbetracht dessen, was seiner Familie zugestoßen war (vor allem nach Gnade musste man sehr lange suchen), doch bald sah er sich gezwungen, über den Unterschied zwischen Gerechtigkeit und Rache nachzudenken, denn was für den einen Mut war, betrachtete der andere als Terror.

Opfer, immer gab es Opfer, nichts war je eindeutig, moralisches Verhalten war eine Entscheidung, eine Willenserklärung, je nachdem, auf welcher Seite man stand. »Gnade« war ein doppeldeutiges Wort, doch er hatte die Ausbildung nur durchgestanden, weil er genau wusste, welche Bedeutung es für ihn hatte. Im Gegensatz zu früher wollte er nicht mehr nur Gnade bringen, er wollte sie am liebsten verkörpern.

Sein Körper und Geist waren da schon zu einer Maschine, einem Instrument geworden, Augen im Hinterkopf, scharfe Sinne, die ihn nie im Stich ließen, überall konnte er sich orientieren, als wäre er ein menschliches Navigationsgerät, und selbst nach einer Woche ohne Schlaf noch einen Marathon laufen, sein Motor: die Gier nach Gerechtigkeit. Oder eben nach Rache.

Wobei es nicht mehr viel gab, woran er sich für sein tägliches Leiden rächen konnte, das war ihm bewusst. Immerhin war der Mörder tot. Doch er wusste, er würde nie mehr richtig schlafen können. Und dass nur Bewegung, Aufregung und Erschöpfung ihm Erleichterung verschaffen konnten. Vielleicht hatte er sich deshalb, trotz Chayas Protest, nach seiner Verwundung für ein paar weitere Jahre verpflichtet.

Er konnte nicht anders, kam auf nichts anderes, wollte nichts anderes.

Kapitel 51

Bors Ermordung war der einzige Grund, weshalb Philip sich für Israel und damit für die Armee entschied, das war mir sofort klar.

Am Ende war meine Ergriffenheit über seine Kampflust und seinen Gerechtigkeitssinn größer als meine Wut und Angst. In Israel wollte er nur eins: kämpfen lernen. Und es gab nur eine Einheit, die ihm zusagte, The Unit, die Sajeret Matkal, eine Einheit, die genauso anspruchsvoll und exzellent war wie die amerikanische Delta Force oder die britische SAS.

Für Ausländer war sie eine nahezu uneinnehmbare Festung – nur die Allerbesten, Allerloyalsten bekamen eine Chance. Man musste körperlich ungeheuer zäh sein, eine echte Maschine, neben Hebräisch auch Arabisch können, ein sagenhaft schnell schaltendes Gehirn haben und eine Begabung für Mathe und Informatik. Und weil man in streng geheime Missionen eingeweiht wurde, musste man selbstgenügsam sein und eine Persönlichkeit haben, die die Fähigkeit zur Unterordnung mit der zur Selbständigkeit kombinierte.

Vor seiner Abreise hatte er Unmengen an Informationen zusammengetragen, und nun stellte sich auch der tiefere Grund für sein hartes Training im Fitnessstudio heraus –

wo er sich mit einer Hingabe geschunden hatte, die selbst seine Freunde besorgniserregend fanden. Dazu konnte er immer schon sehr gut mit Computern umgehen, und sein Arabisch hatte er gehörig aufpoliert. Das machte sich bezahlt – anscheinend wurde er nach dem Ende seines Militärdienstes sofort angenommen.

Wir erfuhren erst Monate später davon, sogar Barbara, Hermans Schwester, bei der er damals wohnte. Ich konnte ihm lange nicht verzeihen, dass wir nach allem, was wir durchgemacht hatten, jetzt auch um ihn Todesängste ausstehen mussten. Aber wie hätte ich ihn zurückhalten sollen? Ich musste mich damit abfinden. Und ihn verstehen. Meistens war ich froh, dass wir in einer Art kognitivem Koma gehalten wurden, was Philips verdeckte Operationen anging. Weil wir die Einzelheiten nicht kannten, blieben seine Aufgaben abstrakt. Und irgendwann gewöhnten wir uns daran, dass immer Gefahr drohte, gleichzeitig fühlten wir uns aber wegen seiner Tätigkeit alle ein wenig einsam.

Neben meiner Trauer über die riesige Entfernung zwischen uns, unsere Entfremdung und seine Geheimnisse, war ich als Mutter natürlich auch stolz auf seine Leistung, seinen hohen Dienstgrad, seine Ausdauer – bei all meinem Abscheu vor Gewalt und überhaupt allem, was mit militärischen Angelegenheiten zusammenhing.

Gänzlich unbegründet war meine immense Sorge um ihn nicht. Er wurde mehrmals verwundet. Bei der letzten Mission, an der er aktiv beteiligt war, explodierte eine Granate in unmittelbarer Nähe. Noch auf der höllischen Rückfahrt pulte man eine Scherbe – die Philip zufolge so groß war wie ein menschliches Ohr – aus seinem Hüftknochen, und bald war klar, dass er nie mehr so schnell würde laufen können wie vorher.

Seither musste er auf die Arbeit im Gelände verzichten, doch mittlerweile war er wie süchtig danach, zwischen moralischen und tatsächlichen Landminen zu lavieren, und konnte sich ein Leben in Zivil nicht mehr vorstellen. Ich hingegen war nach meiner jahrelangen Schlaflosigkeit und meiner großen Unruhe während seiner Einsätze, bei denen mehrmals Soldaten ums Leben gekommen waren, geradezu überglücklich, dass er künftig im Büro arbeiten würde, für AMAN, den Geheimdienst der israelischen Armee.

An seiner Schweigsamkeit änderte das allerdings nichts. Sehnsüchtig erinnerte ich mich an eine ferne Vergangenheit, als Philip mir gelegentlich tränenreiche Geständnisse über seine seltsamen jugendlichen Eskapaden gemacht hatte.

Ich weiß nicht mehr, wann er mir zum letzten Mal wirklich etwas anvertraut hat. Ab und zu erzählt er, Chaya sei wütend oder traurig, weil sie nicht wisse, womit er sich beschäftige, was ihn umtreibe oder in welcher Gefahr er schwebe, und dann beklagt er sich über ihr mangelndes Verständnis. Aber manchmal glaube ich, solche persönlichen Geschichten erzählt er nur mir zuliebe.

Doch was soll ich zum Ärger und zum Kummer seiner Frau sagen (Lungenärztin und bestimmt nicht zartbesaitet), die nie mehr über ihn erfahren wird als das, was er ihr verraten will? Ihr bin ich näher als ihm, obwohl ich weiß, dass er gar nichts dafür kann, weil er einen Eid abgelegt hat und Offenheit große Gefahren mit sich bringen würde.

Trotzdem hindert ihn seine Geradlinigkeit nicht daran, intensiver zu leben als die meisten Menschen, die ich kenne, und rein äußerlich erinnert er mich immer mehr an Herman.

Kapitel 52

Das alte, malerische Kino war ganz in der Nähe. Manchmal ging ich mit Freunden dorthin, doch an diesem Abend war ich allein. Im dazugehörigen Restaurant wartete ich auf das bestellte Glas Wein.

Sam übte zu Hause wahrscheinlich ein schwieriges Stück, und Pol konnte mir mit ihrer Teenie-Wut und Verschlossenheit ganz schön auf die Nerven gehen. Diesen Monat würde sie Abitur machen. »Ich geh ins Kino«, hatte ich gesagt und war ohne weitere Erklärung los, wobei ich darauf achtete, die Tür leise zu schließen, um sowohl mir als auch den Kindern zu beweisen, dass ich etwas vollkommen Unspektakuläres tat. Draußen war ich gleich so erleichtert, dass ich mich fragte, warum ich mir nicht öfter eine kleine Auszeit gönnte.

Ich ging selten allein aus, fühlte mich dabei unwohl, zu sichtbar. Als Kind war ich phasenweise extrem schüchtern und verschämt, als würde ich mich einkapseln, als würden die Augen der anderen mich lähmen – oder jedenfalls das, was diese Augen in meiner Vorstellung sahen. Ich beneidete die anderen Kinder um ihre Unbekümmertheit, die mir vorkam wie die reinste Freiheit. Als ich älter wurde, beobachtete ich oft fasziniert die Gesichter von Fremden, Fußgängern, Fahrradfahrern, Leuten, die auf Bänken saßen, sie fesselten mich, besonders, wenn sie allein waren. Was dachten sie in ihrer Einsamkeit? Betrachteten sie sich mit derselben Unbarmherzigkeit wie ich mich? Woher wussten sie, wie sie sich benehmen, wie sie dreinblicken und mit anderen kommunizieren mussten? Oder kannten all diese Menschen solche Ängste nicht?

Natürlich offenbarte mein Beruf mir später, dass andere sich mindestens genauso quälten – allerdings schien das mit zunehmendem Alter besser zu werden. Scheinbar gewöhnte man sich mit der Zeit an das eigene Ich, baute etwas Selbstvertrauen auf. Jetzt, wo ich Schicksalsschläge und Trauer erlebt hatte, deren Nachwehen ich noch immer jeden Tag spürte, hatte ich mein lästiges übermäßiges Bewusstsein tatsächlich größtenteils abgelegt (*life was too short!*), das unangenehme Gefühl jedoch hatte ich nie ganz vergessen. Inzwischen gestand ich mir sogar Unbekümmertheit zu und genoss das damit verbundene Freiheitsgefühl, doch nach wie vor überfiel mich manchmal völlig unerwartet die alte Panik vor fremden Blicken. Die Neugier auf den inneren Antrieb, die Beklemmungen und Ängste anderer, war vermutlich der Hauptgrund, warum ich am Ende meine Praxis wieder öffnen wollte. Und es auch konnte.

Schöner Nebeneffekt: Ich kam mit meinen eigenen Angstgedanken und meiner eigenen Trauer besser zurecht, wenn ich mich denen meiner Klienten widmete.

Aber an diesem Abend fühlte ich mich stark, im Reinen mit meiner Entscheidung, hier zu sein.

Ich hatte mein Glas fast ausgetrunken und noch eine gute Viertelstunde Zeit, bis der (französische) Film anfing, als ich hinter mir eine Stimme hörte, die mir bekannt vorkam.

Amsterdam ist nicht besonders groß, da kann man durchaus an einem einzigen Tag zwanzig vertrauten Gesichtern begegnen. Was einem aber auch passieren kann, ist, dass man Leute zwanzig Jahre lang nicht sieht, obwohl sie in derselben Stadt wohnen wie man selbst.

Ich drehe mich um. Unsere Blicke treffen sich. Ich zucke zusammen und drehe mich reflexartig wieder zurück, panisch. Ich will mich aus dem Staub machen, so tun, als hätte ich ihn nicht gesehen. Wann haben wir uns das letzte Mal gesprochen? Es muss das unterkühlte Telefonat über seinen Sohn gewesen sein. Vor gefühlten hundert Jahren.

Eine Sekunde lang starre ich in mein Glas und überlege, was ich tun soll, aber da steht er schon vor mir.

Er ist ergraut und nicht mehr so braungebrannt wie in meiner Erinnerung (aber damals war es vielleicht Sommer), seine dichtbewimperten grünen Augen strahlen keine Überlegenheit mehr aus, eher etwas Rührendes. Wie ich selbst aussehe, weiß ich gar nicht. Manchmal überrumpelt mich mein Spiegelbild mit Anzeichen einer seltsamen Veränderung, Gesicht und Hals sind matt und weich, meine Augen erkenne ich nicht wieder.

»Hallo«, sagt Samir.

»Hallo«, sage ich.

Er fragt, ob ich allein sei. Das lässt sich schwer abstreiten. Einen Moment lang hoffe ich, er würde sich in Luft auflösen, so eine Angst habe ich.

Trotzdem stehe ich auf, als er mich an seinen Tisch einlädt. Auch er ist allein.

Noch immer weiß ich nicht, was ich sagen soll. Meine

Geschichte ist allgemein bekannt, was gibt es da noch zu erzählen? Ich will nicht erzählen. Aber dann übernimmt er das.

Er erzählt mir von seinem Sohn. Höre ich da Misstrauen heraus, Vorsicht, Entschuldigungen? Denkt er vielleicht, ich würde seinen Sohn verurteilen? Ich erinnere mich an seine Stimme, sogar an seine Atmung. Ich habe das Gefühl, ihn zu kennen. Nein, halt, was ich da heraushöre, ist Verzweiflung, Ohnmacht. Würde ich Beschwerden, wenn auch bescheidene, über den heftigen Aufruhr in seinem Leben nach Bors Ermordung verkraften? Jetzt mal halblang. Das sind keine Beschwerden, nur Antworten auf meine Fragen.

Samir erzählt, sie hätten Kevin damals verhört, und auch ihn. Der AIVD habe Kevins Sachen konfisziert, darunter seinen Computer. Ich nicke. Eine seltsame Ruhe überkommt mich.

Wie es ihm jetzt gehe, frage ich.

Es sind wichtige Fragen, und die Antworten zählen – besonders unter den gegebenen Umständen.

Aber es sind vor allem seine Stimme und seine Augen, durch die ich begreife, dass nicht banales Älterwerden oder Wut mich von meinen starken Selbstzweifeln erlöst haben. Hermans Augen. Bors Blick. Der von Philip, Sam und Pol – durch ihre Liebe hat meine Angst abgenommen, durch ihre Liebe habe ich gelernt, unbekümmert zu sein. Durch ihre Liebe bin ich geworden, wer ich bin.

»Wir haben kaum noch Kontakt. Er hat damals behauptet, er will nach Dschidda, zum Studieren«, sagt Samir.

Er trägt eine schwarze Windjacke aus Baumwolle, darunter ein weißes Hemd. Er sieht mich nicht mehr an, seine Hände liegen flach auf dem Tisch. Als würde er kapitulieren, denke ich etwas ratlos, und: Wenn er mal nicht den Kopf dazwischen legt.

Unsere Bestellung wird aufgenommen. Ich bitte um zwei weitere Gläser Wein.

»Das war gelogen«, sagt er, »das mit dem Studium. Wahrscheinlich ist er nach Pakistan. Auf jeden Fall ist er nie mehr zurückgekommen. Wo er jetzt ist, weiß ich nicht. Syrien, nehme ich an. Mit anderen Dschihadisten.«

Ich sehe, wie sehr er darunter leidet.

»Aber er ist am Leben?«, frage ich.

Im Restaurant ist es ziemlich dunkel, finde ich, fast höhlenartig. Menschen schieben sich an uns vorbei, das allgemeine Stimmengewirr klingt unschuldig und hoffnungsvoll. An den Wänden hängen Spiegel, doch ich sehe mich nicht.

»Er ist am Leben, ja.« Noch immer lässt er den Kopf hängen, als wäre er mir etwas schuldig.

Wie anders die Verhältnisse jetzt sind, denke ich. Damals haben wir einen Stellvertreterkrieg geführt, den ich beinah verloren hätte, jetzt sind wir beide Invaliden, ausgemusterte Veteranen.

Kurz zögere ich noch, aber dann lasse ich meiner Hand ihren Willen und lege sie auf seine, die sich fest und warm anfühlt. Er schaut auf.

So hat es angefangen.

Wir vergessen, uns den Film anzusehen, und reden, bis das Restaurant schließt. Er verdient seinen Lebensunterhalt, indem er in kleine Start-ups investiert, im Libanon, seinem Heimatland, auch die dortige Filmproduktion wolle er anregen, erzählt er.

Jetzt, wo unser Stellvertreterkrieg so lange zurückliegt und irrelevant scheint, vermeiden wir unsere Söhne als Gesprächsthema. Weitgehend. Denn Kevins Geschichte fasziniert mich, und ab und zu kratze ich an der Mauer, die er um ihn errichtet hat, behutsam, schließlich will ich nicht, dass er denkt, ich säße nur deswegen hier bei ihm. Aber sein Ton verrät mir, dass ich besser nicht zu viele Fragen über Kevin stelle, auch wenn er selbst mutig mit dem Thema angefangen hat. Sein Sohn bereitet ihm zweifellos großen Kummer, und ich vermute, er hat schon mehr gesagt, als er es sonst tut. Kevin scheint Frau und Kinder zu haben, fast, als würde er ein normales Leben führen.

Samir berührt mich zutiefst, und ich habe nichts dagegen, mich mit ihm auf etwas einzulassen, das wir vorerst nicht bewerten wollen. Ich hasse das Wort »Chemie« – aber alles an diesem Mann gefällt mir, die Farbe seiner Augen, seine Hände und Handgelenke, sein Duft. Sein Blick ist genauso entwaffnend wie sein Optimismus. Dem hat der viele Kummer in seinem Leben offenbar nichts anhaben können.

Sam und Pol gegenüber erwähne ich meine Begegnung mit Samir nicht, und auch unsere darauffolgenden Treffen verschweige ich. Trotzdem ist ihnen praktisch sofort klar, dass ich einen Liebhaber habe.

Wir telefonieren jeden Tag. Seine Stimme tröstet mich, selbst wenn wir nur über Alltägliches reden. Wir interessieren uns für das Leid des anderen, ohne es zu benennen. Er holt mich zurück in die Welt. Ich weiß nicht genau, warum er mich so berührt, aber jedes Mal, wenn er meine Hand hält, vergesse ich, dass ich allein bin.

Kapitel 53

Von Amal hörten wir in den ersten sechs Wochen nach Bors Ermordung rein gar nichts. Keiner ihrer berühmten Freunde wusste, wo sie war, genauso wenig wie wir, und alle machten sich Sorgen. Ich nicht, ich war bloß wütend, auf alles und jeden – einen Monat lang war ich so durcheinander, dass ich dachte, sie sei vor *mir* auf der Flucht.

Das Attentat erschütterte die Niederlande, und die Todesdrohungen gegen Amal sorgten für Aufruhr, was man an den vielen Zeitungsartikeln sehen konnte. Und im Internet, auch wenn das damals noch nicht so allgegenwärtig war wie heute.

Die nach Nine-Eleven ohnehin schon enorme Wut der Bevölkerung äußerte sich in Brandanschlägen auf Moscheen und Gewalt gegen Muslime, und jeden Tag wurden neue Ausschreitungen befürchtet. Die Regierung musste sich viele Fragen gefallen lassen, die Zeitungen ergingen sich in Spekulationen – wo war Amal? Die Antworten waren vage und verdächtig, fanden ihre Freunde und warfen der Regierung mangelnde Offenheit vor. Nicht einmal der Verteidigungsminister (den ich über Bor einmal kennengelernt und kurzerhand angerufen hatte) konnte mir sagen, wo sie war.

Erst nach fünfundsiebzig Tagen kam ans Licht, dass Amal all die Zeit absichtlich isoliert wurde, nicht nur aus Sorge um ihre Sicherheit, sondern auch und vor allem aus Angst vor dem Chaos, das in der Gesellschaft ausbrechen könnte, falls sie doch noch ermordet würde. Und weil damals selbst bei den Geheimdiensten Schauergeschichten über Terroristen kursierten, die potenzielle Opfer über deren Computer oder Telefone orteten, hatten sie Amal auf eine Kontaktdiät gesetzt und ihr Laptop und Handy weggenommen.

Das wusste ich nicht. Ich kam nicht weiter, als es vermessen und unverzeihlich zu finden, dass sie sich nicht meldete, und als sie ein paar Tage nach ihrer Rückkehr in die Öffentlichkeit schließlich weinend anrief, war ich schon zu verhärtet und wütend, um ihr noch zuzuhören. Ich hatte kein Verständnis für ihre Situation, sah nur Verrat und Opportunismus und hasste es, dass sie keinerlei Schuldgefühle zu haben schien.

Nach Bors Ermordung war alles, was Amal tat oder sagte, in meinen Augen falsch. Mein Leben drehte sich ausschließlich um meine Kinder und deren Wohlergehen. Amals Dramen konnte ich nicht auch noch ertragen. Offenbar lief mit der Einwanderungsbehörde nicht alles glatt, aber das verfolgte ich nicht mehr, ich schottete mich ab. Ihren Kondolenzbrief las ich ohne Mitgefühl und warf ihn danach weg.

Das Einzige, was ich in dieser Zeit noch mitbekam, war, dass die Produzenten von *Die Stimme* sie in die USA schickten. Schon kurz nachdem sie sich bei uns gemeldet hatte, reiste sie ab, genau wie Bor vorhergesagt hatte. Ihre

Geschenke für Sam und Pol schickte ich postwendend zurück.

Natürlich haben wir sie ab und zu im Fernsehen gesehen. Manchmal lasen wir auch etwas von ihr, sie gab Interviews, schrieb Artikel, hielt sogar Reden. Aber berühmt wurde sie durch ihre Auftritte als Sängerin. Ich versuchte, mich durch Desinteresse vor solchen Informationen zu schützen. Um das Wohl und Wehe aktivistischer Sängerinnen in den USA kümmerte ich mich auch sonst nicht, redete ich mir ein, warum dann also bei ihr?

Kapitel 54

Seit einigen Jahren kommt Philip nur noch selten in die Niederlande. Wenn wir ihn sehen wollen, müssen wir zu ihm, er hat nur wenige Urlaubstage und geht sehr sorgsam damit um.

Seit seiner Zeit bei der Sajeret Matkal und seinem Eintritt in den Geheimdienst AMAN vor etwa sechs Jahren ist er nicht mehr so ein Wüterich wie früher. Wortkarg ist er immer noch, aber man hat nicht mehr das Gefühl, dass er seinen Waffenstillstand mit dem grenzenlosen Vorrat an schlummernder Wut bricht, wenn er redet. Vermutlich ist es für ihn mittlerweile eine Frage der Effizienz geworden zu schweigen.

Manchmal schüchtert er mich ein, mein Sohn, auf andere Weise als Sam, bei dem sich Leidenschaft und Disziplin die Waage halten. Bei Sam ist die frühere Unberührbarkeit verschwunden, jetzt, da er sein Leben nach eigenem Gutdünken gestalten und so viel Musik hineinstecken kann, wie seine Ohrmuscheln und seine Fingerspitzen verkraften.

Sam ist schon eine ganze Weile der erfüllteste, glücklichste Mensch, den ich kenne. Das, was er sich wünscht und wonach er strebt, ist immer bei ihm, in seinem Kopf. Seine Präsenz ist von Leichtigkeit geprägt, wohingegen

Philip, ob er will oder nicht, Autorität und Schwere ausstrahlt, die noch verstärkt werden durch seine Schweigsamkeit und die Exaktheit der wenigen Aussagen, die er trifft.

Pol rennt immer noch mit dem Kopf gegen Wände, die sie selbst hochgezogen hat, setzt sich Ziele und scheitert dann an deren Verwirklichung, wechselt genauso oft den Lebensstil und die Ideologie, wie ein Salamander sich häutet. Aber sie ist groß und stark, sieht aus wie das Gleichgewicht in Person und ist umwerfend lieb.

Sie hat Ähnlichkeit mit Philip, außer dass dessen Ausgeglichenheit keine Augenwischerei ist, sondern hart erkämpft, und er sie mit eiserner Disziplin aufrechterhält. Oder bilde ich mir das nur ein, weil er so schweigsam ist? Hat er Angst, dass er nicht mehr aufhören kann zu reden, wenn er erst einmal damit anfängt? Er gibt einem das Gefühl, dass er irgendetwas Riesiges verschweigt. Vielleicht wirkt er deshalb so überlegen. Seine Selbstbeherrschung regt die Fantasie an.

Offiziell lebte Sam zwar immer noch bei mir, doch er trat schon im Ausland auf und war nur selten da. Pol, die Kunstgeschichte studierte, wohnte vorübergehend bei einer Freundin. Und Philip würde ich wahrscheinlich erst im April wiedersehen, zum Passahfest.

Ich wartete auf Samir, mit dem ich in De Koe essen gehen wollte, einem kleinen, feinen Restaurant in der Nähe, und als es klingelte, schlüpfte ich schon mal in meinen Mantel, bevor ich zur Tür ging.

Philips Haar ist so kurz, dass ich ihn im ersten Moment nicht erkenne. Er trägt keine Jacke, nur einen Hoodie, und kommt herein, als wären wir verabredet, dabei wusste ich nicht einmal, dass er in den Niederlanden ist.

Er umarmt mich flüchtig. Ich freue mich, ihn zu sehen, bin aber erstaunt über den unangekündigten Besuch. Im Handumdrehen steht er im Flur, und nichts deutet darauf hin, dass auch er sich freut, mich zu sehen, oder dass er versteht, wie seltsam es ist, dass er einfach so hier hereinplatzt. Sein Ausdruck ist ungewöhnlich grimmig.

Mit großen Schritten geht er weiter, sieht sich misstrauisch um, während ich die ganze Zeit stupide nur immer wieder seinen Namen sage.

»Hallo«, sagt er schließlich, sieht sich aber immer noch suchend um, als hätte sich hier jemand versteckt. »Ist er da?«

Verwirrt schüttle ich den Kopf, ich habe keine Ahnung, von wem er spricht.

»Dein Typ.«

Ich habe Philip nichts von Samir erzählt. Mir wird warm, mein Herz rast, und ich begreife überhaupt nicht, weshalb ich mich ertappt fühle. Zum Glück rege ich mich dann doch noch auf und frage, ob er verrückt geworden sei, einfach so in meine Wohnung zu stürmen, als wäre er von der Polizei.

Da kommt es.

»Ich weiß, dass du dich mit ihm triffst«, sagt mein Sohn in aggressivem, einschüchterndem Ton.

Ich starre ihn an. »Wovon sprichst du? Setz dich! Hör auf, die ganze Zeit auf und ab zu gehen! Warum bist du hier?«

Schnell schicke ich Samir eine Nachricht. Zu spät. Im selben Moment klingelt es. Ich renne zur Tür, Philip kommt mir hinterher.

Kaum hat Samir meinen Blick gesehen, sieht er auch Philip. Mir scheint, dass er erstarrt, aber ich weiß nicht, ob er ihn erkannt hat. Es liegt wohl daran, wie Philip ihn mustert.

Ich mache eine unbeholfene, entschuldigende Geste und drehe mich um. »Kannst du bitte drinnen auf mich warten, Philip?«

Doch er bleibt stehen.

»Mein Sohn«, erkläre ich mit einem schiefen Lächeln, sicher steht mir mein Unbehagen ins Gesicht geschrieben. »Ich hatte nicht mit ihm gerechnet. Er ist einfach so reingeschneit ... Tut mir leid, aber ich fürchte, wir müssen uns vertagen.«

Schweigend steht Philip hinter mir, mit verschränkten Armen, abwartend. Da hat Samir schon einen Schritt zurückgemacht, er hat sofort verstanden.

Er versucht zu lächeln. »Natürlich. Kümmer dich um deinen Sohn, das ist doch selbstverständlich, wir sehen uns.«

Er schaut an mir vorbei zu Philip, mit sanftem und zugleich durchdringendem Blick, und geht einen weiteren Schritt zurück. Plötzlich ist er mir fremd. Ich hoffe inständig, dass es keine Angst ist, die ich da bei ihm wahrnehme. Dann verschwindet er in der Dunkelheit des Abends.

Mir wird ganz unheimlich zumute, als würde ich ihn verlieren.

»Samir!«, rufe ich ihm hinterher.

Doch es stürmt, und meine Stimme verweht im Wind. Er kann mich nicht hören. Bestürzt schließe ich die Tür und trete wieder in den Flur.

Für einen Moment bringe ich keinen Ton heraus.

Mit verschränkten Armen sehe ich Philip an. Niemand anders sehe ich so an wie ihn, meinen ältesten Sohn, und niemand anders sieht mich so an wie er. Zwischen uns gibt es eine Verbindung, etwas Elektrisches, Entflammbares, aber auch unsagbar Zärtliches, selbst dann, wenn ich vor Wut koche, wie jetzt.

Er setzt sich, also nehme auch ich Platz, ihm gegenüber.

Wir schweigen beide, während ich mich bemühe, die Tracht abzulegen, die ich augenscheinlich trage, die einer Angeklagten. Ich bin hier nicht der Teenager, er ist hier nicht der Vater.

Ich beschließe, nichts zu sagen, weil jedes Wort einer Niederlage gleichkäme. Wieso sollte ich mich verteidigen, denke ich, es gibt keinen Grund, mich zu entschuldigen.

Dann fängt er an zu reden.

»Vor acht Wochen haben sie in der Nähe von Düsseldorf ein Auto aus dem Wasser gezogen«, sagt er, sein Blick ist aufmerksam, seine Stirn gerunzelt.

»Wow, du willst mir also wirklich eine Geschichte erzählen? Da halte ich doch glatt mal eben die Luft an«, spotte ich. »Aber was hat das mit meiner Verabredung zu tun?«

»Alles. Es hat alles mit deiner Verabredung zu tun. Sonst dürfte ich dir nicht einmal einen Bruchteil dessen erzählen, was ich dir jetzt sagen werde.«

Ich schaue in sein ernstes Gesicht, auf sein kurzes Haar. Wieder einmal fällt mir die große Ähnlichkeit mit seinem Vater auf und gleichzeitig der Unterschied zwischen ihnen.

Als ich Herman kennengelernt habe, war er so alt wie Philip heute.

Ich habe wirklich keine Ahnung, worauf er hinauswill. Ich bin es nicht gewohnt, Geschichten von ihm zu hören. Und es ist keinesfalls eine Erleichterung, dass ich in ein Geheimnis eingeweiht werden soll, eher beklemmend.

»Es wird dich schockieren. Aber trotzdem muss ich es dir sagen.«

Das Gespräch ist doch jetzt schon schockierend, denke ich, bin aber klug genug, es für mich zu behalten.

»Erinnerst du dich noch an das Auto? Wie besessen ich von dem Auto war?«

Ich tappe im Dunkeln. »Welches Auto?«, frage ich leicht verzweifelt.

»Es ist buchstäblich kein Monat vergangen, in dem ich nicht nach diesem Auto gesucht habe.« Er sieht mich an, fast mitleidig, weil ich nicht weiß, wie ich reagieren soll, und wiederholt seine Worte, ganz langsam. »Mama. Der Mercedes.«

Erst an seinem Blick erkenne ich, dass er *darüber* spricht.

Wir sprechen nie *darüber*. Über *den* Abend. Nie. Manchmal sagen wir »davor«, oder wir sprechen über die Gegend, wo wir damals gewohnt haben, um zu verdeutlichen, dass wir unser altes Leben meinen, das so weit weg ist, wie es nur sein kann. Aber über den Abend von Bors Tod sprechen wir nicht.

Nach den endlosen Ermittlungen, die auf den Mord folgten, den endlosen Gesprächen mit der Polizei und dem AIVD verstummten wir. Wenn es in all den Jahren zur Sprache kam, war es wie ein Ausbruch, und von solchen Ausbrüchen (Tränen, Geschrei, Wahnsinn) hatten wir mittlerweile genug. Die Zeit verstrich langsam und rau, jede Sekunde schmerzte wie eine frische Wunde und dauerte tausend Jahre, und trotzdem fühlte sich alles an, als wäre es eben erst geschehen.

Mein Schrecken hätte nicht größer sein können, als ich hörte, dass mein Sohn in seinem für mich so ungreifbaren Leben all die Jahre weiter nach einem Phantom gesucht hatte – denn das war er für mich, der Mercedes, den Philip an jenem Abend glaubte, gesehen zu haben: ein Phantom.

Was für ein Drama!, denke ich.

Einen Mercedes W123 hatte er am Abend des Mordes gesehen. Davon war er immer noch überzeugt. »Einen 220D, Mama« – als ob mir das etwas sagen würde. Aber er musste selbst auch gemischte Gefühle gehabt haben. Sonst hätte er mich doch schon früher wissen lassen, dass es ihn nicht losließ. Nur das Auto hatte er gesehen, nicht mal die Insassen. Einen dunkelblauen Mercedes W123. In diesem Auto hatte Kevin gesessen, irgendwann lange vor dem Mord, neben dem bärtigen Syrer, mit dem er ihn schon öfter gesehen hatte.

Jetzt erkenne ich, dass er nicht im Geringsten an seiner Geschichte zweifelt, im Gegenteil: Er ist felsenfest davon überzeugt. Alle seine Kollegen beim Geheimdienst wussten von seiner Suche. Anscheinend gibt es in seiner Welt so etwas wie einen Alert für vermisste Fahrzeuge, einen AMBER Alert für einen vermissten Mercedes. Bizarr.

Ja, ich hatte es vergessen. Weil ich davon ausgegangen war, dass Philip es sich nur eingebildet hatte. Er kannte nicht einmal das Kennzeichen. Ich hatte ihn sogar zu einer Therapie überreden wollen. Was bei ihm auf blanken Hohn gestoßen war – so viel zu seiner Achtung vor meinem Beruf.

»In der Nähe von Düsseldorf wurde ein kleiner See trockengelegt, dabei wurden mehrere Autos gefunden. Darunter auch ein Mercedes.«

»Na gut. Aber woher willst du wissen, dass es dasselbe Auto ist wie damals?«

Philip schweigt kurz und antwortet dann, er habe einen merkwürdigen Beruf.

Das hätte ich schon gewusst, sage ich. Aber das sei dann doch wohl etwas zu merkwürdig, oder? Ich würde davon ausgehen, dass auch in einem merkwürdigen Beruf Logik eine kleine Rolle spiele.

Philip nickt. »Eine große sogar.«

»Also?«

»Mama, nichts von dem, worüber wir sprechen, nichts davon, hörst du, darf ich dir erzählen.«

»Ist ja gut. Aber warum …«

»Die ganzen Jahre haben die Dienststellen mir Bescheid gegeben, wenn irgendwo Autos aufgetaucht sind. Die meisten kamen nicht infrage, weil es keine Mercedes waren, erst recht keine dunkelblauen. Die Chance, dass so ein Auto wieder auftaucht, ist minimal. Ich war mir selbst nicht mehr sicher, ob ich es einwandfrei hätte identifizieren können. Aber das war mir egal. Ich hatte das Auto auf dem Parkplatz gesehen, das von dem Syrer! Also habe ich jeden Hinweis ernst genommen. Ich habe jeden einzelnen verfolgt, nie lockergelassen. Und glaub mir, Mama, diesmal war ers. Es war der Mercedes von dem Syrer. Dem Syrer, nach dem der AIVD gesucht hat. Den sie nie erwischt haben ...«

»Und woran sieht man das? Wenn das Auto so lange im Wasser gelegen hat?«, frage ich, obwohl ich sicher bin, dass die Antwort mich an einen Ort versetzt, wo ich nicht sein will.

»Natürlich haben sie es nicht sofort gewusst, und auch die Fahrgestellnummer war abgeschliffen. Aber im Kofferraum haben sie einen Laptop gefunden.«

»Ach, hör doch auf, erzähl nicht so einen Mist.« Aber weil er mich weiter erwartungsvoll ansieht, frage ich: »Im Wasser? Einen Laptop, der im Wasser lag?«

»Das dachten sie auch. Außerdem war er kaputt. Die Tastatur war zertrümmert. Aber das war mir egal. Ich habe sie bekniet, mir den Computer zu schicken. Auf der Basis haben wir einen irren Reinraum. Ich wollte natürlich um jeden Preis wissen, was auf dem Computer ist.«

»Einen Reinraum?«

»So was wie ein Labor. Wo man in einer Art Raumanzug Dinge untersucht. Zum Beispiel eine Festplatte aus einem Laptop voller Algen, an die kein Sauerstoff rankommen darf. Ich hatte ein gutes Gefühl dabei. Sie haben mir ein Foto von dem Wrack geschickt, und da hatte ich sofort ein gutes Gefühl, Mama!«

Inzwischen schreit er beinah. Er klingt nicht mehr wütend oder angespannt, sondern triumphierend.

»In den letzten zehn Jahren sind vierzig herrenlose

Mercedes gefunden worden. Und vier davon waren dunkelblau. Aber es war nie der richtige. Nie ein W123 220D, Mama!«

Er schlägt mit der Hand auf den Tisch, seine Augen leuchten. Schon als kleines Kind kannte er alle Automarken. Wie Herman. Herman fuhr einen Thunderbird. Ich sehe Philip noch neben ihm sitzen, mit drei, vielleicht knapp vier Jahren, nasses Haar, Seitenscheitel, wie er die Marken aller Autos auf der Straße aufsagt.

»Ein W123! Und weißt du, was sie auf der Festplatte gefunden haben?«

»Nein, Süßer. Natürlich nicht.«

Ich zittere. Mir ist kalt. Ich denke daran, wie Samir geschaut hat, als Philip vor ihm stand. Und wie er vor ein paar Wochen geweint hat. Da habe ich ihn in die Arme genommen, doch er hat es nur passiv über sich ergehen lassen. So viel Angst, so viel Kummer, den er vor mir verbirgt. Wie viel weiß er?

Plötzlich wird mir klar, weshalb Philip hier ist.

»Fotos. Schriftstücke. Pläne. Tickets. E-Mails. Das dürfte ich dir alles überhaupt nicht sagen. Und Briefe.«

Philip sieht mich forschend an. Ob ich verstehen würde, wovon er spricht.

Ich schüttele den Kopf, versuche, die Tränen zu unterdrücken.

»Briefe. Den Brief, meine ich.«

»Den Brief?«, wiederhole ich.

»Ja. Sogar mehrere Fassungen.«

»Den Brief, der …?«

»Ja, Mama! Den Brief aus Bors Tasche. Diesen kranken,

ekelhaften Drohbrief. Der Brief ist auf diesem Computer geschrieben worden.«

Draußen fahren Motorroller vorbei, die Stimmen von Touristen schallen über die Gracht, bevor sie im Abendhimmel verwehen.

»Und der Computer hat dem Syrer gehört?«

»Genau, dem Syrer, nach dem wir ewig gesucht haben.«

»Also doch …«

»Also doch. Und Zahlungsnachweise für Tickets von Düsseldorf nach Karatschi. Wir haben sie fast alle gekannt. Die Typen.«

»Fast?«

»Bis auf zwei, ja.«

Mein Magen fühlt sich an wie ein Stein. Ich traue mich kaum zu fragen. »Kevin?«

Philip geht zum Fenster, hebt eine Ecke des Vorhangs an und schaut nach draußen. »Deine Reservierung fällt wohl ins Wasser.«

»Welche Reservierung?«

»Na, bei De Koe.«

Mir ist schlecht.

»Woher weißt du, dass wir zu De Koe wollten?«, flüstere ich. »Woher weißt du, dass ich heute Abend bei De Koe reserviert habe? Philip?«

Er sieht mich nicht an.

Ich weiß es, bevor er mir antwortet.

»Das ist nun mal mein Job. Jedes Indiz, jede Spur … Das ist der Job. So läuft das. Er ist der Vater … der Einzige, der ab und zu Kontakt mit Kevin hat. Er ist unsere einzige Chance, herauszufinden, was Sache ist. Es tut mir leid, Mama.«

»Wie kannst du es wagen, wie kannst du …«

Er legt seine Hand auf meine. Eine schwere Hand, warm und größer als in meiner Erinnerung.

Ich ziehe meine weg.

»Was willst du eigentlich hier?«, schnauze ich ihn an.

Kapitel 55

Am nächsten Morgen taten wir, als wäre nichts gewesen. Chaya sei wieder schwanger, erzählte Philip, und wir machten aus, dass ich kommen würde, wenn es so weit war. Er hatte kein Gepäck dabei, und mir dämmerte jetzt erst, dass seine Stippvisite einzig und allein einen Grund gehabt hatte. Noch am selben Nachmittag flog er zurück, ich brachte ihn zum Flughafen. Über Samir und Kevin sprachen wir nicht mehr. Gott sei Dank.

Abends weinte ich mich in den Schlaf. Hätte ich es wissen können, und wenn ja, warum hatte ich es nicht wissen wollen? Ich war nicht nur entsetzlich traurig über die massive Mauer von Verrat, die zwischen Samir und mir hochgezogen wurde, ich schämte mich auch. Seinerzeit waren wir mit Sicherheit ebenfalls abgehört worden, aber das war für mich immer einigermaßen abstrakt geblieben. Jetzt kam es einer Verletzung der natürlichen Grenzen zwischen Mutter und Sohn gleich.

Ich schämte mich, wie ich mich als zehnjähriges Mädchen beim Schularzt geschämt hatte. Einem freundlichen, vernünftigen Mann, vor dem ich »zu meinem eigenen Besten« die Unterhose ausziehen musste. Er fasste mich nicht an, guckte nicht komisch, als ich mich schließlich widerwillig auszog und er nachsehen konnte, ob »deine Beinchen auch schön gerade sind«, aber diese Unterhose und was sie bedeckte gehörte mir, es war ein geheimes Land, in dem ich keine fremden Blicke ertragen konnte.

Nachdem der Mercedes gefunden worden war, leitete Philips Behörde (garantiert auf seine Anordnung hin) eine großangelegte Fahndung nach dem inzwischen viel gesuchten Syrer ein und stieß erneut auf Kevins Namen. Eifrig hörten sie daraufhin monatelang Samirs Handy ab, der damals mehr oder weniger ihr einziger Anhaltspunkt war. So kamen sie an meine Nummer. Sie brachten Philip auf den neuesten Stand, und der erkannte dann bei einem der belauschten Gespräche die Stimme seiner Mutter.

Die Vorstellung, dass er jetzt wusste, wie ich klinge, wenn ich verliebt bin, dass er gehört hatte, wen ich liebte, und was, war unerträglich. Die Vorstellung, wie sehr er sich für meine emotionale Nacktheit geschämt und mich für meine Ahnungslosigkeit verachtet haben muss.

Aber noch unerträglicher war, dass ich den Vater eines Mannes liebte, der vielleicht etwas mit Bors Tod zu tun hatte.

Am Tag darauf sagte ich Samir, dass wir uns nicht mehr sehen könnten. Unfassbar, wie abrupt und mit wie wenigen Worten man eine Verbindung, die einen rundum ruhig und glücklich macht, beenden kann. Offenbar reicht ein Satz, um einen solchen emotionalen Pakt aufzulösen, einen Pakt, der gar keiner war, eher eine freudige Überraschung bei jedem Treffen, die die Hoffnung auf das nächste nährte.

Diese Hoffnung machte ich mit wenigen Worten zunichte – und es gab keinen Weg zurück.

»Wir können uns nicht mehr sehen, ich will das nicht mehr.«

Er sagte, er verstehe.

»Nein, das tust du nicht«, sagte ich.

»Dann erklärs mir.«

Das war also der Preis, den man für ein Leben mit Geheimnissen bezahlte. Dieses Leid.

Wenn ich dem Mann, den ich liebte, erzählt hätte, dass der israelische Geheimdienst sein Handy anzapfte und seinen Sohn überwachte, hätte ich Philip und seine ganze Behörde in Gefahr gebracht. Aber es zu verschweigen und mit ihm zusammenzubleiben, als wüsste ich von nichts … Es gab keinen Ausweg.

»Ich kann nicht«, sagte ich.

Das genügte.

Er fehlt mir bis heute.

Kapitel 56

Es war ein stiller Morgen in der Wüste, Punkt sieben Uhr. Die Nächte in Be'er Scheva können extrem kalt werden, erst recht im November. Ab halb acht wurde es wärmer, sieben Uhr war also die optimale Zeit, um in dicken Klamotten joggen zu gehen, was ich wunderbar fand.

Philip und Chaya wohnten in einem großen Haus in einer kinderreichen Gegend im Südwesten der Stadt, ein Neubaugebiet mit modernen beigefarbenen Einfamilienhäusern, Gärten voller Blumen, Palmen und Kakteen.

Für eine Großstadt ist Be'er Scheva recht klein, und am Ende der süßen Gassen fängt unvermittelt die Wüste an. Ein Viertel, das gerade noch friedlich scheint, kann im nächsten Moment im grellweißen Licht der Wüstensonne Verlassenheit, Trostlosigkeit und Gefahr ausstrahlen, während man sich fassungslos bewusst wird, dass die Menschenwelt hier aufhört.

Ich mochte das Vage, das Wilde, sogar das grelle Licht, und mir gefiel die orientalische Atmosphäre in Be'er Schevas Innenstadt, das Viertel aus osmanischer Zeit, in dem ich wohnte, die Teehäuser, der Markt. Philip kannte die Gegend wie seine Westentasche, er und Chaya wussten, wo man das beste Fleisch bekam, das köstlichste Hühnchen, das frischeste Gemüse, Kräuter, inklusive des stärksten Marihuanas, das Einzige, was Philip am Wochenende runterbringen konnte, wie ich vor Kurzem erfahren hatte.

Zu unser beider Erleichterung gab es keinen Groll zwischen uns. Im Gegenteil, obwohl ich sehr unter seinen Folgen litt, hatte die erdrückende Intimität seines Blitzbesuchs unserer Beziehung gutgetan und die schmerzliche Stille zwischen uns nach Bors Ermordung etwas gemildert. Aber es tröstete mich, dass Philips ewige Schweigsamkeit nichts mit seelischer Abhärtung oder einer Depression zu tun hatte, sondern mit seiner obsessiven Wahrheitssuche.

Damit ich mich im rosagrauen Morgenlicht nicht verirrte, war Philip schon vorher ein paarmal mit mir eine Runde gelaufen, was uns beiden gefallen hatte.

Diesmal hatte er es beim Abendessen selbst vorgeschlagen, und so stand ich nun um sieben Uhr zähneklappernd vor seiner Tür.

Zuerst öffnete niemand, und ich hörte drinnen Moran brüllen. Gerade wollte ich ein zweites Mal klopfen und anbieten, mit den Kindern zu helfen, als Philip in Joggingklamotten aufmachte und mir hastig voranging.

»Können wir Chaya denn in diesem Radau alleinlassen?«, fragte ich noch, aber Philip nickte.

»Ich muss dir was erzählen«, sagte er. »Und das geht nicht im Haus.«

An seinem Ton erkannte ich sofort, dass es sich wieder um etwas Wichtiges handelte, und bekam weiche Knie.

»Dann lass uns ein Stück spazieren«, sagte ich.

Wir gingen die Straße entlang, bis sie in einen Sandweg mündete. Um uns herum rauschte die ewige Stille des Wüstenmorgens.

»Letzte Woche haben wir im Süden von Tel Aviv drei illegale Somalier verhaftet«, sagt er.

»Wir?«, frage ich. »Ist das nicht Sache der Ausländerbehörde?«

»Es ging nicht um ihren Aufenthaltsstatus … Wenn wir alle illegalen Afrikaner verhaften wollten, kämen wir zu nichts anderem mehr.«

»Und warum habt ihr die armen Teufel dann verhaftet?«

»So arm sind die gar nicht, diese Teufel … Sie hatten einen Anschlag auf eine Sängerin geplant, die nach Jerusalem kommt.«

Er spricht in bedächtigem Ton, vielleicht will er die Geschichte aber auch nur weniger reißerisch klingen lassen.

»Wann denn? Wie? Auf wen?«, frage ich.

Ich weiß natürlich sofort, um welche Sängerin es geht, immerhin spaziert Philip neben mir durch die Wüste und möchte mir etwas sagen, was bei ihm zu Hause niemand hören darf. Aber ich will, dass er es ausspricht.

Ich nicke, als er ihren Namen nennt. Als wären solche Neuigkeiten völlig normal.

»Dann ist es ja gut«, sage ich, »dass ihr die Somalier verhaftet habt. Aber ein Anschlag … hätten sie das überhaupt durchziehen können? Sie wird doch sicher streng bewacht.«

»Sie schon«, sagt er. Und erzählt, dass es nicht nur um sie ging. Amal sollte von der Hebräischen Universität die Ehrendoktorwürde verliehen bekommen. Sie sollte singen und danach sprechen, über Freiheit. Und dann wäre die ganze Versammlung, mit Hunderten Studenten und Dozenten, in die Luft geflogen.

Wenn ich so etwas höre, sehe ich sofort die Bilder vor mir. Mein Magen verkrampft sich zu einem Stein.

»Ein paar bettelarme fromme Somalier?«, frage ich vorsichtig, weil ich Angst, ja Todesangst vor dem habe, was er noch erzählen könnte. »Die planen so einen Großanschlag?«

Wenn man sich nicht bewegt, ist die Wüstenluft schmerzhaft kalt. Uns tränen die Augen vom Wind.

»Mama. Du musst sofort wieder vergessen, was ich dir jetzt erzähle«, sagt er. »Aber ich beobachte schon seit Jahren einen IS-Führer in Syrien, in Wilajat al-Sham.«

Ich versuche, in seinen Augen zu lesen, was er mir eigentlich nicht sagen darf. Doch ich kann es nicht glauben und muss es aussprechen.

»Den Syrer?«, murmele ich. Als könnte ich der Information mit leiser Stimme ihre Sprengkraft nehmen.

»Die ganze Organisation für den Anschlag lag in seinen Händen, das Geld, einfach alles …«

»Bär! Willst du damit sagen, du hast ihn gefunden?«

Keine Reaktion.

Er sieht mich bloß an, sein Blick ist hypnotisch. Womöglich wache ich später auf und kann mich an nichts mehr erinnern.

»Aber offiziell hat Israel es doch gar nicht auf den IS abgesehen? Oder doch?«

»Nein, das stimmt. Wir nicht. Aber die Amerikaner schon.«

»Und?«

»Wir wussten, wo sie waren.«

»Und das habt ihr an die Amerikaner durchgegeben …«

Er wendet sich ab.

»Und …?«

»Du weißt, ich darf dazu nichts sagen, Mama. Nur so viel: Es war ein leichtes Ziel. Eine einzige Rakete …«

Jetzt sucht er wieder meinen Blick, sieht mich so eindringlich an, dass ich fast anfange zu weinen.

»Es ist vorbei. Für immer«, sagt er.

Ich muss ihm die Frage stellen. Wenn ich es jetzt nicht tue, werde ich es für den Rest meines Lebens bereuen.

»Und Kevin?«

Man sieht es kaum.

Mit Nicken hat das nichts zu tun.

Ein unmerkliches Blinzeln.

Kapitel 57

Da steht sie, leicht abseits von der Gesellschaft, still und ernst, in einem lachsfarbenen Mantel. Die Kamera zoomt näher an sie heran.

»Unfassbar«, rutscht es mir heraus.

Pol sieht mich leicht überrascht von der Seite an.

Ich suche nach Zeichen des Alterns in Amals Gesicht, doch sie wirkt fast genauso jung, eher noch schöner, stärker, härter.

Da geht das Bild zu der Menge vor dem Kapitol über, zoomt dann wieder näher an die zukünftige Präsidentin heran, die auf das Zeichen wartet, langsam zum Obersten Richter zu schreiten und den Eid abzulegen. Ich finde es schade, dass wir während der Zeremonie den Blick auf unsere heimliche Hauptperson verlieren.

Die Frau, die die Welt künftig Madam President nennen wird, ist würdevoll, ein Jahr jünger als ich. Neid hat bei einem Sieg wie ihrem, der Besteigung eines Berges, an die sie sich irgendwann gemacht hat, nichts zu suchen, dennoch erinnert mich ihr friedlicher Blick an die Momente in meinem Leben, in denen ich selbst glücklich war und stolz und ausnahmsweise nicht von Zweifeln oder Ängsten geplagt. Sie gibt mir Hoffnung.

Ich erinnere mich, dass ich in solchen Momenten fast schon fürchtete, den Gipfel des Glücks erreicht zu haben, während ich insgeheim nicht aufhörte, mich danach zu sehnen, dass vielleicht doch noch mehr auf mich wartete. Nicht dass ich mich immer noch mit dieser ärgerlichen Habsucht quälen will – ehrlich, ich betrachte alles Schreckliche, das uns widerfahren ist, nicht mehr als Strafe –, aber ich habe inzwischen begriffen, dass es allein schon ein großer Kummer ist, wenn deine Zeit verstreicht, und dass du besser daran tust, Hoffnung zu bewahren.

I do solemnly swear that I will faithfully execute the Office of President of the United States, and will to the best of my ability, preserve, protect and defend the Constitution of the United States.

Pol hat ihre Stimme wieder, und sie hat etwas auszusetzen. Spricht der Oberste Richter die neue Präsidentin nicht väterlicher an als ihre männlichen Vorgänger? Oder bildet sie sich das nur ein?

Die Zeremonie dauert nur knapp zwanzig Minuten, das müssen die Urheber der Verfassung so beabsichtigt haben.

Es ist kurz, wunderschön und ergreifend. Menschlich.

Wie John Quincy Adams schwört sie den Eid auf die Verfassung statt auf die Bibel, was mich für sie einnimmt.

Ihr Ehemann, gutaussehend und mit kräftigem weißem Haar, steht hinter ihr. Die neue Präsidentin lächelt, und aus ihrem Lächeln spricht Ernst und großes Verantwortungsgefühl.

Vieles im Leben ist Theater, denke ich wieder. Es ist Theater, dem Unvorhersagbaren sein Vertrauen auszusprechen. Aber dann ist Theater vielleicht auch nicht mehr und nicht weniger als Mut.

Kapitel 58

Wir hätten sie aus Tausenden, ach was, aus Millionen herausgehört. Eine Stimme ist ein Universum, ein Versprechen. Obwohl ich mich darauf gefasst gemacht habe, drückt sie mich mit der Wucht eines Orkans ins Sofa, presst mir den Sauerstoff aus dem Hirn und die Tränen aus den Augen. Diese Stimme bringt den wahren, versteckten Sinn jedes Satzes, jedes Wortes ans Licht.

Ich will nicht zu viel darüber nachdenken, was mich erwartet, ich weiß es ja. Dennoch muss ich mich jetzt wappnen, mit aller Kraft.

Sie ist die Einzige, die das kann, die so singen kann. Die einzige Sängerin, die auch wegen ihrer Äußerungen berühmt ist.

My country 'tis of thee
Sweet land of liberty
Of thee I sing
Land where my fathers died
Land of the pilgrims' pride
From every mountainside
Let freedom ring
Let freedom ring
Let it ring

Das ist fast zu groß, um es zu begreifen. *Let it ring …*

Der Groll schlummert in meinem Blut wie ein Virus, macht mich aber nicht mehr so krank wie früher. Ihretwegen verstehen und fühlen wir jetzt die enorme Tragweite des Wortes: *Freiheit*. Etwas Seltsames geschieht mit mir.

Ich sehe nicht mehr nur Bors Rücken, auf einmal sehe ich ihn von Kopf bis Fuß, und er sieht mich an. Er war immer stärker als ich, ist es noch im Tod, und meine ewige Verbitterung erscheint mir schäbig. Ich erkenne die Unschuld in seinem Verhalten, die Reinheit. Seinen Mut.

Ich erkenne Amals Mut.

Eine überwältigende Flut der Gefühle, noch vor der Sprache. Es lässt sich nicht in Worte fassen. Nachdem ihre Stimme verhallt ist und Amal sich wieder zwischen die Würdenträger zurückgezogen hat, sehe ich meine Kinder fassungslos an.

Für Pol ist Amal nur eine ferne Erinnerung, faszinierend, aber überlagert von einer Reihe neuer Eindrücke und Gefühle, eine Marionette, die entfernt mit der längst verdrängten Tragödie in ihrer Kindheit zu tun hat, mehr nicht. Doch auch sie ist ergriffen.

»Wow, ist die schön! Und wie die singen kann!«

Chaya ist genauso beeindruckt. Philips Gesicht kann ich nicht deuten. Er weicht meinem Blick aus, lächelt kurz, und wie immer suche ich ergeben Zuflucht darin, Verständnis für seine Verschlossenheit aufzubringen.

Beim Essen ist Philip noch stiller als sonst, falls das überhaupt möglich ist. Moran rennt durchs Zimmer und sorgt für ein bisschen Trubel, aber ich sehe Chaya an, wie bedrückt sie ist, und erinnere mich nur allzu gut an meine eigene Verzweiflung über Philips Anfälle von Schweigsamkeit.

Auch erinnere ich mich an seine Besessenheit von einer Welt, deren Gesetze mir damals noch ein totales Rätsel waren – voller Ehrgefühl, Rache und Aggression, die in seinem Fall zwar nicht religiös motiviert, wohl aber eine Reaktion auf eine solche religiöse Motivation waren.

Wir haben Essen beim Thailänder bestellt. Wir trinken Wein, oder vielmehr ich. Pol trinkt nicht, Philip auch nicht, er muss morgen früh raus. Wie immer. Ich vermisse Sam. Er hätte mit Sicherheit in Worte fassen können, was diese Konfrontation mit der Vergangenheit bedeutet, und gespürt, was in mir vorgeht. Sam hat einen eingebauten Seismografen für psychologische Symbolik – einen sechsten Sinn für Bedeutung. Den hatte ich früher auch, glaube ich, vor Bors Tod.

Die Kinder spielen und kreischen, wie alle israelischen Kinder nun einmal hemmungslos kreischen und schreien, kein anderes Volk der Welt heißt seine Kinder so sehr willkommen, schenkt ihnen so viel Aufmerksamkeit.

»Woran erinnert ihr euch eigentlich noch, wenn ihr an Bor denkt?«, frage ich über Morans Singen und Brabbeln hinweg. Die Frage habe ich noch nie gestellt.

»Er hat uns manchmal Quatsch-Lieder vorgesungen und war immer gut gelaunt«, sagt Pol. »Ich glaube, er war viel weg, oder? Du warst jedenfalls ziemlich oft sauer auf ihn.«

»Wirklich?«, frage ich. »Ich war oft sauer? Daran erinnerst du dich?«

»Glaube schon, ja.« Sie sieht mich etwas verlegen an.

»Und du, Bär? Woran erinnerst du dich noch?«

»Mama, bitte«, sagt Philip.

Ich sehe ihn an. Er hält meinem Blick stand, geduldig, mild. Er kommt mir weniger angespannt vor als sonst.

»Er konnte gut zuhören«, sagt er dann. »Ich wollte immer wie ein Bekloppter mit dem Kopf durch die Wand, aber er hat nie die Geduld verloren. Und er saß mir im Nacken. Wollte, dass ich mein Bestes gebe.«

»Ja«, sage ich erstaunt. »Das stimmt. Bor war anspruchsvoll. Aber er hatte ein wahnsinnig gutes Herz. Er wollte ein Gerechter sein, immer.«

Ich denke nach, spüre, wie mir die Tränen kommen.

»Und das war er auch. Bor war ein Gerechter«, sage ich.

Jetzt erst höre ich die israelische Popmusik, die aus den Fenstern über uns schallt, das laute Gelächter, das über die Dachterrasse weht. Bis auf die Musik, die Stimmen und das Lachen dieser Leute, die nirgendwo hinmüssen, ist es auf der Straße ruhig. Ein Hund bellt, in der Ferne verschluckt sich leise die Sirene eines Krankenwagens des Magen David Adom, bevor sie weiterheult.

Philips Handy vibriert. Er steht auf.

Ich höre seine überraschte Stimme aus dem Flur, er spricht abwechselnd Niederländisch und Englisch. In dem hässlichen Spiegel, der dort an der Wand hängt, sehe ich ihn schräg von der Seite.

Ich frage mich, mit wem er wohl spricht. Sein Gesicht wechselt von erstaunt zu ernst. »Na so was«, sagt er langsam. »Das ist ja mal eine Überraschung. Ja, fünfzehn Jahre …«

Er klingt anders, wachsam, seiner Stimme ist anzumerken, dass er jedem Wort eine emotionale Ladung gibt.

»Thanks so much for calling«, sagt er.

Ich nehme gerade Moran auf den Schoß, als er erzählt, dass er verheiratet ist und zwei kleine Töchter und einen Sohn im Säuglingsalter hat. Dass er seit damals in Israel lebt und schon lange beim Dienst ist.

»Seit damals« – da muss jemand von ganz früher am Apparat sein, der viel über ihn weiß. Philip dreht sich langsam um, sieht mich an.

Beinah hätte ich Moran fallen lassen.

Dann dreht er sich wieder weg. Etwas an seiner Haltung, seinen Schultern beunruhigt mich. Als müsste er sich vor etwas schützen, was ihn mitten ins Herz treffen könnte, oder als wollte sich im Gegenteil etwas aus seinem Herzen nach außen kämpfen, was er unbedingt zurückdrängen will. Das dauert.

Er hört zu, nickt. Sicher sieben Mal sagt er »ja, stimmt«, mit der schwachen, schüchternen Stimme von früher, die ich längst vergessen hatte. Ich warte, mein Herz pumpt laut und schnell. Dann drückt er den Rücken durch.

»Yes«, sagt er etwas lauter, noch immer von mir abgewandt. »That's right. Aber wie bist du bei mir gelandet?« Er klingt ehrlich alarmiert.

Geistesabwesend tätschele ich Moran, spitze mit jedem Wort immer mehr die Ohren.

Wieder hört er zu, wieder verraten seine Schultern sein Unbehagen, er zupft an seinen Haaren herum.

»Das haben sie dir erzählt? Das ist eigentlich Verschlusssache!« Wieder hört er zu. »Dann weißt du es also. Nein, ich kann dazu echt nicht mehr sagen … Ja, ausgeschaltet. Die ganze Gruppe. Du bist in Sicherheit, würde ich sagen. Es ist wirklich vorbei.«

Dann beteuert er noch mal, dass er – »wie du weißt« – wirklich nicht mehr darüber sagen kann. Erneut fällt das Wort »Verschlusssache«.

Die Antwort bringt ihn zum Lachen, kurz und introvertiert. Galant.

»You're welcome«, sagt er.

Jetzt sehe ich sein Gesicht im Spiegel. Bei seiner Haltung muss ich an einen Salut denken. Ich kann seine Gefühlslage nicht deuten, seine fast schwarzen Augen glänzen wie Tinte, sein hübsches Gesicht ist eine geschlossene Front, und obwohl ich natürlich nicht wissen kann, was am anderen Ende der Leitung passiert, höre ich die tiefe Stille, die gerade entstanden ist. Ich fühle mich wie eine Voyeurin.

Dann wechselt er die Rolle, ein Lächeln legt sich auf sein Gesicht.

»Du hast uns wieder verzaubert, wie damals«, sagt er.

Er nickt, gelöst, ohne Vorbehalte.

»Ja, sie ist da«, sagt er. »Bei uns. Oder besser gesagt: Wir sind bei ihr.«

Ich setze Moran sanft auf den Boden und gehe zu Philip, sehe ihn fragend an, meine Hände zittern.

Er erwidert meinen Blick.

»Soll ich sie dir geben?«

Von fern spricht ihre Stimme meinen Namen aus.

Ich greife nach seinem Handy.

Danksagung

In den ersten Jahren dieses Jahrtausends haben ein paar Ereignisse in meinem Umfeld einen unauslöschlichen Eindruck auf mich gemacht. Alles in diesem Roman ist frei erfunden, aber um einigen Figuren mehr Glaubwürdigkeit zu verleihen, habe ich Bücher und Menschen zu Rate gezogen, die ich hier nicht unerwähnt lassen möchte.

Mit Interesse und großem Vergnügen habe ich den Thriller *Unit 8200* von Dov Alfon gelesen, der die Welt des Geheimdienstes und der Armee in Israel bis ins Detail beschreibt. Dasselbe gilt für *Der Schattenkrieg* von Ronen Bergman über den Mossad. Herman Philipses *Atheïstisch manifest* – und, in geringerem Maße, *Das Ende des Glaubens* von Sam Harris – dienten als Modell für Bors Pamphlet *Im Namen der Vernunft*. Ich danke Ayaan Hirsi Ali für ihre inspirierende Zeit in den Niederlanden und ihre Bücher: *Mein Leben, meine Freiheit*, *Ich bin eine Nomadin*, *Ich klage an*. Der Sängerin Sandra van Nieuwland und dem Anwalt Bram Moszkowicz danke ich für alle nützlichen Hinweise, und dem Journalisten und Autor René van Rijckevorsel für die zahlreichen Ausschnitte der Zeitschrift *Elsevier* aus den Jahren 2001 bis 2006, die er mir zur Verfügung gestellt hat.

Ganz besonders danke ich meinem Verleger Robbert

Ammerlaan für seine unermüdliche Geduld, sein Vertrauen und seine Unterstützung über die langen Jahre, die ich zum Schreiben dieses Buchs brauchte, sowie Paulien Loerts, Elik Lettinga und den Mitarbeitern der Arbeiderspers für ihren Einsatz während meines Wechsels zu meinem neuen Verlag. Ich danke meiner Familie, meiner Mutter, meinen Schwestern, meinen Nichten und meinen Kindern Moos und Solomonica für ihr Interesse, ihre Liebe und ihren Humor. Und Leon, der sich immer Zeit nahm, mir zuzuhören und mitzudenken, und jeden Anflug von Verzweiflung in eine Herausforderung ummünzte. Es ist nicht auszuschließen, dass er der geduldigste Mensch der Welt ist.

Januar 2021
Jessica Durlacher